Een zomer vol herinneringen

Liz Fenwick bij Boekerij:

Sterren boven Cornwall
Een affaire in Cornwall
Een vreemdeling in Cornwall
Onder de hemel van Cornwall
Het huis op de kliffen
Het pad naar de zee
Een zomer vol herinneringen

boekerij.nl

Liz Fenwick

Een zomer vol herinneringen

Lucy wil niets liever dan het verleden vergeten, terwijl haar tante juist alles doet om haar herinneringen vast te houden

BOEKERIJ

ISBN 978-90-225-8674-7
ISBN 978-94-023-1295-9 (e-book)
NUR 302

Oorspronkelijke titel: *One Cornish Summer*
Vertaling: Harmien Robroch
Vertaling gedichten John Donne: Marike Groot
Omslagontwerp: Johannes Wiebel | punchdesign, München
Omslagbeeld: © Shutterstock
Zetwerk: Mat-Zet bv, Huizen

Proloog

'Je houdt je mond hierover.'

Hij draaide zich om en ik zag wie er onder hem lag.

Mijn lichaam begon te trillen. Ik deed mijn mond open, maar de woorden wilden niet komen, terwijl ik keek hoe ze haar kleren aantrok. Hij bleef in bed liggen met een laken over zijn naakte lijf. Het beeld stond op mijn netvlies gegrift. Het speelde zich steeds opnieuw af toen ze zonder iets te zeggen en zonder me een blik waardig te keuren langs me liep. Het laatste wat ik zag was het vriendschapsbandje om haar enkel.

DEEL 1

1

Hebe

juni 2015

Het strand onder ons ligt er verlaten bij en we beginnen aan de wandeling naar beneden. Jouw opwinding over je nieuwe projectvoorstel uit zich in je woorden, en het werkt aanstekelijk.

'Je moet ze de kracht van de metafoor laten zien. Niemand doet dat beter dan Donne.' Ik kijk je aan en je glimlach straalt. '*Doch niets vervalt geheel tot niets.*' Ik haal adem. '*Zoals geen plaats volledig ledig is...*' De rest weet ik niet meer en ik struikel. Je pakt mijn hand vast en geeft hem een kneepje, laat niet los. Opnieuw begin ik te twijfelen.

Het geluid van een klok wordt meegedragen op de bries. Er staat hier een kerk in het zand die we net niet kunnen zien. Voor ons schittert het water een schokkend turkoois. Ik aarzel, toch lopen we verder in de richting van de zee, openlijk hand in hand. Ik ben hier niet eerder met je geweest. Negen jaar heb ik je weggehouden van iets wat zo'n groot deel van me uitmaakt. Misschien was het een roekeloos besluit om te komen, maar ik hoop dat we hier in dit afgelegen deel van The Lizard onzichtbaar kunnen zijn. Dat we gewoon 'ons' kunnen zijn... voordat dat er niet meer is.

Het pad houdt op. Zonlicht weerkaatst op de natte stenen. Het heldere water, blauw en groen, schittert als een juweel en doet pijn aan mijn ogen, terwijl de bries het oppervlak beroert. Jij bent nooit eerder in Cornwall geweest en ik zie de verbazing op je gezicht.

'Ik zei toch dat het hier mooi was.'

Je kijkt me aan. 'Ja, maar dat was een leugen.'

Ik houd mijn hoofd schuin en bestudeer je. 'Ik heb niet tegen je gelogen.' Maar ik weet ook dat ik je niet alles heb verteld. Ik wend mijn blik af. Hoeveel langer zal ik weten wat ik je wel en niet heb verteld?

'Wel waar.'

Ik ril en kijk de andere kant op. Ik zie je hand die wuift alsof hij het strand streelt en ik kijk je weer aan.

'Dit is niet mooi... het is zo veel meer dan dat. Het is bijna te schitterend.'

Ik lach en sla mijn armen om je heen. We zijn alleen, slechts een zeemeeuw houdt ons gezelschap. De vrijheid om samen met jou weg te zijn is bedwelmend. De junizon schijnt op ons neer en even sta ik mezelf toe te vergeten dat dit helemaal niet goed is. Ik kus je, trek me dan los en ren als een kind door het zand. De zee slaat tegen de pijpen van mijn spijkerbroek en je rent met me mee, tot we bij de rotsen zijn die het eind van het strand markeren. Je tilt me op en zwaait me in het rond tot we samen in het natte zand vallen.

'Ik hou van je, Hebe Courtenay.'

Ik wil iets zeggen, wil je het zwijgen opleggen, maar je legt een vinger tegen mijn lippen.

'Ik weet dat je het niet wilt horen, maar ik ga het van de daken schreeuwen. Ik wil dat de hele wereld het hoort.' Je staart in mijn ogen en ik zie al jouw liefde voor mij daar weerspiegeld. 'Ik, Rory Crown, hou van je!' Je trekt me overeind. 'Ik hou van je!' Je schreeuwt het naar de kliffen, draait je dan naar de zee en roept het opnieuw.

Ik kijk om me heen, wil het liefst wegrennen. Er is niemand en ik sta veilig in je armen. Jij en ik, we zijn even geen onderdeel van de wereld. Het maakt niemand uit wie we zijn of waarom we samen zijn. Hier en nu kan ik doen alsof we normaal zijn.

Ik ben slaperig van de wijn en de warmte van het houtvuur. Overdag is het warm door de felle zon, maar 's avonds is het koud. Ik ril en je kijkt op van je computer. Ik zou ook moeten werken, maar kan me niet concentreren. De dokter heeft gewaarschuwd dat dat steeds vaker zal gebeuren. Ik ben op dit moment te moe om ertegen te vechten, maar het moet. Zie jij de verandering in mij, vraag ik me af, of lijkt alles logisch... omdat ik het nu weet?

'Wil jij dit stuk tekst even voor me bekijken?' Je staat op en brengt me je laptop. 'Ik weet niet of het beknopt genoeg is of dat de wijn mijn woorden beïnvloedt.'

Met een glimlach pak ik mijn leesbril. Je hebt de tekst oranje gemaakt, zodat ik weet wat ik moet bekijken. Ik kijk naar je op, maar je staart in het vuur. De vlammen zijn biologerend, maar ik dwing mezelf je woorden te lezen. Maar hoe vaak ik ze ook lees, hun betekenis ontgaat me. Ik pak de laptop wat steviger vast, probeer mijn hersenen tot actie te dwingen, maar ze weten niets te maken van je zinnen. Het komt vast door de wijn. Het moet de wijn wel zijn.

Je gaapt en ik doe hetzelfde. 'Heb jij er ook moeite mee?' Je pakt de computer uit mijn handen. 'Laten we er morgen maar met een frisse blik naar kijken.' Je klapt de laptop dicht en steekt je hand uit. 'Kom.'

Ik pak hem vast en denk aan de dag, bijna negen jaar geleden, dat je in mijn leven kwam.

Kom, vrouwe, kom, mijn kracht tart alle rust.

Net op dat moment ging de deur open en jij kwam binnen. 'Sorry.'

Mijn adem stokte. Je donkere haar viel in krullen in je nek. Je had brede schouders, maar nog niet helemaal die van een man. Het was alsof Thomas Grylls uit het portret aan mijn muur was gestapt en in een spijkerbroek en grijs T-shirt mijn collegezaal was binnengelopen. Even deed ik mijn ogen dicht. Ik zou door jou geen knikkende knieën van wellust moeten krijgen. Ik had meer dan genoeg aantrekkelijke jongemannen gezien en geen van allen had me er ooit toe verleid die grens te overschrijden.

Maar jij.

'Sorry. Ik had mezelf buitengesloten en moest wachten tot de conciërge me binnen kon laten.'

Je stem had een licht Schots accent.

'We zouden net beginnen.'

Je knikte en ging vooraan zitten.

'Zoals ik dus zei...' Ik wierp een blik op jou, maakte de zin niet af en begon papieren uit te delen. 'Voordat we beginnen is hier de leeslijst en de volgende opdracht.' Je hand raakte de mijne toen je de papieren aanpakte. Ik verstijfde, kon je amper aankijken. Mijn blik viel op je mond. Je volle lippen krulden iets omhoog alsof je wist wat ik voelde.

Ik draaide me om, pakte het boek en sloeg het open. 'Wie wil Donnes Elegie XIX "Bij het slapengaan van mijn vrouw" voordragen?'

Stilte. Er werden bezorgde blikken gewisseld, totdat jij je hand opstak en naar je medestudenten keek. 'Ik wel.' Je glimlachte.

'*Kom, vrouwe, kom, mijn kracht tart alle rust,*
In mij geen slaap, maar 'n kaper op de kust.'

De woorden rolden van je tong en ik klampte me aan de rand van het bureau vast. De vrouwen in de groep waren al even betoverd als ik. Je ging verder.

'*De strijder strijdt in mij, van u verrukt,*
De strijder moegestreden gaat gebukt.
Het rijglijf vlot terzij gelegd, de hemel zij onthuld
Die schuilhield, van 't glinst'rend spansel is vervuld.
Het borstschild sprankelt in het avondlicht
Dat nijv're dwazen neemt het zicht.
Ontstrengel nu en naar de sponde schrijd,
De klokke zegt me van u: het is bedtijd.'

Hoorbare zuchten haalden me uit mijn trance. Lieve god, naar jou luisteren was alsof Thomas Grylls in levenden lijve was verschenen. Zo'n scène had ik een paar dagen geleden nog geschreven, waarin Thomas alleen was met zijn verloofde Lucia en hij haar langzaam uitkleedde en aanbad met kussen. Ik begon te blozen, ging met mijn rug naar de studenten staan en keek uit het raam naar de septemberochtend. Zonnebloemen hebben zich opgericht naar de brandende hitte van de zon.

'*Die rijzen ons' haren te berge maar deze ons vlees overeind,*
Vrij spel aan mijn zwervershanden, naar het wonder

Naar voren, achter, tussen, boven en van onder.
O mijn Amerika! Mijn onontgonnen land,
Mijn koninkrijk, 't veiligst door slechts één man bemand.'

Je voordracht was zo geoefend als die van een acteur. Je timbre streelde elk woord. Vleselijke lusten kwamen opnieuw tot leven. Ik wilde dat je stopte, maar ook weer niet.

'Er rust geen straf, want onschuld heerst. Dit strekt
Tot onderricht: ben ik eerst naakt; want zeg me dan,
Waarom ge u bedekt, meer dan een man?'

'Dank je...' Ik kon niet meer dan stotteren. Toen ik naar je keek, verdween de rest van het lokaal. Je blik ontmoette de mijne. Je glimlachte verontschuldigend en schudde toen je hoofd.

'Sorry.' Ik schraapte mijn keel. 'Tijd om de magie van Donnes woorden achter ons te laten en in de harde realiteit van de zeventiende eeuw te duiken.'

Je niest en opeens sta ik weer in deze afgelegen oude cottage en niet in een stoffige collegezaal voor twintig wachtende studenten. Ik kruip naast je in bed en haal herinneringen op nu het nog kan. Ik trek je dicht tegen me aan en val bij het geluid van je hartslag in slaap.

2

Lucy

26 september 2016

'Hallo.' Een stem fluisterde achter Lucy en een hand gleed langs haar onderrug. Ze huiverde. Ed. Ze bracht de camera voor haar gezicht om haar blozende wangen te verbergen. Ze moest rustig blijven. Ze mocht zich niet door hem laten afleiden van haar werk.

Door het zoekvenster zag ze een parlementslid staan praten met een van de jonge vrijwilligers van de liefdadigheidsinstelling tegen analfabetisme. Het geluid van de sluiter stond uit en Lucy wist de beelden vast te leggen zonder dat ze iets in de gaten hadden. Dat werkte het best. Ze zag de realiteit, maar creëerde een illusie. Geen valse, maar wel een veranderde realiteit. De discussie tussen de twee was verhit, maar toen ze de twintig beelden die ze kort na elkaar had genomen bekeek, zag ze dat ze een stralende glimlach had vastgelegd. De tiener had een punt gescoord, naar zonder de context leek het charmant, niet triomfantelijk.

Alle jonge vrijwilligers hadden vóór de komst van de gasten een vrijwaringsformulier ondertekend. Iedereen wilde graag bewustwording creëren voor het goede doel, net als Lucy. Vandaag werkte ze geheel belangeloos. Ze wist hoe moeilijk lezen was voor iemand die dyslectisch was, en zij had dan nog het voordeel gehad dat ze op de beste scholen had gezeten.

Het meisje dat ze had gefotografeerd was achttien en boos. Jarenlang hadden mensen haar als dom bestempeld, maar dat was ze absoluut niet. Dat had Lucy gemerkt toen ze daarstraks met haar had gesproken. De tiener had haar emoties als een tatoeage op haar voorhoofd staan. Maar op de foto zag ze er heel lief uit. Lucy wist hoe het echt zat. Het zou niet lang duren voordat het meisje de les leerde die alle vrouwen op een gegeven moment leerden: hoe ze hun emoties voor de wereld moesten verbergen. Nog een jaar of twee en ze had de boosheid weggestopt. Hij zou er wel zijn – maar onzichtbaar – en hij zou alles wat ze deed aansturen, alleen zou ze zelf niet meer beseffen dat haar handelen werd gedreven door haar boosheid. Lucy slaakte een zucht.

Daisy, een oude schoolvriendin, stond bij het raam. Haar gezicht was het toonbeeld van medeleven, terwijl ze luisterde naar een oudere man. Lucy bracht hen in beeld en zorgde ervoor dat Daisy er op haar best uitzag. Het doel was om anderen aan te moedigen geld te doneren en deel uit te maken van iets goeds. Hoewel dit in veel opzichten leek op het werk dat ze voor tijdschriften deed – het in pixels vastleggen van het mooie en soms minder mooie – gaven de jongeren deze gelegenheid een interessante kant. Dit verhaal moest verteld worden, en dat was de uitdaging. Het ging hier niet om mensen die een nieuw product lanceerden of alleen maar plezier maakten. Voor de verandering was dit een verhaal dat Lucy graag wilde vertellen.

Ze glipte ongemerkt tussen de gasten door, liet zich niet bij het gesprek betrekken. Het zou zo gemakkelijk zijn om te stoppen en te praten. Ze kende deze mensen en zij kenden haar. Ze was bij meer dan genoeg van dit soort gelegenheden geweest als een van hen, zonder camera in haar hand. Maar ze was er veel liever met camera.

Als professioneel fotograaf was ze de afgelopen negen jaar een meester geworden in het nemen van het mooie plaatje, zelfs al vormde dit bij sommige onderwerpen een uitdaging. Mensen vertrouwden erop dat zij de volmaakte foto nam, of op z'n minst een foto waarop ze er niet slechter uitzagen. Ze begreep hoe de wereld werkte. Het hoefde tegenwoordig niet echt te zijn, zolang het er maar goed uitzag.

Ze zag mevrouw Talworth samen met de prinses bij het raam staan en legde het beeld vast. Die foto, in de middagzon die de highlights van mevrouw Talworth accentueerde, zou de opvallendste in de roddelbladen worden en zou morgen misschien wel de krant halen. Met de gouden gloed die ze perfect had getimed, zag de vrouw er zeker tien jaar jonger uit, en de prinses was de klassieke schoonheid die ze altijd was.

'Lucy, lieverd.'

Ze liet haar camera zakken toen de redactrice van een chic blad bij haar kwam staan.

'Je hebt zo langzamerhand toch wel wat je nodig hebt, zodat je kunt stoppen en kunt genieten?' De vrouw glimlachte. 'We hebben in geen tijden lekker gebabbeld. Met wie deel jij tegenwoordig het bed?'

'Als je de foto's morgenochtend wilt, is er geen tijd voor roddels.' Lucy keek op haar horloge. Ze was nog een tijd bezig met de postproductie en moest vanavond de beste opsturen.

'Dat is waar.' De redactrice nam een slok champagne. 'Dan zie ik je dit weekend wel.'

Lucy fronste en nam in gedachten haar agenda door. Had ze een bruiloft? Het was niets voor haar om een klus te vergeten.

'Bij je ouders.'

Lucy rolde met haar ogen en knikte toen. Een weekend met haar familie in de Cotswolds was nou net waar ze geen zin in had. Waarom had ze ja gezegd? Emotionele chantage. Haar broer Michael was jarig. 'Vergeten.'

Ed liep achter haar langs en stopte haar een stukje papier toe. Hij verafschuwde de meeste mensen hier, maar wist dat het belangrijk was om de liefdadigheidsinstelling zichtbaar te steunen.

De redactrice slenterde in de richting van de prinses en Lucy vluchtte naar het toilet. Snel deed ze de deur achter zich op slot en vouwde het papiertje open. Ze had Ed de hele week niet gezien. Meestal was dat precies wat ze wilde, een man die beperkt toegankelijk was. Geen emotionele eisen, alleen geestelijke en lichamelijke stimulatie. Voor haar, maar niet van haar. Kortom, Lucy wilde het onmogelijke en had dat gevonden bij een getrouwde man. De ironie ontging haar niet.

Sheila is naar haar moeder. Acht uur bij mij thuis. Neem de achteringang. x

Ze spoelde het briefje door het toilet, want je kon niet voorzichtig genoeg zijn. Het was nu vijf uur. Eerst moest ze werken en dan was hij haar beloning wegens goed gedrag.

Lucy's maag knorde. Bij dit soort gelegenheden had ze nooit tijd om te eten, dat was balen. Ze wierp een blik op haar horloge, overwoog om nog even een broodje te halen, maar was al laat. Ze hoopte maar dat Ed eten in huis had, al betwijfelde ze het. De vorige keer had ze het met beschimmeld brood en een fles champagne moeten doen. Zijn vrouw was niet erg van het huishouden – of van het huwelijk, als ze hem moest geloven.

Toen ze aan de achterkant van het gebouw stond, stuurde ze hem een appje. Haar lege maag reageerde op de stank die uit de vuilnisbakken kwam. Ze hield van deze los-vaste relatie, maar de geheimzinnigheid begon zijn aantrekkelijkheid te verliezen. Net toen ze misselijk begon te worden, verscheen Ed bij de achterdeur en liepen ze in stilte de trap op. Eenmaal binnen greep hij haar vast en Lucy liet de hartstocht in zich opwellen en probeerde haar honger te negeren. Terwijl Ed aan haar blouse trok, keek ze of er iets te eten op het aanrecht lag, wat fruit of iets dergelijks. Meer dan een fles wijn was er niet. Het enige wat de lege ruimte ontsierde was een kalender aan de koelkast waarop een aantal dagen rood omcirkeld was.

Haar maag rommelde.

'Trek?' Hij liet zijn hand over haar billen glijden.

'Ja.'

'In mij, hopelijk.'

Ze lachte. Zijn ego kende geen grenzen. 'In eten.'

'Ik laat straks wel wat bezorgen.' Hij beet zachtjes in haar nek.

'Ja.' Dat had ze vaker gehoord, maar hij deed het nooit. Misschien was het te intiem om samen voor de buis te eten. Haar rok viel op de grond en ze bracht haar gezicht naar het zijne en kuste hem. Zijn lippen verstrakten, hij trok zich terug en ging haar voor naar de slaapkamer.

Hij dacht maar aan één ding en Lucy klaagde niet. Hij verlangde naar haar. Dat was duidelijk. Toen ze op bed viel, zag ze *De Vijf en de spooktrein* op het nachtkastje liggen. Waarom las hij dat in vredesnaam? Terwijl haar lichaam begon te reageren, lag ze in gedachten in een vochtige tent in Devon, of was het Wales? Ze wist het niet meer.

Ed rolde van haar af, stak een sigaret op en keek op zijn telefoon. Roken paste niet bij de smetteloze toestand van het appartement. Alles stond waar het hoorde, op hun kleren op de grond na. Op de ladekast stond een zwart-witfoto van Ed en Sheila bij de burgerlijke stand. Ze waren nu tien jaar getrouwd. Wat had het ze opgeleverd?

'Je gelooft nooit wat Sheila me appte toen ze op hoge poten de deur uit was gestormd en naar haar moeder was gegaan.'

'Waarschijnlijk niet, maar vertel eens.' Lucy strekte haar benen en deed haar best om er niet aan te denken dat ze naakt in Sheila's bed lag.

'Dat ze alleen maar bij me bleef vanwege mijn carrière.'

Lucy fronste haar wenkbrauwen. 'Nou ja, dat heb je me verteld toen we elkaar net kenden.'

Hij draaide zich naar haar toe. 'Serieus?'

Ze knikte. 'Ja, je zei dat jullie huwelijk zo goed als over was, maar dat het politiek voordelig was.'

Hij grijnsde. 'Dat is zo.' Hij drukte zijn sigaret uit. 'Daarom heb ik jou nodig. Je bent slim, beeldschoon, wilt niets van me… en je bent geweldig in bed.'

'Die eerste drie weet ik zo net nog niet, en zelfs dat laatste…' Ze liet haar hand over zijn borst glijden.

'O, jawel.' Hij kuste haar. 'Dat is nog iets wat ze niet snapt.'

Ze liet haar hand verder omlaagglijden. 'O?'

'We hebben in geen jaren gevreeën.'

Lucy kon het zich niet voorstellen. 'Arme jij.'

'Ja, hè?' Hij duwde zijn neus in haar hals. 'Heb meelij. Ik word verwaarloosd door mijn vrouw die niet van me houdt.'

'Ik hou anders ook niet van je.'

'Maar jij verlangt in elk geval naar me.'

Lucy kuste hem en liet hem zien dat dat waar was.

3

Hebe

26 september 2016

De wachtkamer was leeg. Hebe sloeg haar enkels over elkaar en deed ze toen weer van elkaar. Ze keek of ze haar notitieboek in haar handtas had, zette de tas naast zich en sloeg haar enkels weer over elkaar. Ze trok haar jurk over haar knieën en zag toen een *Country Life* op het tafeltje naast zich liggen. Ze pakte het, bladerde erdoorheen en keek naar de huizen. Opeens bleef haar hand hangen. Helwyn House. Ze gleed met haar vingers over de bladzijde. *Te koop via veiling.* De noordzijde met de karakteristieke loggia keek haar aan. Ze kende het zo goed. Verlangen. Ze keek op. De receptioniste zat niet op haar plek. Ze scheurde de bladzijde eruit en liet hem in haar tas glijden.

'Mevrouw Courtenay, u bent aan de beurt.'

Ze stond op en trok haar jurk recht. Dit werd niet leuk, ook al deed ze graag alsof het anders was. Toen ze de spreekkamer binnenliep, zag ze dokter Phelps bij het raam staan. Hij draaide zich om en glimlachte. Was dat een goed teken?

'Ga zitten.' Hij liep naar zijn bureau.

Ze zou willen dat hij ging zitten, maar in plaats daarvan liep hij weer naar het raam met een stapel papieren in zijn hand. Dat was niet goed. Sommige dingen lukten haar al niet meer, maar ze was nog prima in staat om lichaamstaal te interpreteren.

'Je onderzoeksresultaten laten een aanzienlijke verslechtering zien.'

Hebe pakte haar notitieboek en schreef *verslechtering* op.

'Ik weet dat dit je niet verbaast, want je gaf al aan dat je het zelf hebt gemerkt.'

Ze knikte.

'We hebben in het verleden gesproken over je plannen voor wanneer de ziekte zou verergeren.'

Ziekte verergert, schreef ze op.

'Wat voor zorg heb je geregeld?'

Ze keek naar hem op en fronste. Dat stadium hadden ze toch zeker nog niet bereikt?

'Je neemt nooit iemand mee en toch raad ik je dat al vanaf onze eerste afspraak aan.'

'Dat wil ik niet.'

Hij schraapte zijn keel. 'Hebe, dit laat duidelijk zien dat je besluitvorming wordt aangetast en dat dat proces al enige tijd gaande is.'

Ze klemde haar lippen op elkaar.

'Je zult straks hulp nodig hebben.'

Ze liet de woorden tot zich doordringen, terwijl ze ze opschreef. *Hulp nodig.*

'Is het niet vandaag, dan is het wel in de nabije toekomst.' Hij liep naar zijn bureau en ging zitten. 'Beloof me dat je bij je volgende afspraak iemand meeneemt.'

Ze knikte, schreef alles op wat hij zei, maar dacht er verder niet over na. Over een paar dagen werd Helwyn House geveild. Ze ging het kopen. Er waren dingen die ze moest doen.

'Hebe, heb je opgeschreven wat ik net zei?'

Ze keek in haar notitieboek. *Helwyn House kopen*. 'Ja.'

'Goed.' Hij schoof wat papieren over het bureau. 'Zoals je kunt zien, is er een duidelijke afname op het cognitieve vlak.'

De lijntjes liepen steil omlaag. Ze had het gevoeld. 'Hoelang nog?'

'Wat bedoel je?'

'Hoelang nog tot ik niet meer weet wie ik ben, tot ik anderen niet meer ken.'

Hij stak zijn handen in de lucht. 'Als we naar de tijdslijn kijken sinds je eerste afspraak...' Hij wees naar het beginpunt op de grafiek.

'Als het in dit tempo afneemt, heb je mogelijk nog zes maanden goed cognitief vermogen, maar misschien niet eens zo lang.'

Hebe keek naar haar notitieboek.

Helwyn House kopen.

'Je gaat al jaren achteruit.'

'Jaren? Hoeveel?'

'Als ik moet schatten, als ik kijk naar hoe je nu bent, tien jaar. Maar je hebt je aangepast. Dat kun je niet blijven volhouden. Je hebt hulp nodig.'

'Ja, dank je.'

'Laten we je volgende afspraak over een maand plannen.' Hij schikte de stapel papieren en schoof ze in een map die hij dichtsloeg.

'Goed.'

'Vergeet niet iemand mee te nemen.' Hij stond op. 'Dat is belangrijk, Hebe.'

'Weet ik.' Ze glimlachte. 'Dank je.'

Ze liep de deur uit en bleef bij de receptie even staan. Op de tafel naast de stoel lag het tijdschrift waar ze de bladzijde uit gescheurd had. Ze wist wat ze ging doen.

'Kan ik u helpen, mevrouw Courtenay?'

'Ja. De afspraak van volgende maand gaat niet lukken. Wil je die afzeggen, dan bel ik als ik mijn agenda bij de hand heb.'

'Natuurlijk. Wilt u dat ik u daar telefonisch aan herinner?'

Er gleed een glimlach over Hebes lippen. 'Nee, ik heb er een aantekening van gemaakt. Dank je wel.' Snel liep ze de deur uit, de trap af, de septemberzon in, en probeerde zich te herinneren wat ze vandaag nog meer op het programma had staan.

Hebe keek naar haar pols. Ze had haar horloge niet om en wist niet meer waar ze het had afgedaan. Ze kende dit restaurant niet, met de witte tafelkleden en de flikkerende kaarsen. De stoel tegenover haar was leeg. Rory. Was hij laat of was zij vroeg? Vandaag was speciaal, maar ze wist niet meer goed waarom. Het was het feest van de heilige Colmán Elo, Ier. Maar dat zou hij niet weten.

Hij had erover zitten zeuren aan de telefoon en had briefjes op de koelkast, de deur en de badkamerspiegel geplakt. En hij had gemaild. Kennelijk was ze hun afspraak vorige keer vergeten. Dat zou het verklaren.

Hij kon elk moment komen. Ze pakte haar lippenstift, werkte haar lippen bij en keek op haar telefoon of ze berichten had. Het was precies zeven uur. Ze was vroeg. Hij was niet laat. Ze pakte haar notitieboek uit haar tas.

Aantekeningen doktersafspraak.

Verslechtering.

Dat wist ze…

Sombere prognose.

Waarom was ze überhaupt gegaan? Kon ze niet beter in onwetendheid leven? Maar ze was niet onwetend; ze had het willen… ze had iets gewild. Ze kwam er nog wel op, waarschijnlijk als ze niet meer wist waarom ze naar het woord had gezocht. Ontkennen. Dat was het. Ze moest iets doen, maar wist niet goed wat. Het einde dat haar te wachten stond was zo somber dat ze blij was dat ze zich er tegen die tijd niet bewust van zou zijn. Maar hoe zat het met de anderen die er getuige van waren?

Ze sloeg het notitieboek dicht en stopte het in haar tas. Daar vond ze een opgevouwen bladzijde uit *Country Life*. De laatste keer dat ze dat tijdschrift had gelezen, had haar zus op de voorpagina gestaan, dertig jaar geleden… of was het meer, of misschien minder? Ze deed haar ogen dicht, probeerde te bedenken hoe haar zus ook alweer heette, maar kon er niet op komen, alsof het op het puntje van haar tong lag, zoals zo veel andere dingen.

Ze streek de bladzijde glad. De loggia. Er was maar één huis met die architectuur in Cornwall. Helwyn House, het huis van Thomas Grylls, minnaar, held, monarchist, voorbeeldig Cavalier.

Haar telefoon lichtte op.

Onderweg. x

Mooi. Ze ging hier niet graag weg zonder te eten. Daarom waren ze hier per slot van rekening. Ze keek weer naar het papier en liet haar vingers eroverheen glijden. Ze kende de details zo goed. Ze had zo veel over dit huis geschreven en was er zo vaak geweest, met als doel om het in woorden te kunnen vatten… ongrijpbare woorden, nu meer dan ooit. Vroeger waren het vrienden en gereedschap geweest. Nu waren het dingen die ze kwijtraakte of waar ze over struikelde.

De veiling van Helwyn Huis zal plaatsvinden op 30 september 2016.

Ze moest het kopen. Dan kon ze het portret van Thomas Grylls terugbrengen naar de plek waar het hoorde. Dat zou perfect zijn, het volmaakte einde, zelfs. Bijna zo goed als dat van haar moeder. Cornwall.

Ze keek op en zag een aantrekkelijke man met de gastheer staan praten. Hij had bloemen bij zich. Rode rozen. Ze kende hem. Ze fronste haar wenkbrauwen. Het was 26 september. Ze duwde een lok haar achter haar oor en vroeg zich af wat er zo bijzonder was aan die datum. De aantekeningen, de bloemen, ze betekenden iets. Had ze tijd om haar agenda te pakken? Dan kon ze zien wat er zo belangrijk was aan vandaag, maar hij kwam al glimlachend op haar af. Rory. Haar hart ging tekeer.

'Hebe.' Hij kuste haar en gaf haar de bloemen. 'Gefeliciteerd, lieverd, wat heerlijk om al die tijd van jou te mogen houden.'

Ze knipperde met haar ogen en er schoot een herinnering door haar hoofd. Te snel. Hij was weg voordat ze hem kon grijpen. Ze kuchte, wenste dat haar hersenen niet langer belangrijke feiten voor haar verborgen hielden.

Ze waren al een tijd samen. Maar ze had geen idee hoelang deze aantrekkelijke man tegenover haar al haar minnaar was. De ober bracht een fles prosecco. Ze schrok toen de kurk knalde; haar gedachten gleden naar Rory's nette handen. Een linnen overhemd, blauw. Een jasje, bruin.

Ze keek naar haar eigen handen. Er zat een ouderdomsvlekje onder de knokkel van haar ringvinger, maar ze droeg geen ringen.

'Hoe was jouw dag?' Hij keek haar ingespannen aan.

'Saai.' Ze glimlachte en hief haar glas. 'Gefeliciteerd.'

'Ja, proost.'

Hun glazen klonken tegen elkaar en weer kwam en ging een herinnering. Ze kreeg een beetje genoeg van het najagen van deze vluchtige dingen. Waarom bleven ze niet stilstaan? 'En de jouwe?'

Zijn telefoon lichtte op en ze zag hoe hij de woorden las. Wie appte hem? Haar adem stokte toen jaloezie de wijn in haar mond wrang maakte.

'Niets nieuws, alleen weer een nieuwe lichting eerstejaars en een vergadering met een veelbelovende studente in haar laatste jaar.'

Ze ging rechtop zitten. Waarom knaagde die terloopse opmerking aan haar?

Hij richtte zijn aandacht weer op haar. 'Jij begint morgen, toch?'

Ze slikte. Ja? Ze had vandaag geen les gegeven, voor zover ze zich kon herinneren. Ze knikte en nam nog een slok. Misschien konden de bubbels de wolken in haar hoofd verdrijven.

'Waar heb je zin in?' Hij stak zijn arm over tafel uit en raakte haar hand aan. 'Je eet de laatste tijd niet veel.'

Dat was waar. Als hij niet bij haar was, nam ze er de moeite niet voor, en de laatste tijd was hij niet veel bij haar geweest. Haar kleren hingen allemaal los om haar lijf. 'Kies jij maar iets.' Ze glimlachte.

'Ook goed.' Hij slaakte een diepe zucht.

Was hij boos? Het deed er niet toe. De wijn steeg naar haar hoofd. Ze wist niet meer of ze vandaag al had gegeten. Ze schoof met haar voet onder tafel en wreef over zijn enkel. Hij keek op. Er zaten kraaienpootjes rond zijn ogen. Die kon ze zich niet herinneren, maar ze verlangde ernaar ze aan te raken.

'Heb je tijd om mijn nieuwste artikel te lezen voordat ik het inlever? Vanavond niet, natuurlijk.' Hij keek haar met een glimlach aan.

Ze keek omlaag. Waarom vanavond niet? O, natuurlijk. Ze waren tien jaar samen. Ze zouden eten, dan naar zijn huis gaan en vrijen. Geen tijd om te lezen.

4

Lucy

27 september 2016

De telefoon op het nachtkastje piepte. Lucy opende haar ogen. Ed bewoog en pakte hem. 'Shit. Ze is op de terugweg.' Hij ging rechtop zitten en wreef zijn haar uit zijn ogen.

'Geweldig.' Ze keek hoe zijn blik door de kamer schoot. Er stonden lege wijnflessen op de ladekast, maar de glazen waren nergens te bekennen. Het was me het nachtje wel geweest. Over een paar uur werd hij pas in het parlement verwacht en het zou nog wel even duren voordat Sheila vanuit Surrey weer in Londen was. Ze rekte zich uit en liet haar vingers over zijn rug glijden.

'Je moet maar gaan.' Ed keek weer op zijn telefoon.

Ze bleef stilliggen. Er lag een klank in zijn stem die nieuw was. Ongeduld. 'Is er iets?'

Met een glimlach keek hij haar aan. 'Nee, niets.'

Lucy stapte uit bed en verzamelde haar kleren op weg naar de badkamer. Hij loog. Ze wist het zeker. Misschien was het de glimlach. Toen ze zich had aangekleed, deed ze haar best om haar gezicht wat te fatsoeneren. De donkere vegen mascara van gisteren wilden niet weg, dus pakte ze wat toiletpapier en maakte het nat. Toen ze de prullenbak opende om het weg te gooien, zag ze een zwangerschapstest. Ze staarde ernaar in een poging tot zich te laten doordringen wat dit betekende.

Toen ze de badkamer uit kwam, kon ze wel tegen hem schreeuwen, maar hij was aan de telefoon. Niks geen uitgeblust huwelijk, dus. De positieve test zei haar dat het beslist nog springlevend was.

De klootzak. Ze kon zichzelf wel voor haar kop slaan dat ze zijn leugens had geloofd, maar moest lachen toen ze naar zichzelf in haar kleren van gisteren keek. Het had geen zin om te treuren. Hier werd ze hard van.

Ze stormde naar de keuken, waar ze haar tas de vorige avond had laten vallen. Alsof ze er voor het eerst was, keek ze om zich heen en besefte toen hoe het werkelijk zat. De kalender op de koelkast was logisch. De omcirkelde dagen waren geen belangrijke debatten in het parlement, maar de dagen waarop Sheila ovuleerde. Wat was ze dom geweest. Maar goed, ze hield niet van hem, dus wat maakte het uit? Toch deed het pijn. Ze griste een oude croissant uit de brooddoos, pakte haar telefoon en appte hem.

Het is uit. Heb je nooit geleerd dat het niet netjes is om te liegen? Gefeliciteerd met de zwangerschap van je vrouw.

Voordat ze het gebouw uit was, stond hij naast haar. 'Wat doe je?'

'Dat lijkt me verdomd duidelijk. Ik ga.'

'Je zegt hier geen woord over.'

Lucy bleef staan, keek hem aan en begon te lachen. *Je zegt hier geen woord over?* Niemand wist iets van deze verhouding. Alleen zij tweeen. Ze was de ideale maîtresse geweest. Hoe had ze zo ongelooflijk stom kunnen zijn? Ze had alles wat hij haar had gezegd geloofd.

Ze draaide zich om en liep de hal uit, op de voet gevolgd door Ed. Ze versnelde haar pas tot ze buiten stond, waarop hij haar arm vastpakte. Lucy draaide zich naar hem toe. 'Smerige leugenaar.'

'Je begrijpt het verkeerd.'

'Welnee. Je bent een op seks beluste klootzak en ik ben een sukkel omdat ik je leugens geloofde.'

'Nee, het huwelijk stelt niets meer voor.'

Toen Lucy zich omdraaide, zag ze een vreemde en de verslaggever van de *Daily Mail* die in hetzelfde complex woonde, allebei met hun telefoon in de lucht. De moed zakte haar in de schoenen. Ze draaide zich naar Ed toe. 'Je hebt zojuist je eigen graf gegraven.' Met opgeheven hoofd liep ze weg. 'Goeiemorgen, Tom.'

'Morgen, Lucy. Je hebt je oude streken nog niet verleerd, zie ik.'

'Dat zie je verkeerd.'

Ze hield een taxi staande. Ed was het gebouw weer in gevlucht. Hij zou er een hele kluif aan hebben om dit aan Sheila uit te leggen. Het arme mens. Het arme kind. En wat had ze zichzelf weer in de nesten gewerkt.

Tegen de tijd dat de taxi bij Lucy's flat in Pimlico was, stond er een fotograaf te wachten. Het was als een lopend vuurtje rondgegaan. Ongetwijfeld stonden de beelden al online en zouden ze het ochtendnieuws halen. Ze klemde haar kaken op elkaar. Dit was niet goed. Ze tikte op de partitie. 'Nieuw plan. Wil je me naar Cheyne Walk brengen, alsjeblieft?'

'Prima.'

'Dank je.' Lucy leunde achterover op de bank. Ze kon alleen maar hopen dat er nog geen journalisten voor het huis van haar ouders gebivakkeerd stonden. Het was nu zeven uur. Ze fatsoeneerde haar haar en hoopte dat haar moeder niet van het ergste zou uitgaan. Ze keek altijd naar het positieve, ook al was er niets positiefs. Lucy's vader was daar het bewijs van.

Toen de taxi het huis naderde, zag ze een eenzame fotograaf tegen een lantaarnpaal leunen en op hetzelfde moment deed haar moeder de deur open om de krant te pakken. De affaire stond er tenminste nog niet in. Die zou bewaard blijven tot morgenavond, tenzij de wereld ten onder ging. Ze hoopte dat de *Telegraph* iets beters voor de voorpagina had dan haar naam, anders zou haar vader er nooit over ophouden. Wie hield ze voor de gek: hij zou er sowieso nooit over ophouden. Ze was voor hem een blijvende herinnering dat hij een absolute eikel was. Sommige dingen konden niet vergeven of vergeten worden.

'Rij maar door en neem de volgende links,' zei ze. De taxichauffeur keek haar even bevreemd aan toen ze langs het adres reden dat ze had opgegeven.

'Hier is goed.' Ze sprong uit de auto en betaalde snel, voordat ze bij mevrouw Hill door het hek de tuin in rende. Er brandde geen licht in de keuken, dus niemand zou getuige zijn van haar vreemde gedrag. Haar vader, Giles, zou zeggen dat dat altijd al twijfelachtig was geweest, maar zij zou dan antwoorden dat ze het van hem had geleerd. Deze keer zou ze snel iets moeten bedenken. Er zou om een verklaring gevraagd worden, maar die zou niet helpen. Ze wist dat haar vader ervan genoot om haar in verlegenheid te zien. En dat gunde ze hem al jaren niet meer.

Zo elegant als mogelijk was in haar kokerrok klom ze over de achtermuur. Ze hoopte dat niemand keek, want tegen de tijd dat ze eroverheen was, zat haar rok rond haar middel. De situatie ging van kwaad tot erger. Gedachten raasden door haar hoofd, maar zonder koffie leverde dat niets op. De geur van een verse pot kwam uit de keuken van haar ouders. Precies zoals haar vader het lekker vond, dus nu maar hopen dat hij binnen niet stond te wachten.

Ze glipte door de open tuindeur naar binnen. De televisie stond aan en Kate Trevillion, haar moeder, duwde net het filter in de cafetière omlaag en las ondertussen de krant. De kat sprong omlaag en liep tussen Lucy's benen door. Haar moeder keek op. Verdriet versterkte de lijntjes rond haar ogen en die van haar mond tot aan haar kin. Op dit moment leek ze niet negenenveertig, maar negenentachtig.

'Lieve god, Lucia Anne Trevillion.' Haar blik gleed naar de televisie en weer naar Lucy. Vervolgens pakte ze de witte porseleinen kopjes die Lucy's vader mooi vond.

Lucy vond dat koffie lekkerder smaakte uit een doodgewone beker. Ze tilde de kat op en duwde haar neus in zijn rode vacht. Hij spinde. Er was tenminste één iemand blij om haar te zien.

'Een getrouwde man.' Kate zette met een klap een kop-en-schotel op tafel. 'Drink je je koffie nog steeds zwart of is dat veranderd nu je een echtbreekster bent?'

Au. Haar moeder was niet van plan hier een positieve draai aan te geven. Lucy zag haar spiegelbeeld in de ruiten van de openslaande deuren. Ze zag er schuldbewust uit. Maar ze had hem tenminste gedumpt voordat ze waren betrapt. Zijn huwelijk was kapot, had hij gezegd... maar nu wist ze beter. Hij was gewoon een typische man, een leugenachtige klootzak. Ze balde haar vuist. Ze had beter moeten weten. Ze was een sufferd en had geen medelijden met hem. Hij kreeg wat hij verdiende voor zijn leugens, al had ze medelijden met die arme Sheila.

'En hoe was je van plan je uit deze ellende te redden?' Haar moeder slaakte een zucht in haar koffie voordat ze weer tegen het smetteloos witte aanrecht leunde. In tegenstelling tot Lucy dronk zij die van haar met room. Haar ademhaling deed het volle, glanzende oppervlak rimpelen.

'Dat weet ik niet.' In de taxi had Lucy over haar mogelijkheden nagedacht, maar had niets zinvols kunnen bedenken. Ze had haar gebrek aan opties geweten aan haar kater en cafeïnegebrek.

'Niets nieuws dus.' Kate perste haar lippen op elkaar.

Lucy staarde naar haar moeder. Kate was trouw, sloot haar ogen voor de reeks affaires van haar man. Misschien leek Lucy meer op haar vader. Ze trok een vies gezicht. Dat was niets om trots op te zijn, maar als ze de keus had, leek ze liever op hem dan op haar brave moeder die over zich heen liet lopen.

'Zo te zien ben je nog niet thuis geweest.'

'Nee.' Dat klonk als een schuldbekentenis. 'Hoor eens, mam, het is niet wat het lijkt.' Zodra ze de woorden had gezegd, had ze spijt.

In de hoek van de kamer plukte haar vaders parkiet een veer los die op de bodem van de kooi viel. De kat cirkelde eronder. Kate tikte tegen de tralies en de vogel keek haar met glazige ogen aan. 'Dat is het nooit bij jou.'

'Mam...' Lucy's telefoon ging. Het was Samantha, haar agent. 'Ik moet opnemen.' Ze liep naar de eetkamer, maar vermeed de ramen aan de voorkant.

'Waar ben jij in vredesnaam mee bezig?' vroeg Samantha.

'Ik weet het niet.' Ze gleed met haar vinger over het glanzende tafelblad en stelde zich voor hoeveel jaren er was gewerkt om die glans te creëren en het prachtige oppervlak van het hout te beschermen.

'Waar zit je?' Samantha sprak zachtjes, en na negen jaar samenwerken wist Lucy dat dit betekende dat de situatie slecht was. Ze ijsbeerde door de kamer en bleef verstijfd staan toen ze een sleutel in het slot hoorde. Haar dag werd alleen maar erger. Haar vader was thuis. Vervolgens rinkelde de telefoon. Ze hoorde haar moeders stem omhooggaan.

'Bij mijn ouders.' Ze wreef over haar slapen.

'Je bent een sufferd.'

'Weet ik.' Ze pakte een kom van het buffet. Het was een teer geval van ivoorporselein, beschilderd met lentebloemen, dat van haar overgrootmoeder was geweest. Hij was erg breekbaar, maar tweehonderd jaar nadat hij was afgebakken zat er geen barstje in, was er geen schilfertje af.

'We hebben al twee afzeggingen en het is nog niet eens negen uur.'

Lucy kromp ineen. 'Oei.'

'Dat zullen er alleen maar meer worden.'

'Ik weet het.' Lucy perste haar lippen op elkaar en bedacht hoe stom ze was geweest.

'Ga je een verklaring afleggen?'

Ze fronste haar wenkbrauwen. De pers onder ogen komen? 'Weet ik niet zeker.'

Samantha zuchtte. 'Je kunt elke man krijgen die je maar wil, waarom Ed? Het is niet zo dat hij nou zo aantrekkelijk is.' Ze zweeg even. 'Vurig, dat wel.'

Er gleed een snelle glimlach over Lucy's lippen. 'Daar zal ik maar niets op zeggen.'

'Je weet wat dit betekent, hè?'

Lucy haalde diep adem en dwong zichzelf iets te zeggen. 'Ja.'

'Ik vind het afschuwelijk om te doen. Je bent geniaal, maar dit gaat niet werken.'

'Ik weet het.' Ze beet op haar lip. 'Het spijt me.'

'Denk de volgende keer na. Geen man is je carrière waard, geloof me.'

'Dat is waar.' Een ongemakkelijk lachje stierf op Lucy's lippen. 'Dat had ik eerder moeten bedenken.' Ze rolde met haar ogen.

Samantha zuchtte opnieuw. 'Ik spreek je nog wel.'

'Ja.' Maar ze wisten allebei dat het lang zou duren voordat iemand weer van Lucy's diensten gebruik zou willen maken. Ze was bezoedeld.

In de gang aarzelde ze en ze luisterde naar haar vaders stem. Ontsnappen via de voordeur was onmogelijk en nu was de achterdeur ook versperd. Vroeg of laat moest ze de gevolgen onder ogen zien, al gaf ze de voorkeur aan later.

Ze liep de keuken binnen en zag dat haar moeder een stap bij haar vader vandaan zette en haar koffiekopje neerzette.

'Ik dacht dat je zo langzamerhand volwassen was geworden.'

'Daar heb je zelf anders ook genoeg tijd voor gehad.' Moest hij nodig zeggen. Maar goed, hij had kennelijk het vroege nieuws gezien en wilde de situatie bespreken. Ze staarde hen allebei aan. Ze hadden geen idee. Niet in staat te zien hoe hun eigen verstoorde leven er van de buitenkant uitzag. Misschien zou ze het voor hen hebben moeten fotograferen, zodat ze wel gedwongen werden het te zien.

De telefoon ging opnieuw. Kate nam op en liep al pratende de keuken uit.

Hoofdschuddend zei haar vader: 'En serieus, een parlementslid van de Labourpartij, hoe haal je het in je hoofd? Je kunt alleen nog hopen dat er ergens een oorlog uitbreekt, anders ben jij de komende dagen het belangrijkste nieuws.' Hij wierp een blik op de krant en sloeg de pagina om.

Lucy keek hem nijdig aan. Niemand verdiende te sterven voor haar seksuele overtredingen. Zo behoeftig was ze niet, sterker nog, ze was helemaal niet behoeftig, daarom had ze ook een minnaar die slechts beperkt toegankelijk was.

Haar vader ging uit van hetzelfde principe, al liet hij zich zo nu en dan in het gezin zien dat hij had gecreëerd. De expert uithangen was zijn specialiteit. Lucy sprak hem al heel lang niet meer tegen. Zonde van haar energie en tijd. Over tijd gesproken, ze keek op haar telefoon. Een appje van Ed.

Bel me zsm.

Ze liep naar de bijkeuken en liet haar vader praten. Ze overwoog of ze moest antwoorden. Ze kon weinig doen.

Lijkt me niet verstandig, appte ze terug.

Een paar seconden later kwam het antwoord.

Verstand kan de pot op.

Ze schoot in de lach. Hij kon haar altijd aan het lachen maken. Dat zou ze missen.

Als jij het zegt.

Ze wachtte op de reactie.

Ik heb je nodig.

Lucy hield haar adem in. Ze stond stijf van de spanning. Met meer kracht dan nodig was typte ze haar antwoord.

Niet waar. Je moet je excuses aanbieden aan je vrouw en dan aan het volk. Toon berouw. Red je huwelijk en je carrière. Denk aan je kind. Denk aan iemand anders dan jezelf. Je hebt me niet nodig.

Ze schreef niet dat hij een leugenachtige eikel was. Dat zou ze misschien moeten doen.

Jawel.

Ze keek naar de overhemden die keurig aan de lijn hingen. Wat deed haar moeder nog steeds bij haar vader? Was ze niets meer dan een veredelde wasservice? Ze huiverde. Hoe mooi en lief haar moeder ook was, Lucy zou nooit zo worden als zij.

Haar telefoon piepte opnieuw. Ze antwoordde.

Je wilt me. Je hebt me niet nodig.

De wasruimte zag er keurig uit. Geen verdwaalde sok te zien.

Ik hou van je.

Ze deed haar ogen dicht. Schei toch uit. Liefde. Wedden dat hij precies hetzelfde tegen Sheila zei?

Genoeg. Dag.

Ze zette haar telefoon uit. Waar ging dat opeens over? Bij haar en Ed was het om de seks en gesprekken gegaan, maar nooit om liefde. Liefde verziekte alles, zei Ed altijd. Daar raakte de wereld van in onbalans, liefde was niet eerlijk. Liefde creëerde een gevangenis, zelfs al was het een heel comfortabele.

De keurig gesteven overhemden bewogen in een windvlaag. De voordeur was opengegaan. Lucy leunde tegen de muur, haalde een paar keer diep adem en dacht aan zijn vrouw en de zwangerschapstest. Dat was iets waar zij zich in elk geval nooit zorgen om hoefde te maken. Daar had haar lichaam wel voor gezorgd.

Wat een ochtend was het tot nu toe geweest, maar hij kon niet erger worden. Ze rechtte haar rug en liep terug naar de keuken, in gedachten op zoek naar een plan.

5

Hebe

juni 2015

De Melkweg vult de hemel boven ons als we de pub verlaten. Buiten het zicht van het dorp geef ik je een arm. Algauw zijn we in het donker gehuld en wil je de zaklamp in je zak pakken.

'Niet doen.' Ik raak je hand aan. 'Dan zie je de sterren niet goed meer.'

Je trekt me dichter naar je toe en al slenterend kijken we omhoog.

'Wat zijn het er veel.'

Ik knik, leg mijn hoofd op je schouder en kijk op. Jij wijst, en allebei staren we met ingehouden adem naar een vallende ster die door de lucht schiet.

'*Grijp maar eens een meteoor,*' begin je.

'*Bevrucht de alruinpenen…*' Ik zwijg even.

'*Herinner je al de jaren hiervoor.*' Je stem trilt in mijn hart. Ik houd mijn adem in en kan me de volgende regel niet meer herinneren. Wie bewaart de tijd toch?

'*Wie spleet des duvels tenen.*' Je grinnikt en dat stelt me gerust. 'De beeldspraak is geweldig.'

'Ja.' Donne weet het… onverklaarbare vast te leggen, maakt het duidelijk… op de een of andere manier. Dat zou ik moeten weten. Ik zou veel moeten weten, maar op dit moment kan ik alleen aan jou en je warmte naast me denken. Ik moet me aan het hier en nu vasthouden en me geen zorgen maken over het verleden of de toekomst. Leven. Dat moet ik doen.

'Heb je een wens gedaan?' vraag je, terwijl je langs de donkere hemel tuurt.

Ik lach, probeer te bedenken waarom ik een wens zou willen doen. Als ik opkijk naar de sterren, denk ik weer aan de vallende ster. 'Ja, dat ik ten minste twintig jaar jonger was.'

'Jij zou jij niet zijn als je jonger was.'

Ik frons. 'Twintig jaar geleden was ik ook mezelf.'

'Maar de dingen die in die twintig jaar zijn gebeurd hebben van jou de vrouw gemaakt van wie ik hou.' Je trekt me tegen je aan. 'Kijk, nog een vallende ster.'

Ik voel me somber worden. Ik geloof niet in wensen of zelfs gebeden. Daar is het allemaal te laat voor.

'Ik heb nog een wens gedaan.'

Ik haal diep adem. Ik ook, maar die kan ik je niet vertellen. Ik wens dat je liefde zult vinden, liefde van iemand die jou waard is.

We lopen in stilte verder, tot de cottage in zicht komt. Ik had je al die jaren geleden niet in mijn leven mogen toelaten. Eerst maakte ik me zorgen om mijn baan, stel dat iemand erachter kwam. Maar nu weet ik dat wat ik heb gedaan veel erger is. Mijn verhouding met jou weerhoudt jou van leven. Maar ben ik sterk genoeg om je te laten gaan?

'Dank je wel voor je opmerkingen bij het artikel.' Je kust mijn haar terwijl je de deur openmaakt. 'Ze waren volkomen logisch en je hebt gelijk, natuurlijk. Donnes gebruik van liefde in het gedicht is gelaagd, zelfs dubbelzinnig, maar zo had ik het nog niet bekeken.'

Ik frons mijn wenkbrauwen en probeer te bedenken wat ik heb gezegd of over welk gedicht we het eigenlijk hadden. Je staart me vol verwachting aan en ik wend me af.

'Weet je, zelfs na al die tijd worstel ik met het idee dat God en de duivel zo aanwezig waren in het leven van mensen. Ik weet nog hoe jij ons probeerde bewust te maken van de realiteit van dat feit.'

'Ja.' Ik haal diep adem. Dat kan ik me herinneren. Die feiten zijn niet verdwenen. God en de duivel waren aanwezig in vrijwel alles wat ze deden, in alles wat ze zeiden. De duivel. Je ogen glimlachen.

'Liefste, alle duivels zouden voor gewonnen zielen mij,' zeg je. *'Ook nog iets te ruilen geven, doch zo niet gij.'* Mijn hart slaat over als ik denk aan het moment waarop we te ver gingen. Ik sluit mijn ogen en waan me terug in mijn flat in Londen, waar ik de deur opendoe en mijn best moet doen om niet te staren.

Je stond met een fles wijn in je hand voor me.

'Ik wilde je bedanken.'

Ik fronste mijn wenkbrauwen, had de deur nog steeds halfdicht en verschool me erachter. Maar jou zag ik helemaal, vooral je schitterende ogen die me uitnodigden om ja te zeggen. De vraag was niet gesteld, maar hij lag op je lippen. Ik aarzelde. 'Waarvoor?'

'Het uitstel voor de opdracht van deze week.' Je stak de fles uit die in wit papier was gewikkeld.

'Niet nodig. Het onderzoeksmateriaal dat je nodig hebt is pas volgende week beschikbaar.'

'Je had het niet hoeven doen.' Je draaide je hoofd en toonde een sterk profiel met een scherpe kin en een rechte neus. Mijn buurvrouw keek je waarderend aan toen ze in de richting van de trap liep. Haar blik beschuldigde me, al wist ik niet goed waarvan. We namen elkaar alleen op.

Ik slikte en trok de deur open, zodat mijn spijkerbroek en witte herenoverhemd zichtbaar werden. Er ontging je niets. Ik was zo anders dan tijdens college, waar mijn uniform bestond uit een wikkeljurk en halfhoge hakken.

'Ik vroeg me af of ik je wat vragen mag stellen waar eerder geen tijd voor was,' zei je, toen je de drempel over kwam en de fles naar me uitstak. Als ik hem aannam, zou alles veranderen. Het was zeven uur op een warme avond. Ik nam de fles aan. Ik was vierenveertig en had beter moeten weten. Maar ik stond op het punt een minnaar te nemen die meer dan half zo jong was als ik, een jongen die het evenbeeld was van de persoon wiens portret boven mijn bed hing.

Bij ons eerste vreemde onderhoud, geboren uit onz' nood,
Bij alle begeerte die vervolgens van daaruit ontsproot.

Ik word wakker. Paniek. Lijstjes. Wat moet er gebeuren? Waar ben ik? Dageraad. Vogels. Jij. Ik zucht, kruip tegen je aan en staar naar de balken tegen het plafond. Mijn gedachten draaien in kringetjes rond. Ik moet het boek afmaken, maar weet niet hoe. Jij. Ik moet bij je weg en ik moet mijn baan opzeggen. Maar dan? Dan ben ik alleen. Mijn ademhaling wordt langzamer en mijn paniek ebt weg. Alleen is goed.

Ik stap voorzichtig uit bed, probeer je niet wakker te maken, maar glimlach dan. Jij bent niet wakker te krijgen, zelfs vaak niet eens van je eigen wekker. Ik trek een trui over mijn nachtjapon aan, loop naar de keuken en pak mijn notitieboek. De dokter zei dat lijstjes zouden helpen. Ze konden in elk geval geen kwaad.

Schrijf synopsis voor laatste boek Thomas Grylls, doe daarna onderzoek.

Ik sta op om water op te zetten, voordat ik het notitieboek dichtsla. Je mag niet lezen wat ik opschrijf. Op de een of andere manier heb ik dat voor jou geheimgehouden, zoals ik jou geheim heb gehouden. Als ik koffie heb gezet, sla ik mijn aantekeningen weer op. Ik onderstreep *Thomas* en denk aan het portret. Ik mis het. Ik moet het laatste boek afmaken nu ik dat nog kan. Maar natuurlijk mis ik iets... Ik tik met het potlood op het papier in de hoop dat het geluid iets in mijn hoofd losmaakt, zodat ik weer bij ben. Niets.

Ik neem een slok van de bittere zwarte koffie. Ik weet niet hoe het Thomas is vergaan na de Restauratie van Karel II. Ondanks mijn onderzoek is dat een mysterie gebleven. Mijn slapen beginnen te kloppen bij de gedachte. Het is geen geheim. Niemand houdt informatie voor me verborgen. Het is verloren gegaan en zal waarschijnlijk nooit teruggevonden worden. Ik zal mezelf moeten vertrouwen en het einde zelf bedenken. Is dat niet het plezier van het schrijven van fictie? Ik kan het einde schrijven zoals ik het wil. Ik ben God in de wereld die ik heb geschapen en hoef me alleen aan de historische feiten te houden voor zover die bekend zijn.

Ik hoor voetstappen en sla de bladzijde om. Op blote voeten en met ontbloot bovenlijf kom je de keuken binnen. Verdwaasd, nog niet helemaal wakker. Je steekt je hand uit en ik kan de verleiding niet weerstaan.

'Kom terug naar bed. Het is te vroeg.'

Met een glimlach pak ik je hand vast. 'De vogels zijn al wakker.'

'Fijn voor ze, maar ik wil jou naast me.'

We glijden onder het nog warme dekbed en jij mompelt Donnes woorden: '*Mijn lief, voor niets dan gij ik word... Verstoord, mijn zaal'ge droom gekort.*' Je verlangen naar mij is wakkerder dan jij zelf.

En terwijl je weer in slaap valt, denk ik aan de laatste regels van 'De droom'.

Ge kwam m' ontvlammen, gaat om we'er te komen,
Opdat ik niet sterve, blijf ik hoop dromen.

De zee strekt zich voor ons uit en de zon is aan zijn neergang begonnen. Het was jouw idee om op de langste dag van het jaar naar de zonsondergang te kijken. Je zei dat je elk moment wilde vastgrijpen. Ik bestudeer je profiel en vraag me af of je het weet.

'Het landschap is zo magnifiek, maar ook zo industrieel.' Je wijst naar een kazerne in de verte. Ik knik, kijk naar de golven die op de kust breken. Diep in de aarde zitten nog steeds mineralen. Hun stijgende en dalende waarde hebben Cornwall en haar bevolking gevormd. De familie Grylls bezat hier mijnen aan de noordkust, maar hun huis, Helwyn, lag in de glooiende valleien in het oosten.

Je schenkt muntthee uit de thermosfles in. De damp stijgt op in de avondlucht. Vanwege mijn slapeloosheid mag ik van jou na tien uur 's morgens geen cafeïne meer. Je hebt de veranderingen in mij gezien. Hoewel het me uiterlijk niet is aan te zien, zijn er steeds meer tekenen dat mijn hersenen met het uur ouder worden. Ik voel het. Een paar tellen geleden had je het over Cadgwith en ons bezoek daar. Ik heb je nietszeggend aangekeken, dat weet ik. Ik bloosde toen je over sirenen begon. Toen pas wist ik weer dat je het over gisteren had.

Breng me ten gehore der meerminnen gezangen
Of toon me thans een schild tegen afgunstig verlangen,
En vind
Welke wind
Brengt een ziel zo eerlijk als een kind.

Haar ogen volgden je naar de bar. Ik wist wat ze dacht. Ze zag hoe aantrekkelijk je was en vroeg zich af wat je met mij deed. Ik vroeg me hetzelfde af. Maar je kwam terug met mijn wijn en jouw bier en zag haar niet staan, had alleen oog voor mij. Ik kon nog steeds niet geloven dat dit echt was. Ik kon mijn eigen gedachten niet vertrouwen, want als je niet bij me was, leefde ik met angst in mijn maag. Toen ik naar haar keek, was ik jaloers op haar jeugd, haar schoonheid.

Terwijl je de tranen van mijn wang veegt, vraag je: 'Moet je huilen door de schoonheid van een zonsondergang?'

Mijn mondhoeken gaan omhoog. Was het maar zo simpel dat ik je de waarheid kon vertellen, maar zou ik het morgen dan nog weten? Dat beangstigt me het meest.

Ik doe mijn ogen open en lig op de grond. Ik knipper met mijn ogen en zie dat je op me af rent. Je gezicht is bleek. Mijn hoofd doet pijn. Ik doe mijn arm omhoog en voel aan mijn slaap. Er zit bloed op mijn vingers.

'Gaat het?' Je bekijkt me van top tot teen.

Ik verschuif.

'Niet bewegen.'

Ik frons. 'Waarom niet?'

'Misschien heb je iets gebroken.'

Ik schud mijn hoofd en het doet pijn. Ik doe mijn ogen weer dicht. Ik weet niet hoe of waarom ik op de grond terecht ben gekomen. 'Ik ben gestruikeld,' zeg ik. Ik kijk naar je en wend dan mijn blik af, zodat je niet ziet dat ik lieg.

'Wat doet er pijn?' Je strijkt mijn haar uit mijn ogen.

'Mijn hoofd.' Achter je zie ik bloeiende bloemen, ik ruik ze, maar weet hun naam niet meer. Je kijkt me met een scheve glimlach aan en mijn hart slaat even over.

'Dat zie ik,' zeg je. Je pakt mijn hand vast, helpt me overeind en brengt me naar de cottage. Je zet me op een stoel neer, maakt de wond schoon, kust mijn hoofd en geeft me een glas water. Onze rollen zijn omgedraaid. Er trekt een kilte over mijn huid, ondanks het feit dat de zon fel door het raam schijnt.

'Gisteren had je het erover dat je naar Pendennis Castle wilde.'

Ik haal diep adem. Dat kan best zijn, maar op dit moment weet ik niet eens waar Pendennis Castle is. Iets begint me te dagen. Thomas Grylls. De prins van Wales. Mijn schouders ontspannen zich. 'Ja. Interessant.'

'Ja, je hebt er uitgebreid over geschreven.'

Mijn hoofd schiet omhoog. Hoe weet je dat?

'Verschillende hoofdstukken in je boek over Cornwall en de Burgeroorlog.' Je zet water op. 'Heb je overwogen om een update te schrijven en een nieuwe editie uit te brengen?'

Ik doe mijn mond open. Hoe kan dat nu? Ik heb erover nagedacht, maar het kost me al moeite genoeg om artikelen te schrijven, laat staan een boek. Je kijkt naar me en geeft me een kop thee. Met melk en suiker. Hij smaakt vreemd. Ik doe nooit suiker in mijn thee. Mijn mond trekt.

'Ik vond dat je wat energie nodig had. Je bent bleek.'

'Echt?'

'Ja, je bent jezelf niet.'

'Nee?' Ik voel me ongemakkelijk.

'Al een tijdje niet, vind ik.' Met gefronste wenkbrauwen blaas je op je thee.

Ik houd mijn adem in.

'Sinds april al niet.'

'Sinds april?'

'Ja, na de begrafenis van je nichtje.'

Ik haal diep adem. Mijn nichtje. Ze was negenendertig. Tragisch.

Alzheimer. Vroege alzheimer. Erfelijk. Ik sta op en mors met m'n thee.

Je knijpt je ogen samen. Ik vind het niet fijn dat je zo naar me kijkt, zo taxerend. Ik heb jou vaak getaxeerd, maar jij hebt altijd alleen maar van me gehouden. Er ontsnapt een snik aan mijn lippen en ik ren naar het toilet en doe de deur op slot. Ik leun tegen de deur en hoor dat je aan de andere kant staat te wachten. Ik heb nog geluk, houd ik mezelf voor. Ik was vijfenvijftig voordat het bij mij duidelijk werd.

'Hebe?' Je stem klinkt smekend. Ik moet mijn emoties onder controle krijgen. De specialist zei dat dat moeilijker zou worden naarmate de ziekte zich verder ontwikkelt. Hij kon me niet zeggen wanneer dat zou zijn, alleen dat ik het nog goed heb gedaan, gezien mijn familiegeschiedenis. *Goed.* Het is een vals woord.

'Hebe?'

'Ja.'

'Gaat het?'

Nee. Het gaat helemaal niet. 'Ja, prima. Ik kom zo.'

6

Hebe

27 september 2016

De klok van St. Mary-le-Bow gaf het hele uur aan, en de woorden van John Donne dwarrelden door Hebes gedachten alsof ze in haar oor gefluisterd werden.

Geen mens is een eiland, zonder elk verband…

Ze dacht aan Cornwall. Afgesneden maar onderdeel van het geheel.

… ieder mens is een stuk continent, deel van 't vasteland.

Waren we echt allemaal met elkaar verbonden? Kon ze zich niet losmaken, weggaan?

… eenieders dood haalt een deel van me weg,
Want ik behoor tot den mens'lijken soort.
En vraag dus nooit voor wie de dodenklokke slaat;
Ze slaat voor u als u haar hoort.

Het was drie uur 's nachts. Geluid droeg verder in de donkerste ogenblikken van de nacht. Alles werd versterkt, angsten in het bijzonder. Hebe schreef tegenwoordig alles op en deed kruiswoordpuzzels om haar hersenen actief te houden. Maar geen van beide activiteiten hielpen haar om woorden vast te houden. Ze lieten haar bij bosjes in de steek en niets leek het tij te keren.

Het feest van de heilige Marcus van Antiochië

Het grootste deel van de dag was ik in de bibliotheek om collega's te ontlopen. Ik printte mijn aantekeningen voor de colleges van morgen uit. Het was een slechte dag vandaag en ik was te vaak kwijt waar ik was gebleven... iets met een TIA, *een tijdelijke verminderde bloedtoevoer van de hersenen. Het klinkt als iets uit de ruimte, niet in mijn lichaam. Het herseninfarct en de* TIA*'s zijn allemaal tekenen van*

Ze aarzelde, wilde het niet opschrijven.

Ik kan het niet langer negeren. Ik vergeet je naam en je gezicht als je niet bij me bent. Wat gebeurt er als me dat overkomt als je bij me bent? Ik ben bang.

Ze had gisteren haar kennisgeving van onmiddellijk ontslag aan de decaan van de faculteit geschiedenis gegeven, althans, ze dacht dat het gisteren was. Ze stak haar hand in haar tas, zocht het papier dat ze had uitgeprint, maar vond in plaats daarvan de uitgescheurde bladzijde van *Country Life*. Helwyn House werd vrijdag geveild. Er gleed een glimlach over haar gezicht toen zich een plan begon te vormen. Al zolang ze zich kon herinneren, wilde ze dit huis hebben. Dit was haar kans. Ze had geen tijd te verliezen.

Ze zuchtte en keek naar het bed waar haar minnaar zich omdraaide en verder sliep. Ze hadden gisteren tien jaar samen gevierd. Het dekbed was omlaaggegleden en toonde zijn naakte lichaam. De nacht was wazig. Ze deed haar ogen dicht toen een beeld uit het verleden, haar verleden, in haar opkwam: zijn borst toen ze die voor de eerste keer had aangeraakt. Geen enkele haar op zijn huid. Wat was hij jong geweest, zo jong.

Ze ontspande haar schouders en bladerde een paar bladzijden terug in haar dagboek. Wat ze ook zocht, ze kon het niet vinden. Ze richtte zich weer op wat ze had geschreven en wist met heel haar hart dat ze hem moest beschermen voor wat ging komen. Dat was ze hem wel verschuldigd, en zo veel meer.

Ze deed de la van het bureau open en vond papier en een envelop. Ze zou hem een brief schrijven om haar handelen uit te leggen. De pen zweefde boven het papier. Wat moest ze zeggen? Wat kón ze zeggen? Op het eerste vel zou ze schrijven wat ze op haar hart had en op het tweede zou ze schrijven wat gezegd moest worden.

Haar pen bewoog snel over het papier, aarzelde geen moment, terwijl alles uit haar stroomde. Dingen waar ze nooit de moed voor had gehad legde ze nu vast in felblauwe inkt. Ze blies op het papier om de sporen van haar eigen tranen te drogen. De klokken gaven aan dat het vier uur was. Ze vouwde het eerste vel papier op en begon aan het tweede.

Ik ga weg. Dat is het beste. Waar ik ook naartoe ga, kom me niet achterna. Probeer het niet. Als je echt van me houdt, laat me dan alsjeblieft gaan. We hebben tien goede jaren gehad. Hou je daaraan vast en kijk dan uit naar iets nieuws.

Hx

Ze stopte het briefje in de envelop en zette hem op zijn bureau, waarna ze het andere vel in haar handtas stopte en de lamp uitdeed. Het werd zo licht, en niet lang daarna zou ze vertrekken, maar op dit moment kon ze de duisternis niet alleen aan. Haar minnaar sliep verder. Met het gevoel alsof ze toekeek en er niet echt bij was – daar verwonderde ze zich de laatste tijd wel vaker over – kroop ze voor de laatste keer bij hem in bed. Haar hand gleed over zijn buik en ze trok hem in haar armen.

'*Kom, vrouwe, kom,*' mompelde hij, en hij kroop dicht tegen haar aan.

Woorden. Lastige dingen. Hij had gisteravond bij haar weg moeten gaan toen ze hem Thomas noemde. Dat zou wat ging komen een stuk gemakkelijker hebben gemaakt.

Hebe deed haar ogen open en haalde haar arm onder het warme lijf naast zich vandaan. Haar hand sliep. In het halfduister schudde ze ermee om hem weer tot leven te brengen. Iemand kreunde en draaide zich om. Waar was ze? Dit was haar slaapkamer niet. Ze deed haar ogen dicht, probeerde te vinden wat ze zocht, maar er was niets. Niets vertrouwds, alleen de man naast haar. Ze hield van hem. Alles in haar riep om hem. Haar hart liep over van hem, van de contouren van zijn armen tot de manier waarop de schaduwen zijn gelaatstrekken accentueerden. Ze moest zijn gezicht onthouden.

Voorzichtig stapte ze uit bed om hem niet wakker te maken en zag het briefje. Ja, dat ging ze doen. Ze hoopte dat hij haar snel zou vergeten. Maar daar ging ze zich nu geen zorgen om maken. Ze pakte haar slipje en trok het aan. Haar jurk lag bij de boekenkast. Ze trok hem over haar hoofd en zag toen pas haar beha op de stoel liggen. Die propte ze in haar tas en haalde vervolgens haar lippenstift tevoorschijn. Als hij wakker werd, wilde ze er zeker van zijn dat zijn laatste glimp van haar er een was waarin ze er op haar best uitzag.

Ze verplaatste het briefje zodat hij het niet zou missen en bad dat het genoeg zou zijn. Het moest maar. Het was de beste manier, in één keer breken. Hoe zou het ooit anders hebben kunnen aflopen? Het was dom van haar geweest om te dromen dat dat kon.

Ze keek de kamer rond om er zeker van te zijn dat ze niets had laten liggen. Haar blik viel op het nachtkastje waar een uitgave van Donnes *Elegieën* lag. Die had ze hem jaren geleden gegeven. Toen ze hem pakte, viel hij open bij Elegie v.

Schilder thans mijn beeltenis; hoewel 'k van u verscheid
Strijkt dat van u hier in mijn hart, daar ook mijn ziel huist, neer.
't Lijkt nog op mij, maar eenmaal dood, is 't meer
Wanneer we beiden schimmen zijn, dan in verleden tijd.

Er gleed een glimlach rond haar lippen toen ze haar vinger op zijn potloodaantekeningen in de marge legde. Hij was een groot geleerde van Engelse renaissanceliteratuur geworden. Hij las Donne nu voor zijn plezier, en dat van haar. En er lag zo veel plezier in de woorden. Ze haalde er de foto van hen beiden uit en keek naar de tekst op de achterkant.

Voor mijn hartsverlangen xx

Ze sloeg het boek dicht en liet het samen met de foto in haar tas glijden. Dit was de juiste beslissing. Het zou hem redden.

7

Lucy

29 september 2016

Haar broer Michael stond tegen het aanrecht en hoeveel Lucy ook van hem hield, was het laatste waar ze zin in had een broertjesinterventie. Of een familie-interventie.

'Ik weet dat je een aandachtsgeil wijf bent, maar nu ben je te ver gegaan.' Hij sloeg zijn armen over elkaar. Geen welkomstknuffel. Dat was het plan dus: Lucy afmaken.

'Leuk om jou ook weer te zien, en ik sla me erdoorheen, dank je. O, en gefeliciteerd met je verjaardag.' Zij en haar broer waren, nogal fantasieloos, vond zij, vernoemd naar de heiligendagen waarop ze geboren waren – of liever gezegd, in Michaels geval naar de wraakengel.

'Je bent een egoïstische trut.'

'Michael, dat is wat hard.' Hun moeder keek op van de servetten die ze nauwgezet aan het vouwen was.

Haar vader sloeg zijn krant dicht en legde hem op tafel. 'Niet hard genoeg. Ze is achtentwintig. Het is tijd dat ze volwassen wordt.'

Lucy keek naar de drie personen voor haar. Ze waren haar naaste familie en toch waren ze niet in staat om verder te kijken dan de krantenkoppen en even aan haar te denken. Het zou haar niet moeten verbazen, maar het zou prettig zijn geweest als ze wat steun aan hen had.

'Ik weet niet wat we aan deze situatie die jij voor jezelf hebt gecreeerd kunnen doen, maar wat er ook gebeurt, praat niet met de pers.' Giles stond op.

Lucy perste haar lippen op elkaar. Het kostte moeite om niet nu de deur uit te lopen en spontaan een interview te geven. Haar vader had dat effect op haar. Ze wierp een blik op de deur.

'Waag het niet.' Michael ging voor haar staan om haar tegen te houden.

Was het niet beter om eerlijk te zijn, spijt te betuigen en dan de draad weer op te pakken? 'Hoor eens, het is mijn leven.'

'Ja, maar je hebt al één gezin kapotgemaakt en je gaat ons gezin niet nog meer schade berokkenen.' Haar vader stak zijn borst naar voren; zijn overdreven gesteven overhemd had kreukels rond de taille die haar deden denken aan een papieren waaier. 'En vertel me niet dat ik er niets over te zeggen heb. Deze keer heb je niet alleen jezelf vernederd.' Zijn glimlach leek meer op een grimas.

Ze deed haar mond open en weer dicht, ging in de dichtstbijzijnde stoel zitten en wachtte op wat haar lieve familie nog meer te zeggen had. Ze was misschien gedwongen naar ze te luisteren, maar het betekende nog niet dat ze er iets mee hoefde te doen.

Haar moeder had zich in haar werkkamer teruggetrokken, maar toen ze na een hele tijd weer tevoorschijn kwam, had ze een vel papier in haar handen. 'Het lot is je misschien toch gunstig gezind.'

Lucy trok een wenkbrauw op. Ze wist het zeker: het lot was haar niet gunstig gezind, het had in haar gezicht gespuugd en mogelijk ook op haar gescheten. Het enige goede aan vandaag was de gin in haar hand.

'Ik heb je tante net gesproken.'

Lucy glimlachte. Lieve Hebe zou hier niet zo moeilijk over doen, die deed nergens moeilijk over. Zij regeerde over haar wereld zonder drukte. Die wereld leek voornamelijk uit boeken en enkele studenten te bestaan. Misschien was dat de toekomst. Niet de academische wereld, maar wellicht een klooster. Lucy's mondhoeken gingen omhoog toen ze zich een geremasterde scène uit *The Sound of Music* voorstelde, waarin haar familie zich afvroeg hoe ze een probleem als Lucy moesten oplossen. Ze was ervan overtuigd dat het een refrein was dat haar ouders goed kenden.

'Ze zit in Cornwall en staat op het punt een bod te doen op Helwyn House. Volkomen gestoord.'

'Staat het te koop?' Er liep een rilling over Lucy's rug. Cornwall en dat huis.

'Kennelijk. Michael stelde voor dat je daarnaartoe gaat.'

'Natuurlijk.' Ze snoof. De klootzak.

Kate schudde haar hoofd. 'Ik weet niet goed waarom mijn zus denkt dat ze dat huis kan kopen, laat staan alles bekostigen wat een pand van die afmetingen met zich meebrengt.'

'Ze heeft altijd zuinig geleefd.' Giles stond op en liep in de richting van zijn vrouw. Hij gaf haar een zoen op haar hoofd en zij keek met een glimlach naar hem op. Lucy onderdrukte een kokhalsreflex. Waar sloeg al dat kleffe gedoe op? Had haar crisis hen dichter tot elkaar gebracht? In dat geval zou ze deze dag voorgoed berouwen. Ze wenste allang niet meer dat ze normale ouders had.

'Ook weer niet zó zuinig, en denk bovendien eens aan de honderdduizenden ponden die ervoor nodig zijn om het in de eenentwintigste eeuw te brengen, laat staan het restaureren.' Kate rechtte haar rug.

Lucy knipperde met haar ogen. 'Wat heeft dat in vredesnaam met mij te maken?'

'Ik heb een treinkaartje voor je gekocht, je gaat morgenochtend met de eerste trein naar Truro. Dan ben je op tijd voor de veiling en kun je je tante tegenhouden.' Kate keek haar aan met een blik van: je doet wat je gezegd wordt.

Lucy negeerde die blik al sinds haar zeventiende. 'Wat?'

'Dan ben je even niet in Londen en kan deze vreselijke toestand wegebben.'

'Niet Cornwall.' Lieve god, overal behalve daar. Ze staarde haar vader indringend aan.

'Je gaat naar Cornwall en je gaat je tante helpen. Daar kun je tenminste geen schandaal veroorzaken, in elk geval niet een waar iemand iets van merkt.' Hij haalde adem en de woorden *jij anders wel* stierven op haar lippen toen hij verderging. 'Doe voor de verandering iets voor een ander.'

Dat moest hij nodig zeggen. Maar haar lot was bezegeld. Het was zes uur 's avonds. Ze had geen werk en haar foto stond in elke krant. Cornwall dan maar.

'Je tante heeft je nodig.' Kate keek Lucy strak aan. Ze wist dat Lucy geen nee zou zeggen; Lucy zou alles voor Hebe doen. 'Ik heb wat oude spullen van je op je bed gelegd. Morgenochtend klim je over de muur bij mevrouw Hill en dan staat er een auto te wachten om je naar het station te brengen.' Ze slaakte een zucht, de zucht die ze speciaal bewaarde voor momenten van diepe teleurstelling.

Lucy had die zuchten vaak gehoord sinds ze grandioos voor haar eindexamen was gezakt.

'Niet te geloven dat je ons dit weer hebt aangedaan.' Giles sloeg een arm om Kates schouders, een verenigd front.

Hoelang zou dat duren, vroeg Lucy zich af, toen ze haar gin achteroversloeg en de trap op liep naar haar oude slaapkamer. Cornwall. Helwyn House. Hel.

8

Hebe

juli 2015

De stranden liggen vol vakantiegangers die het zand verdelen met hun felgekleurde windschermen en vreemdsoortige tenten. Het is zomervakantie. De tijd dat we dit deel van Cornwall voor onszelf hadden is voorbij. Ik mis de eenzaamheid en zie de reactie van mensen op ons. Zelfs nu, nu ik je niet langer hoef te verbergen, doe ik het toch. Daar klamp ik me aan vast. Zolang mensen het niet weten, ben je veilig. We lopen slingerend langs gelukkige gezinnen om een plekje in het zand te vinden.

Je spreidt een deken uit en ik staar naar het water. Kinderen spelen in de rotspoelen en ik zie beelden voor me van mijn eigen jeugd. Ik kan me herinneren dat ik hand in hand met Kate over de rotsen bij Dollar Cove klauterde. Ze moet een jaar of vijf zijn geweest. Zo'n mooi kind, zo slim ook. Net als Lucy. Ik ril. Ik heb Lucy de laatste tijd niet veel gezien. Volgens Kate is ze druk bezig met haar werk en, vermoedt ze, een of andere ongeschikte man. Ik zucht. Zo veel belofte, zo roekeloos weggesmeten.

'Gaat het?' Je slaat een arm om mijn schouder. Ik knik en ga op de deken liggen. Je kijkt me ingespannen aan en ik weet dat ik beter mijn best moet doen als ik wil dat we samen blijven. Sommige dingen liggen nog steeds in mijn macht.

We worden allebei slaperig van de warmte van de zon. Je boek valt op je borst en ik zie hoe hij op en neer gaat. Dat heb ik vaak gedaan, al was het zelden waar anderen bij waren. Maar hier, ver van de wereld die mij kent en jou kent, zijn we veilig. Mijn oogleden vallen dicht en ik laat me door de warmte verleiden met beelden van jou en herinneringen aan ons verleden.

Twee- of driemaal reeds had ik u lief
Eer ik vernam uw naam of kende uw gelaat.

Twee lege wijnflessen. Toen ik opstond en een badjas aantrok, lag jij nog diep te slapen in mijn bed. Ik keek van het portret naar jou en terug. De gelijkenis was griezelig. Had ik je op de een of andere manier gecreeërd, als bij toverkunst; was hier een of andere oude alchemie aan het werk, die jou vanuit mijn gedachten een lijf had gegeven? En wat voor lijf.

Gisteravond was fout, zo fout. Maar ik was vervuld van verlangen. Had ik besloten je toe te laten of had je me betoverd? Was je echt? Je borst ging op en neer. Je was volmaakt. Als ik je had gemaakt, zou ik je moeten koesteren. Maar je kwam niet uit mijn verbeelding en zou geen verhouding met een oude vrouw moeten beginnen. Hoe had ik het in mijn hoofd gehaald? Ik ijsbeerde door de kamer, maar moest steeds weer naar jou kijken.

Ik liep naar mijn bureau en deed het licht aan. Pakte een notitieboek en een pen, en zette de stoel zo neer dat ik zowel jou als het portret kon zien. Welk gedicht had je gisteravond voorgedragen? Donnes 'Driewerf dwaas'.

Ik ben twee dwazen, zo zegt men
Dat ik u min, en dat ik dat beken.

Mijn mond bewoog en ik schreef de zinnen op. Ze waren zo krachtig, zo veelzeggend. Liefde stond gelijk aan kwetsbaarheid. Dat pad zou ik niet bewandelen. Ik leunde over het bureau en pakte mijn beduimelde verzameling van Donnes werk en las het gedicht in z'n geheel.

En wijl ik eerst twee dwazen was, 'k werd er drie op 't lest;
De dwazen die al enig wijs zijn, zij zijn nog het best.

Maar ik was zo'n dwaas omdat ik alles kon verliezen vanwege jou.

Er glijdt een schaduw voor de zon en ik ontwaak uit de gelukzaligheid van het verleden. Wolken hebben zich in de lucht boven ons verzameld. Ik leg mijn strooien hoed op je hoofd om je te beschermen. Ik weet dat ik iets moet doen. Je bent met iets groots bezig, iets waar je verrukt over bent. Televisie. Maar ik ben doodsbang. Als het doorgaat – en dat gaat het vast – moeten we scheiden. Ik kan je niet langer in de weg staan, maar moet de kracht zien te vinden om je te laten gaan.

De weg kronkelt en ik ga op in de omgeving en mijn gedachten. Elke keer als ik me naar je toe draai, wil ik eruit flappen wat ik weet, maar ik houd me in. Hoe minder ik je vertel, hoe beter het is. Ik moet in het hier en nu leven en dat proberen te onthouden voordat alles verloren is.

Je parkeert de auto en ik zie de drukte van Falmouth om ons heen. Wat is het hier veranderd sinds de eerste keer dat ik hier was, op zoek naar meer informatie over Thomas Grylls. Voor ons ligt het Maritiem Museum en daarachter de grote haven.

Terwijl jij een parkeerkaartje haalt, laat ik de drukte achter me. Stel dat iemand ons herkent? Jij zegt dat ik me daar geen zorgen meer om hoef te maken. Dat al heel lang niemand zich meer druk maakt om het feit dat wij een relatie hebben, maar toch voel ik de blikken van mensen. Ik voel hun walging, of nog erger, hun medelijden als je mijn hand vastpakt. Als je bij me komt staan en we in de richting van het museum lopen, denk ik aan ons eerste uitje in het openbaar.

Ik breng de spin die Liefde heet en alles transformeert,
En manna tot bijtende galle keert;
En juist de plek waar 'k gaarne zou leven
Een waarlijk Eden, heb ik 't serpent gegeven.

We lagen op een zomerse dag in Hyde Park onder een heldere, strakblauwe hemel. Het was bloedheet in de stad. Jij lag naast me te slapen. Een bundel met sonnetten van Shakespeare lag op je borst. Ik grijnsde. Hier, in de schaduw van een kastanjeboom, waren we net zo anoniem als honderden andere stellen om ons heen. Het was riskant om samen in Londen gezien te worden, maar in deze bloedhitte konden we niet anders dan het huis ontvluchten.

Ik tuurde langs de menigte, hield regelmatig mijn adem in. Me samen met jou ontspannen buiten mijn flat was nog altijd onmogelijk. Je moest lachen om mijn angst. Maar je weigerde te begrijpen hoe we op anderen overkwamen. Jij zei dat het er niet toe zou mogen doen wat anderen dachten. We waren allebei volwassen, zei je, maar ik keek naar je kin. Je had je twee dagen niet geschoren en er waren amper stoppels te zien. Je lichaam was slungelig, dat van een jongen, hoewel het zich gedroeg als dat van een man en mijn hartstocht ontlokte.

Ik keek je weer aan, zag hoe je borst op en neer ging en dacht niet dat ik ooit genoeg van je zou kunnen krijgen. Hoezeer ik ook wist dat ik hier niet met jou zou moeten zijn, ik kon er niets aan doen. Elke keer als ik een einde aan deze absurditeit wilde maken, verraste je me, zoals vanavond toen je onverwachts met een picknickmand voor me stond. Hoewel het logische deel van mijn hersenen zei dat het te riskant was om buiten samen gezien te worden, was ik niet in staat de bubbeltjeswijn, de koude kip, aardbeien en jou met die sproetjes op je wangen te weerstaan. En dus lag ik hier, genoot ik aan de ene kant van elke seconde, maar was ik aan de andere kant bang. We namen het risico. Het leven was kort, zei je. Ik fronste. Het zou nog maanden duren voordat je twintig werd. Ik werd in september vijfenveertig. Maar toen ik naar je keek, had ik het idee dat ik tot nu toe helemaal niet had geleefd.

Misschien lag het aan het gevaar. Gaf dat me het gevoel dat ik leefde. Ik nam steeds meer risico's. Nam beslissingen die ik vroeger nooit zou hebben genomen. Jij was er een van. Onze relatie was fout, maar voelde aanvaardbaar zolang hij geheim was. En toch lag ik hier op een zomeravond naast je en kon de hele wereld ons zien. Ik hoopte dat iedereen te veel opging in zijn eigen verwikkelingen om zich af te vragen wat we hier deden, of ik je moeder was.

Mijn aandacht werd getrokken door een beweging onderaan de boom. Een spin was een web aan het weven. De zijden draad was doorschijnend in de lage zonnestralen. Het was een prachtige val. Jij rolde naar me toe, sloeg een arm om me heen en gaf me een zoen. Ik was gevangen.

'Ik hou van je,' zei je, en je kuste me nogmaals.

'Hebe?' Je raakt mijn arm aan.

Ik draai me om.

'Heb je ook maar iets gehoord van wat ik net zei?'

Lieg ik, of zeg ik je de waarheid? 'Ja, natuurlijk.' Ik glimlach. 'Zie je de details op dat stuk ivoor?'

'Ja.' Je fronst je wenkbrauwen en ik pak je hand vast en trek je mee naar de volgende vitrinekast. Ik moet me op het hier en nu richten en hopen dat mijn geheugen het volhoudt.

9

Lucy

30 september 2016

Ze zou het uitzicht prachtig moeten vinden. Met het logische deel van haar hersenen (en wát haar familie ook zei, Lucy had een logisch stel hersens) wist ze dat het prachtig was. De fotograaf in haar zag de blauwe lucht, de nog blauwere zee en het rode zand van Devon. Maar straks stak de trein de Tamar over naar Cornwall en zou het een stuk moeilijker worden om adem te halen. Zelfs nu werd haar keel al dichtgeknepen, waardoor ze bijna geen lucht kreeg. Paniek.

Misschien had haar moeder het mis en stond haar tante niet op het punt om iets stoms te doen, zoals het kopen van een huis. Maar het was natuurlijk niet zomaar een huis. Het was Helwyn House, door de plaatselijke bevolking vaak Hell House genoemd. Hoe kon Hebe het verzinnen? Tegelijkertijd zag Lucy wel waarom haar tante het zo graag wilde. Het was oud, heel oud, en Hebe was historica. Maar het kon tegenwoordig onmogelijk veel meer dan een ruïne zijn. Lucy en haar familie waren de laatsten geweest die het hadden gehuurd en dat was elf jaar geleden. Oude huizen moesten bewoond worden. Hell House, dat ooit onderdak had geboden aan gelukkige gezinnen, was een plek vol schaduwen en duistere zaken geworden, en Hebe hoefde dat niet in haar bezit te hebben. Niemand.

Ze zuchtte en dacht aan de eerste keer dat ze het had gezien. Hebe had haar hand vastgehouden. Het was juli geweest en de geur van kamperfoelie en vochtigheid hadden in de lucht gehangen. Het beeld had haar tante betoverd en die betovering was de daaropvolgende jaren kennelijk niet verdwenen. Maar geïntrigeerd zijn was één ding;

het willen kopen was iets heel anders. Was Hebe gek geworden? Waarom zou ze haar goede geld willen uitgeven aan Hell House, terwijl er ergens anders veel mooiere panden te koop waren? En bovendien, hoe had ze hier in vredesnaam het geld voor?

Lucy keek naar de details in de brochure die Michael voor haar had uitgeprint.

> Helwyn House is een historisch pand dat zijn oorsprong vindt in het Sint-Antoniusklooster, dat werd gesticht rond 1100 na Christus. Na de opheffing van de kloosters kwam het in het bezit van de familie Grylls, die er een landhuis van maakten om hun macht en status te symboliseren. Na de Engelse Burgeroorlog kwam het pand in handen van de familie Pendarves.

Ze moest lachen. Zelfs toen zij het hadden gehuurd, was het niet meer dan een grote, oude boerderij met een paar statige kamers geweest. Ja, ze kende de geschiedenis en had over de granieten stenen gelopen die eens de grote hal hadden gevormd, maar zo bijzonder was het huis niet, het was geen Trelowarren of zelfs Pengarrock, het huis van haar neef Tristan.

> Het huis is gelegen boven getijdenkreek Gillan en bestaat uit vijf ontvangstkamers, een keuken, twee badkamers en zeven slaapkamers. Er zijn meerdere ruimtes die momenteel geen specifiek doel hebben. Daarnaast zijn er grote bijgebouwen die, met de juiste vergunningen, verbouwd zouden kunnen worden.
>
> Het perceel wordt geveild met vier hectare grond, inclusief de kaai bij de kreek.
>
> Dit is een uitgelezen kans om in het bezit te komen van een van Cornwalls meest historische huizen.

Hoe kwam Hebe erbij en waarom zat Lucy in deze veewagon? Geen plek meer in de eersteklas, had haar moeder gezegd. Maar Lucy wist dat het kwam door de kop op de achtergebleven krant op het tafeltje aan de andere kant van het gangpad. Ze trok haar vilthoed wat verder over haar ogen en duwde de Jackie O-zonnebril wat hoger op haar neus.

Serieus, wie hield ze nu voor de gek? Ze zag eruit als iemand die op de vlucht was of een stevige kater had.

Nou ja, dat laatste klopte. Haar moeder was scheutig geweest met de gin en Lucy had geen nee gezegd terwijl de paparazzi buiten stonden te wachten tot ze naar buiten kwam. Goddank hadden ze haar onelegante klauterpartij over de achtermuur niet gezien, en haar rit naar Paddington Station om daar de eerste trein naar Truro te nemen om Hebe te redden.

De woorden 'redden' en 'Hebe' hoorden niet in dezelfde zin thuis. Hebe was een buitengewoon zelfstandige en vrije vrouw, in tegenstelling tot Kate. Lucy vond het heel logisch om ongebonden te zijn. Daarom had Ed ook zo'n goed idee geleken. En als ze heel eerlijk was, wist ze dat een deel van haar plezier was ontstaan door de gedachte dat haar vader heel erg boos zou zijn over de verhouding. Maar ze had niet gedacht dat hij erachter zou komen en zeker niet op deze manier. Ed was een vergissing gebleken, de laatste in een hele reeks.

Ze had nooit eerder spijt gehad van haar affaires. Peter: dolkomisch. Ben: prettig gestoord. Harry was leuk geweest. Niet dat die relatie geen problemen had opgeleverd. Haar vader had haar nooit vergeven dat ze het niet serieus had genomen, maar dat was niets nieuws. Ze slaakte een zucht. Eerlijk gezegd waren ze allemaal kloontjes van elkaar geweest en ze had zich verveeld. Daarom had Ed het perfecte antwoord geleken. Hoe had ze zo stom kunnen zijn? Maar goed, haar familie dacht dat ze permanent stom was.

Lucy legde haar kin in haar handen en staarde uit het raam. Het begon te betrekken, de prachtige dag werd somberder en ze kon Brunels brug bijna niet meer zien. Het water eronder bestond niet. Ze hingen in de mist. En die werd steeds dichter, waardoor het station van Saltash uit het landschap leek te zijn verdwenen, en lage bewolking met de mist meebewoog. Het was september, maar dit ging wel heel ver voor het seizoen van mist en rijpe overvloed.

De kop VERLIEFD PARLEMENTSLID BETRAPT MET IT-GIRL schreeuwde vanaf de andere kant van het gangpad naar haar. Ze leunde die kant op en draaide de krant om. Helaas, er was op dit moment geen ander nieuws. Het leek wel augustus, komkommertijd, ook al was het al september. Lucy was al eerder tijdens komkommertijd in de media geweest; sterker nog, ze had ze opgezocht. Maar toen was ze een stomme, egoïstische trut geweest, zoals haar broer haar gisteravond zo fijntjes had laten weten.

Nou ja, sommige mensen – Michael in het bijzonder – zouden zeggen dat ze eindelijk naar de bestemming ging waar ze thuishoorde: de hel, nou ja, Helwyn House, in elk geval. Ze grimaste toen ze aan de treiterijen van haar broer dacht. Ze haatte hem. Nee, niet echt, ze hadden een typische broer-zusrelatie. Met prestatiegerichte emoties die kwamen en gingen als de mist in Cornwall.

Haar telefoon trilde en ze keek op het scherm. Ed, weer.

Waarom geef je geen antwoord?

Wat dacht hij nou? Dat ze verliefd op hem was? In dat geval had hij het goed mis. Gisteren had hij perfect zijn excuses gemaakt voor de camera, met zijn vrouw naast zich. Het was overal op het nieuws en internet, verdomme, dus waarom appte hij haar nu? Had hij een doodswens of zo?

Een vrouw met een peuter en een baby in een draagzak tegen haar borst kwam bij haar zitten. De peuter had dringend behoefte aan aandacht en de baby dreinde. Lucy glimlachte naar haar en de vrouw rolde met haar ogen. Aan alle kanten straalde ze vermoeidheid uit. Lucy had medelijden en zag het babyspuug op haar schouder.

De peuter begon de eenbenige toiletdans. 'Ik moet zo nodig plassen, mama.' De moeder had net de baby uitgepeld. Ze deed haar ogen dicht en zag eruit alsof ze wel kon schreeuwen en janken tegelijk.

'Kan ik je helpen?'

Een blik van opluchting gleed over haar gezicht. 'Zou je dat willen?'

Lucy knikte.

'Als je met ons mee zou willen lopen en de baby misschien zou kunnen vasthouden, terwijl…' Ze maakte haar zin niet af, want de peuter rende door het gangpad en gooide ondertussen van alles omver. Lucy liep achter hen aan. Bij de toiletdeur duwde de vrouw de baby in Lucy's armen.

Het jonge kind staarde haar aan en begon te blèren. Dat kon ze wel aan. Ze had door de jaren heen genoeg baby's vastgehouden, want haar vriendinnen hadden de een na de ander uitgepoept, en ze was van allemaal de lievelingspeetmoeder geworden. Toen ze naar haar weerspiegeling in het raam keek, zag ze waarom het kind aan het dreinen was. Ze zette haar zonnebril af en het kind werd direct wat rustiger. Terwijl ze wachtte op de moeder en de peuter, hoopte ze maar dat niemand haar zou herkennen.

'Sorry, hoor.' De moeder kwam met de peuter op haar arm naar buiten. Het kind was bloot. Er was duidelijk iets niet goed gegaan.

Toen ze terugliepen naar het tafeltje zat er een man de krant te lezen waar Lucy op de voorpagina stond. Ze hield haar hoofd schuin en glipte in de lege stoel met de baby op de arm. De moeder pakte schone kleren en begon haar zoon aan te kleden. De baby greep Lucy's hoed vast, rukte hem met één haal van haar hoofd en liet hem op tafel vallen.

De man keek van zijn krantje op en kneep zijn ogen halfdicht toen hij haar herkende. 'Echtbreekster,' zei hij, terwijl hij opstond en de moeder bijna omverliep.

De baby zat te kirren in Lucy's armen en ze kon wel door de grond zakken. Hij had gelijk. Ze was het doodschoppen niet waard. De andere vrouw. Nooit een verdedigbare positie. En deels voelde ze zich er afschuwelijk om, maar ze was ook boos. Ed had tegen haar gelogen. Ze was verdomme ook zo stom. Ze had hem geloofd.

'Sorry.' De moeder gaf Lucy haar hoed zodra ze kon. 'Dank je wel voor je hulp.'

'Graag gedaan.'

De vrouw stak haar armen uit en nam het glimlachende kind over. 'Je bent een natuurtalent met kinderen.'

'Nee, niet echt.' Dat was ze zeker niet.

'Pak je tas, Joe, dit is onze halte.' Ze zette de baby weer in de draagzak en wierp nog een blik op Lucy. Ze deed haar best om niet te oordelen, maar zonder succes.

'Heb je hulp nodig bij het uitstappen?'

'We redden het wel. Nogmaals bedankt.'

Lucy keek hoe ze het perron op stapte, waar ze werden begroet door een lange man. Breed lachend zette hij de peuter met een zwaai op zijn schouders. Zo te zien een gelukkig gezin, als zoiets al bestond. De vrouw zwaaide naar haar, de peuter ook, waarna ze iets tegen haar partner zei, die zich omdraaide en Lucy met gefronste wenkbrauwen recht aankeek. Ze zou moeten wennen aan die reactie. Ze was naïef geweest, had een relatie gewild zonder verplichtingen. Die bestond niet. Nu was ze in elk geval vrij en ze was vast van plan dat te blijven.

Ze pakte haar telefoon en scrolde door haar e-mails. Ze had haar vrienden een berichtje gestuurd om te zeggen dat ze een tijdje onderdook. Dat ze zich geen zorgen hoefden te maken en dat alles goed kwam. Maar ze wist niet of dat wel zo was, al kon ze niet goed zeggen waarom niet. Natuurlijk schreef ze niemand wat haar plannen waren, ze keek wel uit. Ze wist hoe die dingen werkten. Een paar glazen drank en iedereen wist waar ze zat. Een tijdje buiten beeld blijven zou voldoende moeten zijn, en ze hoopte maar dat iedereen het begreep. Zo niet, dan zou ze op social media worden afgemaakt.

Een berichtje van Michael verscheen op haar scherm.

Pas goed op jezelf. Mx

Nou ja, hij hield van haar op zijn eigen, vreemde manier. Hij was jonger dan zij, en toch wilde hij altijd de leiding hebben. Dat had hij gisteravond ook weer laten zien. Haar familieleden zouden wel even bepalen wat ze moest doen. Lucy had nog gevraagd of ze een keus had. Al had ze allang geweten wat het antwoord zou zijn.

'Nee,' hadden ze in koor gezegd.

Ze had al een kater van de gin van gisteravond en kreeg alleen maar meer hoofdpijn. Ze kon wel een borrel gebruiken want met het laatste restje koffie redde ze het niet. Het grijze landschap buiten paste bij haar humeur. Ze wist dat ze verkeerd bezig was geweest. Jezus, ze had gezien wat haar vaders activiteiten met haar moeder hadden gedaan, maar dit was anders geweest. Althans, voor haar.

Maar het deed er allemaal niet meer toe. Dankzij haar eigen stommiteit had ze geen werk meer en werd ze nu naar haar tante afgevoerd die ongetwijfeld helemaal geen hulp nodig had.

Onrustig opende Lucy Tinder op haar telefoon. Zou er iemand belangstelling hebben of zelfs maar in de buurt van Hell House wonen? Misschien moest ze seks maar afzweren. Ze lachte in zichzelf; dat ging niet werken. Ze swipete naar links en naar links en naar links, hield toen op en legde de telefoon weg. Voorlopig was ze waarschijnlijk beter af in haar eentje.

Ze keek uit het raam naar de mist en rilde. Te veel van haar verleden lag in Cornwall. Alleen zijn was niet eng, Helwyn House wel. Dat was de plek van al haar nachtmerries.

10

Hebe

30 september 2016

De dichte ochtendmist was verdampt en de zon gaf een zinderende warmte af. Hebe trok haar sjaaltje los. Ze wist zeker dat het door de zon kwam en dat het geen opvlieger was, maar het zou ook van de zenuwen kunnen komen. Ze had de details van de veiling stevig in haar hand en alle papieren die ze nodig had voor als ze succesvol was. Toen ze die ochtend wakker was geworden, was ze ervan overtuigd geweest dat dit precies was wat ze moest doen.

Dat ze ontslag had genomen en uit Londen was vertrokken, betekende niet dat haar leven geen doel meer hoefde te hebben. Voor haar betekende dat dat ze haar laatste roman af moest maken. Toen ze gisteravond in de kerk van St. Anthony had gezeten, had ze zich tot rust laten brengen door de sfeer. Vanmorgen had ze weer schrijfkriebels gehad. Het was alsof er eindelijk ruimte was in haar verbeelding, nu ze andere dingen opzij had gezet. Ze hoopte dat het blijvend zou zijn.

Ze wierp een blik op haar horloge en zag dat het nog maar twaalf uur was. De veiling was pas om twee uur. Ze had het slecht getimed, maar had niet goed meer geweten hoelang de rit naar Truro duurde. Ze was om half elf vertrokken en zelfs met de tractors op de weg, had ze er minder dan een uur over gedaan.

Het had wel even geduurd voordat ze het veilinghuis had gevonden. Ze was niet meer zo goed in kaartlezen als vroeger. Dat was niet het enige wat begon te verdwijnen. Een opvlieger diende zich aan en ze wuifde zichzelf lucht toe met de papieren in haar hand. Ze moest de zon uit. Ze rende naar het gebouw en bleef in de schaduw staan wachten tot ze iets was afgekoeld, maar het werd alleen maar warmer, terwijl allerlei gedachten door haar hoofd joegen.

Ze bestudeerde de details van de verkoop nogmaals. Helwyn House. Dit was belangrijk, ze mocht geen twijfels hebben. Ze pakte haar notitieboek en keek naar de lijst positieve redenen om het huis te kopen. De eerste was het feit dat ze het prachtig vond en dat was altijd zo geweest. Jaren geleden had het haar hart beroerd.

Dit was haar kans. Waarom aarzelde ze? Kwam het doordat ze vroeg was? Ze moest maar naar binnen gaan en zich inschrijven. Dan kon ze gaan zitten en hopelijk zou die opvlieger dan wegtrekken.

Ze draaide zich om en wilde de deur openen. Op het moment dat ze hem openduwde, kwam ze hard op de grond terecht. Even wist ze helemaal niets meer, maar een ogenblik later hielpen handen haar overeind. Haar knieën deden pijn en ze voelde tranen in haar ogen prikken. Als een klein kind werd ze naar een bank gebracht. Was dit haar toekomst?

11

Lucy

30 september 2016

Lucy tuurde door de veilingzaal, maar zag haar tante niet zitten tussen de driedelige kostuums en waxcoats. Vooraan prijkte een foto van Hell House op het scherm, met getemperd zonlicht door de grillige overwoekerde bomen. Het zag er romantisch uit, op een gotische manier. Te lang had het een rol in haar dromen gespeeld, met Lucy als dame in nood, te dom om te leven. Ze kon zich de romans nog herinneren op de boekenplanken in het huis. Ze had zelfs een keer voor Kerstmis zo'n doorschijnende nachtjapon gevraagd die de heldinnen altijd droegen. Hoe had ze het verzonnen? Op haar twaalfde had ze nog altijd gedacht dat een held haar zou komen redden.

'Helwyn House is al honderden jaren in het bezit van dezelfde familie.' De veilingmeester keek op vanaf het podium en glimlachte.

Dat was duidelijk. Lucy bestudeerde het bekende beeld. Geen verstandig mens zou z'n vingers hieraan willen branden, tenzij het een erfenis was. Serieus, er groeide een boom door het dak naast de ingestorte schoorsteen.

'Het is een huis van groot historisch belang.'

Ze kuchte. Historisch was het zeker, vooral de leidingen.

'De laatste Pendarves-telg, Lillian, is onlangs overleden op de leeftijd van zesennegentig jaar.'

Het zag er niet uit alsof zij iets aan het huis had gedaan sinds Lucy en haar familie het voor het laatst hadden gehuurd. In die tijd was het al slecht onderhouden, maar het was geen bouwval geweest.

'Het grootste deel van het land is verkocht, met uitzondering van vier hectare rond het huis en een strook bij de kreek en de kaai, die bij de koop zijn inbegrepen.'

Ze grijnsde in de wetenschap dat hij niets zei over de weg die de grond en de kaai scheidde en het feit dat de kreek slechts twee keer per dag bevaarbaar was. Niet echt het ideale pand aan het water. Ze moest aan het schilderij denken waar Hebe zo van hield. Thomas Grylls. Hij was een van de laatste van zijn familie geweest die het huis had bewoond, had haar tante haar jaren geleden verteld. Er was een hele reeks romans over hem geschreven waar Lucy dol op was. Toen ze Hebe erover had verteld, had haar tante ze afgedaan als goedkope fictie. Maar goed, ze was dan ook historica.

Er kwam een man naast Lucy staan. Hij had een bordje in zijn hand met het nummer 69 erop. Ze kon er niets aan doen; haar mondhoeken trilden toen ze discreet naar hem keek. Hij had zijn blik op de veilingmeester gericht, iets wat zij ook zou moeten doen. Maar omdat ze haar tante niet in de zaal had zien zitten, ging ze ervan uit dat Hebe zich had bedacht.

'We beginnen het bieden met vijfhonderdduizend pond.'

Lucy sperde haar ogen open. Toegegeven, ze had het huis in geen jaren gezien, daar had ze ook helemaal geen behoefte aan, maar dit was absurd.

'Prima, ik heb een bod van vierhonderdvijftigduizend.'

Het bordje van de man wiebelde voor zijn spijkerbroek. Hij had mooie dijbenen en de wassing van zijn broek was precies goed. Hij droeg bruine veterbrogues, keurig plattelands. Toen het bieden serieus begon, gleed Lucy's blik omhoog. Hij droeg een groene canvasjas die z'n beste tijd had gehad. Daaronder had hij een blauwlinnen overhemd aan dat bij zijn ogen paste. Dat wist ze want toen haar blik zijn aantrekkelijke gezicht bereikte, zag ze dat hij haar recht aankeek. Ze bloosde.

'Ik heb zeshonderdvijftig, links achterin.'

Lucy wendde haar blik af en vroeg zich af wie er zo dom kon zijn. Zo veel voor een ruïne zonder uitzicht. Je kon er beter een nul af halen.

'Zevenhonderdduizend vooraan.'

Ze kon de bieder niet zien, maar haar mond viel open van verbazing en de man naast haar grinnikte. Dat was het moment waarop ze besefte dat ze hem herkende. Nee, echt? Maar die glimlach was het bewijs. Ze stond vlak naast Kit Williams, een Brits acteur, die een enorme Hollywood-ster was geworden.

'Negenhonderdduizend, wie biedt negenhonderd?' De veilingmeester tuurde door de ruimte en richtte zich toen op twee vrouwen met een telefoon in hun hand. Het was absurd, dacht Lucy. In hartje Londen kreeg je er niet meer dan een bezemkast voor, maar hier kon je met bijna een miljoen pond een huis met zeezicht of op z'n minst een fatsoenlijk dak kopen.

De lichte beweging van het bordje op Kit Williams' dij leidde haar af.

'We hebben negenhonderdduizend vooraan. Heb ik een miljoen?'

Het bordje lag stil. Zo gek was hij toch zeker niet?

'Negenhonderdvijftigduizend, dan?'

Zijn arm schoot omhoog. De man was gestoord.

'Ik heb een miljoen aan de telefoon. Wie biedt een miljoen honderdduizend?'

De veilingmeester keek Kit recht aan. Lucy voelde zijn besluiteloosheid. Hij zou waarschijnlijk hetzelfde bedrag kwijt zijn om het krot bewoonbaar te maken. Alsof je geld weggooide.

Hij knikte.

Allemachtig. Maar goed, dat soort bedragen stelden in zijn wereld waarschijnlijk weinig voor.

'Ik heb één komma twee miljoen vooraan.'

Ze probeerde te zien welke idioot zo hoog bood, maar zag niet veel. Ze was allang blij dat Hebe er niet was.

'Ik heb één komma drie achterin.'

Ze kon er niets aan doen, hoofdschuddend keek ze opzij naar de filmster naast zich. 'Je bent gek.'

Hij knikte instemmend.

'Ik heb een tweede bieder aan de telefoon met één komma vier miljoen.

De veilingmeester keek naar de bieder vooraan en daarna naar Kit, die zijn hand om het bordje had geklemd.

De vrouw met de telefoon in haar hand knikte. Lucy kreeg er klamme handen van. Dit was bizar. Op hetzelfde moment begon Kits telefoon te trillen. Hij keek erop. 'Shit.' Hij bracht hem naar zijn oor en liep weg.

'Anderhalf miljoen pond.' De veilingmeester keek naar Kit die bijna de deur uit was. 'Helwyn House gaat naar de bieder aan de telefoon voor anderhalf miljoen.' De hamer kwam neer.

Iedereen kwam in beweging en Lucy keek opnieuw of Hebe niet ergens in een hoekje zat, maar ze was nergens te bekennen. Gelukkig maar. Haar moeder had haar voor niets op pad gestuurd om haar tante te redden, en zoals Lucy al had vermoed, hoefde ze helemaal niet gered te worden. Was het allemaal een list geweest om haar uit Londen weg te krijgen? Ze zou toch wel weggegaan zijn, er had niet veel anders op gezeten, maar ze zou niet naar Cornwall zijn gegaan… overal behalve Cornwall.

12

Hebe

juli 2015

Je staat boven op Godolphin Hill met je telefoon tegen je oor geklemd. Het is je zus. Ik hoor de opwinding in haar stem, maar kan haar niet verstaan. Er ligt een glimlach op je gezicht als je zegt: 'Gefeliciteerd, zus, hij mag in z'n handjes knijpen. Hij is een sufferd misschien, maar dat zal ik hem niet zeggen, dat beloof ik.' Je lacht.

De zon is heet en de grond heeft zo'n geblakerde geur. In de verte ligt de blauwe zee die de heldere lucht erboven weerspiegelt. Ik heb het gevoel dat ik oneindig ver kan kijken... nou ja, op z'n minst tot aan de Scilly-eilanden. Ik kijk naar St. Ives en draai me langzaam om. Van hier is het alsof ik heel Cornwall kan zien. Je zou de hele wereld in het vizier moeten hebben, maar op deze prachtige zomerdag ben je hier bij mij, in plaats van dat je champagne drinkt met je zus om haar geluk te vieren. Ze is jonger dan jij en ik heb haar nooit ontmoet, dat heb ik ook nooit gewild. Het zou datgeen wat voor ons ligt alleen maar moeilijker maken. Hoe minder we delen, hoe minder moeilijk het straks voor je zal zijn. Mensen zullen niet naar me vragen en ik zal langzaam vervagen. Over niet al te lange tijd zal ik jou vergeten zijn en ik hoop dat jij me alleen zult herinneren als een ogenblik op je tijdslijn.

Maar terwijl ik naar je kijk, ben ik jaloers op de glimlach die je gezicht doet oplichten. Dat gevoel ettert in mijn maag en ik besef hoe het me heeft gekweld vanaf het moment dat wij iets met elkaar kregen.

Wanneer gij mij afwijst, moordenares, waardoor ik heen zal gaan
En wellicht gij denkt te zijn bevrijd
Van alle verlokking mijnerzijds,
Mijn geest zal aan uw sponde staan.

Ik was zo boos. In de verte zat je in een aprilzonnetje met het meisje met het gouden haar. Ze keek naar je op vanonder haar wimpers en ik wist precies wat ze wilde. Ik voelde het in mijn binnenste. Lust. Boosheid maakte me zwak. Maar in plaats van het grasveld over te steken om jullie te confronteren, bleef ik roerloos staan. Inwendig schreeuwend. Kon je dan niet zien dat ze verliefd op je was?

Je glimlachte naar haar en ik keek hoe je haar bestudeerde. Je was niet immuun. Je leunde met je lichaam naar haar toe, hield je hoofd schuin net als zij. Je wist het misschien niet, maar je was zwak. Ze verleidde je en… Ik kon het jou en haar niet kwalijk nemen, maar dat maakte geen einde aan mijn onredelijke woede vanbinnen. Je was van mij. Dat vertelde je me elke dag.

Boosheid joeg me weg. Natuurlijk wilde ze jou. Ze was achttien en jij was drieëntwintig. Het was natuurlijk. Ik was bijna vijftig en niet langer een vrouw. Die maandelijkse herinnering was verdwenen en had veel met zich meegenomen. Ik rouwde erom. Ik had alleen mijn woede, machteloze woede. Mijn schoonheid, mijn kracht, was vervaagd en ik kon niet verdragen dat jij dat zag.

'Stop!'

Ik hoorde je stem, maar liep steeds sneller. Ik moest weg.

Je pakte mijn arm vast. We liepen op Westminster Bridge en ik kon me niet meer herinneren hoe ik daar was gekomen.

'Hebe, stop.'

Ik deed wat je zei. Ik had geen energie meer. Het bruine water onder ons stroomde naar zee.

'Ze houdt van je.'

'Nee.' Hij schudde zijn hoofd.

'Nou ja, ze wil je.'

Je haalde diep adem. Je gezicht zei me dat je dat wist.

'Ze is een eerstejaarsstudente en ik gaf haar wat feedback op een essay.'

Ik trok een wenkbrauw op.

'Zo is het niet. Ze is zo jong, nog maar een meisje.' Je slaakte een zucht. 'Ik zou zoiets niet doen, dat zou verkeerd zijn.' Je keek naar me en het drong tot je door.

Ik gooide mijn hoofd in mijn nek en lachte. Jij was drieëntwintig en ik was vijftig. Wat waren we veranderd, jij en ik.

Je pakte mijn hand en legde hem tegen je borst. 'Wij zijn anders,' zei je.

Ik deed mijn ogen dicht en probeerde dat te geloven... al was het maar voor dat moment.

Met een stralende blik loop je naar me toe. 'Ik ben zo blij voor haar.' Je legt je handen op mijn schouders. 'Ik heb beloofd dat ik vanavond een glas champagne op ze drink.'

'Lief.' Ik glimlach. Je steekt je telefoon in de lucht en strekt je arm uit. Net voordat je de foto neemt, duik ik weg. Je kijkt me hoofdschuddend aan. Ik weet dat ik je dagelijks teleurstel, zoals ik mezelf teleurstel. Ik wil niet dat er bewijs van ons bestaat.

Je laat je schouders zakken als je terugloopt naar de cottage. Ik heb je zien ijsberen. Dit is zo belangrijk voor je. Televisie. Literatuur toegankelijk maken voor een breder publiek. Je hebt het gevoel dat er tegenwoordig zo veel verloren gaat in het lesmateriaal op scholen. Er moet te veel behandeld worden, maar als je het tot leven kunt brengen op het scherm, zoals zo velen hebben gedaan met geschiedenis, zou de wereld daar beter van worden. Dat geloof jij echt, en ik ook. Maar ik weet ook dat ik weg moet, als je doorgaat met dit project. Er is geen andere mogelijkheid. Dan kan ik niet langer een onzichtbare rol in je leven spelen. De wereld wil jou, heeft jou nodig. Mijn hart zwelt van trots. Maar dat gevoel wordt op de voet gevolgd door verdriet.

'Nou, het is niet alleen slecht nieuws.'

Ik glimlach geforceerd. 'Vertel.'

'Je had gelijk, ze vonden het toepassingsgebied te klein.'

Ik knik, probeer me te herinneren wat ik heb gezegd. In al mijn jaren als docent heb ik mijn best gedaan om het verleden toegankelijk te maken in het heden, om op de een of andere manier de kloof te overbruggen. Ik ben er niet altijd in geslaagd, maar er zijn hoogtepunten geweest waarop mijn studenten en ik in de tijdmachine kropen die taal en literatuur ons biedt. Jij begreep dat intuïtief. Nog steeds.

'Terug naar af. Ik moet het concept groter maken.' Je haalt je vingers door je haar. 'Breder, toegankelijker.'

'Dat kun je.'

Je lacht. 'Ja, dat is ook wel zo.'

'Jij kunt alles waar je je maar toe zet.' Ik glimlach en voeg er in stilte aan toe dat je me wist te verleiden ondanks mijn bezwaren. Wat knaagden die aan me, en nog steeds, ook al zou dat niet meer hoeven.

Noch voorjaars- nee, noch zomerschoonheid met haar charme,
Is als één herfstgezicht in staat mijn harte te verwarmen.
Jonge schonen dwingen onze liefde af, dit gezicht slechts moedigt aan;
Doch onontkoombaar blijkt het wel, hoewel geen oneer aangedaan.
Ware 't schande om te minnen, zou hier geen schand' ontstaan;
Genegenheid neemt hier terstond de naam van eerbied aan.

Ik was essays aan het nakijken en jij lag languit op mijn bank Donne te lezen, met een potlood in je hand om aantekeningen te maken. Je wilde andere vakken gaan volgen. Ik vond dat je gelijk had. Bovendien werd het te moeilijk om onze relatie te verbergen. Ik huiverde nog steeds als ik het zei. Ik maakte mezelf wijs dat ik geen relatie had met een student die oud genoeg was om mijn zoon te zijn. Jij zei dat leeftijd er niet toe deed, maar ik keek naar jou en zag je jeugd. Leeftijd is nooit belangrijk voor jongeren. Jij hebt het eeuwige leven. Maar ik wist dat mijn schoonheid snel vervaagde. Ik dacht dat jij je aangetrokken had gevoeld tot mijn zelfvertrouwen. Ik wist wie ik was, maar de waarheid was dat jij me in verwarring bracht. Ik was niet langer de vrouw die ik een paar maanden geleden nog was geweest. Zij zou jou nooit hebben binnengelaten, maar ik wel, en ik zal met die wetenschap moeten leven.

13

Lucy

30 september 2016

Zeemeeuwen krijsten al cirkelend door de blauwe lucht. Het was een prachtige septemberdag geworden en Lucy zette haar zonnebril op toen ze door Lemon Street liep. Wat moest ze nu in vredesnaam doen? Waar was Hebe? Ze pakte haar telefoon en zag een appje van haar moeder.

Is het gelukt? x

Ze wilde net antwoorden toen ze opkeek en Kit Williams langs zag lopen. Hij gaf haar een knikje en ze keek pas weer naar haar telefoon toen hij de hoek om was. Niemand anders keek naar hem. Misschien kwam het door zijn kleren. Hij zag er net zo uit als iedere andere man in een plattelandsstadje. Of misschien kwam het door zijn houding, rechtop, maar niet overdreven. Geniaal, eigenlijk. Zij viel hier juist flink uit de toon en daar had ze op het moment geen behoefte aan. Voor de verandering wilde ze eens in de achtergrond verdwijnen.

Misschien moest ze gaan shoppen, maar de winkelselectie in Truro was beperkt, tenzij ze zich wilde kleden als een zeiler, een designermama of een tiener. Waar kochten vrouwen hier hun kleren? Vertrekken was de enige optie. En dat kon nu, aangezien Hebe Helwyn House niet had gekocht. De werkelijke vraag was nu dus waar ze zich een tijdje voor weinig geld kon schuilhouden tot de rust was weergekeerd. De verkiezingen in de Verenigde Staten leverden veel discussie op, dat hielp. Het was allemaal nieuwswaardiger dan het seksleven van een parlementslid. Over een week was het overgewaaid. Ze fronste toen ze bedacht dat Ed in de ethische commissie zat, wat nog wel eens ongemakkelijk zou kunnen worden.

Nou ja, dat raakte haar niet. Ze had op het moment geen werk, dat mocht duidelijk zijn. Ze had wat spaargeld. Niet veel en ze zou het er niet lang mee uitzingen, maar ze redde het er vast wel mee totdat ze iemand had gevonden die bereid was haar in te huren.

Ze bleef abrupt staan toen ze iemand 'dank u' hoorde zeggen met een keurige stem die een zweem van een West Country-accent had. Ze draaide haar hoofd om. Het was haar tante. Hebe liet de arm van de veilingmeester los toen ze onderaan het trapje voor het gebouw kwamen en gaf hem vervolgens een hand. Lucy kneep haar ogen samen, om zeker te weten dat ze zich niets inbeeldde. Hebe was niet in de zaal geweest, dat wist ze zeker. Toch stond ze hier, op nog geen honderd meter afstand, met een map in haar handen, terwijl ze glimlachend met de veilingmeester praatte.

Lucy liep hun kant op, probeerde te horen wat ze zeiden, hoewel dat door een passerende bus onmogelijk was. Toen ze bij Hebe stond en haar arm aanraakte, draaide haar tante zich om en keek haar nietszeggend aan. Dat komt natuurlijk door de vermomming met die stomme hoed en zonnebril, dacht ze.

'Ik ben het, Lucy.'

Hebe keek ingespannen, alsof ze haar probeerde te plaatsen. 'Jeetje, Luce, wat doe jij nou hier?' Ze pakte haar bij de arm en ze begonnen te lopen.

'Mama heeft me gestuurd.'

'Natuurlijk,' zei ze. 'Ik was het vergeten door alle opwinding van de veiling.'

Lucy keek haar vragend aan. 'Jij was er niet.'

Hebe glimlachte. 'Nee. Ik was gevallen op de treden naar de...' Ze wuifde met haar hand. 'Nou ja, de... de zaal. Daarom zat ik in een kantoortje en waren ze zo aardig dat ik het telefonisch mocht doen.'

Lucy sloeg haar hand voor haar mond. 'Sorry, maar jij hebt toch niet net anderhalf miljoen pond betaald voor Hell House?'

'Ja, voor het huis en de inhoud, en ik ben dolgelukkig.'

Lucy deed haar ogen even dicht en probeerde de informatie te verwerken. Haar tante had anderhalf miljoen pond – althans, die had ze gehad tot ze het zojuist had uitgegeven – en was nu in het bezit van Helwyn House.

'Ik heb een auto gehuurd. Laten we jou als extra… jeweetwel bijschrijven, dan kun jij ook rijden.'

Jeweetwel? Lucy trok een gezicht. Hebe koos haar woorden anders altijd heel zorgvuldig. Ze was zeker nog steeds onder de indruk van haar aankoop. 'Je gaat nu toch niet naar het huis?' Het was vast nog niet van haar. Geld overmaken en dergelijke kostte tijd, of niet?

'Natuurlijk niet. Ik heb een huisje gehuurd van Anthony… eh, nou ja, van Sailaway.' Ze glimlachte. 'We huurden altijd boten bij hem, en een van die kleine cottages bij de kerk leek me perfect, alles op loopafstand.'

'Anthony Jenkin.'

'Precies, die.' Ze slaakte een zucht. 'De perfecte plek.'

Perfect. Ja, in zekere zin was St. Anthony idyllisch: gelegen aan de kreek met slechts een paar huizen en veel boten. Lucy zag voor zich hoe ze als kind vaak op het kiezelstrand stenen had staan keilen.

'Ik kan je niet zeggen hoe spannend ik het vind, en ik vind het geweldig dat jij er bent.' Hebe keek haar recht aan. 'Jij was dat toch niet, hè, in de kranten?'

Lucy haalde diep adem en knikte.

'O, jee.' Ze waren bij het autoverhuurbedrijf bij het station. 'Soms gebeuren dingen met een reden.' Hebe gaf Lucy een kneepje in haar arm. Lucy liet haar rijbewijs aan de vrouw achter de balie zien en hoopte maar dat ze de kranten niet goed had gelezen deze week.

Het was grappig hoe verloren gewaande herinneringen bovenkwamen die Lucy met hun kracht overvielen. Tijdens de rit naar St. Anthony gebeurde dat, eerst in het klein. Toen ze bij Gweek kwamen, bedacht ze dat Michael haar een keer had ondergekotst omdat hij een heel pak koekjes had gegeten en niet van zijn Game Boy af te krijgen was. Dat had ze hem nooit vergeven en het was alsof de stank nog steeds in de lucht hing toen ze de eerste brug door het dorp overstaken. Tegen de tijd dat ze de tweede brug naderden, had die relatief onschuldige herinnering plaatsgemaakt voor angst.

Hebe nam de weg naar links, waar aan weerszijden veel bomen stonden met grillige takken; dit werd nog erger toen ze een stuk afsneden naar Mawgan. In de schemering groeiden er takken uit de boomstammen die leken te zijn verwrongen door ondraaglijke pijn en die omlaag en naar binnen waren gegroeid, weg van de wind en de regen. Lucy huiverde toen ze door het dorp reden naar de brug over Mawgan Creek. Het was eb en een klein stroompje kabbelde door een geul in het slik in de richting van de slingerende zee-engte.

'Je kunt de herfst in de lucht voelen. Zal ik de verwarming aanzetten?' Hebe keek haar vlak voor Gear Bridge aan.

'Nee, dank je. Het is prima zo.' Al maakte ze zich wel zorgen over de rijvaardigheid van haar tante. Hebe had altijd zelfverzekerd achter het stuur gezeten, maar nu leek ze erg voorzichtig. Toch had ze een paar keer naderende auto's en smalle doorgangen niet eens gezien.

'Als ik je dit al eens eerder heb verteld, moet je het zeggen, hoor, maar op deze brug vond in 1648 de slag plaats die bekendstaat als Gear Rout.'

'Misschien heb je het jaren geleden eens genoemd.' De brug was smal, maar in plaats van gas terug te nemen, schakelde Hebe op en kreeg Lucy het mos op het stenen muurtje van dichtbij te zien toen ze er rakelings langs reden.

'Dacht ik wel.' Op de steile heuvel naar Gear Farm schakelde ze terug en maakte opeens een slinger. Lucy vroeg zich af of ze moest aanbieden dat zij verder zou rijden. Met een beetje geluk wist ze de weg nog, ook al had ze haar best gedaan alles aan deze streek te vergeten.

'Wanneer ben je voor het laatst in Cornwall geweest?' vroeg Hebe.

'Elf jaar geleden.' Lucy dacht aan de gebeurtenis die tot haar snelle aftocht had geleid.

'Er is niet veel veranderd.' Hebe glimlachte.

Nee, zo te zien niet, al zag Lucy dat de methodistische kapel was verbouwd en dat er een paar nieuwe huizen stonden. De Prince of Wales-pub was opgeknapt, maar toen ze de tweede kruising in de richting van Manaccan passeerden, zag alles er nog als vanouds uit. Het oude bord gaf nog steeds de weg naar St. Anthony aan. Het zweet brak haar uit. Ze veegde het van haar voorhoofd en vroeg zich af of achtentwintig te jong was voor de menopauze.

Toen de weg omlaag liep naar het dorp, zag ze een eerste glimp van Falmouth Bay in het tanende licht. Het was een rustige avond en de zee was vlak en grijs. Het duurde niet lang of de kerktoren kwam in beeld, waarna Hebe de auto naast een van de vele boten parkeerde die daar op de wal stonden voor de winter.

'Ik heb de... kleine gehuurd, die daar.' Ze wees naar een laag granieten huisje met een picknicktafel in de tuin. De kerk van St. Anthony torende nog altijd boven dit kleine groepje huizen uit.

Lucy probeerde goede jeugdherinneringen op het strand op te halen, maar kon alleen aan de nare dingen denken. Ze had altijd gedacht dat vrolijke herinneringen lichter waren en eerder boven kwamen drijven, maar ze waren verjaagd door de slechte.

'Ik verwachtte geen gezelschap, maar er is slaapgelegenheid voor vier personen staat er in de...'

Lucy fronste toen de stilte voortduurde.

Hebe wreef over haar slaap. '... in de dingen... in de papieren,' maakte ze haar zin af, en ze pakte haar tas van de achterbank.

Lucy deed hetzelfde. Ze had maar drie slipjes, een beha, twee T-shirts en een paar slippers bij zich. Ze had duidelijk niet gepland voor deze logeerpartij, maar ja, ze had ook niet verwacht dat Hebe Hell House daadwerkelijk zou kopen. Dit was de laatste plek op aarde waar ze ooit terug had willen keren. Ze had zelfs gezworen dat ze het nooit zou doen. Loze beloften.

14

Hebe

1 oktober 2016

Hebe deed haar ogen open en staarde naar haar omgeving. Vormen doemden op. Niets was vertrouwd. Haar hart ging tekeer. Het was niet helemaal donker, maar ook nog niet licht. Het was *uht*, oud-Engels voor het uur voor de dageraad. Waarom moest ze aan een oud-Engels woord denken? Ze deed haar ogen dicht en ademde rustig. Cornwall. Daar was ze. Ze kon het ruiken. Deze slaapkamer kwam haar vreemd voor, maar de lucht, de zilte, kruidige geur, was bekend. Ze lag in een vakantiehuisje. Ze had wel vaker iets gehuurd.

Ze was bij hém weg en dat deed pijn, maar het was goed. Hij moest haar loslaten en als ze het aan hem overliet, zou hij het niet doen. Ze wilde hem beschermen en zijn herinnering aan haar zou er een van een vitale vrouw zijn. Ze moest beslissingen nemen nu ze dat nog kon. Helwyn House kopen was een goede geweest. Het betekende dat ze van nu af aan bezig zou zijn, uit het zicht, verborgen op het ruige platteland van Cornwall. Lucy was er natuurlijk, bedacht ze. Iedereen was op zoek naar Lucy. Kate had het erover gehad toen ze haar aan de telefoon had gehad. Hebe had het opgeschreven.

Met een zwaai zette ze haar voeten op de grond. Of het goed was dat haar nichtje hier was, wist ze niet, maar ze ging zich er geen zorgen om maken, want het was een voldongen feit. Ze mocht Lucy graag, nee, ze hield van haar. Opgewekt, koppig en lief tegelijk. Niet dat haar familie dat in haar zag. Lucy hield haar talenten goed verborgen, alleen haar uiterlijk niet, en dat... gebruikte ze. Nee, dat was niet juist, maar het moest maar.

Haar slapen klopten toen ze opstond. *Uhtceare*, zorgen in het uur voor de dageraad. Uht en uhtceare hoorden nu bij haar, permanent aanwezig in haar leven. Hopelijk werd dat minder nu ze thuis was, het thuis van haar hart. Toen een hoogleraar het woord uhtceare jaren geleden voor het eerst had genoemd, was haar dat bijgebleven. In de tijd dat het woord nog werd gebruikt, hadden monniken in de kerk naast de cottage hymnen gezongen, vermoedde ze, al was het eerder tegen zes uur geweest en zou je het dan morgenzang noemen. Ze had altijd het gevoel gehad dat het religieuze leven haar roeping zou zijn geweest, als ze in een vroegere tijd was geboren. De routine en de eenvoud trokken haar aan. Bovendien zou het natuurlijk de enige manier zijn geweest om te studeren.

Studeren was haar leven geweest, haar doel. Helwyn House was haar nieuwe doel. Het had haar net zo hard nodig als zij het huis. Ze bedacht dat ze haar lijstjes moest bijwerken en wilde net het licht aandoen toen ze in plaats daarvan naar de keuken liep. Het enige geluid was het brommen van de koelkast. Het liefst wilde ze de stekker eruit trekken. Zonder dat geluid zou dit moment hetzelfde kunnen zijn als elk willekeurig moment uit de afgelopen paar honderd jaar. Maar misschien ook niet. Het glas in de ramen bijvoorbeeld. Ze schudde haar hoofd. Dat zou er niet zijn geweest. Er lag tapijt onder haar voeten waar vroeger aangestampte aarde zou hebben gelegen. De stank van dieren en mensen zou in de lucht hebben gehangen.

Ondanks de rust van het vroege tijdstip was het leven nu heel anders dan toen. Ze moest zich niet in de war laten brengen, hoewel dat best lastig was, nu ze voor zonsopgang in een koude keuken stond en de wereld buiten een mistig licht verspreidde. Ze deed een tafellamp aan, pakte haar dagboek, ging zitten en begon te schrijven.

Het feest van de heilige Remigius, bekend om zijn vroomheid

Gisteravond bonen in tomatensaus op geroosterd brood met een halve fles supermarktwijn. Lucy was er. Het is fijn dat ze hier is, al weet ik dat ze hier absoluut niet wil zijn, maar ik weet niet meer waarom. Soms is het goed om het verleden onder ogen te komen. Omkijken kan helderheid verschaffen.

Hebe keek weer uit het raam en wist dat er meerdere boten tussen haar en de kreek lagen, maar ze kon ze niet zien in de mist. In gedachten zag ze hoe de royalisten zich naar het fort op Dennis Head begaven en sommigen onderweg bij de kerk langsgingen. Trevillion had het fort met eigen geld gebouwd om Cornwall voor de koning veilig te stellen. Er hadden zesentwintig kanonnen gestaan, of waren het er achtentwintig? Ze zou het moeten weten, maar twijfelde. Ze wist wel dat het de enige keer was dat de families Trevillion en Grylls het met elkaar eens waren geweest. De problemen, de ruzies tussen beide families, waren ver voordat Hendrik VIII het klooster aan de familie Grylls gaf begonnen.

Ze kneep haar ogen dicht, probeerde de details op te halen. Liefde, rivaliteit, rijkdom. Maar het was de bouw van Helwyn House die de situatie op het spits had gedreven. Helwyn House en Pengarrock stonden bijna boven op elkaar. Iedere volgende Grylls-erfgenaam had het huis grootser gemaakt om de Trevillions te overtreffen. Nu bezat zij wat ervan over was.

Ze stond op, zette de waterkoker aan en keek wat ze gisteren in haar dagboek had geschreven. Dit bevestigde dat ze Helwyn House inderdaad had gekocht. Ze had het niet zomaar gedroomd. Turend door het raam zag ze in de verte de contouren van de kerk. Hij leek niet van deze wereld te zijn, met stenen zacht van kleur door de wolken die eromheen hingen. Zijn oorsprong was verbonden met de monniken, net als Helwyn House.

De kreek zou in die tijd dieper en bevaarbaarder zijn geweest. Ze bleef staan en luisterde even. Trommels. Ze hoorde ze. Nee, nee, dat kon niet, maar het leek zo echt. Het was ook niet zo verrassend, aangezien ze deze plek zo uitgebreid had bestudeerd en er zo veel over had geschreven. Maar de grens tussen feiten en fictie leek vager dan ooit. Wat was echt? Ze wist het niet. Er was weinig meer waar ze zeker van was. Alleen moest ze nu opeens denken aan Lucy's handen die ze om haar knieën had geklemd toen ze over de smalle weggetjes hadden gereden. In de auto. Hebe hield niet meer van autorijden. Ze zag de dingen niet meer zo goed als vroeger.

Ze zette instantkoffie en liep met haar beker via de voordeur naar buiten. Ze stak de weg over en stapte over de ketting waarachter de boten overwinterden. Ze doemden op in de mist. Hier en daar lagen stukken touw en wrakhout op de grond. De mist dwarrelde om haar heen in het sterker wordende licht, als zand dat ze ooit in de woestijn had gezien. Alles deed onwerkelijk aan. De kreek zelf kwam als een verrassing. Het gevolg was dat haar linkervoet een beetje vochtig was.

Stilte. Geen gepruttel van een motorboot. Geen getoeter van een auto die een blinde bocht om kwam, zelfs niet het geluid van lijnen die tegen de masten achter haar sloegen. De damp van haar koffie steeg op en dwarrelde in de lucht. Ze had de juiste beslissing genomen. Hier was ze veilig. Hier kon ze zich begraven, zoals de vele lichamen die onder de grond lagen, anoniem, onopgemerkt, vergeten.

Het geluid van een roeispaan in het water klonk dof in de zware lucht. Hebe keek waar het geluid vandaan kwam, maar zag niets. Even later het knarsen van dollen en riemen die werden ingetrokken. Een luidere plons, een anker, misschien. Was iemand op deze merkwaardig witte oktoberochtend in z'n eentje aan het vissen?

Ze nam een slok koffie en dacht aan de dag die voor haar lag. Straks ging ze naar Helwyn House, het huis van Thomas Grylls, dat nu van haar was. De papieren waren een formaliteit. Ze had gisteravond een appje gekregen dat het geld was overgemaakt van haar bank naar de erven van Lillian Pendarves. Dankzij Thomas Grylls kon ze zich dit huis veroorloven. Ze tikte op haar telefoon en een foto van het schilderij van hem verscheen. Het portret dat ze had gekocht. Wanneer? Ze nam nog een slok koffie en spitte door haar geheugen in een poging de puzzelstukjes aan elkaar te leggen. Tijdens een boedelveiling van een landhuis. Ja, dat was het. Ergens ten noorden van Launceston. Portretten waren uit de mode in die tijd. Het was niet duur geweest. Ze had destijds heel weinig geld. Maar ze had erop geboden en ze had gewonnen. Net als gisteren. Ja, dat was het. De koop van Helwyn House via een veiling was eigenlijk heel passend. Het leven had een merkwaardige manier om dingen te verdraaien.

Haar bank – of liever gezegd: de man die haar bankzaken regelde – zou teleurgesteld zijn dat zo veel geld was verdwenen, maar was het daar niet juist voor bedoeld, voor plezier? Ze zuchtte. Niet in Grylls' tijd, dat was een feit. Ze deed haar ogen even dicht en opende ze weer om zich te focussen.

Aan de overkant van de kreek kon ze nu net het huis aan de oude kaai zien; een paar seconden later was het weer verdwenen, net als haar gedachten. Het werd erger. De specialist had gezegd dat de lichte beroerte die ze had gehad een teken van verergering was. Ze hoopte dat hij het mis had. Angst bekroop haar. Wat stond haar te wachten? Ze streek haar haar uit haar gezicht. Het had geen zin om te piekeren. Ze moest in het hier en nu leven. Helwyn House was van haar.

Het was een welvarend landgoed geweest ten tijde van de Burgeroorlog, in tegenstelling tot veel andere. De steun aan de koning had de schatkist behoorlijk uitgeput, maar pas na de Restauratie was het landgoed in verval geraakt, toen het in handen kwam van de neef van Thomas Grylls. Thomas had dat niet meer meegemaakt. Althans daar leek het op, gezien het bewijs dat ze door de jaren heen had vergaard. Ondanks al haar onderzoek was ze er nooit achter gekomen hoe hij was overleden en waar hij begraven lag. Hij was verdwenen. Dat was een probleem. Op dit moment wist ze niet waarom, maar ze wist wel dat ze zich hier zorgen om moest maken. Er was nog iemand anders verdwenen. Was dat toeval? Misschien moest ze het opschrijven.

Ze grabbelde in haar zak naar papier en pen, maar vond niets. Ze moest naar binnen. Ze dronk de laatste slok koffie op en keek naar haar handen. Er zaten mistdruppeltjes op haar vingers die haar sproeten en ouderdomsvlekjes uitvergrootten. De tijd ging zo snel voorbij. Maar hier was ze dan, eindelijk op de plek waar haar hart zich het compleetst voelde. Zelfs in deze dichte, natte mist voelde ze zich vervuld van liefde.

Een voet knerpte op de kiezels achter haar. Ze draaide zich om, maar zag niemand en hoorde verder niets. Op ochtenden als deze, als de mist zo dicht was, was dit een gebied van geesten en verloren zielen, zelfs als je daar niet in geloofde. Veel mensen die hier van het land leefden, het bewerkten en in deze wateren visten, geloofden in beide. Wie was zij om hun overtuigingen weg te wuiven?

Het was vloed toen Hebe en Lucy vanuit de cottage over de weg langs de kreek liepen. De late middagzon scheen door de bladeren die net begonnen te verkleuren. Hebe wilde op dit moment niets liever dan alles behalve het heden vergeten. Jammer genoeg waren haar hersenen niet zo bestuurbaar. Ze moest bijna hardop lachen, maar hield zich in want Lucy liep naast haar met een frons op haar mooie gezicht. Dacht ze aan haar minnaar? Het was niet gemakkelijk om liefde verborgen te houden. Dat wist Hebe maar al te goed. Haar hele leven was ze goed geweest in het bewaren van geheimen. Ze was een stil kind geweest. Serieus, had haar moeder altijd gezegd. Ze had maar weinig herinneringen aan Frances Nance, society-schoonheid met een wild hart en een prachtige stem. Ze was Cornisch in hart en nieren geweest, had gezongen van verdriet, en als de wind door de bomen ruiste, kon Hebe haar moeder horen.

Deze herfstmiddag was helemaal niet treurig of somber. Opwinding kolkte door haar lijf als het water dat onder de brug door naar de kaai stroomde. Er lag geluk, energie en blijdschap in. Hoe vaak had ze hier niet samen met Lucy en soms met haar broertje stokken van de brug gegooid om te zien welke het snelst was. Hebe had Michael nooit zo leuk gevonden als Lucy. Ze hoopte maar dat ze dat ook geheim had gehouden.

Lucy keek haar aan en glimlachte, maar haar blik was gejaagd. In een flits moest ze aan Giles, Lucy's vader, denken, de hufter. Nee, hij was gewoon zoals zo veel andere jongemannen die Hebe in de collegezalen had gehad, maar in tegenstelling tot hen was Giles nooit volwassen geworden. Ondanks zijn scherpe geest was hij niet in staat om te zien wat hij had en bleef hij tot in het oneindige rokkenjagen.

Dat had ze nooit begrepen. Kate was een geschenk. Lief, trouw, beeldschoon, een toegewijde echtgenote en moeder. Maar haar zusje – of liever gezegd: halfzusje – zou nooit met hem getrouwd zijn als de situatie anders was geweest.

Ze kwamen bij de restanten van het toegangshek. Oorspronkelijk had het hek verder van het huis gelegen, maar omdat er land was verkocht, was het verplaatst. Nu deden de palen aan weerszijden, overwoekerd en vuil als ze waren, aan twee vermoeide wandelaars denken. Het bord met daarop de naam van het huis zat nog maar met één spijker vast. Ze wendde zich tot Lucy en zag dat haar nichtje bleek was en dat er een blik van treurige vastberadenheid op haar gezicht lag, haar mond een grimmig dun streepje. Ze was niet gelukkig, dat was duidelijk.

Hebe slaakte een zucht. Ze was ongeduldig, wilde verder. Het huis was nu zo dichtbij dat ze sneller ging lopen over het overwoekerde pad dat eens een grootse oprijlaan was geweest. Ze struikelde, maar viel niet. Was het de juiste beslissing geweest om het huis te kopen? Ja, twijfels waren normaal bij het nemen van een besluit. Net zoals ze wist dat het de juiste beslissing was geweest om hém te verlaten. Bij het schrijven van het laatste boek over het leven van Thomas, zou het wonen in Helwyn House haar helpen.

Het zonlicht verdween achter de bomen, die donkere schaduwen op de grond wierpen. De natuur had de oprijlaan vrijwel volledig teruggevorderd. Rechts was een vervaarlijke kuil vol varens. Wild. De zoete geur van vochtige, rijke aarde vulde de lucht. Ze wist het niet zeker, maar het leek alsof een deel van de mist die vanmorgen alles had verborgen nog tussen de bomen hing. Bovenaards. De geesten van het verleden hingen tussen de takken. Zo veel geesten... van de monniken die hier eerst waren geweest, tot aan de mannen die hier na de veldslagen waren begraven. Ja, ze kon hun zielen duidelijker voelen dan ooit.

'Heb ik je wel eens verteld over de veldslagen hier? Gear Rout?'

'Ja.' Lucy glimlachte flauwtjes.

'O.'

Het was aan Hebe om deze plek te beschermen en om zijn geheimen bloot te leggen. Wat had ze er door de jaren heen naar verlangd, toen Helwyn House steeds verder in de schaduwen was verdwenen. Hopelijk zou er weer wat licht en leven terugkomen nu ze hier was, zelfs al legde het niet bloot wat er met Thomas Grylls was gebeurd.

'Wat zei je?' Lucy had haar wenkbrauwen gefronst.

'Niets.' Hebe keek met samengeknepen ogen in de verte. Lucy haalde haar schouders op en sloeg haar armen om zich heen. Ze was maar een klein ding, maar op de een of andere manier had Hebe het gevoel dat ze van staal was gemaakt.

15

Lucy

1 oktober 2016

De daling van de temperatuur sinds ze van de weg af waren en over de oprijlaan liepen was opvallend, en onwillekeurig bedacht Lucy dat dit de perfecte plek was voor spoken. Koud, vochtig en griezelig. De mistslierten die langs de oprijlaan hingen waren gewoon doodeng en erdoorheen lopen gaf haar het gevoel dat ze zo'n gedoemde heldin was in een van die gotische romans die ze vroeger had stukgelezen. Verder lopen terwijl ze wist dat er niets dan ellende voor haar lag. Jammer genoeg zou ze niet van de afschuw worden gered door een sensuele bink. De wereld van vandaag de dag werkte zo niet, en misschien was dat maar goed ook.

Ze had een bittere smaak in haar mond. Boosheid… Ze was boos op Michael en op haar vader en moeder die hadden ingestemd met zijn voorstel om haar hiernaartoe te sturen terwijl ze wisten dat zij Hell House verafschuwde. Toen ze naar het gebouw keek, voelde ze gal omhoogkomen.

'Lieve god, Hebe, heb je je verstand verloren?'

Hebe schrok op en draaide zich om. 'Nee.' Ze kneep haar ogen samen en staarde Lucy aan.

'Je bent gek dat je dit hebt gekocht.'

'Helwyn kopen is de beste beslissing die ik ooit heb genomen.'

Hebe keerde Lucy de rug toe en Lucy had het gevoel dat ze een klap in haar gezicht had gekregen. Wat had ze gezegd? Ze had haar tante niet willen kwetsen, maar dat had ze duidelijk wel gedaan. Hoe afschuwelijk ze het hier ook vond, ze moest zich op Hebe en haar enthousiasme richten. Hebe had altijd voor haar klaargestaan en dus was het tijd om iets goeds terug te doen.

Toen ze dichter bij het huis kwamen, keek ze even naar het raam van de noordelijke slaapkamer. Er bewoog iets. Ze zou het durven zweren.

'Hij staat niet op de inventarislijst, maar hij zal zijn nut nog wel tonen,' zei haar tante, terwijl ze een bos hoge brandnetels met de map in haar hand opzijduwde.

'Wat?' Lucy keek om om te zien waar Hebe het in vredesnaam over had.

'Niet treuzelen, het is maar een geit.'

Lucy zag het beest met de vreemde ogen tussen de zuilen van de loggia staan. Het staarde hen aan voordat het verder at van de rode valeriaan die tussen de barsten in de treden groeide. Het werd hoe langer hoe vreemder.

Dappere zonnestralen vielen op de loggia waardoor het een bovenaardse Narnia-sfeer kreeg. Jezus, alles begon zo te voelen. Ze was hier alleen voor Hebe en om aan Londen te ontsnappen totdat het schandaal oud nieuws was. De pers was al op zoek naar iets nieuws en zij kon niet wachten om hetzelfde te doen.

'Het is een goed voorteken.' Hebe staarde naar het dier.

Lucy fronste haar wenkbrauwen. Geiten waren wel oké, vooral van die schattige beestjes die op het moment op internet helemaal in waren, maar een echte, stinkende geit was een heel ander verhaal.

'De geit vertegen...' stotterde Hebe, 'vertegen... staat voor overvloed, vruchtbaarheid.' Ze draaide zich naar Lucy toe, die een stap naar achteren deed.

'Vruchtbaarheid? Dan moet je niet naar mij kijken.'

'Energie dan. Vitaliteit.'

'En de zondebok,' vulde Lucy aan, en ze wendde haar blik van de geit af.

Hebe knikte. Maar Lucy wilde die rol ook niet. Ze schudde haar hoofd en keek achterom naar Hell House. De loggia had altijd indruk op haar gemaakt. Hij paste hier niet. Loggia's zag je in Italië, niet in het vochtige, natte Cornwall. Zij en Michael hadden vele spelletjes bedacht met de pilaren als soldaten, bossen, buitenaardse wezens. In die beginjaren hadden ze zo'n lol gehad.

Toen de warme oktoberzon het gebouw bereikte, zag het er prachtig uit, op een artistieke, bouwvallige manier. Als je van ruïnes hield, was het wel wat, maar als je de voorkeur gaf aan een warm, droog, gastvrij huis, had je een probleem. En Lucy wist dat ze een probleem hadden. Ze kon het tot in haar botten voelen. Ze kon ook het verleden, een ongelukkig verleden, voelen.

Verval en de dood sijpelden uit elke steen van Hell House, wierpen schaduwen op de versleten stenen platen. Bomen torenden erbovenuit. De meeste dingen waren kleiner dan in haar herinnering, maar de bomen niet. Ze dansten bijna in de bries. Nee, nu liet ze haar verbeelding op hol slaan. Ze ging met haar rug naar de beschimpende takken staan. Haar arme tante had meer dan een miljoen pond uitgegeven aan de restanten van een verwaarloosd huis. Een paar honderd jaar geleden, voordat het in verval was geraakt, was het vast heel mooi geweest. Maar nu...

Een discreet kuchje gaf de komst van aannemer Fred Polcrebar aan. Hebe had hem vanmorgen op aanraden van Anthony Jenkin gebeld. Lucy kon zich hem nog vaag herinneren, omdat ze wel eens was gestrikt om op zijn jongere broertje te passen toen ze zestien was.

'Goeiemiddag,' zei hij. 'Ik ben Fred.' Hij was een aantrekkelijke, degelijke man geworden, maar de blik op zijn gezicht was kostelijk. Hij deed zijn best zijn verbazing te verbergen, maar zonder veel succes.

'Ik ken je nog.' Haar mondhoeken krulden omhoog toen ze de blik op zijn gezicht zag: *o mijn god, jij bent degene die het met Ed Smith heeft gedaan.*

'Sorry.' Hij grijnsde. Het speet hem helemaal niet en ze moest blozen tot aan haar haarwortels. Dat had ze in geen jaren gedaan, waarschijnlijk voor het laatst toen ze hier was. Misschien zou ze eraan gewend moeten zijn dat mensen dachten dat ze alles van haar wisten.

'Hallo, Fred, ik ben Hebe Courtenay, en dit is mijn nichtje Lucy,' zei Hebe. 'Zullen we eerst buiten even een rondje maken of wil je direct naar binnen?'

Hij keek naar het dak en de plataan die uit de scheve schoorsteen van de noordvleugel groeide. De noordvleugel was elf jaar geleden al niet in goede staat geweest. Ze hadden dat deel van het huis zelden gebruikt; om de een of andere reden was het verboden terrein geweest. Lucy huiverde toen ze aan de kou dacht.

Fred kuchte. 'Binnen ziet het er misschien hoopvoller uit.'

Lucy onderdrukte een lachje. Ze baande zich een weg door de begroeiing en stelde zich voor hoe ze zich een weg door de jungle baande, al bestond de jungle hier uit vervelende bramen en manshoge netels.

De zon vluchtte achter een wolk en ze trok haar jas wat strakker om zich heen toen ze naar het huis liepen. Hoe dichter ze bij de loggia kwamen, hoe verder de geit zich terugtrok. Toen ze het trapje op liep, verstijfde Lucy. Ze was weer elf jaar oud en keek omhoog naar die kamer. Ze kreeg kippenvel en voelde dat alle kleur uit haar gezicht wegtrok. Dit was belachelijk. Het was jaren geleden en spoken bestonden niet, maar akelige broertjes wél. Michael, dus. Op dit moment haatte ze hem.

Hebe haalde een reusachtige sleutelbos uit de plastic map. Er zaten zo veel vreemdsoortige sleutels aan dat het leek of hij in een museum thuishoorde. Ze wendde zich tot het enorme hek voor haar. Het voelde eerder alsof ze op het punt stonden een gevangenis of een oude kerker binnen te gaan. Lucy was vóór de rechtszitting al veroordeeld. Of misschien was ze schuldig bevonden in de pers en was dat genoeg.

'Ik weet niet welke het is.' Hebe hield de sleutels op, die allemaal bewerkt en verroest waren. Dit hek had nooit dichtgezeten in de tijd dat Lucy's familie het huis huurde. Zij en Michael hadden alle uren van de dag naar binnen en naar buiten gekund. Hebe koos de grootste en stak hem in het slot, maar hij paste niet, dus nam ze de volgende, totdat uiteindelijk de vijfde paste.

'Laat mij maar even.' Fred zette zijn gereedschapstas neer en duwde met zijn schouder tegen het hek. Het ging open en een berg dode bladeren werd opzijgeschoven. De rechthoekige binnenplaats lag voor hen en meer herinneringen bestormden haar. Michael had zijn arm gebroken toen hij er op volle snelheid op zijn step had gereden, en in de zomer dat Lucy twaalf was geworden, had ze er in haar eentje een toneelstuk opgevoerd voor een verveeld publiek.

Nu ze ernaar keek, was het alsof de gebeurtenissen die hier hadden plaatsgevonden in de lucht trilden; niet alleen die van haar familie, maar de volledige geschiedenis van het huis. Voor hen stond het restant van wat eens de grote hal was geweest die de westzijde van de rechthoek vormde. Lege kozijnen omlijstten de lucht erachter en dunne ranken versierden de kantelen boven op de muur. Het grote houten hek eronder stond open, als een mond waarin een tand ontbrak. Stenen paden liepen door de open ruimte. Lucy had hier als bange gouvernante in haar witte nachtjapon gelopen op het moment dat de klok in de eetkamer twaalf uur had geslagen. Michael had zich kapot gelachen toen hij had gezien hoe ze een stuk uit een van haar lievelingsboeken had nagespeeld.

Hebes vele sleutels klingelden terwijl ze rondliep en de vleugels aan de noord- en zuidkant van haar nieuwe thuis inspecteerde. Zuilen zoals die in de loggia ondersteunden de oostvleugel erboven, samen met de muur die de binnenplaats scheidde van de buitenwereld. Veel deuren aan de rechterkant stonden open, terwijl Hebe links een deur opentrok die naar het huis leidde. Lucy was daar elf jaar geleden voor het laatst doorheen gelopen en had gezworen dat ze dat nooit meer zou doen.

Het was alsof er een tombe openging of zelfs de doos van Pandora. Hebe stapte de drempel over. Binnen was het niet zozeer een kwestie van stofwolken, maar een stofstorm. Lucy wilde niet weten waar die uit bestond; ze had al rillingen genoeg.

In de rechterbovenhoek van de ruit in de achtermuur zat een barst. Er kronkelde een sliert klimop doorheen die vervolgens rond een oude gordijnroede langs het plafond naar een armatuur liep waar een peertje aan hing. Het leek een bizarre kroonluchter. Zonlicht scheen door het vieze raam; de gordijnen waren lang geleden al vergaan en er hingen hier en daar nog wat draadjes die getuigden van eerdere pracht. Het leek wel het decor van een ouderwetse horrorfilm. Maar misschien was dat haar hyperactieve verbeelding.

Ze liep tegen een spinnenweb aan en gaf een gil.

'Jeetje, Lucy, stel je niet zo aan.' Hebe keek over haar schouder en duwde met gefronste wenkbrauwen een deur open. Meer stof dwarrelde op. Fred hoestte en haalde een zaklamp uit zijn gereedschapstas. Alle deuren in de gang waren dicht en daglicht sijpelde eronderdoor, waardoor plassen lichtgrijs op de donkere leistenen vloer vielen.

Hebe wees in de verte. 'Dat is de eetkamer.'

Fred liep naar de deur. 'Op slot.'

Hebe probeerde een middelgrote sleutel die ze met wat geweld omdraaide. Meer stof stoof door de lucht en Lucy kokhalsde. Er hingen geen gordijnen voor de ramen en middaglicht viel naar binnen en toonde de prachtige houten lambrisering die ze zich kon herinneren. Hebe streelde de muur bij de haard alsof het haar minnaar was. Lucy trok een gezicht. Hebe en minnaar waren woorden die niet bij elkaar hoorden.

'De briefpanelen,' zei ze met een zucht. 'Ik was bang dat iemand ze gestript zou hebben.'

Fred scheen met de zaklamp naar de muur. 'Zo te zien zit er wel houtworm in, maar het is niet zo heel erg.' Hij pakte zijn telefoon en begon vermoedelijk aan een lijst die Hebe ervan zou moeten overtuigen dat ze gek was dat ze dit had gekocht. Lucy gokte dat hij zou zeggen dat ze de briefpanelen nog wel konden hergebruiken, maar dat ze de boel verder beter kon afbreken en opnieuw kon beginnen. Om hier een echt thuis van te maken was meer geld nodig dan zij er al voor had betaald.

Lucy bleef midden in de kamer bij de tafel staan. Hij was lang en smal en ze kon het beeld niet van zich af schudden dat er een lijk op lag. Haar broers vroegere pogingen om duivels te lachen echoden tegen de zijkant van haar hoofd. Hij had haar verteld dat de doden op de tafel werden gelegd voordat ze werden begraven. Hij had ook verteld dat de tafel werd gebruikt voor operaties, en dan vooral amputaties. Ze huiverde. Wat een verbeelding hadden kinderen toch. Michael was grotendeels walgelijk gebleven, en liet slechts zo nu en dan zien dat hij mens was en niet alleen een kwade geest.

Daglicht viel op de tere draden van een spinnenweb aan de kroonluchter, en de snelle trillingen zeiden haar dat de spin nog niet klaar was met het plaatsen van vallen voor de vele vliegen die zachtjes tegen de vuile ramen tikten. Ze konden onmogelijk ontsnappen aan deze kamer en de spin. Lucy schudde zichzelf los en keek waar haar tante en Fred waren, maar zag ze niet meer. Een volgende deur stond open en ze wist één ding zeker: ze wilde nergens in dit afschuwelijke gebouw alleen gelaten worden.

Snel liep ze verder en probeerde niet te struikelen in het slechte licht. Ze hoorde ze praten, maar kon niet horen waar ze waren. Ze bleef staan, haar hart sloeg veel te snel voor zo'n kleine inspanning. Boven hoorde ze voetstappen, maar hun stemmen leken verderop uit de hal te komen, uit de keuken of de bijkeuken misschien. In gedachten zat ze vast in een tekenfilm, en door een van die gesloten deuren zou een monster komen. Ze moest zich vermannen. Dat ze op haar elfde dacht dat het huis spookte, betekende niet dat het waar was. Haar therapeut had gezegd dat het niet meer dan een golf vroege hormonen was geweest, veroorzaakt door verlatingsangst en doordat haar vader een lul was. Dat was natuurlijk niet het woord dat ze had gebruikt. Dat was Lucy's woord, want hij was het gewoon. Zijn wereld, zoals die van de meeste mannen, draaide om dat deel van zijn anatomie.

Voetje voor voetje liep ze aarzelend naar de keuken. Ze voelde een koude wind en de eetkamerdeur sloeg dicht. Ze sprong zo ongeveer een meter in de lucht. Dit was belachelijk. Ze moest deze irrationele angst zien te beheersen. In de keuken ging de achterdeur met een zwaai open, en Hebe en Fred stonden naar het dak te kijken. De geluiden die ze boven had gehoord hoorden gewoon bij oude huizen: krakende vloerdelen door de houtworm die erdoorheen knaagde, of de wind.

Eenmaal buiten zoog ze de frisse lucht op. Dit was in haar herinnering de keukentuin. Hij was in geen jaren onderhouden. De leifruitbomen groeiden alsof ze in de jungle stonden en niet in een ooit keurig geordende tuin. Ze deed haar best om alles door de ogen van haar tante te zien. Hebe glimlachte zoals Lucy haar nog nooit had zien glimlachen. Opwinding stroomde uit haar toen ze de lijn van het dak volgde, al leek het meer op de boomgrens, aangezien verschillende planten in de dakgoten en verbindingen groeiden, met allerlei onkruid dat te talrijk was om op te noemen. Een van de schoorstenen deed aan de scheve Toren van Pisa denken, en toch toonde Hebe geen wanhoop of zelfs ontzetting, maar liefde. Lieve god, de vrouw was verliefd op een ruïne; het was geen huis, maar een berg stenen die zich aan elkaar vastklampten. Hoezeer ze haar best ook deed, Lucy zag niet wat hier zo geweldig aan was. Ja, het was een historisch pand, maar dat was dan ook het enige wat je hier mooi aan kon vinden.

16

Hebe

1 oktober 2016

Een reiger zat op de dode boom in de bocht van de kreek. Alleen een stroompje water gleed door de zee-engte in de richting van de zee. Hebe keek ernaar en bedacht hoe het er in de zeventiende eeuw uit zou hebben gezien toen grotere schepen konden afmeren aan de... Het woord was verdwenen, maar ze zag het voor zich en wist het toen weer. Kaai. De granieten stenen die door de familie Grylls werden gebruikt om het huis uit te bouwen, hun groeiende rijkdom te tonen en hun buren in Pengarrock op afstand te houden, waren per boot vervoerd.

Hebe glimlachte. Thomas Grylls was dapper, gewaagd en trouw geweest. Dit had allemaal van hem en Lucia moeten zijn. Ze moest weten wat er met hem was gebeurd. Ze wreef langs haar hals. Misschien was ze het vergeten, zoals zo veel andere dingen. Dit was belangrijk. Een kraai maakte een duikvlucht boven de weg en ze dacht aan Thomas' zwarte kleren in het portret en zijn lange rode kousen. Ze glimlachte. Als hij een vogel zou zijn geweest, dan was hij eerder een alpenkraai.

Waarom was er geen bericht van overlijden van hem? Hij was uit Amsterdam vertrokken. Dat wist ze zeker. In het scheepsjournaal stond dat hij aan boord was geweest. Hij werd zelfs genoemd op het moment dat ze Normandië hadden bereikt, maar daarna niets meer.

Toen ze over de weg terugliep naar St. Anthony, draaiden haar gedachten in cirkeltjes rond en ze wist er maar een paar te vangen. Overal om haar heen waarden de doden van de nederlaag die bekendstond als Gear Rout, en ze voelde de vele zielen die in anonieme graven lagen. Thomas Grylls was hier in 1648 teruggekomen om zich te verzekeren van steun voor de koning, en hij had in het geheim Lucia ontmoet. Zij was net tegen haar wil met haar neef getrouwd, en deze nieuwe echtgenoot had Helwyn cadeau gekregen van Cromwell. Lucia en Thomas hadden elkaar in het maanlicht ontmoet in de tuinen bij de King's Room. Hebe kende het er zo goed. Ze leefde het bijna.

Het parlement had beslag gelegd op het landgoed en de meeste dingen van waarde waren verdwenen. In zijn woede had Thomas een opstand in de hand gewerkt en hij had dapper tegen de sterkere legers gevochten. Maar zijn hart was gebroken geweest: Helwyn verwoest, zijn lief verbonden aan een ander en zijn mannen verslagen. Ze waren gevlucht. Velen hadden hun kans gewaagd bij de rotsen en de zee, waren van de kliffen en de steile oevers langs de Helford gesprongen, op weg naar St. Keverne. De Cornische mannen die trouw waren geweest aan de Kroon hadden zo veel gegeven en daar zo weinig voor teruggekregen. Thomas was een van de mannen die het meest had verloren. Helwyn en Lucia waren de prijs die hij had betaald voor zijn steun aan de koning. Vanaf dat moment tot nu was Helwyn in verval geraakt.

'Waarom heb je dit gedaan?' Lucy legde haar hand even op Hebes arm.

'Wat?' Hebe draaide zich om en keek haar aan. Zo mooi, zo fel en zo bewust alleen.

'Waarom heb je Hell House gekocht?'

Ze fronste. 'Ik heb het altijd willen hebben en ik had er het geld voor.'

'Hoe kom je aan al dat geld?'

Haar geheim. 'Zuinig leven.'

Lucy trok haar wenkbrauwen op. Ze geloofde haar tante niet. Maar heel bizar was het niet. 'Ga me niet vertellen dat lesgeven en je wetenschappelijke boeken zo veel opleveren. Heb je een bank beroofd?' Ze lachte.

Hebe hield haar hoofd schuin en dacht na. Het zou gauw genoeg bekend worden. Maar niet nu. Het kon wachten. Ze knikte en keek naar de kreek. 'Nee, het zijn mijn boeken.'

'Oké, hou me niet langer voor de gek.'

'Dat doe ik niet.'

'Misschien had ik toch moeten gaan studeren.'

'Dat had je ook moeten doen. Ik heb je altijd gezegd dat je nog een keer examen moest doen.' Hebe zuchtte. 'Je zou het nog steeds kunnen doen.'

'Nee. Die tijd is geweest.' Lucy stak haar handen op.

'Het is nooit te laat. Het kan nog steeds.'

'Daar kan ik niets tegen inbrengen. Maar als het leven me tot nu toe iets heeft geleerd, dan is het dat iets wat kan, niet per se hoeft.' Lucy haalde haar vingers door haar haar en keek naar het slik. Hebe volgde haar blik. Twee zwanen peddelden door het kronkelige stroompje naar zee.

'Beoordeel niet alle mannen naar je vader.'

Lucy deed haar mond open, maar klapte hem weer dicht.

'Of naar de mannen met wie je naar bed bent geweest.'

Lucy trok een zielig gezicht. 'O, Hebe. Het is een ramp.'

'Dat zijn getrouwde mannen meestal.'

Ze lachte. 'Hij loog tegen me.'

'Verbaast je dat?'

'Had niet gemoeten.' Ze rolde met haar ogen. 'Hij is politicus, dat hoort bij zijn vak.'

'Hij zei dat zijn vrouw niet meer van hem hield en dat het huwelijk voorbij was?' Hebe keek naar de verschillende emoties op Lucy's gezicht. Zelfverachting was het sterkst aanwezig.

'En ik geloofde het, tot ik het bewijs vond dat het huwelijk absoluut niet voorbij was.'

'Een liefdesbrief?'

'Nee, een positieve zwangerschapstest.'

'O.'

'Ja, toen heb ik hem gedumpt, maar iemand heeft dat vastgelegd met z'n telefoon, verdomme in kleur te zien.' Ze lachte vreugdeloos. 'Nou ja, er is geen weg meer terug.' Ze toverde een stralende glimlach op haar gezicht.

'Je weet altijd de zonnige kant te zien.'

'Zo zou je het kunnen zeggen.' Er lag een ondeugende glans in Lucy's ogen.

Ze was nog zo jong, nog maar achtentwintig. Ze zou haar boeltje hebben moeten pakken om te gaan reizen toen ze met opzet voor haar examens was gezakt. Het was zo'n domme zet geweest, maar Hebe had het idee dat Lucy zich machteloos had gevoeld door het gedrag van haar vader en dat stoppen met haar school het enige was waar ze enige controle over had. Ze had geweten dat ze hem daarmee zou kwetsen, en sindsdien was ze een doorn in zijn oog geweest.

'Hebe, waar zit je met je gedachten?' Lucy raakte haar arm aan.

Hebe tuurde met samengeknepen ogen in de verte en loog. 'Ik dacht aan het uitzicht dat ze moeten hebben gehad toen ze het dak van Helwyn bouwden.'

Lucy lachte. 'Nou, volgens mij is er zelfs vanaf het dak nu geen uitzicht meer. Die bomen zijn gigantisch.'

'Ja, ja, dat is een feit.' Ze waren de lucht in gegroeid op zoek naar de zon en hadden het huis beroofd van licht waardoor vocht om zich heen had gegrepen, maar alles was nog niet verloren. Inmiddels was gebleken dat het huis structureel in orde was, op enkele delen van de noordvleugel na die hersteld konden worden. Fred had haar ervan verzekerd dat het allemaal uitvoerbaar was, van het opnieuw bedraden tot de leidingen en de restauratie. English Heritage kwam volgende week langs en dan zouden ze aan een plan gaan werken. Als haar hersenen nu maar wilden meewerken en het nog wat langer volhielden…

'Ik… Gaat alles wel goed met je?'

Hebe draaide zich naar haar toe. 'Ja, alles is geweldig.'

Lucy haalde diep adem. 'Misschien komt het door de opwinding over het huis, maar je lijkt jezelf niet.'

Hebe kreeg kramp in haar maag. Ging het niet? Ze dwong zichzelf te glimlachen. 'Ja, ik ben afgeleid door het huis.'

Lucy pakte haar hand vast. 'Gelukkig. Je zou het toch wel zeggen als er iets aan de hand was, hè?'

Hebe slikte. 'Natuurlijk.' Ze keek voor zich uit. De weg was leeg en de toren van de kerk van St. Anthony was zichtbaar, evenals een lange man. Hij liep doelbewust op hen af, alsof hij hen kende. Ze keek naar haar nichtje en hoopte dat hij geen journalist was die op zoek was naar haar, voor wie haar zus haar had gewaarschuwd, maar Lucy glimlachte.

'Hallo.' De man bleef voor hen staan.

'Hoi.'

Lucy imiteerde zijn houding en haalde haar hand door haar haar. Het was alsof Hebe naar een natuurprogramma keek met die bewuste hofmakerij. Ze kon wel zien waarom. De man was halverwege de dertig en had mooie jukbeenderen. Hij kwam haar bekend voor.

'Zijn jullie al bij het huis geweest?' Hij keek hen een voor een aan.

Hebe trok haar schouders naar achteren.

'Ja, nu net. Het is een bouwval.' Lucy lachte verleidelijk.

Hebe onderdrukte de neiging om haar nichtje een trap tegen haar schenen te geven. Ze hoefden deze vreemdeling niets te vertellen.

'Ik wilde zien wat ik ben misgelopen.'

'Geloof me, je hebt geluk gehad.'

Hebe keek van de een naar de ander.

'Dat weet ik nog zo net niet, maar mijn bankmanager is een stuk gelukkiger.' Hij lachte. Het was een diepe, plezierige lach. Hebe bestudeerde hem. De bouw van zijn gezicht was uitstekend; er zaten goede genen in zijn verleden. Zijn tanden waren misschien iets te wit – ongetwijfeld de laatste mode, ook al had ze altijd haar twijfels bij mannen die trends volgden of te veel aandacht aan hun uiterlijk besteedden. Maar zijn ogen, die waren pas mooi. Wie had ook alweer gezegd dat de ogen de vensters van de ziel waren? Dat zou ze moeten weten. Zoals ze zich zou moeten herinneren aan wie hij haar deed denken. Ze stampvoette.

'O sorry, Hebe. Dit is...'

'Kit Williams.' Hij stak zijn hand uit en Hebe zag dat hij geen werkhanden had.

'Hebe Courtenay.' Ze pakte zijn hand vast, waardeerde de stevige handdruk.

'De nieuwe eigenaar van Helwyn House?'

'Ja,' zei Lucy, en ze hield haar hoofd schuin. 'Ik ben Hebes nicht, Lucy Trevillion.'

'Gefeliciteerd.' Hij kneep zijn ogen samen en bestudeerde hen allebei. Hebe wipte van haar ene voet op de andere. Ze moest niets hebben van zijn kritische blik.

'Nee hoor, ik heb het net gezien en je zou ons moeten condoleren.' Lucy grijnsde. 'Heb je het huis niet bekeken vóór de veiling?'

'Geen tijd gehad.' Hij glimlachte.

'Aan het filmen?' Lucy duwde een lok haar achter haar oor.

'Helaas niet.' Hij staarde naar de kreek. 'Mijn vaders begrafenis.'

'O, wat erg voor je.' Ze trok bleek weg.

'Dank je.'

Hij vond haar overduidelijk leuk. Dat verbaasde Hebe niet. Lucy was een heel mooi meisje, ook al droeg ze een spijkerbroek en een oude trui.

'Dus dit bezoekje is om jezelf ervan te overtuigen dat je de dans bent ontsprongen?' Lucy leunde zijn kant op.

'Meer om mijn geheugen te testen... Ik ben hier in geen jaren geweest.'

Hebe zag dat hij brede schouders had en een slank, gespierd lijf. Wat moest een man van zijn leeftijd met een oud Cornisch huis, en meer nog: hoe kon hij het betalen? Hij zag er niet uit als een zakenman, maar ook niet echt als het plattelandstype. Hij droeg een spijkerbroek en een oude jas die lange wandelingen in de natuur suggereerden, maar ergens klopte er iets niet. Al kon ze niet zeggen of het de spijkerbroek was of de jas die het probleem vormde. Ze fronste haar wenkbrauwen met het gevoel dat ze voor hem moest uitkijken.

Hij schraapte zijn keel. 'Zou ik met jouw toestemming het huis en de tuin mogen bekijken?'

Een wolk trok voor de zon en in de schaduw kreeg Hebe het koud. 'Het zit op slot,' zei ze, en ze legde haar hand even tegen de sleutelring in haar zak. Haar vingers zochten de koele vormen, de realiteit van nu verdween en haar geschreven versie nam zijn plaats in. Zijn ogen… zijn ogen…

'Hebe?' Lucy raakte haar arm weer aan.

'Sorry?'

'Vind je het goed als Kit een rondje om het huis maakt?'

Hebe knikte, keek naar hem en rilde weer. Ze wist wat het was. De man had de ogen van Thomas.

17

Lucy

1 oktober 2016

Lucy moest zich bukken om de Shipwrights Arms binnen te gaan. Het schaarse licht en het bulderende vuur gaven de pub een andere sfeer dan ze zich herinnerde. Haar herinneringen waren gevuld met zonlicht, sterren, zeewier, zoete drankjes en verraad. Wat ze voor zich zag was heel anders: het gaf haar een stil, rustig, hartelijk gevoel. Vreemd.

Hebe liep regelrecht naar de bar en bestelde een fles wijn. Lucy kon niet anders dan ervan uitgaan dat haar tante van plan was die grotendeels zelf leeg te drinken. Ze waren met de auto en Lucy had aangeboden om te rijden, omdat ze door Hebes rijgedrag gisteren doodsangsten had uitgestaan.

Ze kon bijna niet geloven dat ze gisteren pas Londen was ontvlucht. De tijd ging hier een stuk langzamer, maar toen ze naar de achtergelaten kranten op een tafeltje in de buurt keek, kon ze zien dat ze nog steeds de voorpagina wist te halen.

'Nou ja, Luce, ben jíj dat?' riep de man achter de bar uit.

Ze knipperde met haar ogen en bekeek hem eens goed. Nee, dan kon niet. '... Cadan?'

'In één keer goed.'

'Dat is lang geleden.'

Hij lachte. 'Nogal. Jij bent niet veel veranderd.' Hij keek haar schuin aan toen hij de fles wijn naar haar uitstak en Hebe twee glazen gaf. 'Weet je dat er hier tussen de middag een journalist was die van alles over je wilde weten?'

'Hier?' Die moest wel wanhopig op zoek zijn naar nieuws als hij hier kwam. Lucy werd niet geassocieerd met Cornwall, maar haar familie natuurlijk wel.

'Ja.' Hij grijnsde.

Lucy werd rood en dat kwam niet door de warmte van het vuur. Cadan zou verhalen over haar tienerjaren kunnen vertellen die ze absoluut niet in de krant wilde hebben, ook al wist ze niet goed waarom. Ze leken in niets op het huidige verhaal. Misschien omdat het een tijd in haar leven was geweest waarin ze niet in de publieke belangstelling stond en dat ook niet haar doel was geweest. Dat was later gekomen. Ze zou zelfs durven zeggen dat ze in die tijd onschuldig was geweest, ook al was dat nu moeilijk te geloven.

'Dus... jij legt het tegenwoordig met getrouwde mannen aan?' Hij leunde tegen het werkblad achter zich.

Lucy wiebelde heen en weer. 'Is dat een probleem?'

'Voor mij niet.' Hij bleef haar aankijken. 'Nog contact met Alice?'

'Au.' Lucy huiverde. 'Waarom wil je dat weten?' Na elf jaar mocht je toch wel verwachten dat iemand zijn boosheid had losgelaten. Maar de knoop in haar maag bij het horen van de naam Alice, zei haar dat het nog niet lang genoeg was geweest.

Hij trok een wenkbrauw op. 'Ik vroeg het me gewoon af.'

'Wat heb je die journalist gezegd?' Ze slikte.

'Dat hij moest opzouten, dat we je hier in geen jaren hebben gezien.' Hij pakte een glas en poleerde het. 'Ouwe Jim heeft hem het een en ander op de mouw gespeld en hem vervolgens naar Porthallow gestuurd met het verhaal dat hij jou daar mogelijk vertwijfeld over de kliffen had zien wandelen.'

Ze lachte. 'De achterafweg?'

'Ja, wie weet zit hij daar over een paar weken nog vast.' Met een grijns zette hij het glas neer.

'Woont Alice in de buurt?' Ze frunnikte aan een barhanddoek.

'Nee, die woont tegenwoordig in Londen.' Hij pakte twee menukaarten. 'Zo, waren de dames van plan vanavond bij ons te eten?'

Ze knikte.

'De specialiteiten staan op het bord, en ik kan je de harder aanbevelen. Net gevangen.'

'Dank je, Cadan. Als iemand anders vragen over me stelt, dan ben ik er niet.'

'Natuurlijk niet, je bent hier nooit.' Hij gaf haar een knipoog en ze dacht aan de jongen met wie ze urenlang langs de rivier had zitten rotzooien en tot in de kleine uurtjes cider had gedronken. Het was een gelukzalige tijd geweest, maar ze wist dat geluk nooit lang duurde. Je kon maar beter weg zijn voordat het verdween.

Hebe zat in een hoekje bij de haard. 'Was dat de zoon van Pat?'

'Ja.'

'Hij is een talentvolle kunstenaar. Ik heb zijn werk gezien… ergens.'

Lucy knikte. Cadan had altijd van kunst gehouden. Toen ze zestien was, had hij gevraagd of ze naakt voor hem wilde poseren. Zij had gedacht dat hij haar alleen maar uit de kleren wilde hebben en was diep teleurgesteld geweest toen dat niet het geval bleek te zijn. Hij had haar echt willen schetsen. Zijn uiteindelijke schilderij van haar had helemaal niet op haar geleken, en dat was maar goed ook, want haar vader was laaiend geweest over de hele toestand. Daarna was ze vaker naaktmodel geweest, zodra ze maar even geld nodig had. Die schetsen, en ongetwijfeld andere, zouden tevoorschijn komen als er niet snel een groter verhaal in het nieuws kwam om het huidige te overschaduwen.

Ze had de hele dag niet op haar telefoon gekeken. Het was de beste manier om haar kop in het zand te steken. Vrienden had gemaild en geappt om te vragen hoe het met haar ging, maar misschien werkte een postduif hier beter. Het signaal was niet al te sterk. Evengoed gaf ze de voorkeur aan struisvogelpolitiek en de omgeving hier maakte dat gemakkelijker. Op de Canarische Eilanden was het waarschijnlijk warmer, maar was ze misschien ook te zichtbaar. Ze had naar Bali moeten gaan.

'Zeg, Luce.' Cadan leunde over de bar. 'Blijf je een tijdje?'

Ze haalde haar schouders op. Niet als zij er iets over te zeggen had, dacht ze.

'Nou, laat het me anders weten.'

'Oké.'

'Dan kan ik de journalisten de verkeerde kant op sturen. Jullie logeren in St. Anthony, of niet?'

Ze knikte. De journalisten kwamen er misschien niet achter waar ze was, maar iedereen hier wist het al. Jemig, ze was gisteravond pas aangekomen. De tamtam had overuren gedraaid. Maar goed, niets bleef hier geheim. Zelfs als het aantal inwoners in de zomer groeide, bleef het een kleine gemeenschap.

'Als je me je mobiele nummer geeft voordat je gaat, dan kan ik je zo nodig waarschuwen.'

'Is goed.' Het was een geweldige versiertruc of hij was echt bezorgd. Misschien was het iets anders. En waarom was hij over Alice begonnen? Het was prettig om te weten dat zij er niet was. Ze was één iemand die Lucy nooit meer wilde zien.

Hebe pakte haar notitieboek uit haar tas en voegde wat aan een lijstje toe. Lucy zag dat er al dingen op stonden als *tandenpoetsen* en *gemeente bellen*. Ze begreep niet goed wat die twee dingen met elkaar te maken hadden, tenzij het bedoeld was als lijst met dingen die gemakkelijk afgestreept konden worden. Lucy had dat een keer een jaar lang gedaan om het gevoel te krijgen dat ze tenminste iets in haar leven bereikte. Maar het was een illusie geweest, en terwijl iedereen recht had op zijn eigen illusies, verbaasde het haar dat uitgerekend haar tante zulke trucjes nodig had.

Hebe was zo succesvol: al op jonge leeftijd hoogleraar en vooraanstaand deskundige op het gebied van de Engelse Burgeroorlog. Haar werk was haar wereld. Voor zover Lucy wist had ze nooit een relatie gehad. Waarschijnlijk omdat diegene haar geordende leven te veel overhoop zou halen. Terwijl Lucy naar haar keek, besefte ze dat haar tante erg mooi was, op een ingetogen manier, en dat ze eigenlijk nooit aandacht op zichzelf vestigde. Ze waren zo verschillend, ook al had Hebe net als Lucy iets met lippenstift. Lucy had haar tante nog nooit zonder gezien, zelfs nu niet, terwijl Hebe zo te zien verder geen make-up droeg. Lucy voelde zich ook naakt als ze geen lippenstift droeg. Kleren deden er niet toe, als je maar rode lippen had.

'Lucy?'

'Ja?' Ze kreeg een knoop in haar maag bij het horen van de toon in Hebes stem.

'Ik denk dat we dit weekend in het betere gedeelte van het huis kunnen trekken.'

Lucy huiverde. Afgaand op wat ze vandaag van het huis had gezien, konden ze er onmogelijk wonen. De elektrische bedrading zag eruit alsof hij een paar honderd jaar geleden was aangelegd, en het sanitair nog veel eerder... in de middeleeuwen of zo. Niet dat deze problemen haar ooit waren opgevallen toen ze er hun zomers doorbrachten. Ze wist niet goed wat er méér was veranderd, het huis of zij.

'Ik weet niet of ik het daarmee eens ben,' zei ze. De temperatuur was vanavond behoorlijk gedaald en er lag al dauw op het gras. Lucy hield van centrale verwarming en warm water. Materialistisch of niet, het waren belangrijke zaken voor een gelukkig leven.

'Jawel, ik moet er gewoon eerst eens goed schoonmaken. Ik kan jou zeker niet inhuren om me te helpen zolang je hier bent?'

'Je hoeft me niet in te huren. Natuurlijk help ik je.' Ze haalde diep adem en dacht aan het vuil dat zich jarenlang had opgestapeld. Maar het zou haar aandacht afleiden van dingen zoals Eds aanhoudende appjes. Hij had er gisteren tien gestuurd. Ze had ze allemaal zonder te lezen weggegooid. Kennelijk dacht hij dat ze dom was. Dat was ze natuurlijk ook wel geweest, maar nu niet meer.

'Doe niet zo mal. Je moeder vertelde dat je op het moment geen werk hebt. Dan kun je het geld goed gebruiken.'

'Dat is waar.' Ze keek haar tante met een scheve glimlach aan.

'Volgens Fred heeft alleen de noordvleugel dringend aandacht nodig, de King's Room in het bijzonder.' Hebe keek op van haar notitieboek en glimlachte. 'Er is stromend water en morgen komt de schoorsteenveger.'

Lucy keek haar met samengeknepen ogen aan. Die schoorstenen zouden instorten als het stof daar weggeveegd werd. 'Ik denk dat ze op z'n minst eerst gestut moeten worden. Ik ben geen vakman, maar volgens mij is het metselwerk niet veilig.'

'Het wordt een avontuur.' Hebe glimlachte.

Lucy's idee van avontuur was iets met minimaal vijf sterren. 'Hebe, het is op dit moment niet bewoonbaar.' Was haar tante gek geworden toen ze even niet keek?

'Het heeft wat liefde nodig, en die gaan wij het geven. Er is in elk geval geen kans dat loslopende journalisten je daar zullen vinden.'

'Dat is waar,' beaamde ze. De enigen die hen daar zouden vinden waren ratten en geesten uit het verleden. Ze moest aan geen van beide denken.

Verwilderd, overwoekerd en vochtig. Zou ze van Hell House kunnen houden? Niet waarschijnlijk, maar het schoonmaken was te doen, hoopte ze. Met een beetje geluk was ze hier weg tegen de tijd dat het echt bewoonbaar was.

18

Hebe

juli 2015

De zeemeeuwen cirkelen boven ons terwijl we bij de havenmuur staan.

Onze ijsjes lopen gevaar als de beesten dichterbij komen. Jij lacht en ik ook. Ik neem een lik, zoete vanille, en de smaak brengt herinneringen boven aan toen ik hier als kind kwam. Als ik wegduik voor de meeuwen voel ik het ijs op mijn neus. Je slaat een arm om me heen om me te beschermen tegen de aanval en kijkt me lachend aan. Mijn neus zit onder het ijs en je leunt naar me toe en zoent het weg. Ik ril in de warmte van de zon, voel hartstocht door mijn lijf jagen. Je ogen glimlachen. 'Je lijkt net een klein kind,' zeg je.

Opeens is alle pret verdwenen, want ik zal ook steeds meer op een kind gaan lijken, naarmate de dagen voorbijgaan. Je pakt je zakdoek uit je zak en poetst het laatste beetje ijs van mijn gezicht. Ik doe mijn best om me niets aan te trekken van de blikken op ons, maar ik kan er niets aan doen. Ik doe een stap naar achteren en met elke stap wordt duidelijker wat ik moet doen. Maar ik heb al eens eerder besloten dat ik iets moest doen, en toch heb ik het niet gedaan.

Ik draag u voor, mijn lief, uit mijn gedicht.
Blijft staan en hoor in liefdesleer mijn onderricht.

'Ga weg,' zei ik tegen je. Je sloeg je armen over elkaar.

'Nee,' antwoordde je.

Ik ijsbeerde door de kamer. Ik was fysiek niet sterk genoeg om je te dwingen te gaan. Geestelijk ook niet. Maar je moest weg. 'Dit is niet goed.'

'Wat is er mis met ons?'

Ik zuchtte. 'Dat er een "ons" is.'

'Wij samen zijn goed.'

'Nee, het is verkeerd, zo verkeerd.'

'Waarom? Vanwege mijn leeftijd?' Je trok een wenkbrauw op. Je haar viel over je voorhoofd. Ik zag de spieren van je armen en je borst onder de stof van je T-shirt. Ik had nog nooit gehoord van de band die erop stond. Dat zei mij alles wat ik moest weten.

'Die helpt niet.'

Je lachte en kwam dichterbij. Ik deed een stap naar achteren. Je kwam nog dichterbij, tot onze lichamen elkaar ontmoetten. 'Mijn leeftijd helpt juist.' Je duwde je heupen tegen de mijne. Verlangen vlamde op. Met beide handen duwde ik je weg, maar mijn vingers wilden je niet loslaten.

'Je leeftijd is verkeerd. Wij zijn verkeerd. Je bent mijn student.'

Een lome glimlach gleed over je gezicht. 'Dus als ik met mijn studie stop, zou er geen probleem zijn.'

Ik slaakte een zucht. Je hebt gewonnen, want je weet dat ik nooit zal toestaan dat je stopt.

'*Kom, vrouwe, kom, mijn kracht tart alle rust,*' zei je, en je pakte Donnes elegieën erbij en begon te lezen. '*Die schuilhield, van 't glinst'rend spansel is vervuld.*' Je legde het boek weer weg en trok mijn blouse uit. '*Ontstrengel nu...*' Je keek omlaag naar de bladzijde, terwijl je vingers mijn beha losmaakten. '*... en naar de sponde schrijd... De klokke zegt me van u: het is bedtijd.*' Je maakte mijn riem los en trok mijn spijkerbroek omlaag. Ik stond doodstil, haalde amper adem. '*Vrij spel aan mijn zwervershanden, naar het wonder... Naar voren, achter, tussen, boven en van onder.*' Je handen volgden je woorden. Ik trilde. Je droeg me naar bed en maakte me je Amerika, je onontgonnen land, en hoe gezegend was ik dat mijn koninkrijk door één man werd bemand.

We lopen tussen de toeristen door naar het museum, maar mijn gedachten staan niet open voor kunst. Ze staan helemaal niet open; ze verdwijnen simpelweg. Ik wend me tot jou, en jij knijpt je ogen samen tegen de zon en kijkt naar een kind dat met zijn vader op het strand aan het ballen is. Mijn hart krimpt ineen als ik het verlangen op je gezicht zie. Ik ben egoïstisch geweest.

19

Lucy

2 oktober 2016

'Hoi, mam.' Lucy keek uit het keukenraam. Het was een schitterende oktoberochtend. Tussen de boten door die op de wal lagen, kon ze hier en daar het blauwe water zien glinsteren.

'Hoe is het met Hebe?' Haar moeder hoestte. 'Ik heb een heel vreemd bericht gekregen van een zekere Rory Crown die naar haar op zoek is.'

Overal om haar heen was bewijs dat Hebe al weg was. 'Wel goed, geloof ik. Een beetje afwezig vanwege haar aankoop.' Lucy drukte zich graag gematigd uit. Ze had Hebe al vroeg horen opstaan en door de cottage horen lopen.

'Dat zegt me niets. Heeft ze het met jou over die Rory gehad?'

'Nee.'

Haar moeder slaakte een lange, luide zucht. Lucy vroeg zich af door wie ze meer van slag raakte: haar zus of haar dochter.

'Nou ja, ik heb z'n nummer opgeschreven, voor het geval dat. Wil jij dat aan haar doorgeven? Ze reageert niet op telefoontjes en e-mails.'

'Ze is nogal met het huis bezig.' En het idee dat ze er binnenkort zouden wonen, voegde ze er in stilte aan toe. Ze begon steeds meer het idee te krijgen dat zij en Hebe het over twee verschillende huizen hadden. Waar Lucy een afgeleefd krot zag dat eens een prachtig huis was geweest, zag Hebe een comfortabele woning. Zelfs in hoogtijdagen was het binnen waarschijnlijk niet comfortabel geweest, met de onvermijdelijke tocht, de veel te grote kamers en het ontbreken van warm water en centrale verwarming. Ze moest wel toegeven dat de ramen schitterend waren en de loggia spectaculair. De geit dacht er duidelijk hetzelfde over.

Gisteren hadden ze de geit naar de ommuurde tuin achter het huis gebracht en hun best gedaan te achterhalen wie de eigenaar was. Fred had geen idee van wie het beest was, maar Hebe was er al aan gehecht geraakt en noemde het Henrietta. Lucy had zo'n vermoeden dat het eerder een Henry was, maar dat ging ze haar niet zeggen.

'Ik begrijp niet waarom ze het heeft gekocht, Lucy, en ik heb geen idee hoe ze aan zo veel geld komt.' Kate haalde adem. 'Als je had gedaan wat we hadden gevraagd, zouden deze vragen niet relevant zijn.'

'Ze zegt dat ze het met de opbrengst van haar boeken heeft betaald.' Lucy's mondhoeken gingen omhoog.

'Doe niet zo belachelijk.' Ze hoorde haar moeder scherp ademhalen. 'En zelfs als ze erin is geslaagd dat geld bijeen te sparen, kan ze onmogelijk genoeg hebben om zo'n groot huis op te knappen en te onderhouden.'

'Ik heb geen idee.' Hebe toonde in elk geval geen belangstelling voor Freds berekeningen. Lucy zette de waterkoker aan.

Het bleef even stil. Vervolgens hoorde ze hoe haar moeder haar keel schraapte. 'Het huis was al verouderd toen wij het huurden, maar voor de zomers was het prima.'

Lucy beet op haar lip, liet de tegenstrijdige herinneringen tekeergaan in haar hoofd. Gelukkige gezinnen versus volledig gebroken gezinnen.

'Nou ja, hou me op de hoogte, en noteer Rory's nummer even en vraag aan je tante hoe het zit.'

Lucy grabbelde in haar tas en vond een oud bonnetje waar ze braaf naam en nummer op schreef, waarna ze het op het aanrecht naast de waterkoker legde.

'Ik stuur Michael dit weekend met wat spullen van je.'

Lucy sperde haar ogen open. Michael die iets voor haar deed? 'Dank je.' Ze keek weer uit het raam. Het was zo mooi buiten. 'Wil je hem vragen om mijn cameraspullen mee te nemen?'

'Natuurlijk. Heb je werk?'

'Nee, maar je hoeft niet zo verbaasd te klinken bij het idee dat ik werk zou hebben kunnen vinden.'

'Ik was niet verbaasd, alleen hoopvol.' Kate zuchtte weer. 'Misschien kun je daar werken als trouwfotograaf.'

'O, jij denkt dat ze in Cornwall geen kranten lezen, nieuws kijken of internetten?' Ze huiverde toen ze aan de woorden van haar agent dacht van een paar dagen geleden.

'Lucy...'

'Sorry, maar ik betwijfel of iemand mij op dit moment bij de mooiste dag van zijn leven wil hebben.'

'Dat is waar. Je zou alle aandacht naar je toe trekken.'

Lucy probeerde te lachen, maar het kwam eruit als gesnuif. Niet erg aantrekkelijk.

'Nou ja, hou je maar gedeisd. Je staat nog steeds in de kranten, maar goddank neemt zo langzamerhand het spektakel van de Amerikaanse verkiezingen het over.'

Lucy balde haar vuist. 'Moet ik hier nog heel lang blijven, denk je?' Ze was nog maar een paar dagen in Cornwall, maar het voelde nu al als jaren.

'Lieverd, ik...' Kate zweeg even. 'Ik weet het niet, maar je hebt genoeg om je bezig te houden... en pas alsjeblieft goed op Hebe.'

'Waarom zeg je dat?' Lucy hield haar hoofd schuin en dacht aan de vreemde dingen die Hebe had gedaan.

'Omdat ze dat huis heeft gekocht. Dat is niets voor haar.'

Lucy merkte dat ze Hebe wilde verdedigen, ook al weerspiegelden haar moeders gedachten die van haarzelf. 'Misschien niet, maar ze is altijd geïntrigeerd geweest door Helwyn en de geschiedenis van het huis.'

'Dat is waar.'

'Maar goed, ik zal op haar letten. Dag, mam.'

Haar moeder had gelijk. Hebe was zichzelf niet. Afgeleid en geobsedeerd door lijstjes, ze schreef voortdurend dingen op. Lucy begreep best dat de renovatie een groot project was. Ze had aangeboden alles in een spreadsheet te zetten, maar haar tante had erg ongemakkelijk gekeken bij het aanbod, alsof ze niet goed had geweten wat een spreadsheet was.

'Goeiemorgen.' De filmster stond in de deuropening en Lucy's hart sloeg even over.

'Hallo.' Ze pakte de waterkoker die net was afgeslagen en vroeg zich af of ze hem een kopje thee moest aanbieden. Snel keek ze op haar telefoon om er zeker van te zijn dat haar browser niet nog openstond op zijn IMDb-pagina. Natuurlijk had ze hem gegoogeld. Dat zou elk normaal mens doen. Zijn laatste film was een megaflop geweest. Tot dan toe was alles wat Kit Williams aanraakte in goud veranderd, maar op dit moment stonden er geen nieuwe projecten op stapel.

'Graag, als je toch bezig bent.'

Ze pakte nog een theezakje uit de doos en liet het in een beker vallen. 'Tuurlijk.'

'Dank je.'

Hij hing nog steeds in de deuropening, ook al had hij zichzelf uitgenodigd voor thee. Beleefd, dacht ze, maar vreemd. 'Wat sta je daar nou?' Ze wenkte hem naar binnen en gaf hem de melk. Hij mocht zijn eigen brouwsel maken.

'Ik heb een cottage gehuurd.' Hij wees naar het huisje tegenover dat van hen.

'De boerderij.' Lucy fronste haar wenkbrauwen. 'Voor hoelang?' vroeg ze, terwijl ze probeerde te bedenken wat in de roddelbladen het laatste nieuws over zijn liefdesleven was geweest. Ze wist dat hij het ongeveer een jaar geleden had uitgemaakt met zijn vriendin. Vanwege carrières die verschillende paden in waren geslagen of zo.

'In elk geval een maand, misschien langer.'

'Een maand? Kan Hollywood zo lang zonder jou?' Ze pakte haar beker in beide handen vast en bestudeerde de aantrekkelijke man voor zich. Ze kon zien waarom de camera van hem hield. Het zou niet moeilijk zijn om hem mooi in beeld te brengen; ze zou hard moeten werken om een slecht perspectief te vinden. Ze zou het best eens willen proberen.

Hij zag er in het echt ouder, maar veel beter uit. Natuurlijk zou ze hem niet laten weten dat ze gisteren diep in de nacht een van zijn films op haar tablet had zitten kijken – nee, beslist niet – maar misschien kon hij een interessante afleiding zijn als hij een tijdje bleef. Een man met een uiterste houdbaarheidsdatum, als het ware, was goed. Ze fronste haar wenkbrauwen en dacht aan de nadelen. Het betekende dat ze accepteerde dat zij hier ook een maand zou zijn, of nog erger: dat ze in Hell House zou wonen met Hebe. Ze moest de status van Eds crisis maar eens controleren. Hier, in dit gebied aan de rand van de wereld, had ze niets gehoord.

'Zag ik vanmorgen nou een foto van jou in de krant?'

Shit. 'O ja?'

'Nooit verstandig om het met een politicus te doen...'

'En jij kan het weten?'

'Goddank, nee.' Hij glimlachte en haar hart sloeg over, even maar. Hij was per slot van rekening een filmster en het was zijn vak om... harten te doen overslaan en zo. Ze was niet immuun, maar wist dat het niet echt kon zijn. Het ging om het effect, en tjonge, dat werkte.

'Waar is je tante?'

'Ik denk naar Hell House.'

Hij trok een wenkbrauw op. 'Hell House.'

'Zo wordt het hier in de volksmond genoemd.' Ze nam een slok thee.

'Niet zo vreemd, denk ik.'

'Laten we het zo zeggen: kinderen willen er met Halloween niet naartoe.'

'Je intrigeert me, serieus.'

Ze hield haar beker wat steviger vast. 'Hell House, bedoel je.'

'Nee, jij. De manier waarop je het zei. Met gezag, alsof...'

'Alsof ik in spoken geloof?'

'Jouw woorden, niet de mijne.'

Ze bestudeerde hem. Hij was opmerkzamer dan ze had gedacht. 'Misschien geloof ik dat er meer tussen hemel en aarde is.'

'Met andere woorden: je bent van iets geschrokken in dat huis.' De linkerkant van zijn aantrekkelijke mond ging omhoog en er verscheen een kuiltje. Hoe kon een vrouw helder nadenken met dát in haar buurt en zo scherp in beeld?

Haar telefoon piepte en ze keek op het scherm. Ed. Ze werd niet goed. Hij wist gewoon niet van ophouden. Ze zette de telefoon uit.

'Het is altijd veiliger om iets te beginnen met iemand die ook echt vrij is.'

Lucy keek snel op. Zijn blik was niet beschuldigend, maar het scheelde niet veel. Ze perste haar lippen op elkaar. Het lot had besloten dat zij hiervoor moest opdraaien. 'Vast, maar soms werkt het niet zo.'

'Dat weet ik.' Hij keek uit het raam toen er buiten een auto stopte. De motor klonk luid in de stilte van de morgen.

'Neem me niet kwalijk,' zei een heldere stem. 'Ik ben op zoek naar Lucy Trevillion. Kunt u me zeggen waar ik haar kan vinden?'

Lucy dook onder het raam weg, maar zag nog net Anthony Jenkin bij de auto staan praten met de eigenaar van de heldere stem. Ze had hem niet gezegd dat hij zijn mond moest houden. Als de pers haar vond, zou het nog moeilijker zijn om te zwijgen. Iemand zou zijn mond voorbijpraten, de hele boel weer opstoken. In de pub had niemand vragen gesteld, alleen Cadan. Het waren haar zaken. Ze ging er misschien over de tong als ze er niet was, maar hoezeer ze Cornwall ook verafschuwde, het waren goede mensen. Ze zouden haar er niet bij lappen, de meesten niet in elk geval. Tandenknarsend dacht ze aan de uitzondering.

Ze waagde een blik uit het raam en zag dat Anthony in de tegenovergestelde richting van Hell House wees, maar kon niet horen wat hij zei. Kit had zich ook uit het zicht teruggetrokken. Als de journalist haar niet kon vinden, zou hij een geweldige troostprijs zijn. En als ze samen werden gevonden, zag ze de koppen al voor zich: LUCY VERRUILT PARLEMENTSLID VOOR SEXY ACTEUR, of iets wat al even afgrijselijk was.

De auto sloeg ter hoogte van de cottage rechts af en ze bleef op haar hurken zitten, terwijl Kit zich zo onzichtbaar mogelijk maakte, wat niet gemakkelijk voor hem was. Hij had iets wat om aandacht schreeuwde, zelfs terwijl hij tegen een deurpost stond met een beker thee in zijn hand. Lucy moest lachen. Hij keek haar aan en grijnsde.

'Geen geweldige manier om te leven.'

'Absoluut niet. Hopelijk heeft Anthony hem op een dwaalspoor gezet en hoef ik mijn haar niet af te knippen en zwart te verven.'

Hij hield zijn hoofd schuin en bestudeerde haar. 'Zou je niet misstaan.'

'Kapper in je vrije tijd?'

'Helaas niet.' Zijn mondhoek ging weer omhoog.

'Alleen maar filmster?'

'Voornamelijk, en soms amateurarcheoloog.'

Haar beker bleef halverwege haar mond hangen. 'Ben je daarom in Hell House geïnteresseerd?'

'In zekere zin. Een verre voorvader van mij heeft er gewoond.'

'Stam je af van de familie Grylls? Of van de andere familie, die daarna kwam, na de Restauratie?' Ze nam een slokje thee.

'Ik ben onder de indruk dat je dat weet.'

'Het zou vreemd zijn als ik het niet wist. Mijn tante is dé expert als het om de Burgeroorlog in Cornwall gaat en dat huis is haar obsessie.'

'Dat is waar. Nou, toevallig ben ik een Grylls en ik kan de familielijn helemaal terugvoeren.'

Ze zette haar beker neer. 'Tot hoe ver?'

'De zeventiende eeuw.'

Ze keek of ze sporen van zijn Cornische afkomst terugzag in zijn gezicht, maar nee. Het was alsof zijn jaren in Hollywood die hadden uitgewist. Toen aarzelde ze even. Er wás iets, iets met zijn ogen. Ze leken op die in Hebes portret. De jongen in dat schilderij was ongeveer zeventien, en Kit was een man van drieëndertig, maar ze hadden beslist iets gemeen.

20

Hebe

3 oktober 2016

Hebe las wat ze de vorige dag in haar dagboek had geschreven. Ze kon zich niet herinneren dat Lucy gisteravond kabeljauw had klaargemaakt, maar kennelijk had ze het lekker gevonden. Dat wist ze omdat ze dat had opgeschreven. Ze was gisteren ook naar de mis geweest in de kerk van St. Anthony. Er waren maar vier anderen geweest. Ze was niet erg gelovig, maar vond troost in kerkdiensten, al ging haar aandacht voornamelijk op aan de architectuur van de kerk.

Het feest van de heilige Thomas of Hereford,
geëxcommuniceerd in 1282 en heilig verklaard in 1320

Inzichten veranderen in de loop der tijd.

Ze legde het dagboek neer, stond op en opende de keukendeur. De lucht was fris en ze ademde diep in. Op ochtenden als deze was het leven goed. Ze wist dat deze dagen – de heldere lucht, de bladeren die nog aan de bomen hingen – geteld waren. Het deed er niet toe. Helwyn House was het enige wat op dit moment belangrijk was. Wát Lucy ook zei, Hebe was ervan overtuigd dat het huis bewoonbaar was. Het was er vies en vochtig, maar dat was niets wat hard werken en een goede aannemer niet kon oplossen.

Ze sloeg haar dagboek dicht en stopte het in haar tas bij haar thermosfles, boterhammen, schoonmaakmaterialen en lijstjes. Vandaag zou ze een begin maken om van Helwyn House haar thuis te maken, en ze keek uit naar het zware werk dat haar te doen stond. Ze zou beginnen met de keuken, en Fred en zijn team zouden de gaten in het dak van de noordvleugel afdekken om het gebouw waterdicht te maken, totdat ze de nodige vergunningen had voor het echte werk.

Ze had de sleutelbos aan haar riem gehangen alsof ze een kasteelvrouwe was, en hij rinkelde terwijl ze door de straat liep. In haar fantasie droeg ze een volle rok met een lijfje in plaats van de spijkerbroek en oude trui. Vaak had ze zich voorgesteld hoe het zou zijn om de vrouwe van Helwyn House te zijn in 1640. Hoewel Thomas nooit getrouwd was, had ze er vaak over gedroomd hoe het zou zijn om zijn vrouw te zijn, in zijn bed te slapen en te genieten van de kracht van zijn hartstocht. Want hij was een hartstochtelijk man geweest, dat wist ze. Dat was terug te lezen in zijn woorden aan Lucia. De poëzie van die tijd sprak op zo'n manier over liefde – hemelse en aardse – dat haar lichaam beefde als ze eraan dacht.

Haar telefoon piepte en de droom over leven in een andere tijd verdween. Ze haalde hem uit haar zak.

Waar ben je? Waarom reageer je niet?

Ze kreeg een beklemmend gevoel. Langzaam ademend wachtte ze tot de pijn wegtrok. Ze verlangde zo naar hem, maar dit was het beste. Het was nu even moeilijk voor hen allebei, maar net als een pleister die je eraf trok, zou de pijn niet lang duren. Binnenkort zou hij niet meer appen, bellen, mailen. Hij was vast naar haar appartement geweest op zoek naar aanwijzingen. Maar ze had tijd gehad om zich voor te bereiden, had alles opgeruimd en geregeld dat haar post zou worden doorgestuurd naar haar notaris. Het appartement zou binnenkort verkocht worden en dan zou er geen spoor meer van haar zijn. Het zou hem ongetwijfeld dwingen haar te gaan haten.

Liefde en haat lagen zo dicht bij elkaar. Uiteindelijk had Thomas Lucia net zozeer gehaat als dat hij van haar had gehouden. Hij had begrepen waarom ze met haar neef had moeten trouwen. Was hij er ooit bovenop gekomen? Was hij daarom nooit teruggegaan? Hier, nu, op dit moment, waren Hebes gedachten glashelder, als de blauwe lucht boven haar. Liefde en hartstocht leidden tot verlies, verval.

Het water in de kreek onder haar stond hoog en het zwanenpaar zwom aan de overkant. De eerste wolk van de dag dreef door de lucht, weerspiegeld in het water, net als de dennenbomen die erboven uittorenden. De bomen leken hier zo op hun plek, maar toch waren ze nieuwe toevoegingen aan het landschap. Hebe kneep haar ogen halfdicht en stelde zich een schip met gaffeltuig voor aan de oude kaai in de verte. Vele handen zouden de stenen hebben gelost. Het was september 1615 en Thomas Grylls' vader begon aan de uitbreiding van het huis dat door de fraters uit Frankrijk was gebouwd.

Ze bleef staan, draaide zich om en keek naar de kerktoren. De kerk was gebouwd vanwege een belofte aan God, en toegewijd aan de heilige Antonius, maar ze wist niet meer waarom. Iets met een storm. Ze keek op. De hemel was blauw. Geen wolken, geen storm. De klokkentoren was gemaakt van Normandische steen, maar de kerk en de eerste monnikscellen waren opgetrokken uit stenen uit de omgeving. Toen de gemeenschap was gegroeid, was hij onderdeel geworden van de benedictijnen van de Tywardreath-priorij. Ze wist het allemaal nog precies, en toch kon ze zich niet herinneren wat ze voor haar ontbijt had gehad.

Ze stak haar hand in haar zak en vond haar lijst van vandaag. Bovenaan stond: *Helwyn House is van jou.*

Ja. Het was geen droom. Ze glimlachte en dacht aan de geschiedenis van haar huis. De ontbinding van het klooster door Hendrik VIII was zeer goed geweest voor de familie Grylls. Het was het klooster van St. Anthony geweest, maar de familie Grylls had het de naam gegeven die de lokale bevolking ervoor had: Helwyn. De monniken waren productief en vrijgevig naar de bewoners toe, ze hadden de opbrengst van hun boomgaard met hen gedeeld. Hebe fronste. Wat maakten ze ook alweer van het fruit? Wat voor fruit was het?

Haar telefoon piepte weer. Ze was niet van plan te reageren. Ze keek ernaar en overwoog het toestel in het water te smijten. Binnen enkele seconden zou hij op de bodem van de kreek liggen en in de modder wegzakken. Verleidelijk. In plaats daarvan keek ze op het scherm. Het was een e-mail van haar notaris. Ze wilde weten waar Hebes post naartoe moest en vroeg of de volmachten al waren getekend. Dat moest ze aan haar lijst toevoegen. Het was goed dat Lucy hier was... al was het niet gepland.

Weer piepte de telefoon. Het moderne leven kende te veel storende elementen. Ze negeerde het en dacht weer aan Helwyn: *hel* betekende in het Cornisch 'vrijgevig', *yow* betekende 'hal'. De vader van Thomas had van de oude kloostergangen een loggia gemaakt die vandaag de dag nog steeds stond. Allemaal geïnspireerd op zijn reis naar Europa als jongeman.

Er toeterde iemand achter haar en ze deed een stap opzij, zodat een wit busje kon passeren. Ze volgde het en zag dat het in de richting van Helwyn reed. Ooit hadden boten mannen en materiaal gebracht, nu deden witte busjes dat. Ze gaf de voorkeur aan de tijd van zeilen en niet van diesel.

Fred en zijn ploeg waren er kennelijk al en ze moest doorlopen. Vandaag zou de elektriciteit hopelijk worden hersteld. De vraag die Lucy ongetwijfeld zou stellen was of het veilig was. Het was een terechte vraag, maar Hebe had alle vertrouwen in het huis. Ze wist alleen niet of ze genoeg tijd had om het huis te restaureren, al zou ze in elk geval wel een begin hebben gemaakt. Ze zou erop moeten vertrouwen dat Lucy het af zou maken, ook al was Lucy aan niets of niemand trouw, behalve aan haar fotografie. Misschien was haar nichtje de zwakke schakel in haar plan.

Hebes handen zaten onder het vuil. Er zaten zwarte randjes onder haar nagels, haar knokkels zagen rood, maar ze was nog nooit zo gelukkig geweest. Boven haar werd hard gewerkt, te horen aan het getimmer en geroep. Ze had het gevoel dat het huis zich om haar heen wikkelde. Ze deed haar ogen dicht, zodat ze het kon voelen. Er was een aanwezigheid hier. Diep vanbinnen had ze altijd gevoeld dat Thomas was teruggekomen, maar ze had het nooit kunnen bewijzen. Iets streelde haar wang en toen ze haar ogen opendeed, zag ze een admiraalvlinder. Zwarte vleugels met rode en witte vlekken. Hij ontsnapte door het keukenraam.

Ze keek op haar lijstje en streepte *gootsteen schoonmaken* door. Dat was het laatste klusje in de keuken geweest. Ze deed een stap naar achteren en bewonderde haar werk. De keuken blonk weliswaar niet, maar hij zat niet langer onder een laag stof en muizenkeutels, ook al liepen er nog steeds pissebedden over de pas gedweilde vloer.

Ze haalde haar schouders op, liep de diensttrap naar de eerste verdieping op en zette alle deuren in de gang open, zodat er wat daglicht binnenkwam. Ze moest een boomchirurg regelen. Ze pakte haar lijstje, zette het onderaan en onderstreepte het. Zonder vergunning zou ze geen bomen kunnen vellen, maar ze kon de bomen die dicht bij het huis stonden wel laten snoeien, zodat er meer licht binnenkwam. Daarmee maakte ze een begin aan haar gevecht tegen het vocht dat de verf op de muren deed bladderen omdat het huis jarenlang niet was bewoond.

Toen ze bij de grote slaapkamer kwam, bleef ze even staan om het uitzicht door het raam op het zuiden te bewonderen. Wonder boven wonder was het prachtige glas dat in de achttiende eeuw uit Italië was gehaald nog heel. Was dit de kamer van Thomas geweest, of had hij degene aan de andere kant van het gebouw gebruikt? Of misschien een van de vele andere die waren… Het woord was verdwenen. Het was vermoeiend. Als kind was ze dol op woordpuzzels geweest, maar nu was het pure frustratie. In de warboel van letters kon ze geen woorden vinden en elke dag werden de puzzels moeilijker.

Ze legde haar hoofd tegen de restanten van de oude bedstijl. Vuil hing aan de gravures. Stofdeeltjes zaten in de spleten, waardoor het gecompliceerde ontwerp verzacht werd. Alleen het kleurverschil liet zien dat het niet was wat het moest zijn. Was dit wat er ook in haar hersenen gebeurde? Raakte het verstoft, met hersenstof, waardoor de schoonheid van het ontwerp niet langer zichtbaar was? Ze fronste. Nee, dat beeld klopte niet. Alles in haar hoofd was verschoven, zodat niets meer goed met elkaar was verbonden.

Ze stak haar hand in haar zak en pakte de lijst. Ze las:

Helwyn House is van jou
~~*Keuken schoonmaken*~~
~~*Begin maken met de kastjes*~~
~~*Dan het aanrecht*~~
~~*Dan de tafel*~~
~~*Dan de vloer*~~
~~*Het fornuis, als er een is (controleren)*~~
~~*Gootsteen schoonmaken*~~
Lijst maken voor volgende schoonmaakklussen
Lucy formulieren laten tekenen
Boomchirurg regelen

Op de tast pakte ze een potlood uit haar zak en keek door de ruimte. Ze streelde de bedstijl. Tijd, houtworm en vandalen hadden hun tol geëist, maar alles kon hersteld worden, in tegenstelling tot haar hersenen. Ze moest voorzichtig zijn.

Ze wierp haar blik omhoog en bestudeerde de bewerkelijke kroonlijsten. Die waren grotendeels nog intact, maar hier en daar hing wat los of ontbrak een stuk, waardoor het volmaakte beeld werd aangetast. Daar was een specialist voor nodig en het was secuur en kostbaar werk. Ze had genoeg geld, dacht ze, maar had ze genoeg tijd?

Ze keek uit het raam en zag dat Lucy net aan kwam rijden. Ze had boodschappen gedaan. Hebe greep de vensterbank vast. Even wist ze helemaal niets meer, heel even maar. Waar had ze aan staan denken? Ze deed haar ogen dicht, dacht na, maar wat ze zocht bleef onzichtbaar.

'Hallo?' riep een mannenstem.

Hebe rechtte haar rug. 'Ja?' Ze liep in de richting van de stem. Toen ze door de salon liep, viel haar op hoe groots hij was. Deze kamer had ooit uitzicht geboden op de kreek, maar nu was er alleen een dicht bos zichtbaar. Alles uit het verleden was uitgevlakt door de natuur die honderden jaren ongecontroleerd haar gang had kunnen gaan.

In de noordelijke slaapkamer zag ze dat Fred door het plafond was gezakt.

'Zou je de jongens willen roepen? Volgens mij zijn ze aan het schaften.'

Hebe rende door het huis en stopte pas toen ze in de armen van een vreemde viel die naast Lucy stond. 'Help!'

21

Hebe

3 oktober 2016

Hebe voelde zich leeg toen ze op een houten bank in de eetkamer ging zitten met haar lijst naast zich. De man streek liefdevol met zijn handen over de stenen van de haard. Linksboven zat een grote zwarte plek. Zijn vingers gleden eroverheen. De zwarte plek zag er nieuw uit, niet alsof hij jaren geleden was ontstaan. Toch was het zo. Het was een schroeiplek. Die moest zijn gemaakt om... om het huis tegen vuur te beschermen. Ja, dat was het. Het was waarschijnlijk gebeurd met een vetkaars.

Niemand leek te weten wanneer het huis langer dan een nacht bewoond was geweest, sinds haar zus het al die zomers geleden had gehuurd. Het had zo'n turbulent verleden vol tragedie. Mensen dachten dat het vervloekt was, maar Kates gezin had het hier zo goed gehad dat ze dat niet kon geloven. Toch had de familie Grylls sinds de verdwijning van Thomas de ene na de andere tegenslag te verwerken gekregen.

In die zomers van toen was Hebe in Helwyn wakker geworden van het geluid van soldaten die door de straat marcheerden. Als ze de enige was die het had gehoord, zou ze het jaren geleden hebben weggewuifd, maar de vrouw die in de molen woonde was ook regelmatig wakker geworden van dat geluid. Rusteloze geesten. Natuurlijk waren hier rusteloze geesten met zo veel geschiedenis en verdriet.

Gouden herfstlicht dwarrelde door de mist en wierp een glans op de houten lambrisering. De ramen vervormden het uitzicht van de noordvleugel. Elke ruit verwrong het beeld op zijn eigen manier.

Hebe knipperde met haar ogen. De aantrekkelijke man stond voor haar.

'Ken je de geschiedenis van het huis?' Hij keek om zich heen voordat hij zich weer tot haar richtte.

Ze knikte, staarde naar de prachtige panelen en een oud haardrooster. In haar hand had ze een stuk papier. Ze vouwde het open.

Helwyn House is van jou.

'Mensen zeggen dat het hier spookt,' zei de man met de witte tanden.

'Belachelijk.'

'Mee eens.' Hij ging naast haar zitten. Zijn ogen, er was iets met zijn ogen. Ze probeerde te zien wat. Ongemak kroop over haar huid. Zijn ogen kwamen haar bekend voor, maar waarom? Had ze hem al eens eerder ontmoet? Had ze hem misschien lesgegeven?

'Het spookt hier niet, maar als je naar de geschiedenis kijkt, is het wel duidelijk waar zulke overtuigingen vandaan komen.' De sporen boven bij het raam en de haard. Ongetwijfeld zouden ze meer bewijs vinden tijdens de reparaties aan het huis. Ze stond op. Het stoorde haar dat ze niet goed wist wat er met hem was. Ze zou het moeten weten. 'Helwyn House was oorspronkelijk een klooster en zodra ergens godsdienst mee gemoeid is...' Ze strekte haar vingers, '... maakt dat een gebouw mysterieus.'

Hij knikte, kwam overeind en liep weer naar de haard. Hebe wist zijn naam niet meer. Lucy had hem gisteren genoemd, dat wist ze wel, maar ze wist niet wat ze wilde weten. Net buiten bereik. Haar vingers jeukten. Waarom werkten haar hersenen niet als haar laptop? Ze wilde ze opnieuw opstarten, maar haar harde schijf was onherstelbaar beschadigd.

'Vanwaar jouw belangstelling voor het huis?' Ze liep naar de plek waar hij gehurkt bij de haardvloer zat. Wat hoopte hij in vredesnaam te ontdekken in die stenen? Deze kamer was vele malen veranderd sinds het huis was gebouwd. Elke eigenaar had zijn eigen stempel op de woning gedrukt. Het opvallendste element was wel de loggia, maar er waren andere delen die net zo mooi waren en geschiedkundig interessanter. 'Wat zoek je?'

Hij keek op. 'Aanwijzingen.'

'Waarvoor?' Haar stem klonk scherper dan ze had bedoeld.

'Een puzzel die mijn vader me heeft nagelaten.'

'Een puzzel?'

'Ja, vlak voordat hij overleed, ontdekte hij een ontbrekend stukje van onze familiegeschiedenis, en hij zei dat er meer ontbrekende stukjes waren en dat die in Helwyn House te vinden waren.'

'En jij denkt dat ze in de haard zitten?' Ze trok haar wenkbrauwen samen. Ze kon hem niet volgen. Hij sprak niet echt in raadselen, maar duidelijk was hij ook niet.

Hij stond op. 'Nee.'

'Wat zoek je precies in mijn huis?' Hebe moest zich blijven voorhouden dat het van haar was, niet iets wat ze zich inbeeldde.

'Een lijk, misschien.' Hij glimlachte. 'Of een geheime kamer, een smokkelaarsroute, een geheime gang... maar brieven of een sieraad zijn waarschijnlijker.'

Hebe ging in gedachten door de lijst. Wat wilde hij nou echt?

'Stam je af van de familie Pendarves?'

'Nee, van de familie Grylls.' Hij zweeg even en keek haar recht aan. 'Ik ben een afstammeling van Thomas Grylls.'

Hebe slikte. Ze kreeg een knoop in haar maag. 'Via zijn neef.'

'Nee, rechtstreeks van hem.'

Ze schudde haar hoofd. 'Hij had geen kinderen.'

'Toch wel.' De man stak zijn handen in zijn zak.

'Dat is nergens terug te vinden in zijn papieren en andere bronnen. Je moet je vergissen.'

Hij leunde tegen de haard. 'Nee.' Hij leek volkomen ontspannen, zelfverzekerd.

Hebe klemde haar kaken op elkaar. 'Ik heb de studie van Thomas Grylls tot een groot deel van mijn levenswerk gemaakt. Als hij een kind had gehad, zou ik dat hebben geweten.'

Hij glimlachte. 'Hoeveel weet je van zijn tijd op de Scilly-eilanden?'

'Hij was daar maar kort, met de prins van Wales.'

'Klopt, maar hij is ook meerdere keren teruggegaan, zelfs tijdens het bewind van de parlementariërs.'

Ze fronste. Thomas was niet alleen afgezant maar ook spion geweest. Ze kreeg een doffe pijn tussen haar wenkbrauwen toen de nog werkende verbindingen in haar hersenen probeerden te bewijzen dat deze man het mis had. 'Hij bleef altijd maar heel kort.'

Hij trok zijn schouders naar achteren alsof hij zich opmaakte voor een gevecht. Hebe wist zeker dat ze niet een of ander lang verloren erfgenaam was vergeten. Het leven van Thomas stond haar heel duidelijk voor ogen, duidelijker dan haar eigen leven. Hij had geen kinderen gehad. Zoiets essentieels zou ze niet zijn vergeten, zou ze niet hebben gemist. Ze liet haar kin iets zakken en liep naar het raam, net toen Lucy met een dienblad de kamer binnenkwam. De man stond met zijn armen lichtjes over elkaar, ontspannen. Hebe haalde met meer kracht dan nodig was uit naar een bromvlieg. Hij viel op de grond en ze trapte erop.

'Bedankt dat je er was om Fred te redden.' Lucy zette het dienblad op tafel.

De man glimlachte naar haar en Hebe draaide zich om.

Lucy gaf Hebe als eerste haar thee en gaf toen een kopje aan de man met de witte tanden. Hebe sloot haar ogen even. Waarom ging hij niet gewoon weg? Waarom was hij hier in haar huis en, nog belangrijker, hoe kon hij een nazaat van Thomas zijn? Ze wilde tegen hem schreeuwen en zeggen dat hij een leugenaar was. Maar diep in haar hart geloofde ze hem. Het kwam door zijn ogen. 'Welk bewijs heb je?' vroeg ze.

'Brieven.'

Ze blies haar adem uit en besefte dat ze die had ingehouden. 'Geen absoluut bewijs.'

'Nee, maar DNA wel.'

'Goed, maar niet honderd procent.'

'In combinatie met de brieven zou het heel overtuigend kunnen zijn.'

Hebe nam een slok thee. 'Hoe kun je het DNA onderzoeken? De

Grylls-lijn is uitgestorven.' Al die jaren was ze in de veronderstelling geweest dat Thomas geen nazaten had en, nog belangrijker, dat hij Lucia trouw was gebleven.

Ze probeerde deze nieuwe informatie te rijmen met wat ze al wist, maar het lukte haar niet. Het was net een boek dat niet op de plank paste, ook al leek er genoeg ruimte te zijn. De historica in haar zei dat ze hem niet kon geloven, dat ze hem meer vragen moest stellen. Moest eisen de brieven in te zien. Niemand wist hoe het Thomas was vergaan. Niemand.

Het was een van de vragen die haar onderzoek had getergd. Een vraag die ze nooit had kunnen beantwoorden, hoeveel oude bibliotheken ze ook had bezocht. Wat was er tijdens die laatste reis met Thomas Grylls gebeurd? Er waren geruchten geweest dat hij in Europa was gezien, maar daarna was het spoor doodgelopen. In 1660 was er een schip voor de kust van Nare gezonken en ze had zich altijd voorgesteld dat hij daarmee ten onder was gegaan. Maar het was niet het schip waarmee hij uit de Nederlanden was vertrokken. Dat was zonder hem aan boord in Londen aangemeerd.

Maar de Swallow was in een hevige storm terechtgekomen en was op de Manacles bij de kust van St. Keverne geslagen, waarna hij naar de kliffen bij Porthallow was gewaaid. De restanten van het schip waren op de rotsen bij Nare gevonden. Alle opvarenden waren omgekomen. Ze had het altijd heel erg gevonden dat dit zijn einde was geworden. Hij had de wateren van de Lizard beter gekend dan de meeste mannen van zijn leeftijd. Door zijn jeugd aan de kreek had hij bijna eerder leren zeilen dan lopen. Zijn eerste boot was er een van zijn vader: de Elspeth, een boot met gaffeltuig. Thomas was er vele malen helemaal mee naar St. Michaels Mount gezeild om zijn neven en nichten te bezoeken. Ze had zijn logboeken gelezen. Hij kende de zee op z'n duimpje.

'Mag ik die brieven lezen?' Er was nog iets anders. Ze moest hem iets vragen, maar ze wist niet meer wat. Dat hoofd van haar ook.

'Ik heb ze niet bij me.' Hij pakte zijn thee van tafel.

'Nee, natuurlijk niet,' zei ze ongeduldig.

'Ze liggen op dit moment in St. Mary's, waar mijn vader woonde, maar ik wil ze je met alle plezier laten zien als ik weer eens die kant op ben geweest.'

'Dank je.' Hebe nam een slok thee. 'Ik heb zo'n gevoel dat je meer over Thomas Grylls weet dan je me tot nu toe hebt verteld.'

Hij glimlachte, en het was alsof de zon plotseling achter de wolken vandaan kwam. Toen rilde ze, al wist ze niet waarom.

Motregen vervormde de contouren van de landtongen en Hebes gezicht was nat. Jarenlang had ze zich voorgesteld hoe Lucia hier op Thomas' terugkeer had staan wachten, zelfs na haar huwelijk en de geruchten van zijn dood. Wat had ze niet goed gezien? Waren hun brieven vervalsingen geweest? Was hun liefde niet echt geweest? Ze haalde haar hand langs haar ogen om de vochtdruppeltjes aan haar wimpers weg te vegen. Liefde. Ze kende de kracht van geven en nemen. Ze had alle kans erop ontlopen, totdat woorden haar muur hadden beslecht. Ze hadden haar beroerd. En nu konden woorden in brieven haar werk vernietigen.

Deed het er werkelijk nog toe dat haar levenswerk incorrect was? Gebeurde dat niet zo vaak? Ze had zelf ook bewijs gevonden van de gevolgen van de Burgeroorlogen op Cornwall dat eerdere aannames had vernietigd. Er was niet veel voor nodig; eenvoudigweg de ontdekking van een nieuwe, originele informatiebron. Niet dat ze blij was geweest als ze iemands werk teniet had gedaan, het was eerder een opluchting dat ze iets had gevonden wat het beeld... scherper maakte en een beter inzicht gaf. Het verleden was voortdurend aan veranderingen onderhevig. Toch moest ze nog één boek schrijven, en nu had ze geen idee hoe het zou aflopen. Haar fictie had altijd gewerkt omdat ze de feiten kende.

De man met de witte tanden was familie van Thomas. Dat kon ze voelen. De uiterlijke gelijkenis betekende dat ze niet kon negeren wat hij had gezegd. Toen ze Helwyn stampvoetend had verlaten, hadden hij en Lucy naar de overwelfde doorgang naar de grote hal staan kijken. Hij was geen amateur. Hij zocht iets, iets om zijn hypo... zijn hypothese te bevestigen. Ze had diezelfde koppigheid bij zichzelf gezien toen ze onvermoeibaar door de archieven van landhuizen in het hele land spitte. Documenten die vaak werden afgedaan als niet belangrijk konden ontbrekende informatie bevatten die van een voorgevoel een feit maakte.

Ze duwde een lok nat haar van haar voorhoofd en keek met samengeknepen ogen naar de baai. De lucht en de zee hadden dezelfde kleur en de horizon was verdwenen. Hoe kon ze weten waar ze naartoe moest als ze haar horizon kwijt was? Ze keek op: geen zon en geen andere sterren die haar konden leiden.

Op dit moment waren haar doelen duidelijk, maar hoelang zou dat nog zo zijn? Ze balde haar vuisten. Ze zou steeds minder grip op dingen krijgen. Ze stak haar hand in haar zak en voelde het stukje papier. Dit was wat er van haar leven was geworden. Hoelang zou het nog duren voordat ze Lucy's naam niet meer wist, of die van haarzelf? Ze kreeg een beklemmend gevoel. Zo wilde ze niet leven. Pijn, leegte en verlangen kwelden haar als ze aan hem dacht. Maar die dingen betekenden dat ze had bemind. Ze had geleefd. Het deed pijn dat ze zich hem het grootste deel van de tijd niet kon herinneren. Maar misschien was dat maar goed. Ze draaide zich om, liep naar St. Anthony en luisterde naar de kerkklok. De doodsklok, een overlijden.

22

Lucy

3 oktober 2016

Hebe was gepikeerd het huis uit gelopen, zonder nog iets te zeggen. Vreemd. Ze was de oude Hebe niet. Was het de menopauze? Daardoor was haar moeder ook veranderd, maar Hebe was vijf jaar ouder. Zou zij er niet al doorheen moeten zijn? Lucy fronste. Toen Hebe in de eetkamer met Kit had zitten praten, had ze het docententoontje in haar stem gehoord, maar ook iets nieuws: onzekerheid.

Een vlinder fladderde door de haldeur. Toen ze verder liep, zag ze hem roerloos op de vensterbank zitten met krachtige kleuren in het licht van het peertje. Door de schaduw van de vleugels leek het net of het beestje op een andere vlinder zat. Ze huiverde. Het was alsof haar aanwezigheid hier haar gedachten elf jaar terug in het verleden had gebracht. Het spookte hier niet, maar het was geen fijne plek. Ze wist niet of het dat ooit was geweest, gezien de verhalen die ze te horen had gekregen over een monnik zonder hoofd, rondwarende aanhangers van Karel I en ontroostbare minnaars. Zulk soort verhalen bevatten vrijwel altijd een kern van waarheid.

Waarom moesten kinderen op zomeravonden altijd zo nodig spookverhalen vertellen? Buiten op de muur bij de grote hal had ze geluisterd naar gruwelijke verhalen over lijken op de eettafel en een onthoofd leger dat door de straten marcheerde. Op een avond toen het volle maan was, had ze ze langs horen komen, althans dat dacht ze. Waarschijnlijk was het een tractor die bij het licht van de maan aan het werk was geweest.

Verdomme, nu maakte ze zichzelf nog bang. Het was kinderpraat, meer niet. Ze wist maar al te goed dat de dood je geen pijn kon doen, maar de levenden des te meer. Haar vader was daar een prima voorbeeld van.

De lamp aan het plafond flikkerde. Dit huis was levensgevaarlijk. De elektricien kwam morgen weer. Ze wenste hem veel succes. De stoppenkast hoorde in een museum thuis, net als het bellenbord aan de muur boven de deur naar de provisiekast. Ze betwijfelde of het ding het nog deed, maar bedacht toen dat haar vader het had gebruikt om haar te laten weten dat de tonic in de salon op was. Hij had het grappig gevonden, maar zij niet. Haar moeder had de tonic uiteindelijk gehaald. Ze bediende hem altijd op zijn wenken. Lucy begreep niet waarom. Waarom had ze zijn ontrouw al die jaren getolereerd?

Ze hoorde een bonk en schrok op. Ze was alleen. Fred en zijn ploeg waren een half uur geleden vertrokken. Het zou de wind wel zijn, maar toen ze uit het raam keek, zag ze dat het heel rustig was. Dat was het altijd als de mist van zee over land was gekropen en alle bewegingen en geluiden met zijn vochtigheid dempte.

Ze moest maar even gaan kijken. Bovenaan de personeelstrap duwde ze haar ijskoude handen in de zakken van haar spijkerbroek. Nergens een radiator te bekennen. God, wat was het koud.

Voor haar lag de slaapkamer die ze met Michael had gedeeld. Het was niet zo dat er niet genoeg slaapkamers waren geweest, maar ze waren allebei bang geworden van alle spookverhalen. Michael genoot ervan om die te vertellen, maar hij was ook degene die naar haar kamer was gekomen. Hij was pas weer vertrokken toen hij dertien was en vond dat een kamer delen met je oudere zus echt niet kon. Daar had hij natuurlijk gelijk in gehad. Maar ze had de troost van zijn zweterige jongenslijf in het tweepersoonsbed naast haar gemist, want Hell House maakte voortdurend geluiden, alsof het een levend, ademend monster was.

Ze liep de slaapkamer binnen. In deze kamer, zoals in zo veel kamers in de rest van het huis, was alles nog hetzelfde, alle spullen stonden er nog – zelfs het beddengoed lag er nog, wat een beetje verontrustend was. Lagen Michaels stripboeken nog onder het bed? Ze was niet nieuwsgierig genoeg om te kijken. Ze keek naar het versleten tapijt; dat moest binnenkort dringend gezogen worden en nog heel veel meer. Ze maakte op haar telefoon een lijst aan met spullen die ze nodig hadden.

Daarna liep ze terug naar de overloop. Het was hier een doolhof. In de kleine zitkamer zag ze dat de tv – circa anno 1980 – er nog stond. Hij had het toen al niet goed gedaan. Ze voegde een nieuwe tv aan haar lijst toe, naast de zaklampen, lucifers, kaarsen, aanmaakblokjes en het haardhout. Had Hebe al een boomchirurg gebeld? Misschien moest Lucy dat maar doen, aangezien haar tante leek te worstelen met de organisatie.

Er klonk een luide bonk en de deur van een van de slaapkamers verderop waaide open. Was Fred weer door de vloer gezakt? Nee, hij was er niet. Ze deed haar ogen even dicht, vatte moed en liep toen met grote stappen in de richting van het geluid. Het was uit de noordelijke slaapkamer gekomen. Die had ze tot nu toe vermeden, maar ze moest hem toch een keer binnen. Ze vertraagde haar pas toen ze langs de boekenkasten liep waar al het leesvoer van haar zomers van vroeger stond. Veiligheid was haar excuus voor het feit dat ze in dit deel van het huis nog niet was geweest – nog maar eens bevestigd door Freds val – maar ze wist dat dat niet de ware reden was.

Angst bekroop haar toen ze er dichterbij kwam, een van de indrukwekkendste kamers van het huis. Er werd gezegd dat de prins van Wales hier de nacht voordat hij naar de Scilly-eilanden was gevlucht, had geslapen. Maar meerdere voorname landhuizen in Cornwall schermden daarmee. Het was hoe dan ook niet de geest van de prins van Wales die haar naam herhaaldelijk had gefluisterd toen ze zes uur lang in die kamer opgesloten had gezeten. Michael, het stomme broertje dat hij was, had haar gezegd dat ze zich daar moest verstoppen toen ze een keer geen zin had om naar Truro te gaan. Hij had gezegd dat ze haar daar nooit zouden vinden, en hij had gelijk gehad. Het rotjoch had de deur achter haar op slot gedaan en pas toen Hebe naar iets op de boekenplank op zoek was gegaan, had ze Lucy horen schreeuwen. Zes uur lang in een donkere, koude kamer opgesloten zitten was genoeg geweest om haar prepuberale hoofd te vullen met ijselijke gedachten. Zelfs nu gingen ze nog door haar heen, toen ze bij de deur bleef staan die op een kiertje stond.

Er bewoog iets binnen. Misschien iemand van Freds team, maar ze wist vrijwel zeker dat ze allemaal weg waren. Ze probeerde rustig adem te halen, duwde de deur open en liep de kamer binnen. Toen ze opkeek, zag ze het blauwe plastic zeil over het gat in het dak. Het licht dat erdoorheen kwam, wierp een kille gloed door de toch al ijskoude kamer. Dat was in elf jaar tijd niet veranderd. Hebe had altijd volgehouden dat het kwam doordat deze kamer op het noorden lag, maar Lucy wist wel beter, al was ze niet van plan dat iemand te vertellen. Mensen schatten haar toch al niet hoog in.

'Lucy.' Kit zat op zijn knieën voor de haard.

Ze schrok. 'Ik dacht dat je weg was. Wat doe je hier in vredesnaam?'

'Ik zoek aanwijzingen.'

'Dat hoorde ik je ook tegen mijn tante zeggen.' Ze keek hem scheef aan. Hebe vertrouwde hem niet, maar ze had geen idee waarom.

'Mijn vader is er altijd van overtuigd geweest dat er hier bewijs zou zijn dat de familiegeschiedenis compleet maakt.'

Terwijl hij opstond, wees ze naar de haard. 'Daar?'

'Mijn ouders waren beiden archeoloog en ze hebben allerlei belangrijke ontdekkingen op zulk soort plekken gedaan.'

'O.'

'Nou ja, ik moet toch ergens beginnen.' Hij keek om zich heen. 'Dit huis is waanzinnig.'

'Zo zou je het kunnen noemen. Krot of bodemloze put zijn ook opties.'

Hij schoot in de lach, en de manier waarop zijn ogen leken te dansen van ondeugd vond ze mooi, nee, prachtig. Het was een krachtige combinatie.

Opeens ging uit zichzelf een kastdeur achter haar open. Ze schrok weer.

'Dit is de kamer waar het spookt, begrijp ik.' Hij keek naar het hemelbed en de openstaande kast. Ze knikte. Ze kon het niet ontkennen. 'Er hangt wel een vreemde sfeer.' Hij keek weer naar het gat in het dak. 'Maar dat kan ook door het griezelige licht komen.' Hij glimlachte naar haar en zij hield zich wat steviger vast aan de deur achter zich. Hij probeerde haar alleen maar te imponeren met zijn Hollywood-charme, en die had hij in overvloed.

'Het licht helpt zeker niet.

'Dat we hier aan de noordkant van het huis zijn ook niet. Daardoor is het een koude kamer, maar wel goed om in te slapen.'

'Voor de eeuwigheid, misschien.' Ze keek naar het plastic dat op en neer wapperde alsof het ademhaalde.' Ze rilde bij de gedachte.

'Deze kamer maakt je echt heel bang.' Hij raakte haar arm aan die onder het kippenvel zat. Ze rilde opnieuw, maar niet van de kou. Ze moest zich vermannen. Hij pakte haar hand vast en leidde haar de kamer uit, en opeens wilde ze zich helemaal niet meer vermannen.

Kit bleef bij een van de boekenkasten staan. Ze fronste haar wenkbrauwen toen hij zich bukte en een van de romans over Thomas Grylls van H.J. Bowden uit de kast haalde. Ze was aan deze serie verslingerd geraakt in de zomer waarin ze twaalf was geworden en het eerste boek had gevonden.

'We zijn met elkaar in verband gebracht,' zei hij, toen hij zijn vinger over het titelblad liet glijden.

Ze sloeg haar hand voor haar mond. Hoe had de pers in godsnaam zijn naam met die van haar in verband weten te brengen? Ze kende hem amper. Ze konden dit allebei nu niet gebruiken.

Hij lachte en wees naar het handschrift op de titelpagina: *Dit boek is van Christopher Williams.* Daaronder stond: *En Lucia Anne Trevillion.*

Ze schoot in de lach. 'Jij bent Christopher Williams?'

Hij knikte. 'En jij bent Lucia Anne Trevillion.'

'Wat grappig! Hoe is jouw boek hier in vredesnaam ooit terechtgekomen?' Ze wreef over haar armen.

'Laten we een warmer plekje opzoeken, dan zal ik je over mijn eerste bezoek aan Helwyn House vertellen toen ik vijftien was.'

Ze liep achter hem aan de trap af naar de binnenplaats en terug door het huis naar de relatief warme keuken. Kit bestudeerde de granieten latei boven het oude fornuis, terwijl zij de waterkoker aanzette.

'Ik betwijfel of Thomas hier ooit is geweest,' zei ze.

'Daar zou je wel eens gelijk in kunnen hebben.' Hij liet zijn vinger langs de stenen aan de zijkant glijden. 'Misschien als jongen.'

'Ik vraag me af of dit toen eigenlijk wel de keuken was.' Lucy wees naar de plek waar de grote hal ooit had gestaan. 'Veel van het oorspronkelijke huis is er niet meer.'

Hij pakte de beker aan die ze hem gaf. 'Ja, aan de ene kant zou je kunnen zeggen dat het zonde is, maar de meeste stenen zijn hergebruikt voor de agrarische gebouwen.'

'En voor veel van de huizen in de omgeving.' Ze glimlachte om hun wederzijdse vastbeslotenheid om niet voor elkaar onder te doen als het om kennis van het huis ging. 'Maar goed,' zei ze, terwijl ze het theezakje uit haar beker haalde, 'je kwam hier dus met je ouders.'

'Ja.' Hij doopte een koekje in zijn thee. 'Ze deden een archeologische opgraving bij Gear Farm en maakten kennis met Lillian Pendarves.'

'Gecondoleerd met het overlijden van je vader. Waar is je moeder nu?'

De glans verdween uit zijn ogen. 'Mijn moeder is tien jaar geleden overleden.'

Ze legde haar hand even op zijn arm. 'Is het daarom zo belangrijk dat je meer te weten komt over je familiegeschiedenis?'

Hij knikte. 'Sinds dat bezoek fascineert het huis me, en de Thomas Grylls-romans brachten het echt tot leven.'

'Ja, voor mij ook.' Maar de keren dat ze hier vroeger in haar eentje was geweest, waren er geen romans nodig om het tot leven te brengen. 'Maar hoe is jouw boek nou hier achtergebleven?'

Hij grinnikte. 'Ik was wanhopig op zoek naar een smokkelaarsgang en heb het denk ik laten vallen.'

'Er is dus niets veranderd.' Ze hield haar beker in beide handen vast en nam de warmte in zich op.

'Klopt.'
'Ga je me nog vertellen wat er hier volgens je vader te vinden was?'
Hij schudde zijn hoofd.
'Is het zo'n geheim?'
'Helemaal niet, en ook weer wel.'
'Een raadsel?' Ze tuitte haar lippen.
'Nee, maar hij heeft niet alles wat hij wist opgeschreven.' Hij nam een slok thee. 'De aantekeningen die ik heb zijn heel precies. We weten dat Thomas hier terugkwam in 1660.'
'Is dat zo?'
'Ja, dat staat in een brief.'
'Heb je dat aan Hebe verteld?'
'Deels.' Hij ijsbeerde door de keuken. 'Zij is de expert als het om die periode gaat en ze heeft duidelijk erg veel onderzoek naar hem gedaan, maar ze leek... van slag, zelfs overstuur, toen ik het haar vertelde.'
'Ik vraag me af of ze niet te veel hooi op haar vork heeft genomen.'
Hij bleef staan en keek haar aan. 'Ze heeft jou.'
Lucy slikte. 'Ja.' Maar ze was niet van plan lang te blijven. Een maand als het moest, maar daarna was het tijd om door te gaan. De wereld wachtte.

23

Hebe

juli 2015

Ik bestudeer de kaart en doe alsof ik begrijp waar ik naar op zoek ben, terwijl jij een foto van het uitzicht maakt. Ik draai me om, kijk of er ergens een bordje staat, want wat ik zie, kan ik niet terugvinden op de kaart. Ik weersta de aandrang om het papier te verfrommelen en onder me in zee te gooien. In plaats daarvan doe ik mijn ogen dicht en wend mijn gezicht naar de zon. Er valt een schaduw over me heen. Je mond raakte de mijne. Mijn ademhaling stokt even en ik zou willen dat dit het was. Dat dit, hier, het einde was. Niet meer ademen.

'Het strand ziet er mooi uit.' Je wijst naar een pad door de bramenstruiken. Het duizelt me door de hoogte. Ik kan dit niet, maar als ik nee zeg, dan weet je het. Dan zal mijn falen even zichtbaar zijn als het groeiende aantal haartjes op mijn kin. Vanmorgen heb ik er vier uit getrokken, waarbij de tranen me in de ogen sprongen. Zo trof je me aan. Ik kon het niet uitleggen. Ik kon niet zeggen: *ik ben oud en jij bent jong, ga bij me weg*. En dus loog ik.

'Kom, ga jij maar voor.' Je pakt de picknickmand en loopt met grote stappen voor me uit omlaag. Ik blijf bovenaan staan. Zal ik niet gewoon een aanloop nemen en springen? Maar dan zul je altijd onthouden hoe ik op de rotsen daarbeneden lag. Dat kan ik je niet aandoen. Ik wil dat je me gezond onthoudt, niet gebroken.

Ik haal diep adem en zet de ene voet voor de andere, kijk alleen naar het smalle pad tussen het groen, totdat ik onderaan tegen je aan bots.

'Het was verder dan ik dacht.'

'Ja,' zeg ik, en ik kijk alleen naar het zand en het terugtrekkende water. We zijn de enigen hier en alles is goed. Ik kan dit. Maar ik weet niet hoelang.

Je spreidt de deken uit bij de rotsen en ik ga uit de wind zitten.

'Ik ga zwemmen. Ga je mee?' Je trekt je shirt uit, laat je blote borst zien. Wat ben je door de jaren heen veranderd.

'Het is mij vandaag niet warm genoeg.'

Je haalt je schouders op en wikkelt een handdoek om je middel. Op de een of andere manier zien de bewegingen er sierlijk uit, magisch zelfs, als je je zwembroek aantrekt en naar het water loopt. Als ik zie hoe de zon op je brede schouders valt, denk ik aan het begin van onze verhouding.

Wat deden we toch, gij en ik, vraag ik me af, ik meen 't,
Voordat we minden. Waren we nog niet gespeend?

Je legde het boek op het bed naast me. Onze kleren lagen door de kamer verspreid, gevangen in de ochtendzon. Het was een nieuwe dag en alles was veranderd. Je had een beker koffie in je hand. De damp steeg ervan op en maskeerde je gelaatstrekken. Zoals je bloot voor me stond, was het niet moeilijk om me voor te stellen dat je Thomas Grylls was, maar dat zou zonde zijn van de vreugde van wie je echt was. Je blik viel weer op het portret. Je zag de gelijkenis, maar zei niets. Mijn hoofd zat vol spijt, maar mijn gevoel zei me mijn hand uit te steken en je naar me toe te trekken. Ik wilde niet weten waarom niet, ik wilde alleen weten waarom wel. Ik kon toch zeker nog wel een dag dwaas zijn?

Koude waterdruppels vallen op mijn voet en ik schrik op. Ik doe mijn ogen open. Je houdt de zon tegen. Het was de verkeerde beslissing om jou de grens te laten passeren van student naar minnaar. Maar als ik je nu zie, heb ik nergens spijt van, ook al zou dat wel moeten. Door mij ben je je jeugd kwijtgeraakt, die lichtzinnige tijd waarin je zorgeloos in de wereld kunt staan. Als ik je iets zou kunnen geven, dan zou ik je dat teruggeven.

Je gaat op je knieën naast me op de deken zitten. 'Wat kijk je verdrietig.' Je kust me. Je lippen smaken naar de zee en naar tranen.

24

Lucy

8 oktober 2016

Michael stond met een vies gezicht in de deuropening van de keuken. Hij wilde zeker niet dat zijn Range Rover vuil werd. Het goot van de regen en Lucy hoorde hoe de emmer in de kleine zitkamer boven de eetkamer volliep. Het was een probleem, maar gezien de hoeveelheid problemen in dit huis was het niet dringend, op dit moment in elk geval niet. De komst van haar broer stond met stip bovenaan haar lijst van dingen die acuut afgehandeld moesten worden. Niet dat ze een keus had gehad. Er was haar verteld dat hij zou komen, en verder was haar niets gevraagd. Toen ze naar zijn gezicht keek, kon ze zich niet voorstellen dat hij er zelf erg blij mee was.

'Je ziet er wat vochtig uit.' Ze deed een stap naar achteren en liet hem erlangs.

'Jouw schuld, verdomme.'

'Dat is wel erg vergezocht.'

Hij schudde zich uit als een hond en keek om zich heen. 'Jezus, wat een ijzingwekkende plek.'

'Ja, maar daar weet jij alles van.'

Hij zette zijn spullen neer. 'Jezus, ga je me dat nou weer verwijten?'

'Je hebt me voor het leven getekend.'

'Dus het is mijn schuld dat je je leven zo verkloot hebt?'

Ze sloeg haar armen over elkaar. Ze was geneigd ja te zeggen, maar kon hem niet overal de schuld van geven. 'Nee, je stond alleen aan het begin van de neerwaartse spiraal.'

Hij kneep zijn ogen samen en ze zette zich schrap. Ze hadden hier vaker ruzie over gehad, en het was altijd hetzelfde liedje. Dan riep hij dat ze eens wat moest gaan doen met haar leven. Haar antwoord was steevast dat ze dat ook deed, dat hij het er alleen niet mee eens was. Michael en Lucy reageerden heel verschillend op dezelfde situatie. Hij vond natuurlijk dat zijn manier beter was, maar goed, hij was een man, en het leven bood mannen altijd betere mogelijkheden.

'Waar is Hebe?' Hij keek naar de papieren op tafel. Hebe had Lucy een stapel documenten gegeven die getekend moesten worden nu ze het huis had gekocht. Daar was een getuige bij nodig.

'Die slaapt.'

Hij keek op zijn horloge. 'Het is net twaalf uur geweest.'

'Dat weet ik.'

'Is alles goed met haar?' Hij keek weer naar de papieren. 'Nee, geef maar geen antwoord. Iemand die zo'n bedrag neertelt voor dit huis is niet goed wijs.'

Lucy haalde haar schouders op. Haar gedachten vormden woorden om haar tante en het huis te verdedigen, maar ze hield ze binnen. Ze vond het vervelend dat hij gelijk had.

'Wil je dat ik als getuige meeonderteken?'

Ze pakte de papieren bijeen en legde ze opzij. 'Hoeft niet. Ik heb het de architect gevraagd en hij komt straks.'

'Oké. Maar waarom slaapt ze midden op de dag?'

'Het huis is een groot project.'

Hij wierp een blik door de keuken en trok afkeurend zijn lip op. 'Valt er koffie te krijgen?'

'Als je geen bezwaar hebt tegen instant.'

'Dat heb ik wel, maar het is niet anders.' Hij pakte een stoel. 'Ik heb iemand gevonden die voor korte tijd een woning in Londen nodig heeft. Ik heb hem de sleutel van je appartement gegeven.'

Ze keek op.

'Ik dacht dat je de huur wel kon gebruiken.'

'O, dank je.' Ze had het overwogen, maar had niet gedacht dat ze hier zo lang zou blijven.

'Nou ja, het is niet zo dat je werk hebt.'

Ze haalde diep adem. Tact was nooit Michaels sterkste punt geweest, en terwijl ze de koffiekorrels in de beker lepelde, vroeg ze zich af of er misschien nog wat arsenicum in de tuinschuur lag. Zelfs als hij er niet aan doodging, zou hij zich er misschien ziek genoeg door voelen om die superieure blik van zijn gezicht te halen. Ze gaf hem de beker.

'Ga je me een rondleiding geven?'

'Weet je niet meer hoe het eruitziet?'

Hij keek haar schuin aan. 'Jawel, maar het is een tijd geleden, dankzij jou.'

Ze zette haar handen in haar zij. 'Dat kun je mij niet verwijten.'

'Jij weigerde ooit nog één voet in Cornwall te zetten.'

'Dat is zo.' Ze keek hem ingespannen aan. 'Maar dat had jullie er niet van hoeven te weerhouden.'

Hij lachte. 'Alsof mama jou de hele zomer in je eentje in Londen zou laten. Geen schijn van kans.'

'Bovendien wilde onze lieve vader niet dat ik zijn maîtresseschema verstoorde.' Ze keek boos, maar vervolgens gleed er een glimlach over haar lippen. Ze had het goed voor ze verpest.

'Je verziekte mijn plannen.' Michael keek haar boos aan.

'Arme jongen, wat ben je zielig.'

'Je bent altijd al een egoïstische trut geweest.'

'Ik hou ook van jou, Michael.'

Ze liepen de eetkamer binnen. Regen sloeg tegen de ramen. Het glas was zo dun, dat ze bang was dat het zou breken onder de kracht. Boven hun hoofd klonk het gedruppel in de emmer luider.

'Neem me niet kwalijk. De noodsituatie boven heeft geloof ik haar crisispunt bereikt.'

Ze liet haar broer alleen en rende de trap op, griste een lege emmer van de vloer en verving degene die op overstromen stond. Wat eerst gedruppel was geweest, was nu een gestaag stroompje. Fred was dringend nodig. Hij was bezig het dak van de King's Room te repareren. Ze draaide zich om en zag Michael staan.

'Heb ik een opblaasbare boot nodig om hier de nacht door te komen?'

Haar mondhoeken trilden. 'Dat is heel goed mogelijk. Ik zal je je kamer laten zien.'

'Is het er droog?'

'Ja.' Ze grijnsde en ging hem door het huis voor naar de noordelijke slaapkamer. Toen ze bij de deur bleef staan, betrok zijn gezicht. Ze deed hem open en een windvlaag passeerde hen. De deur van de grote kast ging met een zwaai open.

'Niet deze kamer.'

Ze lachte. 'Je gelooft toch zeker niet in spoken.' Ze liet hem achter en ging op zoek naar Fred en zijn team wonderdoeners.

Eén nacht in z'n eentje in Hell House was genoeg voor Michael om weer naar Londen te vertrekken. Lucy moest erom lachen, maar kon het hem niet kwalijk nemen. Het was ook wel gemeen van haar geweest om hem die kamer te geven, maar de bank in de cottage was te klein om op te slapen.

Ze verschoof de riem om haar nek. Het gewicht van de camera voelde prettig. Hij lag veilig tegen haar zij, terwijl ze over het pad naar de kreek liep. Het begon licht te worden en ze kon de uilen nog horen roepen, terwijl in het struikgewas van alles bewoog. Het had niet gevroren ondanks de heldere nacht. Boven haar waren een paar sterren en planeten nog zichtbaar.

Ze had de hele nacht liggen woelen, had zich schuldig gevoeld omdat ze Michael in die kamer had laten slapen. Maar eerlijk was eerlijk, het was de enige kamer waar het echt droog was op dit moment. Niet dat het vannacht had geregend.

Er gleed een valse grijns over haar gezicht, ook al probeerde ze hem te onderdrukken. Het was niet netjes dat ze na al die jaren wraak wilde nemen op haar broer. Hij was pas tien geweest toen hij het had gedaan, en misschien was het geen leugen geweest toen hij zei dat hij was vergeten dat ze in die kamer was. Toch twijfelde ze. Alles wat hij deed was doelbewust – zo was het altijd geweest. Het was onvergeeflijk, en toch had ze hem vergeven. Maar dus niet helemaal… tot ze vanmorgen zijn gezicht had gezien. Hij had duidelijk weinig geslapen, maar weet het aan een dringende crisis op kantoor. Ze had er niet over doorgevraagd.

Ze huiverde toen ze bedacht hoe ze opgesloten had gezeten in die kamer. Goddank had Hebe haar horen schreeuwen en had haar tante haar op haar eigen manier weten te kalmeren. Hebe had haar verteld dat er geen spoken konden zijn en had haar alle heksentekens laten zien die het huis beschermden. Lucy had van de gotische bloemmotieven, de hexafoils, gehouden vanaf het moment dat ze ze op de muren had ontdekt. Michael maakte ze liever stuk.

Ze hield heus wel van hem. Hij was gekomen om te helpen en hij was geen slechte vent, maar toch had hij een gemeen trekje. Maar goed, had niet iedereen dat? Lucy stelde zelf als mens ook niet veel voor en misschien was dat wel net zo erg. Het was een trieste toestand voor iemand van achtentwintig.

Toen ze bij de weg kwam die langs de noordkant van de kreek liep, haalde ze diep adem. De ochtend bestond alleen uit schoonheid. Het begon vloed te worden, het water was vlak. De bladeren aan de bomen begonnen te verkleuren. Het licht was zachtgrijs. Ze keek naar de kreek en zag een reiger laag over het water scheren, tot hij op een dode boom landde. Rust.

Het was maar een klein stukje over het asfalt tot aan het oude pad naar het water. Ze struikelde twee keer bijna en wist nog net een tak vast te grijpen om niet in het water te vallen. Omdat het water zo hoog stond, was dit deel moeilijk begaanbaar, maar het was het waard toen ze bij een punt kwam waar ze helemaal voorbij St. Anthony tot aan de baai kon kijken. De dageraad was aangebroken. Een dun streepje zilverkleurig licht verscheen aan de horizon. De kleur begon in de lucht uit te vloeien en raakte de enkele wolken die het bijna grijze canvas ontsierden.

Op haar hurken pakte ze de camera vanonder haar arm en wachtte. Ze had sinds haar eindexamenjaar geen landschapsfoto's meer genomen. Ze genoot van het brede terrein door het zoekvenster, in plaats van de strakke invalshoek op een onderwerp waar ze bij portretten zo aan gewend was geraakt.

De lucht veranderde met de seconde en de wereld om haar heen ging over van grijs op kleur. Haar vinger jeukte, maar vandaag had ze haar analoge camera bij zich. Als ze niet uitkeek, verspilde ze het rolletje. Ze moest geduldig zijn en daar was ze niet goed in. Het was een uitstekende les en ze kon alleen maar hopen dat ze niet te oud was om te leren.

Het stel zwanen dat ze laatst ook had gezien beroerde het spiegelgladde wateroppervlak door tegen de stroom in te zwemmen. Ze richtte de camera op hen, maar stelde toen scherp op het water, waar de roze en gele tinten van de zonsopgang de rimpels beroerden. Het was prachtig, ook al wilde ze helemaal niet op deze afgelegen plek zijn. Ze wist dat veel mensen juist rust opzochten, maar dat had zij nooit gedaan. Er was hier niets, alleen twee zwanen en een reiger. Zelfs de vissersboten lagen roerloos in het water op deze prachtige ochtend.

In de verte stak de landtong die Gillan Creek en de Helford beschermde donker af tegen de lichter wordende lucht. Ze stond op en ontspande haar schouders. Londen. Heet water. Een sociaal leven. Achter zich hoorde ze een wulp en ze wist dat ze nu niet weg kon. Hebe had haar nodig. Ze kon haar tante niet in de steek laten nu ze overweldigd werd door alles in Hell House.

Ed en Sheila hadden op die manier misschien ook tijd om hun problemen op te lossen, iets wat ze lang geleden al hadden moeten doen. Dat besefte ze nu wel, terwijl ze naar de kreek en de heldere lucht keek. Hij stuurde nog maar twee appjes per dag.

Bel me.

Ik mis je.

Altijd dezelfde twee. Hij had zijn les niet geleerd, maar zij wel. Hij wilde nog steeds van twee walletjes eten. Zij niet, ze gaf de voorkeur aan een leven alleen, zoals Hebe. Hebe was gelukkig. Een leven alleen was de weg naar vrijheid.

De lucht was nu bijna blauw, met een warme roze gloed op nog wat laatste wolken in de verte. De ochtend was aangebroken. Haar eigen wereld was een stuk minder kleurrijk. Niet langer een fotograaf van aanzien, niet langer op alle gastenlijsten. Mensen waren in sommige opzichten kort van memorie, maar andere dingen vergaten ze nooit. Zij zat gevangen in het midden. Er waren weinig plekken zo afgelegen als deze, behalve misschien de Highlands. Maar het nieuws over het overspelige parlementslid was zeer waarschijnlijk ook daar doorgedrongen.

Ontsnappen was niet mogelijk. Ze zat in een gevangenis van haar eigen makelij en dat zat haar dwars. Ze was ook op een plek die ze verafschuwde. De mensen waren lief – nou ja, de meeste – maar als ze hier niet snel vertrok, woonde ze binnenkort in Hell House. Misschien zou de Hollywood-ster het nog willen kopen, als ze Hebe ervan kon overtuigen dat het huis te veel voor haar was.

Het was nu bijna vloed en ze liep over het smalle stukje strand naar St. Anthony waar de geur van verse koffie door de lucht dwarrelde. Ze wierp een blik op de boerderij naast de kerk. Kit stond met zijn handen om een beker gevouwen in de verte te staren.

'Goeiemorgen.' Ze zwaaide.

Hij keek op en glimlachte.

Ze probeerde te doen alsof zijn glimlach niets met haar deed, ze deed echt haar best, maar dat was een leugen en ze wist het. Ze kreeg elke keer weer knikkende knieën.

'Koffie?'

'Ik dacht dat je het nooit zou vragen.' Ze liep naar het hek en volgde hem het huis binnen. Ze was hier niet meer geweest sinds ze tien was en bevriend was geraakt met wat vakantiegangers. Het was er niet veel veranderd. Zo te zien was Kit van plan wat langer te blijven, of dit vakantiehuis moest een bibliotheek vol antieke boeken over Cornwall hebben – eerste edities, nog wel. Ze legde ze terug en liep naar de keuken.

Kit reikte haar een beker aan. 'Melk?'

'Nee, dank je.'

Samen liepen ze naar buiten. De lucht was nu helderblauw en alle sporen van de zonsopgang waren verdwenen.

'Jij bent vroeg op.'

Ze tikte op haar camera. 'Mijn excuus om eerder dan de vogels op te staan.'

Hij trok een wenkbrauw op.

'Oké, er was er één eerder op dan ik, als we de uilen niet meetellen.'

'Mooi zijn ze, hè?' Hij glimlachte. 'Ik was de geluiden van het platteland vergeten.'

'Hoelang heb jij al niet op het platteland gewoond, of überhaupt in het Verenigd Koninkrijk?'

'Te lang. Tien jaar.'

Ze keek naar de blik op zijn gezicht en had spijt van haar vraag. 'Je hoeft er niets over te zeggen.'

'Het is ingewikkeld.'

'Vertel mij wat.' Ze knipperde met haar ogen en richtte haar aandacht weer op Kit. Waar zat ze over te zeuren? Ze zat koffie te drinken met een van de meest sexy mannen die ze ooit had ontmoet. Als een glimlach haar in bed kon krijgen, dan was het bij die eerste in het veilinghuis in Truro al raak geweest.

'Ik vind het hier heerlijk.' Hij liet zijn blik naar de kerk en daarna naar de kreek glijden.

Ze trok haar neus op. 'Hoelang ben je van plan te blijven?'

'Goeie vraag. Ik heb mijn verblijf tot en met januari kunnen verlengen, en blijf misschien wel tot Pasen, maar daarna is deze boerderij weer verhuurd.'

'Zo lang?' Ze fronste haar wenkbrauwen. Zij wist niet hoe snel ze hier weg moest en hij wilde juist blijven.

'Ja. Vergeet niet dat ik van plan was hier iets te kopen.'

'Dat is waar.' Ze keek tussen de boten op het strand door naar het water dat glinsterde in het ochtendlicht. 'Wil je dat nog steeds?'

'Als ik het juiste huis vind of je tante ervan overtuig dat ze Helwyn House echt niet wil.'

'Dat is een geniaal plan.' Lucy lachte. 'Maar ik denk niet dat je dat gaat lukken. Ze is er helemaal bezeten van.'

'Dat is haar aan te zien. Enig idee waarom?'

'Niet echt.' Ze glimlachte toen ze bedacht dat ze haar tante gisteravond tegen het portret van Thomas had horen praten dat ze al in de salon hadden opgehangen.

‘Nou ja, de brieven die ik van hem heb zullen haar zeker interesseren.’ Hij draaide de beker in zijn handen om.

‘Je hebt niet helemaal uitgelegd wat jullie relatie is.’

‘Ik ben een directe afstammeling.’

Ze fronste haar wenkbrauwen. ‘Ja, dat hoorde ik… en ik ben niet zoals mijn tante, die aan je twijfelt. Ik ben gewoon nieuwsgierig.’ Ze nam een slok koffie. ‘Ik weet niet goed waarom, want ik vind stambomen maar saai.’

‘Terwijl je eigen voorgeslacht behoorlijk verheven is.’

Ze hield haar hoofd schuin. ‘Niet echt. Het is meer een kwestie van jongere zoon en achterneven- en nichten. Niet zo bijzonder.’

‘Dat moet het ooit wel zijn geweest.’

‘Zo lang geleden dat het niet de moeite waard is om over na te denken.’

‘Toch hoor je bij de familie Trevillion.’

‘Ja, zoals ik al zei… verre neven en nichten.’

‘Maar Hebe niet.’

‘Dat klopt.’ Ze haalde diep adem en dacht hierover na. ‘Hoe ken je mijn familiegeschiedenis?’

‘Ik heb wat onderzoek gedaan toen ik ontdekte wie Helwyn House had gekocht.’

‘Ah, logisch. Ken uw vijand.’

Hij schoot in de lach. ‘“Uw oppositie”, zeg ik liever.’

‘Ik ook.’ Ze hief haar beker.

25

Hebe

juli 2015

Vanaf het begin overwon je mijn angsten, gedicht voor gedicht. Maar ze zijn niet echt verdwenen. Als jij er niet bent, is angst het enige wat ik voel. Ik zie steeds duidelijker, en koude, harde feiten staren me aan. In stilte kwellen ze me, maar als jij er bent, vluchten ze naar de donkere uithoeken van mijn ziel. Je mond beweegt nu, terwijl je zachtjes een sonnet voordraagt en het metrum betekenis aan de woorden verleent. Mijn hart gaat tekeer. Je praat over liefde. Ik moet de verstandige van ons tweeën zijn. Ik moet vasthouden aan mijn gezond verstand, maar ik verlang ernaar om in jou te verdwijnen.

Je staat op en rekt je uit. Je mondhoeken gaan omhoog en je steekt je hand uit. ‘Laten we een stukje wandelen. Ik wil mijn hoofd even leeg lopen.’

We verlaten de warmte van de cottage. Het is niet koud, maar vochtig en alles geurt. De maan schijnt, maar ik weet niet of het een wassende maan of een afnemende is. Het landschap is gedempt. Details in licht en donker. Het komt me vreemd voor en ik steek mijn arm door de jouwe. Je leunt opzij en geeft me een zoen op mijn haar. Hier in het halfdonker zijn details niet belangrijk en zijn we gewoon een stel dat een avondwandeling maakt. Niemand ziet hoe oud we zijn. Ik moet aan de dag denken dat we een jaar samen waren.

Die is krankzinnig wie beweert
Hij is een uur verliefd geweest,
De liefde niet zo snel geneest

Want in minder tijd tien man verteert;
Wie zal me geloven als ik verklaar
Dat ik de pest leed, gans een jaar?

Ik fronste. Een jaar. Jij zag er niet ouder uit, maar ik wel. De tijd was niet vriendelijk. Ik was vijfenveertig en jij bijna eenentwintig. Ik zou me beter voelen als jij die ouderwetse grens naar volwassenheid had bereikt.

Dat hield ik mezelf in elk geval voor. Je verjaardag was 17 oktober – het feest van de heilige Ignatius van Antiochië, martelaar. Ik wist nog steeds niet goed waarom je hier in mijn appartement en in mijn leven was, maar ik was er dankbaar voor. Je stond op, liep naar me toe en gaf me een zoen in mijn hals.

'Het eten is over vijf minuten klaar. Aan de slag.' Je liep naar de keuken, langs de tafel die je had gedekt. Buiten hoorde ik de klokken van St. Mary Abbots die me terugvoerden naar het verleden. Ik keek weer naar het essay dat ik aan het nakijken was. De student had moeite met Donnes woorden. Het waren zulke glibberige dingen, hun betekenis veranderde voortdurend. Donnes werk was het ideale platform om een indruk van de tijd te krijgen. De student had het nog niet begrepen, maar stond op het punt van een doorbraak, inzicht. Ik maakte een paar aantekeningen.

'Kom, vrouwe, kom.' Je stond met borden in je handen, zulke prachtige handen. Er lag een glimlach rond je mond. Ik liep naar je toe en kuste je, terwijl je met de borden aan weerszijden van me balanceerde. Je verleidde me met woorden, net als een jaar geleden. Je wist me altijd te verleiden met je linguine en venusschelpen. De geur van knoflook en peterselie dwarrelde van de borden omhoog.

'Het eten wordt koud,' mompelde je tegen mijn lippen.

'Mmm,' zei ik. Ik nam de borden uit je handen en bracht je naar de tafel, waar we ons gedroegen als de lichtzinnige minnaars die we waren, we voerden elkaar, terwijl jij de muziek van de spaghettiscène uit *Lady en de Vagebond* neuriede.

'Hebe?' zeg je vragend. 'Hebe, waar zit je met je gedachten?'

Ik kijk je aan. 'Ik ging op in een herinnering.'

'Aan een Disney-film?'

Ik moet lachen. Je brengt dat liedje niet in verband met de dag dat we een jaar samen waren. Ik ben blij dat ik niet de enige ben die wel eens iets vergeet.

26

Lucy

25 oktober 2016

Lucy zette de tv uit en Hebe keek op van haar notitieboek. Ze had er bijna altijd een in haar hand, maar gezien de eindeloze lijst van dingen die in Hell House moesten gebeuren, verbaasde dat Lucy niet. Haar wijnglas was leeg en dat van Hebe ook. Ze stond op om hen bij te schenken. Naast de fles lagen verschillende briefjes die ze de afgelopen dagen voor Hebe had neergelegd; zo te zien had ze ze niet bekeken.

Ze fronste haar wenkbrauwen en ging erdoorheen. Helemaal onderop lag het briefje met de naam en het nummer dat haar moeder haar bijna een maand geleden had gegeven. Ze was vergeten het tegen Hebe te zeggen. Ze nam het stapeltje mee en schonk hun glazen bij. Hebe keek haar door samengeknepen ogen aan.

'Ik ben je helemaal vergeten te vertellen dat mama een maand geleden belde en zei dat een zekere Rory Crown jou probeerde te bereiken.' Lucy stak de briefjes naar haar uit.

'Geeft niets, ik vergeet zo vaak wat.'

Lucy glimlachte slapjes en vroeg zich af of dit het moment was om eens met haar tante te praten over haar vreemde gedrag de laatste tijd. 'Ja, maar deze Rory Crown was kennelijk erg dringend naar je op zoek.'

Hebe trok haar neus op. 'Ik ken niemand die zo heet.' Haar blik gleed van het papier naar het notitieboek voor haar. Ze schudde haar hoofd. 'Nee, ik ken geen Rory Crown.'

'Gek dat hij genoeg informatie had om mama op te sporen om jou te vinden.'

Hebe hield haar hoofd schuin. 'Dat is waar. Maar ik ken geen Rory.' Ze glimlachte. 'Wel ooit een student gehad die zo heette.'

'Oké.' Lucy verfrommelde het papiertje en gooide het in de prullenbak. Ze had gedaan wat haar moeder haar had gevraagd. Het was tien uur, dus zette ze het journaal aan. Ze had er in geen tijden naar durven kijken. De hoofdpunten waren de Brexit en de verkiezingen in de Verenigde Staten. Ze was niet langer nieuws. Gelukkig. Maar toen het nieuws verderging, bleek dat Ed het nog wel was. Haar hand trilde een beetje toen ze haar glas optilde en naar hem op het scherm keek.

'Was dat niet de man met wie je de verhouding had?' Hebe keek weer op van haar notitieboek.

Lucy staarde haar aan.

'Hij is niet erg...'

'Wat?'

Hebe knipperde met haar ogen. 'Was hij goed in bed?'

Lucy sputterde een beetje boven haar wijn. Ze had altijd een open relatie met haar tante gehad, maar dit overviel haar. Hebe keek haar afwachtend aan. Ze meende het.

'Toevallig wel, ja.'

'Dat maakt dan zeker dat gezicht goed.'

Lucy hoestte en moest toen lachen. 'Je zult wel gelijk hebben.'

'Heeft hij goeie...'

Lucy wachtte, wist niet goed wat Hebe wilde vragen en of ze het wel wilde weten.

'... hersenen... je weet wel, is hij slim?'

'Ja, hij is slim.' Ze slikte.

'Maar ook weer niet heel erg slim, want jullie zijn wel betrapt.'

Lucy lachte ongemakkelijk.

'Verhoudingen komen altijd uit.' Hebe leunde over haar notitieboek en schreef nog wat dingen op haar lijst. Lucy bestudeerde haar en vroeg zich af wat er was gebeurd met de tante die ze kende en wanneer deze vrouw haar plek had ingenomen.

Lucy werd niet heel gelukkig van kleren kopen in een sportzaak, maar ze had wat praktische zaken nodig, zoals thermisch ondergoed. Over een paar dagen zouden ze van hun aangename cottage met centrale verwarming naar Hell House verhuizen. Ze had haar best gedaan om haar tante af te houden van deze dwaasheid, maar Hebe was vastbesloten en ze was ervan overtuigd dat het goed was voor Lucy's karakter. Lucy vond dat er niets mis was met haar karakter. Hebe keek haar steeds onderzoekend aan als ze het over de intrek in het huis hadden, alsof ze zich iets probeerde te herinneren. Maar uitgerekend zij wist hoezeer Lucy de plek haatte.

Voor haar stonden rekken vol kleding die haar warm zouden houden tijdens een poolexpeditie, maar die misschien niet afdoende waren voor een huis met funderingen uit de middeleeuwen, voor het laatst gemoderniseerd in het victoriaanse tijdperk. Toegegeven: er was hier en daar weliswaar het een en ander verbeterd, zoals het Venetiaanse glas, maar dat bood geen isolatie. Sterker nog: het leek de kou vast te houden, waardoor het nog killer was in de kamers.

Ze merkte dat een van de andere klanten iets te geïnteresseerd naar haar keek, dus trok ze haar hoed wat verder over haar ogen. Wantrouwen was onderdeel van haar leven geworden. Hoewel ze niet langer voorpaginanieuws was, was ze nog niet van de radar verdwenen, en elke dag hielpen Google Alerts haar niet alleen aan dit recentste incident herinneren, maar aan alles wat ze ooit had gedaan. Vrienden hielden haar op de hoogte van de roddels. Ze waren nog steeds geschokt dat ze een verhouding met Ed had gehad. Ze begrepen het gewoon niet. Zij ook niet meer, dacht ze.

Haar nieuwe beste vriend liep op haar af met een mand vol zaklampen, een slaapzak, dikke sokken en iets wat een kussen moest voorstellen. Dit leek in de verste verte niet op wat ze wilde. In een ideale wereld zou ze in Hell House logeren wanneer het werd beschouwd als een van de beste boutiquehotels ter wereld en eerder niet.

Vanmorgen had ze het oude, altijd vochtige beddengoed weggedaan. De spreien waren als enige nog de moeite waard om te bewaren. Hebe zou op een gegeven moment nieuwe matrassen moeten aanschaffen, dus was een slaapzak de beste tijdelijke oplossing. Tegen de tijd dat het huis toe was aan nieuwe bedden, als de bouwvakkers en alle stof slechts een herinnering waren, was Lucy allang weg.

'Zullen we deze kant op?' Kit duwde haar in de richting van de paskamers tot ze tegen een spiegel gedrukt stond en hem bijna in haar armen had.

'Zin in een vluggertje?' Ze trok een wenkbrauw op, en bedacht dat haar dat wel leuk leek.

'Zeg maar hoe laat,' fluisterde hij, en er lag een glimlach rond zijn lippen, die niet ver van de hare waren verwijderd.

Ze stak haar neus in de lucht, genoot van zijn frisse geur. Ze rook ook iets rijkers, maar ze wist niet wat. 'Dit lijkt me nou niet het ideale moment.'

Hij lachte. 'Mee eens. Ik weet niet wie dat daarnet was, maar ze heeft met haar telefoon een foto van je genomen, of van ons allebei.' Hij duwde haar hoed nog wat verder naar beneden en deed een stap naar achteren.

Ze bekeek zichzelf in de spiegel. In een oude waxcoat, groene laarzen en met een vilten hoed die ze in een kast in Helwyn had gevonden, herkende ze zichzelf nauwelijks. Dit was zij niet, Lucy Trevillion, fotografe, dit was een verloren ziel. Ze leek wel een zwerfster. Triest.

Ze nam de mand van Kit over en liep naar de kassa voordat iemand anders nog een foto kon nemen. Ze had gedacht dat mensen selfies met Kit zouden willen, maar hij was erin geslaagd zonder ogenschijnlijk veel moeite in het winkelend publiek op te gaan. Misschien was dat *method acting*, want hij was heel ontspannen en niemand lette op hem. Zij wel. Ze kon moeilijk níét aan hem denken.

Buiten draaide ze zich naar hem toe. Hebe mocht hem niet, vertrouwde hem niet, en misschien moest Lucy ook op haar hoede zijn voor zijn charme. 'Meende je dat daarnet, of nam je me in de zeik?'

Hij trok een mondhoek op.

Ze lachte. 'Dat was niet eerlijk.'

'Nee, maar wel leuk. Je stond veel te lang naar lange onderbroeken te kijken, en zelfs de meest hartstochtelijke man heeft dan spontaan geen zin meer in seks.'

'Ik ben het helemaal met je eens, ze zijn niet erg verleidelijk, en dan nog, ik wil niet weten wat voor type man je daarmee aantrekt.' Ze stapte in de auto.

Hij kwam naast haar zitten. 'Een grizzlybeer.'

'Die komt gelukkig niet voor in Cornwall.' Ze reed weg.

'Het Beest van Bodmin Moor, dan.' Hij grinnikte.

'Bodmin is hier bijna honderd kilometer vandaan.'

'Dat is waar.' Hij keek uit het raam naar het landschap dat aan hem voorbijtrok en zij concentreerde zich op de dubbele rotondes. Ze wist niet goed waarom hij vandaag mee was, maar haar tante had hem zo ongeveer in de auto geduwd. Hebe wilde hem niet in Hell House hebben, maar Lucy gek genoeg wel. Hij had iets vertroostends dat ze niet bij hem had verwacht toen ze hem had ontmoet.

Lucy had niet veel rustige mensen in haar leven gekend. Zelfs haar tante was het niet. Er hing altijd een licht gespannen sfeer rond Hebe, en sinds ze hier waren was die sfeer alleen maar erger geworden. Met haar krachtige intellect had ze de medewerker van English Heritage overdonderd, door puur wetenschappelijke argumenten te combineren met charme en sexappeal, iets wat Lucy haar nooit eerder had zien doen. Uiteindelijk was zelfs Lucy het met haar eens, en dat terwijl zij het rothuis verafschuwde.

Dat alles verklaarde niet wat Kit hier nog steeds deed. Ja, hij had een connectie met Helwyn en er waren papieren die hij Hebe wilde laten zien. Maar Hebe had de brieven weggewuifd, al dacht Lucy dat dat mogelijk zou veranderen als ze ze daadwerkelijk te lezen kreeg.

'Hoelang denk je dat je je schuil moet houden?' Hij keek haar aan.

Ze wierp een blik opzij. 'Dat weet ik niet.'

'Weet je zeker dat weglopen de juiste reactie is?'

Ze gromde. 'Reken maar.' Als haar familie haar niet onder druk had gezet, zou ze de situatie misschien het hoofd hebben geboden.

Wat had haar vader ook alweer gezegd? 'Je hebt één gezin kapotgemaakt en je gaat ons gezin niet nog meer schade berokkenen.' Hierop had ze een wenkbrauw opgetrokken. Giles Trevillion had lang geleden zelf eens aan zijn gezin moeten denken.

'Waarom weet je dat zo zeker?'

'Omdat...' Ze deed haar mond dicht. Ze wilde niet zeggen dat haar moeder haar vanmorgen had verteld dat er nog steeds iemand bij hun huis rondhing, omdat ze vermoedde dat het waarschijnlijk eerder voor de rockster was die even verderop woonde.

'Omdat?'

'Laat maar.' Ze beet op haar lip en reed naar de volgende rotonde.

'Best.'

'Sorry.' Ze haalde haar schouders op. 'Het is ingewikkeld.'

'Zo is het leven.'

'Je spreekt uit ervaring.' Ze keek weer even opzij. Zijn mond was een strak lijntje geworden. Weg was die hartverwarmende glimlach; zijn felblauwe ogen hadden nu een sombere grijze gloed. Ze hadden een verhaal te vertellen, maar Lucy moest zich op de weg concentreren. Ze verliet de doorgaande weg en nam een landweg. Dit soort smalle wegen was bedoeld voor langzaam verkeer, voor paarden, niet voor snelle auto's en onoplettende automobilisten. De weg draaide en keerde en ze hield haar adem in, in de hoop dat ze na de volgende bocht geen auto met haast zou tegenkomen.

'Moet je horen, het is niet aan mij om iets te zeggen...'

Haar mondhoek trok omhoog. 'Maar dat ga je wel doen.'

'Ik weet ook niet alles, maar je verbergen is geen oplossing. Je verdoet je leven hier.'

Ze lachte. Het floepte eruit en klonk meer als een hyena of een verbluffende imitatie daarvan. Hij had geen idee. Ze had haar leven al vergooid. Dat ze zich hier schuilhield, was productiever gebleken dan ze ooit was geweest. 'Mijn tante heeft me nodig.'

'Dat zie ik.'

Ze fronste. Wat zag hij? Het was misschien roekeloos van Hebe geweest om het huis te kopen, maar sindsdien had ze als een bezetene gewerkt om alles zo snel mogelijk op orde te krijgen. Ze was alleen een beetje vergeetachtig, als Lucy iets moest noemen.

Ze trapte hard op de rem toen een terreinwagen van de andere kant kwam. Al haar aandacht ging nu naar het achteruitrijden tot er een plek was waar de andere auto kon passeren. Achteruitgaan was de beste manier om een glimp op te vangen van wat je de eerste keer had gemist. Hebe. Er kriebelde iets achter in haar hersenen, maar ze kon er net niet bij. Het was belangrijk dat ze erachter kwam wat het was. Iets zei haar dat het cruciaal was. Ze schakelde en legde de rest van de weg naar Hell House sneller dan nodig af.

27

Hebe

30 oktober 2016

'Hebe, wat vind je van de voorlopige plannen?'

Hebe zat over haar notitieboek gebogen aan de eettafel en keek op toen ze een mannenstem hoorde. Waar had hij het in vredesnaam over? Haar pen bleef in de lucht hangen. Ze was net een scène aan het schrijven op basis van wat de man met de witte tanden had verteld... dat Thomas Grylls nog een laatste keer was teruggekomen naar Helwyn.

'Hebe?'

Ze knipperde met haar ogen en er ging een licht aan. Waar was ze?

'Ik dacht even dat ik je kwijt was.' De man had haar arm vast. Hij was de architect. Mark nog wat. Mark Triggs, dat was het.

'Nee, alles is goed.'

'Weet je het zeker?'

Ze knikte, en besefte dat ze waarschijnlijk een TIA had gehad, zoals de specialist dat noemde. Die zouden vaker kunnen komen, had hij gezegd. Deze miniberoertes gaven een versnelling in haar achteruitgang aan. 'Waar hadden we het over?'

'De voorlopige plannen. Daar heb ik de afgelopen weken aan gewerkt.'

'Ja, ze zien er goed uit.' Snel wierp ze een blik op de papieren op tafel. Ze wist dat ze ze had bekeken, maar in gedachten was ze niet in deze eeuw. De grote hal stond nog overeind en Thomas Grylls leefde. Het was een betere tijd.

'Mooi. In dat geval kunnen we beginnen met het aanvragen van de verschillende bouwvergunningen.'

Hebe stond op en pakte haar notitieboek. 'Ja, dank je.'

De architect keek haar aan alsof hij nog iets van haar wilde. Wat was ze vergeten? Wat het ook was, ze moest de draad van het boek niet kwijtraken. Ze moest het afmaken, net als het huis. Toen ze om zich heen keek, voelde ze vanbinnen iets verstrakken, en ze wankelde. Ze wilde de rug van de stoel pakken, maar miste. De architect ving haar op en hield haar overeind.

'Sorry, ik was even licht in mijn hoofd.' Ze haalde diep adem.

'Misschien moet je gaan zitten.'

Ze schudde haar hoofd. Nee, ze moest Thomas Grylls zien. Het portret hing in de salon, maar misschien moest ze het in haar slaapkamer hangen, net als in Londen. Ze liet de architect alleen en liep door het huis. In de hal bleef ze staan. Waar ging ze naartoe? Regels van John Donnes gedicht 'Negatieve liefde' kwamen in haar op.

Mijn liefde, 'schoon onnozel, is niet bang,
Want ik mis wellicht wanneer 'k verlang,
Als ik al weet wat 'k wil als ik het vang.

Ze had trek. Waar zou ze iets te eten kunnen vinden? Ze draaide zich om, maar wist niet waar de keuken was. Tranen prikten in haar ogen en in haar wanhoop liep ze door de lange, donkere gang. Ze deed een deur open en zag dat ze in de eetkamer was. Op tafel lagen bouwtekeningen. Ze liet haar vingers eroverheen glijden en vond de keuken, maar zag ook dat er een slaapkamer werd opgeofferd om er twee badkamers van te maken. Nee. Dat was niet de bedoeling. Het huis mocht niet veranderen. Het was belangrijk om het te behouden nu het nog kon. Zo veel geschiedenis in slechts een paar kamers, en het kon allemaal verloren gaan.

Ze deed haar ogen dicht en dacht aan de rol die Thomas had gespeeld in de ontsnapping van de prins van Wales naar de Scilly-eilanden. De parlementariërs wonnen dagelijks terrein in Cornwall. Pendennis Castle stond nog overeind, maar hoelang nog? Het was niet langer veilig voor de prins. Dus op een heldere nacht in februari 1646 haalde een kleine groep hem in het geheim over water uit het fort. Onder leiding van Thomas zeilden ze veilig langs de verraderlijke klippen. Het was vloed toen ze bij de kaai van Helwyn kwamen.

Thomas had een trouwe dienaar met een bericht vooruitgestuurd en Helwyn House was in gereedheid gebracht om de prins welkom te heten. Wandtapijten waren opgehangen, kaarsen brandden en er wachtte hun een feestmaal in de grote hal. De grote kamer die daaraan grensde, die nu de King's Room heette, was voor de koninklijke gast ingericht met meubels, zodat hij zijn trouwe onderdanen een voor een kon ontvangen. In de noordelijke slaapkamer lag het beste linnengoed. Alles was zoals het moest zijn, en Thomas was blij dat hij hem zijn gastvrijheid kon bieden, ook al wist hij dat het minder was dan nog maar een paar jaar geleden mogelijk zou zijn geweest.

'Hebe?'

Ze schudde haar hoofd en knipperde met haar ogen.

'Ben je in dromenland?' Lucy glimlachte. 'Of overweldigt Hell House je?'

'Ik zou willen dat je het niet zo noemde.' Hebe duwde haar haar uit haar gezicht. 'Helwyn betekent "overvloedige zaal". Het is een gastvrije plek.'

Lucy grinnikte. 'Dat hangt er maar van af hoe je het bekijkt.'

'Ik weet dat je veel redenen hebt om dit huis niet fijn te vinden, en ik waardeer het dat je hier logeert.' Hebe schoof de stapel papieren naar haar nichtje toe. 'Ik kan het gewoon niet allemaal uit elkaar houden. Het is zo veel en jij bent zo'n geweldige hulp geweest in de korte... tijd dat we hier zijn.' Ze keek om zich heen en kon overal bewijs van Lucy's invloed zien. Er stond zelfs een vaas gedroogde hortensia's op tafel. Ondanks Lucy's gemopper begon Helwyn er steeds meer uit te zien als een thuis. 'De keuken is voorzien van eten en apparatuur, je bent overal naartoe gereden en je hebt Fred en zijn ploeg aan het werk gehouden.'

'Ja, maar...'

'Ik wil dat jij het allemaal van me overneemt.'

Lucy kon haar niet recht aankijken. In plaats daarvan keek ze naar haar telefoon alsof ze daar voor alles een antwoord kon vinden.

'Ik moet me bezighouden met de geschiedenis... van deze plek... van Thomas.'

'Maar dat kan toch wel wachten tot de renovatie klaar is?'

'Nee, dat kan absoluut niet wachten.'

'Maar ik...'

Hebe onderbrak haar. 'Ik weet...' Lucy bleef met open mond staan, terwijl ze sprak. '... ik weet dat je het zult doen, want je bent een goed mens.'

Lucy klapte haar mond dicht en Hebe wachtte tot ze ja zou zeggen. Ze bad dat haar nichtje ja zou zeggen, want ze wist dat ze dit niet zonder haar kon. Zelfs met Lucy's hulp was het een gigantische klus.

Lucy keek weer naar haar telefoon.

'Heb je een baan aangeboden gekregen?' Hebes hart sloeg even over. 'Ik betaal het dubbele van wat zij bieden.'

'Dat is het niet.' Lucy liet haar schouders zakken.

'Wat dan?' De staande klok gaf het hele uur aan, maar Hebe wist dat dat niet klopte. Hij liep voor. Hij was al van slag sinds de verhuizing uit Londen. De tijd ging steeds sneller.

'Een vriendin heeft gevraagd of ik zin heb om een maand met haar naar Mustique te gaan.'

'Dat kan altijd nog.'

'Maar...' Lucy keek weer naar haar telefoon.

Hebe weerstond de neiging hem uit haar handen te rukken. Misschien moest ze smeken. 'Alsjeblieft.'

Lucy slikte. 'Als je me echt nodig hebt.'

'Ik heb je echt nodig.' Ze wees naar de papieren. Lucy ging aan tafel zitten en nam ze in stilte door. Hebe hoopte dat ze verder kon met haar laatste boek, nu Lucy had toegezegd dat ze de restauratie over zou nemen. De laatste jaren van Thomas Grylls... maar in tegenstelling tot de andere boeken, had ze voor dit boek weinig feiten om het verhaal op te baseren.

28

Lucy

30 oktober 2016

'Shit, shit, shit.' Lucy sloeg het kastje dicht en vroeg zich af of deze dag nog erger kon worden. Het was bijna Halloween en vanavond zou hun eerste nacht in Hell House zijn. Wat verdomd toepasselijk. Ze haalde drie keer diep adem en keek naar de bouwtekeningen die naast haar laptop op tafel lagen. Projectmanagement. Wat een feest. Niet een paar weken met een cocktail op het strand liggen en bedenken hoe ze aan werk kon komen, maar in haar thermische ondergoed tijd met bouwvakkers doorbrengen.

Waarom had ze geen nee gezegd? Dat was makkelijk. Hebe had haar nodig. Haar tante had zelf toegegeven dat ze het niet goed deed. Dat was overduidelijk geworden toen Lucy de papieren had bekeken. Hebe was op geen van de vragen van de architect ingegaan. Natuurlijk moest die slaapkamer opgeofferd worden voor meer badkamers. Het was een nachtmerrie als een huis zo groot als dit er maar twee had. Lucy kon zich dat nog van jaren geleden herinneren.

Ze klapte haar computer open en stelde een mail op voor Mark en Fred. Hell House zou voorlopig geen telefoon en internet hebben, dus moest ze straks naar de pub om met de wereld te communiceren. Als ze achter het huis door de velden omhoogliep, had ze bereik met haar mobiel. Maar ze haatte koeien. Nee, dat was niet waar. Koeien waren leuk, maar ze vond ze doodeng. Op haar vijfde was ze een keer door zo'n beest achternagezeten en sindsdien liep ze met een grote boog om ze heen.

Ze liet haar hoofd in haar handen zakken. Hoe moest ze dit zonder communicatiemiddelen doen?

'Hallo?'

Ze keek op van haar computer toen een vrouw, jonger dan zij en gekleed in een tie-dye-shirt, de keuken binnenkwam.

'Hoi, sorry dat ik stoor, maar Fred was zijn lunch vergeten en ik krijg hem niet te pakken.' Ze zwaaide met haar mobiel.

Lucy schoot in de lach. 'Het zou een wonder zijn als het je lukte. Kom verder.' Ze stond op en zette de waterkoker aan. 'Thee?'

'Lekker. Ik ben Peta, Freds vrouw.'

'Lucy Trevillion.'

Peta glimlachte. Haar gezicht sprak boekdelen. Iedereen wist wie Lucy Trevillion was.

Lucy gaf haar een beker en haalde melk uit de kleine koelkast. Als ze een beetje doorhad hoe de bouwtekeningen in elkaar zaten, was dat ook iets wat geregeld moest worden. In de keuken stonden een buffetkast, een fornuis en een grote tafel, maar het aanrecht was klein. Daar moest ze het met Mark over hebben. Een huis zo groot als dit had werkruimte nodig en een veel grotere koelkast.

'Gebruik de voorraadkast om daar een grote koelkast, een wasmachine en droger en misschien een tweede vaatwasser neer te zetten.'

Lucy fronste haar wenkbrauwen. 'Goed idee.' Had ze het hardop gezegd?

'Sorry.' Peta roerde in haar thee. 'Ik heb een… gave, zeg maar.'

'Je kunt gedachtelezen?' Lucy trok een gezicht.

Peta lachte. 'Soms. Ik voel dingen aan, dat is het meer.' Ze keek door de keuken. 'Je zou hier liever niet willen zijn.'

'Dat is geen geheim,' zei Lucy, en ze probeerde even nergens aan te denken.

'Hebe heeft je nodig.'

De deur ging open en Fred kwam binnen met twee bekers. Peta wees naar de tas op tafel.

'Wat moest ik zonder jou beginnen?' Hij zette de bekers in de gootsteen, liep naar haar toe en gaf haar een zoen.

Peta lachte. 'Dan zat je nog steeds elk weekend in de pub te veel te drinken, denk ik.'

Fred moest ook lachen. 'Dat is waar, maar jij ook.' Hij sloeg een arm om Peta's schouders. Lucy wendde haar blik af.

'Nou, ik laat jullie alleen en ga deze bouwplannen eens ontcijferen.' Ze verzamelde haar spullen op tafel.

'Zou ik wat mogen rondkijken?' Peta duwde haar blonde haar uit haar gezicht.

Lucy rechtte haar rug. 'Natuurlijk. Fred kan je wel even rondleiden. Hebe is in haar kamer, volgens mij.'

'Sorry, geen tijd, ik heb Tim met de boormachine alleen gelaten en die jongen maakt het liefst overal gaten in.'

'God, daar hebben we echt genoeg van.' Lucy keek hem verschrikt aan.

'Precies.' Hij griste zijn lunch mee, gaf Peta nog een zoen en haastte zich weg.

Lucy legde de papieren weer neer en zei: 'Ik laat je het huis wel even zien.'

'Lief van je. Fred kan alleen nog maar over het huis praten, maar hij is niet echt goed in het beschrijven, en dit is het eerste grote project waar hij de leiding over heeft.'

Lucy trok haar wenkbrauwen op.

'Maak je geen zorgen. Hij heeft hart voor zijn werk en hij is geniaal.' Peta lachte. 'Natuurlijk zou ik dat zeggen, maar het is waar ook.'

'Fijn om te horen.' Tot nu toe was Fred alleen maar bezig geweest met het dak, en dat zou voorlopig ook nog wel zo blijven. Voor de reparatie daarvan was in elk geval geen vergunning nodig. Lucy zuchtte.

'Het komt wel goed en het huis wordt prachtig.'

'Denk je dat?' Ze deed de deur naar de eetkamer open. De ramen in de westmuur waren heel mooi en vandaag werd de kamer gevuld met zonlicht. Aan de andere kant van de binnenplaats kon ze Fred en twee van zijn mannen op het dak van de King's Room zien. De ramen daar waren nog ouder dan deze, vermoedde Lucy.

'Hallo.'

Bij het horen van Kits stem draaide ze zich om en er gleed een brede glimlach over Peta's gezicht. Hij had dat effect op vrouwen... behalve op Hebe.

'Kit, ik wil je voorstellen aan Peta... de vrouw van Fred.'

Ze gaven elkaar een hand. Kon Peta zijn gedachten ook lezen? Ze keek naar Lucy en gaf haar een knipoog. Lucy onderdrukte een lach.

'Ik geef Peta net een rondleiding.'

'O, neem je haar mee naar de noordelijke slaapkamer?'

Lucy fronste. 'Dat was ik niet van plan.'

Hij grinnikte en ze weerstond de neiging om hem te slaan. Hij wist dat die kamer haar van slag maakte.

'Kit, jij weet meer over de geschiedenis van het huis. Als jij Peta nou eens de rondleiding geeft.'

'Serieus?' Hij deed een stap naar achteren.

'Ik wil graag zien waar de oude kapel was,' zei Peta.

'Een kapel?' Lucy kon zich niet herinneren dat er een kapel was geweest.

'Er is niet veel meer van over.' Kit schudde zijn hoofd. 'Alleen de originele ingang.'

'Waar dan?' Lucy keek hem aan.

'Onder de King's Room.'

'Daar is het op dit moment niet veilig, pas als Fred de vloer heeft versterkt.'

Peta glimlachte. 'Als jij me dan eens de noordelijke slaapkamer laat zien, Kit.'

'Deze kant op.' Hij leidde haar naar de gang en Lucy keek hen na. Als ze Peta daarstraks niet met Fred had gezien, zou ze jaloers zijn geweest, maar die twee leken dolgelukkig samen. Afijn, als het om relaties ging, wist ze dat niets was wat het leek. Ed stuurde haar nog steeds appjes en zij beantwoordde ze nog steeds niet. Hij had geblunderd, en ondertussen nog een kind gemaakt ook. Hij moest zijn prioriteiten eerst maar eens op een rijtje zetten. En zij hoorde niet eens op die lijst voor te komen.

29

Hebe

juli 2015

De vuurtoren achter ons straalt een verblindend licht uit. Ik blijf op het smalle pad staan en voel de kracht van de wind. Onder ons gaat de zee tekeer en ik voel me vanbinnen net zo. Emoties razen door elkaar, beuken tegen de muren rondom mijn hersenen. Je loopt voor me uit, leunt tegen de wind en grijnst als een kind. De natuur is hier ontketend op deze eenzame buitenpost.

Je draait je om en wijst naar een meeuw die roerloos in de lucht hangt. Hij gaat niet vooruit en niet achteruit. Hij is erin geslaagd de tijd stil te zetten. Zou ik de tijd nu willen stilzetten of zou ik teruggaan en iets anders doen?

Wat zegt ge me, nu ge één ganse dag me hebt bemind,
Wanneer ge me verlaat zodra den nieuwen dag begint?

Het herfsttrimester was weer begonnen en je had tijdens de introductieweek niet gefeest. Je had me uitgelachen toen ik had voorgesteld dat je dat moest doen. Je vroeg waarom ik dacht dat jij je tijd op overvolle locaties met kronkelende lijven zou willen doorbrengen, terwijl je hier bij mij, je grote liefde, kon zijn. Sinds die zomerdag toen jij me je liefde verklaarde, had je me dat bij elke gelegenheid gezegd.

Steeds als ik me van je af keerde, was ik ervan overtuigd dat ik je voorgoed wegjoeg. Ik had de kracht niet om meer te doen. Elke dag zag ik mijn verlangen naar jou groeien, ondanks mijn gedachten. Mijn vermoeide hoofd zei me dat ik je moest vrijlaten, maar wilde dat niet en deed dus niets. En zo kon ik je alleen onthouden van de woorden die mijn hart elke minuut schreeuwde: *Ik hou van je!* Maar je zou het nooit van me horen, alleen in de woorden van anderen. In poëzie. Die zei wat ik niet kon zeggen.

Je had je studierichting veranderd omwille van mij, niet langer geschiedenis maar Engelse literatuur. Ik hoopte dat dat geen problemen zou geven. Jij zei natuurlijk van niet. Je deed het voor mij. Je zei dat je van me hield. Maar liefde is nooit constant geweest en liefde kan verdwijnen. Je verzekerde me dat jouw liefde nooit zou veranderen. Maar je had geen idee voor welke uitdagingen je door de liefde zou komen te staan. En dan dacht ik niet alleen aan de aantrekkelijke jonge vrouwen uit jouw jaar, met tijd aan hun zijde, maar ook aan degenen die net zo intelligent waren als ik. Ik vroeg je niet om onveranderlijk te zijn. Ik vroeg je niet om van me te houden. Vergeet dat niet.

Ik struikel, vergeet waar ik ben, ondanks de wind en nu ook de regen. Je hand schiet uit. Ik kijk naar het water dat weggezogen wordt, waarna het weer tegen de kliffen slaat.

'Ik weet niet hoe het met jou zit, maar ik heb wel zin in een kop thee.' Je draait me om en de wind duwt ons verder. Ik heb vaak dit gevoel gehad, dat ik weinig controle heb over de richting die ik uit ga.

Ik ben opgelucht als we een tearoom binnengaan en de krachten die ons hiernaartoe hebben gedreven achter ons laten. Het lot voelt een beetje zo.

DEEL 2

30

Hebe

30 oktober 2016

Hebe haalde de schuif van de deur en trok de sjaal wat strakker om haar schouders. De nacht was niet helemaal donker en de halve maan wierp een zilveren licht op de zuilen van de loggia. Ze streek met haar hand over de eerste twee toen ze erlangs liep. Het graniet voelde koud aan onder haar vingers, terwijl de grote stenen onder haar voeten ijzig en vochtig van de dauw waren. De kilte trok langs haar benen omhoog waardoor ze het gevoel had dat ze leefde. Ze liep het gras in en de bladeren en takjes plakten aan haar tenen terwijl ze over de oprijlaan in de richting van de kreek liep. Hij zou thuiskomen bij een maan als deze. Dat wist ze zeker.

Hoewel uw hand, en trouw, en goede daden ook,
Uw liefde sloot, opdat geen mens 't verbrak.

Het was stil toen ze de kerk van St. Anthony passeerde, en alleen de geur van verbrand hout hielp haar eraan herinneren dat er andere mensen in haar omgeving waren. Ze moest voorzichtig zijn en niemand storen. Deze wake moest ze alleen houden. Hij was van haar en haar alleen. Haar gevoelens waren nooit veranderd.

Er lagen koeien in de hoek van de wei; de maan deed het wit van hun huid oplichten. Ze zagen haar niet toen ze het veld overstak en bij het fort bleef staan. Ze bleef achter een bramenstruik hangen en schampte haar been toen ze over de blootliggende wortel van een dwergeik stapte. Ze struikelde, maar viel niet. Niets zou haar ervan weerhouden om hem op te wachten.

De zee was kalm vanavond en er stond een lichte, aanhoudende bries. Het was een goede avond om naar huis te zeilen. Hebe liep langs de klif omlaag tot ze drie meter boven de branding stond. Ze ging op een rots zitten. Vandaar kon ze de hele baai zien. Of hij nu uit het oosten, noorden of zuiden kwam, ze zou hem zien.

Vocht parelde op haar huid en haar dunne zijden nachtkleding plakte aan haar huid. Ze had kippenvel. Ze voelde dat ze leefde. De kracht van de zee die de opkomende vloed tegen de rotsen aan sloeg, maakte haar sterk. Vanavond kwam hij vast en zeker terug. Wat had ze naar hem verlangd. Zijn armen om haar heen, zijn handen die haar streelden. Als ze haar ogen dichtdeed, kon ze zijn stem in de bries horen. Poëzie. Maar de woorden, de woorden gingen verloren. Er was alleen de echo van zijn stem terwijl zijn adem haar huid beroerde.

Lettergrepen. Een jambische pentameter raakte de ziel en uitte wat niet uit te drukken, onzegbaar, onkenbaar was. Hij sprak van dingen en raakte dingen die gevoeld, maar om de een of andere reden nooit geuit werden. De golven klapten met hetzelfde ritme tegen de rotsen. Zou haar lief vanavond komen? Afwezigheid maakte de liefde sterker, maar hij brak het hart ook, zodat de wind eromheen floot, door de barsten sijpelde en de barsten verder openrukte tot het hart explodeerde.

Hebe trok haar sjaal nog wat strakker om zich heen. Ze mocht de wind niet binnenlaten. Ze moest haar liefde dicht tegen zich aan houden en haar hart alleen voor hem laten kloppen.

31

Lucy

30 oktober 2016

Het was middernacht toen Lucy weer bij Hell House was. Het was niet bij één drankje in de pub gebleven. Hebe had haar zo ongeveer de deur uit gewerkt. Ze wist niet zeker of dat alleen was omdat haar tante rusteloos was of omdat ze het huis voor zich alleen wilde hebben.

Wolken trokken voor de maan en de duisternis was nu allesomvattend. De zaklamp op haar telefoon stelde niet veel voor. Sterker nog: daardoor leek haar omgeving nog donkerder, ondoordringbaarder. Toen ze bij de keukendeur kwam, wilde ze de sleutel onder de bloempot vandaan halen, maar hij lag er niet. Ze had er spijt van dat ze zich niet door Kit naar huis had laten brengen. Ze wipte van haar ene voet op de andere omdat ze steeds dringender moest plassen. Ze richtte het zwakke schijnsel van haar telefoon wat verder weg en keek of ze de sleutel zag, maar ondertussen kon ze maar aan één ding denken. Ze moest naar de wc.

Ze zocht het meest beschutte plekje, want het zou echt weer iets voor haar zijn dat een of andere natuurfotograaf in de bosjes lag en een foto maakte. Ze huiverde, niet handig als je discreet wilde plassen in een oude ommuurde keukentuin. Ze hoorde een dreun en stond direct op, dankbaar dat haar sluitspier zo goed werkte. Snel trok ze haar spijkerbroek op en bleef doodstil staan. De wind waaide door de boomtoppen, verder hoorde ze niets. Ze wist niet of het geluid vanbuiten of vanbinnen was gekomen. Ze keek in het rond toen ze dacht dat iemand haar naam riep.

‘Kom op, Luce,’ zei ze hardop. ‘Maak jezelf nou niet gek.’

Haar stem klonk vreemd. Wat ze had gehoord was gewoon de wind door de planten die tegen de muur aan groeiden. Hoofdschuddend probeerde ze het logische deel van haar hersenen aan te spreken. Er was in huis niets van waarde, alleen het portret waar Hebe zo dol op was. Een dief zou eerder het bouwvakkersgereedschap meenemen of de architectonische elementen verwijderen, maar middernacht was daar meestal niet het tijdstip voor; in de dode uurtjes tussen drie en vier ’s morgens, wanneer mensen diep lagen te slapen, werden sloten opengepeuterd en ramen ingetikt.

Natuurlijk zei dat veel te veel over het feit dat zij op dat tijdstip wakker was, maar het pluspunt was wel dat ze door de jaren heen een paar pogingen tot inbraak had weten te verijdelen en dat sommige daders waren gepakt. Misschien iets om op haar cv te zetten: *goed in het rondsluipen in het holst van de nacht*.

Nu ze aan meer dan alleen haar blaas kon denken, zocht ze opnieuw naar de sleutel. Hij lag er echt niet. Wie wist van de sleutel? Hebe, Kit en Fred. Ze liep naar de achterdeur en met meer hoop dan verwachting draaide ze aan de knop. Geen weerstand. Hij was open. Waarom had ze dat niet meteen geprobeerd? Toen bleef ze staan. Waarom was de deur open, terwijl ze hem daarstraks op slot had gedaan? Ze richtte het licht van haar telefoon op de haak binnen waar de sleutel hoorde te hangen. Hij hing er nog.

Ze durfde niet verder. Ze voelde zich een van die suffe, oerdomme heldinnen die zichzelf in gevaar brachten en zich dan vervolgens afvroegen hoe dat nou kon. Het enige geluid was het gebrom van de koelkast. Als er iemand anders dan Hebe in huis was, wat kon ze dan doen? Het alarmnummer kon ze niet bellen. Ze had geen bereik.

Haar hoofd tolde. De glazen lokaal gebrouwen cider hadden een goed idee geleken, maar nu had ze haar gezond verstand nodig en dat was een beetje beneveld. Ze deed de keukenlamp aan. Het peertje wierp enge schaduwen door de ruimte, maar de elektriciteit deed het tenminste.

Om zo min mogelijk lawaai te maken, liep ze op haar tenen naar de hal en deed daar het licht aan. De muurlampen gaven vriendelijker licht dan de lamp in de keuken, maar Hell House was nog altijd griezelig. Was dit ooit een gelukkig huis geweest? Hebe zou haar dat ongetwijfeld kunnen vertellen.

Ze liep langs de eetkamer. De deur stond open en zo te zien was er niemand binnen. In de hal zag ze dat de schuif op de voordeur niet dichtzat, maar hij was wel op slot. Ze fronste haar wenkbrauwen toen ze de schuif erop deed, waarna ze zich omdraaide en de trap op liep. De lichten beneden liet ze aan. Met klamme handen controleerde ze alle kamers die ze passeerde. Nergens zag ze een teken van leven, ook in Hebes kamer niet. Zo te zien was ze wel naar bed geweest, maar nu was ze er niet en ze was ook nergens te bekennen.

Eenmaal terug in de keuken zette ze de waterkoker aan. Ze had geen idee wat ze verder kon doen, en thee gaf altijd een goed gevoel. Het was nu bijna een uur en ze was alleen. Hebe was weg, maar de auto stond op de oprit, dus moest ze te voet zijn. Haar laarzen en waxcoat lagen nog op hun plek bij de achterdeur. Het was een raadsel. Moest ze zich zorgen maken? Dat deed ze wel.

Toen de thee klaar was, ging ze op zoek naar koekjes, maar vond alleen marshmallows. Ze had iets nodig om de alcohol in haar bloed mee op te zuigen. Ze kon niet met de auto op zoek gaan naar Hebe, dus moest ze wachten. Had haar tante een briefje neergelegd? In de keuken lag niets, alles was opgeruimd zoals Hebe het graag had. Waar kon het anders liggen? In haar kamer?

Ze nam een grote slok thee en besloot dat het daar wel moest liggen. Maar in haar eentje nog een keer naar boven gaan kon wel een paar minuten wachten. Hier had ze zo tegen opgezien. Midden in de nacht alleen zijn in dit huis. Goddank dwaalde ze niet rond in een witte nachtjapon. Haar huidige outfit, een mottige trui en een slobberige spijkerbroek, zou iedereen de stuipen op het lijf jagen. Hij maakte háár nota bene bang.

Ze sloeg de rest van de thee achterover en liep naar boven. Alle lichten liet ze aan. Ze begreep er niets van. Toen ze naar de pub was gegaan, had Hebe met een boek bij de haard in de salon gezeten. Er klopte iets niet, maar Lucy weigerde iets onheilspellends te zien in de verdwijning van haar tante. Hebe was vijfenvijftig en de meest bekwame vrouw die ze kende. Nou goed, kennelijk droeg ze geen jas en had ze haar laarzen niet aan, maar Lucy wist zeker dat ze andere kleren had die geschikt waren om in naar buiten te gaan.

Ze sloop langs Hebes slaapkamer en keek nogmaals in de salon voor het geval ze niet had gezien dat haar tante op de bank lag te slapen. Op de een of andere manier had ze het gevoel dat ze een kandelaar bij zich moest hebben in plaats van haar telefoon, maar het was per slot van rekening 2016. Boven de haard volgde Thomas haar met zijn ogen. Griezelig. Thomas Grylls was een aantrekkelijke jongeman geweest. Door de stijl van die tijd zag hij er wat vrouwelijk uit met een grote kanten kraag, rode kousen en chique schoenen, maar zijn ogen waren opvallend en ze leken precies op die van Kit. Het haardvuur knapte en Lucy maakte een sprongetje van schrik. Ze vond het enger dan ze wilde toegeven. Ze moest haar roes uitslapen en morgenochtend een goed gesprek met Hebe hebben, besloot ze.

Toen ze aan het eind van de gang de hoek om ging, kraakte de deur van de slaapkamer achter haar. Ze bleef staan en probeerde rustig te ademen.

'Lucy.'

Het was de wind maar.

'Lucy.'

Ze kreeg het ijskoud, rende naar haar slaapkamer en sloeg de deur dicht. Hijgend leunde ze ertegenaan en hoorde opnieuw haar naam.

Ze deed het licht aan en schoof de grendel dicht. Er lag geen briefje van Hebe, niet op bed, op de stoel, bij de haard, op de vensterbank. Nergens. Waar was haar tante, verdomme? En wat moest ze nu doen?

Ze keek op haar telefoon. Geen signaal. Geen verrassing. Ze deed de ramen goed dicht. De wind ruiste zachtjes. Ze rilde. Met de slaapzak rond haar schouders gewikkeld ging ze in de stoel zitten. Ze zou vannacht geen oog dichtdoen.

Lucy werd wakker toen er hard op de deur werd gebonkt. Ze lag voorover op bed en voelde zich hondsberoerd. 'Ik kom.' Alles deed pijn toen ze overeind kwam en zich uitrekte.

'Lucy?' Een mannenstem. Hij leek niet op de stem die haar gisteravond had geroepen. Maar dat was haar verbeelding geweest, een overblijfsel van haar jeugd.

Ze deed de deur open.

'Goeiemorgen.' Het was Anthony Jenkin.

Ze wreef in haar ogen en keek op haar horloge. Het was half zeven.

'Je hebt er wel eens beter uitgezien.'

'Dat zal best.' Ze trok de slaapzak wat strakker om zich heen. 'Wat doe jij hier op dit onchristelijke tijdstip?'

'Je tante.'

God, Lucy was haar helemaal vergeten. 'Wat is er gebeurd?'

'Ik kreeg een telefoontje van Mike, een van de vissers. Hij zag een vrouw in het wit halverwege de kliffen op de Dennis.'

'Wát?'

'Ja, ik dacht eerst dat ik hallucineerde, maar ik kon haar zover krijgen dat ze naar boven kwam.'

'Lieve god, waar is ze nu?'

'In de keuken met een kop thee om warm te worden.'

Lucy fronste. 'Goed.' Maar het was helemaal niet goed.

Ze rende naar beneden, gevolgd door Anthony. Wat had Hebe in vredesnaam gedaan?

'Goeiemorgen, Lucy.' Ze zat aan tafel in een mannenjas en dronk thee uit een beker. Haar haar zat wild en ze zag er merkwaardig mooi uit.

'Goeiemorgen. Heb je lekker gewandeld?'

'Mmm.'

'Heb je Anthony ook een kopje aangeboden?'

'Nee.'

'Oké, dan zet ik nog wat water op.' Ze keek hoe Hebe Anthony de jas teruggaf. De pyjama die haar tante droeg was donker van het vocht.

'Het is al goed, Luce. Ik moet maar weer eens terug. We praten snel...' Hij glimlachte op een manier die zei dat ze hem moest bellen.

Ze had niet gedacht dat het nog erger kon worden, maar nu bleek dat haar tante in een zijden pyjama over Dennis Head had lopen dwalen, terwijl zij urenlang had zitten luisteren naar alle gekraak en gekreun in huis – en dat was veel geweest. Als Hebe fatsoenlijk gekleed was geweest, zou Lucy er niet zo moeilijk over doen. Misschien was ze met research bezig: hoe voelde het om midden in de nacht op Dennis Head te staan? Wat kon je zien, horen, ruiken enzovoort? Alles wat een historica mogelijk zou willen weten. Al was er in de loop der tijd waarschijnlijk niet veel veranderd. Misschien alleen de vuurtoren en de schepen in Falmouth Harbour. Maar het feit was dat Hebe heel slecht gekleed had rondgelopen en Lucy moest weten waarom.

Ze begon aan het ontbijt. Alles werd beter van een uitgebreid ontbijt, vooral een kater. Spek, eieren, tomaat, champignons en als ze geluk had, witte bonen in tomatensaus op geroosterd brood. Na het eten zou ze uitzoeken wat er achter de middernachtelijke wandeling van haar tante stak.

Terwijl ze met het eten bezig was, staarde ze uit het raam naar het donker. Het zou nog even duren voordat het ochtendlicht de achterkant van het huis raakte. Eerst zou het de bovenkant van de tuinmuur raken en dan langzaam verder kruipen. Het was de tijd van het jaar dat de zon niet zo hoog aan de hemel kwam. Als de boomchirurg zijn werk eenmaal had gedaan, zou het huis meer broodnodig licht krijgen. Terwijl ze hier zo in de keuken stond, voelde ze de kou van de stenen vloer door haar dikke sokken langs haar benen omhoogtrekken.

'Wil je mijn eieren...'

Hebe had haar beker nog steeds stevig vast. Lucy had haar slaapzak om haar tante gewikkeld. Ze zag er helemaal niet op haar plek uit aan tafel in vochtige zijde en dikke nylon stof. Ze keek Lucy met een lege blik aan en nam nog een slok thee.

'Zeg maar hoe, Hebe. Hoe wil je je eieren hebben?'

'Ik weet het niet.'

'Anders heb je ze altijd zacht gebakken.'

'Goed.' Ze liet haar hoofd zakken waardoor Lucy haar blik niet kon zien.

Het was maar goed dat er nog geen rookmelders waren, want Lucy vergat het brood en de verkoolde restanten gingen in de prullenbak. Ze deed de achterdeur open en zag de omgekeerde bloempot. Ze was gisteravond een beetje slordig geweest toen ze naar de sleutel had gezocht.

'Heb jij de sleutel van de achterdeur?' vroeg ze.

'Nee.'

Lucy trok haar wenkbrauwen op. Hebe leek er op het moment niet helemaal bij te zijn. Dat had ze wel eens eerder met haar meegemaakt. Haar moeder had het altijd geweten aan het feit dat Hebe een studiebol was. Lucy zette een bord en verse thee voor haar neer en bekeek haar tante eens goed. Ze woonden nu een maand samen en in die tijd had ze haar als een volkomen bekwame vrouw gezien én als iemand die er niet helemaal bij was. Net als haar moeder had ze het afgedaan als excentriciteit, maar nu begon ze te twijfelen. Er was echt iets mis.

'Als je gegeten hebt, moet je maar lekker in bad gaan. Met een beetje geluk kan de boiler het aan.' Lucy had niet veel hoop. Er was zo veel dat Hell House nodig had. Fred en zijn ploeg zouden zo komen. Ze zou prioriteiten moeten stellen, zoals heet water.

Hebe zag er slecht uit en ze straalde verdriet uit.

'Waarom was je nou in vredesnaam op Dennis Head?'

'Daar was ik niet.'

Lucy knipperde met haar ogen. 'Anthony heeft je net thuisgebracht.'

'Dat kan ik me niet herinneren.' Hebe nam een slok thee.

Lucy leunde tegen de gootsteen, bestudeerde haar tante en zocht naar sporen van een hoofdwond, maar haar pyjamabroek had modderige pijpen en ze zag er wat verkleumd uit, verder leek er niets mis.

'Jij ziet er beroerd uit.' Hebe nam een hapje van haar geroosterde boterham.

'Dank je.' Lucy wreef met haar handen over haar gezicht. 'Je ziet er zelf ook niet zo florissant uit.'

'Ik voel me prima.' Hebe stond op en ruimde haar bord op. 'Ik ga kijken of het bad het doet.'

'Het bad wel, maar of er heet water is...' riep Lucy haar na, maar voordat ze haar zin kon afmaken, klonk er een klap, en ze rende naar de eetkamer waar haar tante op de grond lag.

'Wat nu...'

'Sorry.'

Ze hielp Hebe overeind. 'Wat gebeurde er?'

'Ik weet het niet.' Ze wreef over haar hoofd.

Lucy zag hoe ze met haar ogen knipperde. 'Hebe, kijk me eens aan.'

Hebe draaide zich om. Haar pupillen reageerden, en Lucy wist dat ze niet bewusteloos kon zijn geweest, want ze was vrijwel direct bij haar geweest. 'Oké, laten we eens kijken of je kunt staan.'

Hebe ging op haar knieën zitten en stond op, maar viel vrijwel direct weer omdat haar voet achter haar broekspijp bleef haken. Dat was de dader. Omdat de zoom zo modderig was, was de stof uitgelubberd. Lucy gaf haar tante een arm en bracht haar naar boven, liet haar op het bed zitten en liep naar de badkamer. Ze wist uiteindelijk ongeveer vier centimeter heet water in het bad te laten lopen. Het moest maar.

'Je bad is klaar,' riep ze. 'Het stelt niet veel voor, maar dan kun je in elk geval de modder van je af wassen.'

Toen Hebe niet kwam, keek Lucy in de slaapkamer. Haar tante lag diep te slapen. Ze kon niet veel meer doen dan haar toedekken. Dan ging ze zelf wel in bad. Ze had hoofdpijn en haar rug en knieën deden zeer omdat ze zo ongemakkelijk had geslapen. Dit huis werd haar dood nog eens. Maar misschien was dat maar goed ook. Dat was één manier om aan Ed en het schandaal te ontsnappen.

32

Hebe

31 oktober 2016

Hebe stopte met typen, ze kreeg geen fatsoenlijke zin op papier. Ze kon zich niet meer herinneren waar Karel II was geweest tijdens Gear Rout in 1648. Dat hoorde ze te weten. Ze had er een boek over geschreven en de laatste Thomas Grylls-roman was erover gegaan. Daarin hadden Thomas en Lucia elkaar voor het laatst gezien. Maar wat had de man met de witte tanden gezegd? Thomas was teruggekomen om Lucia te zien? Ze wreef over haar slapen en keek in haar dagboek.

De avond voor Allerheiligen

Ik ben zo boos, maar meestal vergeet ik waarom. Ik verafschuw mezelf. Ik verafschuw mijn afnemende geestelijke vermogens. Zonder ben ik niets, alleen emotie. Ik heb last van mijn emoties.
Ontbijt – een gekookt ei op geroosterd brood.
Afspraak met architect. Naam?
Aannemer een termijn betaald.
Emotie. Verlangen en...

Ze liep naar de boekenkast en pakte het boek dat ze over Karel II had geschreven. De map ernaast viel op de grond, en toen ze de papieren terugduwde, zag ze haar aantekeningen voor de inleiding over het gebruik van literatuur in geschiedschrijving en het ontleden van de denkwijze van mensen uit het verleden. De bladzijden zaten onder de feloranje strepen. Ze had een marker gebruikt om zich bij de tekst te houden. Sinds wanneer deed ze dat? Het kon niet meer dan een jaar of twee zijn, maar zeker wist ze het niet.

Ze liet haar vinger langs de bladzijde glijden en stopte bij de aantekening dat alle kalenders anders zijn, de juliaanse en gregoriaanse. Ze grinnikte om de Allerheiligen-traditie en het oude Cornische geloof dat je na Allerheiligen geen bramen meer mocht eten omdat de duivel erop had geplast. Dat hadden haar studenten altijd erg grappig gevonden. Het was belangrijk geweest dat ze begrepen dat de wereld toen anders was. Het dagelijks leven was ondergedompeld in geloof en bijgeloof, zelfs als mensen niet religieus waren. Er gebeurde heel veel volgens het geluid van de kerkklokken.

De staartklok in de eetkamer sloeg. Het was nog geen vijf uur, maar het werd al vroeg donker en Hebe rilde toen ze de eerste regel van Donnes Elegie XIX 'Bij het slapengaan van mijn vrouw' las.

'*Kom, vrouwe, kom.*'

Er roerde zich iets in haar, maar ze kon het niet lang genoeg vasthouden om het te identificeren. Haar studenten zagen seks als zinnelijk en vrij en iets wat in het verleden niet bestond. Dit gedicht wist altijd weer hun aandacht te trekken. Ze lachte.

Lucy's stem klonk door de hal. Ze was in gesprek met de aannemer. Het dak van de King's Room was vernieuwd en was nu waterdicht. Hebe was blij. Ze deed haar ogen dicht, wist dat ze aan een ander deel van het dak waren begonnen, het deel waar Fred doorheen was gezakt. Nieuwe… er was iets nieuws nodig. De houtworm had te vrij zijn gang kunnen gaan.

Ze wierp een blik op haar bureau en besloot toen naar de salon te gaan. In de deuropening keek ze naar Thomas, zo jong, nog maar zeventien. Hoe zou hij eruit hebben gezien toen hij terugkwam? Wat zou hij hebben gevonden van de veranderingen aan zijn huis? Ooit was het gemakkelijk geweest om Thomas en zijn gedachten op te roepen, maar nu niet meer.

Een zachte stem vanbinnen zei haar dat ze Donne moest lezen. Ze deed haar ogen dicht en deed haar best om zich een gedicht te herinneren. '*Ik draag u voor, mijn lief, uit mijn gedicht,*' fluisterde ze, en ze vroeg zich af hoe het verderging.

'*Blijft staan en hoor in liefdesleer mijn onderricht.*'

Ze schrok op. Naast haar stond de man met Thomas' ogen… Kit, wist ze weer.

'*Dees' drie uur wand'len, door veld en dorpen…*' Hij zweeg even. '… *En met ons mee, door ons geworpen… Twee schaduwen, van onszelf vooruit.*' Hij glimlachte. 'Meer kan ik me op het moment niet herinneren, helaas.'

'Wat bijzonder dat je Donne kent.'

'Niet echt. Ik heb mijn scriptie over zijn elegieën geschreven.' Hij keek naar het portret. 'Dit is voor zover bekend het enige schilderij van Thomas, hè?'

'Lucia had een met edelstenen bezet medaillon met een portretje van hem. Dat had hij haar tijdens zijn ballingschap gestuurd als teken van zijn voortdurende liefde. Het stond bekend als het Gryllssieraad.'

'Echt waar?' Hij fronste zijn wenkbrauwen. 'Daar heeft mijn vader het nooit over gehad.'

Hebe knikte. 'Thomas had het in Frankrijk laten maken en het in het geheim naar Lucia gestuurd in 1646.'

'Waar is het nu?'

'Dat weet niemand.'

'Vreemd.'

'Ja. Maar ik heb nooit kunnen ontdekken wanneer Lucia is overleden en waar ze is begraven.'

'Daar moet toch ergens iets over bekend zijn?'

'Niet voor zover ik heb kunnen vinden.' Hebe zuchtte. 'Ik ben ervan uitgegaan dat ze… zelfmoord heeft gepleegd omdat… niets is vastgelegd.' Ze duwde haar pony uit haar gezicht. 'Ze wordt voor het laatst genoemd in 1661.'

Lucy liep de kamer binnen met een rol bouwtekeningen onder haar arm.

'Maar waarom zou ze zelfmoord plegen?' vroeg hij.

'Een gebroken hart?'

Lucy snoof. 'Mensen gaan niet dood uit liefde. Liefde is een gevangenis die het leven en het plezier uit je zuigt.'

Hebe keek haar door samengeknepen ogen aan. 'Liefde is geen gevangenis en nee, mensen gaan niet dood uit liefde, maar ze kunnen wel sterven zonder liefde. Lucia's neef, met wie ze gedwongen was te trouwen, was volgens overlevering een hufter. Niemand kon hem uitstaan.'

Lucy mompelde: 'Zo iemand als mijn vader, bedoel je.'

'Denk je echt dat ze zelfmoord heeft gepleegd?' Kit keek over zijn schouder naar het schilderij alsof het hem antwoorden zou kunnen bieden. Als het de antwoorden had gehad, zou Hebe ze jaren geleden al hebben gevonden. Ze kende elke penseelstreek op het doek.

'Ja, of misschien is ze in het kraambed overleden... maar dan zou er wel iets terug te vinden zijn.'

'En als het kind het niet had overleefd?'

'Dan misschien niet.' Hebe keek hen beiden aan en probeerde zich te herinneren waarom ze deze kamer binnengegaan was. Ze keek om zich heen en probeerde zich te oriënteren. Ze kon maar beter teruggaan naar haar eigen kamer. Ze had de deur open laten staan en wilde niet dat iemand er binnenkwam.

33

Lucy

31 oktober 2016

'Je moet naar de dokter.' Lucy legde haar handen plat op de eettafel. Ze had de feiten bij elkaar opgeteld en besefte nu dat de geluiden die ze 's nachts in de cottage had gehoord van haar tante waren geweest die aan het spoken was. Afgelopen nacht was het meest dramatische voorbeeld geweest.

'Nee.' Hebe keek uit het raam.

'Je hebt midden in de nacht over de Dennis gelopen.' Lucy haalde adem. 'Je slaapwandelt en het is niet veilig.'

'Nou, dan sluit je je maar op in mijn kamer.' Hebe had haar armen over elkaar geslagen en haar lippen op elkaar geklemd.

Lucy zuchtte. 'Waarom wil je niet naar de dokter?'

'Heeft geen zin.'

'Ik geef toe dat de huisarts niet veel kan doen, maar er zijn specialisten die vast kunnen helpen.'

Hebe schudde haar hoofd.

Lucy ijsbeerde door de kamer. Hoe kon ze een vrouw van vijfenvijftig dwingen iets te doen wat ze niet wilde? 'Hoor eens, je moet. Het is niet veilig.'

Hebe haalde haar schouders op.

'Hebe.' Lucy kwam dichterbij en stak haar arm uit, maar haar tante trok zich terug.

'Mijn veiligheid is toch zeker mijn eigen zaak?'

Lucy knarsetandde. Waren pubers ook zo? Ze had onderschat wat ze haar moeder had aangedaan. 'Niet als er andere mensen bij betrokken zijn.'

Hebe wendde haar blik af. 'Dat zijn alleen ikzelf en Anthony tot nu toe.'

Lucy kon haar wel door elkaar rammelen. In plaats daarvan keek ze de keuken rond, op zoek naar inspiratie, maar vond niets. 'Hebe, ik maak me zorgen om je.'

'Dat weet ik.' Haar blik bleef op Lucy rusten en schoot toen weg. Ze raadpleegde haar lijst. 'De man van English Heritage komt over tien minuten.'

'De man van English Heritage kan de pot op! Als we niet iets doen aan die nachtelijke tochten van jou, ben je er straks niet om te zien wat er met Hell House gebeurt.'

Hebe schoot in de lach.

Lucy wreef over haar slapen. Misschien moest ze haar moeder erbij halen. Hebe was per slot van rekening haar zus. Misschien begreep zij de situatie iets beter.

'Zou je bereid zijn met hem naar bed te gaan om mijn plannen erdoor te krijgen?'

Lucy schudde geschokt haar hoofd. Had haar tante dit echt hardop gevraagd?

'Volgens mij is hij getrouwd, hij draagt een ring.' Hebe haalde diep adem. 'Het zou veel helpen.'

'Ik hoop dat je een grapje maakt.' Lucy bestudeerde haar tante in een poging te begrijpen wat er in haar omging.

Hebes blik gleed door de keuken. 'Nou ja, in het verleden deed je daar niet moeilijk over.'

Lucy slikte. Ze kon zich niet voorstellen dat ze dit gesprek werkelijk met haar tante had. Het leek eerder een droom, veroorzaakt door vier korte uurtjes rusteloze, uitgeputte slaap. Hebe keek haar even aan en liep toen de tuin in, waar Fred leistenen aan het sorteren was om nog een gat in het dak te repareren. Lucy pakte de net geïnstalleerde telefoon en belde het nummer van haar moeder, maar kreeg het antwoordapparaat. 'Wil je me terugbellen?' vroeg ze. 'Je zus gedraagt zich heel vreemd.'

Hebe zat te praten met de man die ze in Lucy's armen had willen duwen. Lucy had hem kort gesproken en hem alles gezegd wat ze wilde zeggen wat betreft de hulp die nodig was om een bouwvergunning te krijgen. Nu waren Hebe en hij diep in gesprek over de geschiedenis van de architectuur in Cornwall. Lucy had er genoeg van en dus liep ze met twee treden tegelijk naar boven om een blik in Hebes kamer te werpen. Ze bleef het gevoel houden dat er iets met haar tante aan de hand was wat ze voor haar nichtje verzweeg.

Zonlicht vulde de kamer. De inspanningen van de boomchirurg hadden vanmorgen wonderen verricht. Hebes kamer zag er onberispelijk uit, alles lag op z'n plek. Rondneuzen zou een stuk gemakkelijker zijn als Hebe wat chaotischer was, zoals Lucy zelf. Ze betwijfelde of ze het zelf door zou hebben als er iets niet helemaal op z'n plek lag. Maar toen ze naar Hebes haarborstel, kam en spiegel keek die keurig naast elkaar in volgorde van grootte lagen, besefte ze dat het niet gemakkelijk zou zijn. En ze had natuurlijk geen idee waar ze naar op zoek was. Toch was ze ervan overtuigd dat er iets was. Als Hebe slaapwandelde, zou dat al eerder bekend zijn geweest. Al haar aardse bezittingen lagen nu in Hell House, dus ook eventuele medische dossiers. De vraag was waar ze die bewaarde.

Voor het grote raam van Venetiaans glas stond Hebes bureau. Het was de meest logische plek om te beginnen. Ze luisterde even om er zeker van te zijn dat er niemand in de buurt was en probeerde toen de middelste la. Op slot. Ze probeerde de andere twee... Ook op slot.

Hebes verzameling vulpennen lag in volgorde van grootte op het bureau, samen met drie inktpotten. Ze controleerde ze alle drie voor het geval de sleutel van het bureau erin verstopt zat, maar ze bevatten allemaal inkt.

Ze liep naar de hoge ladekast en opende de bovenste la. Keurig opgevouwen slipjes en beha's. Hebe hield van zwarte en rode kant. Lucy wreef over haar slapen. Haar tante zat vol verrassingen. Voorzichtig zocht ze de sleutel en deed haar best niets overhoop te halen. Niets.

Toen ze voetstappen hoorde, duwde ze de la dicht en rende naar de salon waar ze snel het boek pakte dat naast de bank lag. Ze zorgde ervoor dat ze het niet op z'n kop hield.

'Ik wist niet dat jij na al die jaren belangstelling had gekregen voor poëzie?'

Ze keek op en zag dat het boek was opengevallen op een elegie van Donne. Het enige gedicht van Donne dat ze vroeger mooi had gevonden was 'Het aas'. Dat was supersexy. 'Mijn oog viel erop.'

'Echt?' Hebes blik zei dat ze betwijfelde of haar dyslectische nichtje vrijwillig Donne zou zitten lezen. Ze had een punt.

'Deze regel hier...' Lucy legde haar vinger op de bladzijde. '*En daar verliefde vissen tonen zich.*'

'Wat is jouw interpretatie?'

Gedachten raasden door haar hoofd. Wat kon ze in vredesnaam zeggen? 'Ik genoot simpelweg van de woordenstroom en de beelden die ze in mijn hoofd opriepen.'

'Mmm.' Hebe knikte en stak haar hand uit voor het boek. Lucy's hand trilde en ze voelde zich net een stout kind dat was betrapt op het lezen van schunnige gedichten die alleen bovenbouwers mochten lezen. Misschien had ze tijdens haar eindexamenjaar beter moeten opletten. Maar dat was een heel andere kwestie.

In de verte hoorde ze de vaste telefoon rinkelen. Er was maar één toestel en dat stond in de keuken. Ze rende door het huis en vervloekte de oude bedrading.

'Lucy, ik dacht dat je nooit zou opnemen.' Haar moeders stem klonk afgemeten.

'Huh...'

'Wat is dat nou voor antwoord?'

Ze schraapte haar keel. 'Het enige antwoord waar ik genoeg lucht voor heb.'

'Wat is er met Hebe aan de hand dat je zo'n cryptisch bericht insprak?'

Lucy keek of haar tante niet in de buurt was en zei toen: 'Weet jij of ze soms slaapwandelt?'

'Nee...' Haar moeders stem stierf weg.

'Je klinkt niet overtuigd.'

'Ik probeer het me te herinneren, maar nee, dat heeft ze nooit eerder gedaan.'

'Verdomme.'

'Hoezo?'

'Nou, nu wel, en als ze dat als kind ook al deed, zou ik het beter kunnen begrijpen.'

'Vertel me eens precies wat er is gebeurd.'

Lucy pakte een stoel en ging zitten. 'Hebe is midden in de nacht in haar pyjama op Dennis Head gaan wandelen.'

Haar moeder kuchte. 'Ben je high of zo?'

'Mama, ik heb nog nooit drugs gebruikt.'

Kate slaakte een zucht. 'Dat is waar. Sorry. Ik weet niet wat er aan de hand is, maar de laatste paar keer dat ik Hebe heb gezien, vond ik dat ze zichzelf niet was.'

'Hoe recent was dat?' Het bleef stil. 'Mama?'

'Ik denk dat het ongeveer een jaar geleden was dat ik het vreemd genoeg vond om het je vader te vertellen.'

'Geweldig, waarom hem wel en mij niet? Hij heeft een bloedhekel aan haar.' Lucy kon haar moeder wel wurgen.

'Onzin. En trouwens, hij dacht dat het de menopauze was.'

'O ja, dat zal wel.'

'Lucy, dat is niet eerlijk.' Kate zuchtte. 'Weet je, misschien ís het wel...' Ze zweeg even. '... hormonaal.'

'Misschien, maar dat ben ik niet tegengekomen toen ik ernaar googelde.'

'Kun je haar niet naar een arts sturen?' Haar moeders stem sloeg over.

'Dat weigerde ze.'

'Dan... weet ik het ook niet.'

'Mama, ik heb hulp nodig.'

'Ik zal erover nadenken.'

'Ja goed, maar doe er niet te lang over.' Lucy hoorde voetstappen op de achtertrap en hing op.

Hebe stond in de deuropening met haar handen in haar zij. 'Wie was dat aan de telefoon?'

'Mama, om het laatste nieuws van mijn publieke vernedering te verkondigen.' Lucy draaide zich om en trok de koelkast open om de kleur op haar wangen te verbergen. Waarom voelde ze zich zo schuldig? Ze wilde alleen maar helpen.

Ze had frisse lucht nodig om na te denken. Het was koud, maar de lucht was blauw. Ze liep langs de schuren en door de weide naar de weg naar St. Keverne, waar ze bereik had. Ze zag dat ze een telefoontje van haar moeder en van Ed had gemist. Die laatste zou niets nuttigs te melden hebben, maar hopelijk had haar moeder informatie over Hebe.

'Mama.'

'Lieverd. Het is hier opgeklaard. Is het daar ook zulk mooi weer?'

Lucy keek naar de lucht. Er waren bijna geen mooiere dagen als deze, maar ze had helemaal geen zin om het met haar moeder over het weer te hebben. 'Ja, mooi. Weet je al meer?'

'Nou, ik heb je grootmoeder gesproken.'

'En?'

'Ze werd opeens stil.'

Lucy raapte een takje van de grond en zei: 'Die is nooit stil.'

'Dat weet ik.'

'Je hebt toch wel aangedrongen?'

Kate zuchtte. 'Dat heb ik geprobeerd.'

'Ik moet het weten. Ik denk dat het hele gedoe met dit huis te veel voor haar is.'

'Dat weet ik wel zeker.' Haar moeder was even stil. 'Daarom ben jij er.'

Lucy rolde met haar ogen. 'Mama, als je Hebe praktische hulp wilde geven, had je Michael moeten sturen.'

'Die heeft een baan.'

'Dat is waar.' Ze klemde haar lippen op elkaar.

'Je grootmoeder komt snel bij jullie langs. Zodra ik meer weet, bel ik je.'

Lucy schopte tegen een steentje en vroeg zich af waarom haar moeder het probleem leek te omzeilen.

'Waarom kom je zelf niet?'

'Je vader wil...'

Lucy kapte haar af. 'Wat, zijn was moet gedaan worden? Hoe zit het met je prioriteiten? Je zus is aan het instorten.'

'Laten we eerst maar eens zien was je grootmoeder te zeggen heeft.'

'Best.' Ze hing op. Haar grootmoeder was uniek. Misschien was het haar manier geweest om met haar man om te gaan. Hij was een stuk ouder geweest en lastig, volgens haar moeder. Hebe had het bijna nooit over hem. Na zijn overlijden was ze een nieuw leven begonnen. Ze had haar huis opengesteld als B&B en had een lijst 'wandelaars' vergaard, zoals Kate haar moeders herenbezoek noemde.

Toen ze terugliep over de oude weg die nu niet meer dan een pad was, kon ze St. Mawes en de vuurtoren van St. Anthony helemaal zien. Net aan de rand van de wei stonden de restanten van de oude wachttoren. Daar moest het uitzicht spectaculair zijn geweest. Een koe staarde haar door de gebroken muurtjes boosaardig aan. Snel rende ze verder, voordat de rest van de kudde belangstelling kreeg, terug naar het hek dat de grens met Hell House markeerde.

Van deze kant vond ze het huis er heel mooi uitzien. De loggia aan de andere kant was prachtig, maar ze genoot ervan om door de overblijfselen van de grote hal te kijken. Het moest een indrukwekkend deel van het huis zijn geweest, een enorme ruimte van twee verdiepingen. De grote ramen deden haar aan een kerk denken en ze verwezen naar het kloosterverleden van Hell House.

De zon zakte omlaag en het licht kreeg een gouden gloed. De grijze stenen glinsterden en kregen een zachtere aanblik, waardoor het geheel er meer als een huis uitzag en minder als een fort. Ze nam een paar foto's met haar telefoon. Volgende keer zou ze een grote camera meenemen en het echt goed vastleggen, maar nu moest ze zich voorbereiden op de komst van haar grootmoeder, wat betekende dat er nog een slaapkamer op orde gemaakt moest worden.

34

Hebe

1 november 2016

Hebe zat met haar pen in de aanslag. Het woord dat ze zocht was verdwenen en haar lichaam deed pijn. Ze miste iets en was daardoor rusteloos. Ze stond op en keek naar haar dagboek. De zinnen werden korter. Het waren voornamelijk lijstjes. Ze smeet de pen op de grond, maar bukte zich toen om hem op te rapen en de dop erop te doen. Inkt was uit de punt gespetterd en sijpelde nu in de rand van het tapijt. Met haar zakdoek depte ze de vlek weg.

Ze ging weer zitten en liet haar hoofd in haar handen zakken. Dit had geen zin. Volgens haar dagboek was het vandaag Allerheiligen. Een heilige dag. Vannacht hadden de doden gelopen en de nacht daarvoor zijzelf. Althans, dat had Lucy haar verteld. Hebe keek naar haar voeten die pijn deden. Dat was het bewijs. Vanmorgen was ze in een vreemd bed laat en schreeuwend wakker geworden. Maar het was geen vreemd bed. Het was hier. Lucy en de man met de witte tanden waren aan komen rennen. Zijn ogen. Wat leken ze op die van Thomas. Of haalde ze dingen door elkaar? Het was allemaal mogelijk.

Ze keek naar de synopsis die ze voor het boek had geschreven. Ze had het uitgewerkt met meer details, maar het kostte haar moeite om zinnen te vormen, ook al deed ze haar best. En dan ging het niet alleen om de langere, samengestelde zinnen, maar ook om korte zinnen. Toen ze de restauratie van het huis had overgedragen aan Lucy, had ze gehoopt dat ze beter in staat zou zijn om te schrijven. Maar haar hersenen wilden niet meer. De TIA's kwamen steeds vaker; ze duurden nooit lang, maar stuk voor stuk waren ze een luide waarschuwing.

De dag ging in sneltreinvaart voorbij. Ze moest Lucy opzoeken en haar excuses aanbieden, haar de waarheid vertellen. Haar nichtje had het recht om het te weten. Maar zou ze dan weggaan? Dat was het risico. Sinds haar zeventiende was Lucy altijd gevlucht als dingen te moeilijk werden. Hebe wist waarom. Dát kon ze zich nog herinneren en ze begreep het.

Lucy was niet in de keuken, maar de plannen voor het huis lagen uitgespreid op tafel, samen met allerlei papieren – startdata en kostenramingen. Lucy was goed in dit soort dingen. Ook lagen er foto's van het huis op tafel. Lucy had de ziel van het gebouw weten vast te leggen. Ze bleef dan wel volhouden dat ze het niet mooi vond, maar haar foto's zeiden iets anders. De beelden lieten voornamelijk de donkere, mysterieuze kant van het huis zien. Hebe vroeg zich af of dat kwam doordat ze tijd doorbracht met de man die op Thomas leek.

Ze haalde haar lijst tevoorschijn.

Lucy wil weten wat er aan de hand is. Zeg het haar.

De zon scheen fel door de ramen op deze frisse Allerheiligen-ochtend. Morgen was het Allerzielen. Het was een dag die meer werd geassocieerd met oude tradities, maar daar hield Hebe juist van. Over twee dagen was het al Ringing Night, wat in sommige Cornische kerkgemeentes in de negentiende eeuw was begonnen in afwachting van Guy Fawkes Night. Dat was een groot keerpunt geweest: het buskruitcomplot had vele barsten blootgelegd die hadden geleid tot de Burgeroorlogen. Het land was verre van verenigd geweest.

Ze keek naar de papieren, de stapsgewijze plannen voor de restauratie. Die klopten niet. Ze veranderden dingen waar ze af moesten blijven. Ze pakte haar lijst weer en zocht een aanwijzing voor wat haar dwarszat.

Helwyn House is van jou.

Dat was goed.

Lucy maakt zich zorgen.

Dat moest het zijn. Hebe had iets gedaan, iets verkeerd gedaan. Ze kon het zich niet herinneren. Ze maaide de papieren van tafel, net toen de keukendeur openging en Lucy binnenkwam. Hebe keek naar haar nichtje dat zich bukte en de rommel opraapte. Toen ze klaar was, keek ze haar tante aan. Hebe zag haar verwarring die bijna net zo erg was als die van haarzelf.

'Luce, het spijt me.'

'Het was vast een ongelukje.'

Hebe schudde haar hoofd. 'Nee, maar dat is niet waar ik mijn excuses voor aanbied.'

Lucy fronste haar wenkbrauwen.

'Ik...' Ze kreeg de woorden niet uit haar mond. Het hardop zeggen zou het echt maken. Zolang zij, de specialist en haar notaris de enigen waren die het wisten, kon ze doen alsof er niets aan de hand was, totdat het echt niet meer ging, en hopelijk zou ze zich er tegen die tijd zelf niet meer van bewust zijn. Maar ze wist dat dat niet eerlijk was.

'Ja?' Lucy keek haar even aan toen ze de papieren op tafel legde.

'Ik weet niet hoe ik dit... minder... afschuwelijk kan maken.' Hebe keek uit het raam. De zon zakte al achter de bomen in de verte weg. De lucht begon roze te kleuren.

'Je bent ziek.' Lucy legde een hand op haar arm.

Hebe knikte.

'Dan moeten we met je naar de dokter.'

Hebe uitte een droog lachje. 'Daar is het te laat voor.'

Lucy verstijfde. 'Wat bedoel je?'

Hebe draaide zich naar haar toe. 'Ik heb alzheimer.'

Lucy knipperde met haar ogen. 'Wat?'

Hebe knikte.

'Daar ben je veel te jong voor.'

Ze lachte. 'Nee.'

'Maar... Maar Hebe, ik begrijp het niet...'

'Ik ook niet.'

Lucy liet zich in de stoel naast haar zakken. Hebe liep naar de kast en haalde de marshmallows tevoorschijn. Die smaakten goed bij een kop thee en dat was precies wat ze nodig hadden.

'Lucy, vertel dit alsjeblieft niet aan je moeder of iemand anders.'

'Waarom niet?'

'Omdat... Omdat ik niet wil dat mensen het weten.' Ze haalde een roze marshmallow uit de zak. De roze waren het lekkerst. 'Dan gaan ze slechter over me denken.'

Met de zak in haar hand liet ze Lucy in de keuken achter. Ze moest aan het werk, en ze moest regelen dat haar wijn, die lag opgeslagen bij de wijnhandelaar, naar Helwyn House werd gestuurd. Ze moest ervan genieten nu het nog kon.

35

Hebe

augustus 2015

Als we naar Kynance Cove lopen gaat je telefoon. Beneden ons is het eb en het strand ligt vol met gezinnen. Ik luister half naar het gesprek. Je televisieproject. Ze willen dat je een vergadering bijwoont. Je houdt het af, wil mij niet alleen laten, wil Cornwall niet verlaten. Dat laatste begrijp ik, maar de tijd komt dat je bij me weg moet.

Behoedzaam loop ik over het steile pad omlaag en ik laat je staan. Kan ik er op de een of andere manier jouw keus van maken om te gaan? Ik schud mijn hoofd. Ik heb het al zo vaak geprobeerd.

Als ik bij de grote rotsen ben, stap ik van de ene op de andere, concentreer me op mijn balans, die niet zo goed is. Ik kijk achterom, maar je bent er niet. Paniek. Als ik mijn hand uitsteek, voel ik alleen lucht. Een jongeman loopt langs, maar jij bent het niet.

'Hier, ik help wel even.' Hij pakt mijn elleboog vast en leidt me over de wiebelige rotsblokken. 'Kijk eens.' Hij stuift weg en ik draai me om, op zoek naar iets. Ik hoor de vrolijke kreten van kinderen die de golven najagen. Ik laat me in het vochtige zand zakken. Ik ben verloren zonder jou.

Maar je moet weg. Ik moet je laten gaan, ik moet zorgen dat je gaat. Dat had ik jaren geleden al moeten doen. Onze relatie is altijd verkeerd geweest. Ik doe mijn ogen dicht en bedenk dat ik gefaald heb in het enige wat ik had moeten doen.

Ik vermaan u, min mij niet,
Bedenk dan toch dat ik 't u verbied.

Je gaf me mijn laatste werk terug. Lichte potloodtekens gaven aan waar je had zitten nadenken. Terwijl ik mijn blik over de bladzijden liet glijden, las ik de tekst alsof het braille was, totdat ik bij een koffievlek en een notitie kwam. Je had een vraag gesteld. Ik glimlachte naar je en bladerde door de rest. Aan het eind had je me een 9 gegeven en ik moest lachen om je opmerking.

Ik kon je geen 10 geven, want je hebt niet naar mij verwezen. Aftrek voor het niet vermelden van alle bronnen.

Ik liet mijn vingers over je woorden glijden. We hadden dit punt besproken en uiteindelijk had je ermee ingestemd dat ik je niet in de voetnoten kon zetten. Je zei dat je het goed vond omdat je van me hield.

Je hield van me. Ik kon het nog steeds niet geloven, maar wist wel dat ik van werken hield als jij er was. Mijn hart zweefde als je me poëzie voorlas. Dat zou het ook doen als je het telefoonboek voorlas, maar jouw stem bracht de gedichten tot leven. Het was alsof je het ritme van het hart van de dichter in je voelde. Je ademhaling gaf de woorden gewicht en luchtigheid en deed mijn hart overslaan.

'Daar ben je.' Je steekt je hand uit en ik pak hem vast. Het begint vloed te worden en ik ben opgegaan in mijn gedachten. Ik sta op, je neemt me in je armen en kust me, maar ik trek me terug. Er zijn te veel mensen hier. Je vlecht je vingers door de mijne en we lopen naar een rustig deel van het strand.

'Zwemmen?' vraag je.

Ik slik, denk aan de kou, maar zeg: 'Ja.' Ik trek mijn kleren uit, waar mijn zwemkleding onder prijkt. Weer pak je mijn hand vast en we lopen naar zee. Ik zou sterker moeten zijn. Ik moet sterker zijn. Ik ren de zee in, in de wetenschap dat jij me achterna komt.

36

Lucy

2 november 2016

Lucy had haar handen vol met boodschappen toen ze naar de keuken liep. Haar hoofd liep over van wat Hebe haar had verteld. Ze had een slapeloze nacht gehad. Haar slimme tante kon deze ziekte niet hebben. Maar ze had het van Hebe zelf gehoord, en alles wat haar de afgelopen tijd was opgevallen paste bij de symptomen waar ze over had gelezen. Daarstraks in de auto was de woede gekomen, daarna de tranen. Ze had zich nog nooit zo machteloos gevoeld. Als zij dit al voelde, hoe moest het dan voor Hebe zijn?

Ze struikelde bijna over Kit die op z'n knieën naar het reliëf in de stenen paal bij het hek zat te kijken. 'Heb je iets laten vallen?'

'Nee.' Met een glimlach keek hij op. Hij wees naar de versleten figuur in het steen. 'Ik probeer te ontdekken welke heilige dit kan zijn geweest.'

'Dus je bent aan het bidden?'

'In zekere zin.' Hij stond op en klopte zijn spijkerbroek af. 'Laat me je helpen.'

'Dat hoeft niet.' Ze liep naar de keukendeur.

'Ligt er nog meer in de auto?'

'Het is al goed,' riep ze over haar schouder. Ze zette de tassen op tafel en liep in één keer door naar de waterkoker, terwijl ze in gedachten bezig was met alles wat ze te weten was gekomen. Op haar vijfenvijftigste had Hebe een vroege vorm van alzheimer. Lucy had honderden vragen, maar vroeg zich af of Hebe überhaupt de antwoorden wel wist. Het was allemaal te afschuwelijk voor woorden.

Ze slaakte een zucht en wendde zich tot Kit die haar was gevolgd. 'Thee?'

Hij knikte.

'Wat zocht je nou precies?' Ze opende de kast om een paar bekers te pakken en zag dat hij voor de zoveelste keer opnieuw was ingericht. Ze schudde haar hoofd.

'Aanwijzingen.'

'Ook goed,' zei ze snuivend.

Hij lachte. 'Hebe en jij weten dat mijn vader onze familiegeschiedenis heeft onderzocht voordat hij overleed, in het bijzonder onze band met Thomas Grylls. Zijn naam is altijd in de stamboom voorgekomen, maar bewijs ontbrak.' Hij liet zijn hand over de rug van de stoel glijden. 'Papa was naar de Scilly-eilanden verhuisd om dat bewijs te vinden. Hij wist zeker dat het er moest zijn.'

Lucy haalde de melk uit de koelkast.

'Ik heb hem niet echt gesteund, helaas, en heb nooit echt geluisterd naar wat hij vertelde.'

Ze bestudeerde zijn gezicht. Er lag verdriet in zijn ogen. 'Volgens mij luistert geen enkel kind goed naar zijn ouders, als je daar iets aan hebt,' zei ze.

Hij lachte droogjes. 'Ja en nee.'

Ze gaf hem z'n thee. 'Je mist hem.'

Kit knikte. 'Ik had eerder terug moeten komen. Ik wist dat het niet goed met hem ging, maar ik dacht dat we meer tijd zouden hebben.' Hij haalde diep adem. 'In plaats daarvan bleef ik in Hollywood en maakte de slechtste film ooit.'

Lucy pakte zijn handen vast. Hij zag er zo verdrietig uit.

'In een poging om me meer verbonden met hem te voelen, heb ik zijn research opgepakt, en dat heeft me naar Helwyn House geleid.'

Lucy blies op haar thee. 'Hoe past het huis in dat geheel, behalve dan dat het ooit van Thomas is geweest?'

Hij glimlachte. 'Volgens mijn vader is Thomas Grylls nog steeds hier.'

'Wat?' Ze huiverde.

'Niet als spook, hoor, maar in een van de brieven die we hebben staat dat hij van plan was terug te komen voordat hij weer naar de Scilly-eilanden zou gaan.'

'O.' Ze dacht aan de romans. In de laatste was Thomas afgezant van Karel II in Europa geweest.

'Daarna is hij nooit meer gezien.' Kit nam een slok thee. 'Mijn vader liet doorschemeren dat ergens in het huis aanwijzingen zijn.'

'Dus ben je op zoek naar het lijk in de bibliotheek,' grapte Lucy.

'Inderdaad, alleen heeft Helwyn House geen bibliotheek. Maar het heeft wel geheimen, en met Hebes toestemming hoop ik die te ontdekken. Ik ben vorige week een dagje naar de Scilly-eilanden geweest en heb mijn vaders documenten opgehaald, dus ik kan haar nu de brieven van Thomas Grylls laten zien.' Hij wees naar de leren tas.

Lucy kreunde.

'Wat is er?'

Ze deed haar ogen even dicht en vroeg zich af of ze het hem moest vertellen. Hebe wilde niet dat ze het tegen haar moeder of iemand anders zou zeggen, maar Lucy was het daar absoluut niet mee eens. Toch zou ze de wensen van haar tante respecteren, tot ze meer informatie had. Maar als Kit hier de komende tijd veel zou zijn, moest hij het weten. Ze keek hem aan en fluisterde: 'Hebe heeft me vanmorgen verteld dat ze alzheimer heeft.'

Hij haalde diep adem. 'Dat verklaart veel.' Hij pakte haar hand vast. 'Wat moeilijk voor jullie allebei. Ik vind het heel erg.'

Ze knikte.

'Kan ik iets doen?'

'Waar moet ik beginnen?' Ze schudde haar hoofd. 'Wil je het voorlopig tegen niemand zeggen?'

'Natuurlijk.' Hij gaf een kneepje in haar hand en ze weerstond de neiging om te huilen. Dit was niet goed. Ze moest zichzelf vermannen. Hebe had haar nodig. Niets geen snel vertrek uit Hell House zodra de renovatie goed liep. Ze slikte. Ze zou zich concentreren op wat ze vandaag voor elkaar kon krijgen en voorlopig niet verder in de toekomst kijken.

37

Hebe

2 november 2016

Hebe wierp een blik in de kastjes. Alles was weer verplaatst. Daar moest ze met Lucy over praten. Maar Lucy had boodschappen gedaan, en dat was fijn. Ze moest de spullen alleen op de juiste plek opbergen. Hebe begon alles terug te zetten waar het hoorde.

'Hallo.' De man met de witte tanden kwam binnen en legde een meetding op tafel. Ze fronste. Hij dook in zijn tas en legde verschillende mappen op tafel.

'Ik heb deze voor je meegenomen, zodat je ze kunt lezen.'

'Wat zijn het?'

Hij glimlachte. 'De brieven waar ik je over heb verteld.'

'Wat voor brieven?'

'De brieven die bewijzen dat Thomas Grylls een kind had.' Hij sloeg een van de mappen open.

Hebes mond voelde droog aan. Dit klopte niet. Haar gedachten zwommen tegen de stroom in. Haar redacteur had gemaild. Agent. Boek. Thomas ontrouw. Ze wreef over haar slapen en keek naar hem. Hij had dezelfde ogen als Thomas.

'Laat eens zien.'

Zorgvuldig haalde hij verschillende velletjes papier tevoorschijn. Zelfs op deze afstand kon ze zien dat het Thomas' handschrift was. Ze had zijn papieren zo vaak bestudeerd dat ze wist hoe hij zijn letters vormde. Ze haalde diep adem, kwam dichterbij en probeerde haar hart tot rust te manen, maar het ging tekeer tot het dreigde haar volledig in de steek te laten.

Mijn liefste Mary,

Ik vind het vreselijk om weer weg te gaan nu je mijn kind draagt. Maar ik moet. Ik weet dat je het begrijpt. Ik kan de situatie zo niet laten. Ik heb mijn trouwbelofte gebroken en moet het haar zelf vertellen.

Ik hoor je zeggen dat ze met een ander is getrouwd. Dat ze mij niet trouw was. Maar jij en ik weten allebei dat ze weinig keus had. Ik vrees dat ze nog altijd hoopt dat we op de een of andere manier samen kunnen zijn. Ik moet haar laten gaan, zodat ik met heel mijn hart met jou kan trouwen. Dat is wat ik wil, meer dan wat ook.

Hebe legde haar hand tegen haar hart. Voor haar stonden Thomas' woorden geschreven die bewezen dat hij Lucia had bedrogen. Gedachten raasden door haar hoofd. Hij was net als iedere andere man. Maar hij gaf genoeg om Lucia om het haar zelf te vertellen. Het stond er in zijn eigen handschrift. Opnieuw zocht ze in haar geheugen naar iets wat haar zou kunnen helpen om te bewijzen dat dit niet klopte. Maar ze kon niets vinden. Ze wist niet of dat kwam doordat er niets was, of doordat ze het zich gewoonweg niet kon herinneren.

'Zoals je kunt zien, is het erg overtuigend.'

Ze schudde haar hoofd. 'Wat?' De staartklok in de hoek sloeg het hele uur, maar haar horloge gaf een andere tijd aan. Het was tien voor. De klok liep voor, in tegenstelling tot haar hersenen.

Hij zuchtte. 'Thomas had een kind met Mary Rowse.'

Die naam. Hij zei haar iets. 'Wie was zij, die Mary?'

'Ze was de dochter van Samuel Rowse, rentmeester van verschillende gouverneurs op de Scilly-eilanden.'

Hebe slikte. Niet zomaar een vrouw dus. 'Zijn ze getrouwd?'

'Nee.'

Ze keek op van de brief. 'Waarom niet?'

'Hij is nooit teruggekeerd.' Hij schudde zijn hoofd.

'Dus jouw familie heeft de naam Grylls nooit gedragen.'

'Nee.' Hij stak zijn hand in de map en haalde er een gouden ring uit, die hij haar gaf. 'Ik heb deze net tussen de papieren van mijn vader gevonden.'

Ze hapte naar adem toen ze het Grylls-zegel zag. De ring van Thomas. Het was echt zo. 'Weet je wat er is gebeurd?'

Hij slaakte een zucht. 'Helaas niet. Mijn vader probeerde alle puzzelstukjes aan elkaar te leggen voordat hij overleed.'

'Ik begrijp het.' Maar ze begreep het helemaal niet en zou het waarschijnlijk nooit begrijpen. Ze gaf hem de ring terug en vocht tegen de tranen. Ze was zo dicht bij de waarheid over Thomas en wat er met hem was gebeurd. Maar de tijd en haar hersenen lieten haar in de steek.

38

Lucy

2 november 2016

Zielenkoeken? Wat waren dat in vredesnaam? Hoorde dit allemaal bij de ziekte? Hebe was altijd een redelijke kok geweest, maar het enige wat ze in Lucy's herinnering wel eens had gebakken was een *galette des rois* voor het driekoningenfeest. Afijn, Hebe ging dus zielenkoeken bakken, wat dat ook waren. Lucy had gevraagd waarom, en haar tante had gezegd dat het belangrijk was en dat ze haar niet in de weg moest zitten. Dus was ze weggegaan, al snakte ze naar meer informatie.

Bovenaan de trap trof ze Kit, die de oude muurtekeningen naast de vensterbank bestudeerde. Ze had Hebe er net vanmorgen over verteld en gevraagd of ze ze weg moest halen. Ze wist zeker dat ze Michaels tekenwerk ertussen had gezien, naast dat van kinderen van jaren geleden. Hebe was uit haar slof geschoten en daarom had Lucy een briefje gemaakt en op het raam geplakt, zodat een of andere arme schilder niet hetzelfde lot zou overkomen. Het hele incident was niets voor de Hebe van vroeger. Ze had haar stem nooit verheven, zelfs niet als Lucy zich als kind misdroeg, wat regelmatig was gebeurd. Natuurlijk wist ze nu dat het een symptoom van alzheimer was. Hoeveel had ze er gemist?

'Hoi.' Kit draaide zich om en glimlachte. Ze pakte de reling bovenaan de trap vast. Een filmster in huis was niet goed voor haar evenwicht. 'Alles goed met Hebe?' Hij legde zijn potlood neer.

Lucy maakte een twijfelachtig gebaar met haar hand. 'Ze is aan het bakken. Volgens mij hebben jouw onthullingen haar wat onrustig gemaakt.'

'Dat idee had ik ook al. Ze mompelde dat ze ervoor moest zorgen dat de romanschrijfster historische feiten zou gebruiken om de harten van lezers met de waarheid te breken.'

'O, dan heeft ze het over de Thomas Grylls-boeken van H.J. Bowden.' Lucy glimlachte toen ze aan het boek op de plank dacht waar zowel haar naam als die van Kit in stond. Ze slenterde naar de deur van de salon en keek naar het portret. Ze had de Thomas Grylls in de romans graag gemogen, maar was niet zeker van de man in Kits brief.

Hij kuchte. 'Waar zit je met je gedachten?'

'Sorry.' Ze liep terug. 'Toevallig dacht ik aan overspelige mannen.'

Hij trok een wenkbrauw op. 'Mis je hem?'

Ze bloosde. 'Nee, ik ben de dans ontsprongen. Ik dacht aan Thomas Grylls.'

'O.' Hij leunde op de vensterbank. 'Grappig, ik heb hem nooit als overspelig gezien.'

'Waarom niet?'

Hij hield zijn hoofd schuin. 'Lucia was met een ander getrouwd. Hij had haar al een tijd niet gezien, de oorlog was verloren en hij zat met de koning in Europa. Wat hem betreft was het voorbij.'

'Ja, misschien dacht hij er zo over.' Ze zweeg even en dacht aan de romans. 'Maar volgens mij heeft Lucia haar liefde voor hem nooit los kunnen laten.'

'Dat is waar, maar er was veel tijd verstreken.'

'Een wispelturige man, typisch.' Haar vader was daar een klassiek voorbeeld van, bedacht ze.

Kit fronste, maar wist er nog steeds aantrekkelijk uit te zien. Het was niet eerlijk dat hij er altijd zo goed uitzag. Ze hield zichzelf voor de gek als ze zei dat ze zich niet tot hem aangetrokken voelde, maar ze wist waar dat soort gevoelens toe leidden, en dat was geen optie. Maar goed, ze zou best met hem naar bed willen. Lust was veel gezonder. Ze liet haar vinger over een van de hexafoils in het pleisterwerk glijden.

Hij haalde zijn schouders op. 'Dan moeten we het er maar over eens zijn dat we het niet met elkaar eens zijn.'

Ze deed haar ogen halfdicht en draaide zich naar hem toe. 'Ben jij je... partner altijd trouw geweest, ook als jullie een tijdje niet bij elkaar waren?' In gedachten nam ze alle roddelbladen door, maar er had niets in gestaan over ontrouw.

Hij legde zijn hand op zijn hart. 'Ik heb mijn partner nooit bedrogen.'

Ze tuitte haar lippen. 'Zelfs niet in je gedachten?'

'Ah, dat is iets heel anders.'

Ze lachte. 'Maak je geen zorgen, ik denk dat we dat allemaal wel doen.'

Ze wierp een blik op zijn notitieboek dat openlag. Hij had wat van de muurtekeningen nagetekend, de hexafoils in het bijzonder. Die maakten bij Lucy ook iets los. Ze hielden kwade geesten op afstand.

'Vertel me hier eens iets meer over. Waarom ben je zo in ze geïnteresseerd?'

'Heksentekens, ofwel apotropaia. Rituele tekens. Ze zijn fascinerend.'

'Hoe oud zijn deze, denk je?'

'De meeste zijn van net na de Reformatie.'

'Hoe weet je dat?'

Hebe verscheen bovenaan de trap. Ze keek hen aan alsof ze zich probeerde te concentreren. 'Omdat het oude geloof van de mensen was afgepakt. De lagere adel paste zich vrij snel aan, maar de arbeiders niet. Zij zochten hun bescherming in het verleden, in wat ze kenden.' Ze kwam wat dichterbij en wees naar de grote letters *vv* die in de muur waren gekrast. '*Virgo Virginium*. Ze riepen de bescherming van de heilige Maagd aan.' Ze draaide zich om, liep naar haar kamer en deed de deur achter zich dicht.

Lucy keek naar Kit en hij haalde zijn schouders op.

'Ze heeft gelijk.'

Ze wees naar andere tekens in het pleisterwerk. 'Is dat een draak?'

Hij grijnsde. 'Dat lijkt me wel.' Zijn arm streek langs de hare toen hij naar een kleine figuur ernaast wees. 'Sint-Joris.'

Ze deed een stap opzij om wat afstand te creëren. 'Heb je de andere al gezien?'

'Nee. Waar?'

Ze ging hem voor naar de salon, langs zijn voorvader, naar het kamertje naast de haard en daarna door een andere deur. Hij viel achter hen dicht.

'En waarom neem jij me mee een kast in?' Kits stem was diep en heel dicht bij haar oor. Ze rilde. Brutale vent. Het was maar goed dat het donker was en hij haar gezicht niet kon zien.

Het licht van haar telefoon hielp haar om de deurknop te vinden. Daarna vond ze een stuk hout op de vloer om de deur open te houden. Ze stond niet in voor haar daden als ze nog veel langer met hem in zo'n kleine ruimte moest zijn.

'Deze.' Ze wees naar de grote hexafoils op de muren. Pas toen zag ze de teksten die er stonden. Kit deed het licht van zijn telefoon ook aan. Hij liet zijn vingers over de tekens glijden. Wat zag hij dat zij niet kon zien? Ze fronste haar wenkbrauwen. 'Heb je enig idee wat je eigenlijk zoekt?'

'Nee.' Hij lachte toen hij de kleine ruimte uit liep en uit het raam keek. Nu de bladeren bijna van de bomen waren, was hier en daar de kreek zichtbaar tussen de bijna naakte takken. 'Weet jij of er nog meer tekens zijn?'

Ze schudde haar hoofd. 'Als er meer zijn, weet Hebe het misschien. Zij onderzoekt dit huis al heel lang.'

'Zullen we het haar vragen?'

'Best.' Ze keek hoe hij de salon in liep. 'Ruik jij ook iets aangebrands?'

Hij knikte en allebei renden ze naar de keuken. Hebes zielenkoeken.

39

Hebe

11 november 2016

Sint-Maarten, het feest van de heilige Martinus van Tours

Dit was de dag om dieren te slachten ter voorbereiding op de komende winter. Ik voel de winter in mijn botten. Alles doet pijn.
Gisteravond hadden we soep. Ik had geen trek.
Ik ben weer gevallen.

Haar dagboek stond nu vol met valpartijen. Ze weigerde toe te geven aan de pijn en bekeek wat ze had opgeschreven. Buiten ging de zon onder. De lage stralen lichtten de bovenste takken van de bomen op. Had ze echt nog maar zo weinig tijd? Er was zo veel te doen. Ze keek naar haar bureau.

Er lag een brief van haar agent. Ze hoefde hem niet opnieuw te lezen. De toon was heel beleefd, maar ze had haar deadline gemist. Ze vouwde de brief op en keek naar haar laptop. Moest ze de nederlaag accepteren en haar uitgever zeggen dat het laatste boek van het contract, het laatste boek over het leven van Thomas, niet geschreven zou worden? Ze liet haar hoofd in haar handen zakken, kon wel janken, maar de tranen kwamen niet. Ze was leeg. Langzamerhand werd ze door alles in de steek gelaten. Eerst door woorden en nu door echte emoties. Het enige wat overbleef was woede en troosteloosheid. Ze voelde zich eenzaam, maar kon zich niet herinneren waarom.

Ze trok haar laptop naar zich toe, opende een document. Er stonden twee woorden: *Hoofdstuk Een.* Verder niets. De cursor knipperde naar haar, wachtte. Wat moest ze opschrijven? Dankzij de man met Thomas' ogen, wist ze dat Thomas zijn hart aan een ander had verpand. Maar dit was fictie. Kon ze het verhaal niet vertellen zoals zij dat wilde? Dat Thomas na jaren van trouwe dienst was thuisgekomen, was beloond door Karel II en eindelijk met zijn enige ware liefde was getrouwd?

Maar dat was niets meer dan een sprookje en zij was historica, wier vorige romans evenzeer feit als fictie waren geweest. Wat moest ze doen?

40

Lucy

13 november 2016

Lucy stond bij de New Inn. Hebe was met iemand aan het praten. Ze hoorde haar zeggen dat het vandaag Sint-Brixiusdag was. Lucy vroeg zich af wie in vredesnaam Sint-Brixius was, maar liet de gedachte los toen ze naar de maan keek. Als een reusachtige bol rees hij boven de Lannarth Hills omhoog. Ergens daarginds stond Hell House en ze was blij dat ze de warmte van de pub in kon. Hopelijk kwam Hebe ook zo. Het was te koud om lang buiten te staan.

'Hé, hallo,' riep Cadan over zijn schouder, terwijl hij een glas wijn inschonk.

'Wat heb jij nou op je gezicht zitten?' vroeg ze.

'Een baard, zodat ik vannacht kan huilen als een weerwolf.'

Ze schudde haar hoofd.

'Niet onder de indruk, dus?'

'Van de maan wel, maar van die vreemd gekleurde baard, nee.'

Hij liet zijn hand eroverheen glijden. 'Tja, wie had kunnen weten dat er rood in de genen zat?'

Ze fronste. 'Waarom sta jij hier en niet bij Shipwrights?'

Hij krabde achter zijn oor. 'Ik ben blut en heb schulden. Ik doe alles voor geld.'

'Is het zo erg?'

Hij knikte.

'Je kunst?'

Hij zuchtte. 'Die levert amper iets op.' Hij keek naar de deur die openging. 'Dag, Hebe. Wat mag het zijn?'

Hebe keek verward. Lucy vroeg zich af of haar val van vanmiddag meer schade had berokkend dan ze liet merken.

'Wil je rood of wit?' vroeg ze, en ze legde haar hand even op Hebes arm.

'Roze.'

Lucy knipperde met haar ogen. 'Oké.' Zelf hield ze wel van een glaasje rosé, maar ze had het Hebe nooit zien drinken.

'En jij, Luce?'

Ze keek naar de ciders. Eigenlijk had ze er helemaal geen zin in. 'Doe maar wat sinaasappelsap.'

'Blijven jullie eten?' Cadan zette de drankjes neer.

Lucy knikte en keek naar de specials. Ze zag niets wat haar trok, maar goed, zelf koken was ook niet erg aantrekkelijk. Hebe was degene die had voorgesteld om naar de pub te gaan voor een borrel en een hapje eten. Ze was de afgelopen weken niet veel weggeweest. Lucy was allang blij dat ze niet achter het stuur had gezeten. Helemaal nu ze wist dat haar tante ziek was.

Ze kneep haar ogen samen toen ze keek hoe Hebe een slokje wijn nam en een gezicht trok. Ze vond het niet lekker. Was ze dat vergeten?

De deur ging open en samen met een koude windvlaag kwamen de vader en moeder van Fred binnen. Lucy had Tamsin in geen jaren gezien. Ze was niet veel veranderd. Ze liep recht op hen af en gaf Lucy een dikke knuffel. 'Hallo. Fred heeft me uitgebreid verteld over alle spannende bouwwerkzaamheden.'

'Ja.' Hebe knikte, maar was bedrukt.

'Hij is geweldig,' zei Lucy grijnzend.

'Hij kan ermee door.' Tamsin stak haar hand uit om het glas rode wijn dat Cadan voor haar had ingeschonken aan te nemen. 'Hoe is het met je?'

'Goed,' loog Lucy.

Tamsin keek haar aan en kwam wat dichterbij. 'Als je een luisterend oor nodig hebt, ben ik er voor je.' Had Fred iets aan Hebe gemerkt en er met zijn moeder over gesproken? Of had Peta het aangevoeld en het haar verteld?

'Dank je.' Lucy speelde met het glas in haar hand. Misschien kon ze bij Tamsin op bezoek gaan als haar grootmoeder was geweest. Er raasde zo veel door haar hoofd dat ze het gevoel had dat ze op knappen stond.

Cadan arriveerde met hun eten. 'Zal ik het op die tafel neerzetten?'

Voordat Lucy kon reageren, liep Hebe achter hem aan en ging ze met rechte rug en haar handen in haar schoot gevouwen zitten. Lucy ging tegenover haar zitten en nam een patatje, in de hoop dat haar maag wat rustiger zou worden. Patat was een wondermiddel. Naar haar idee loste die alles op, van een kater tot liefdesverdriet.

Hebe staarde naar haar bord.

'Is er iets niet goed?'

'Dit heb ik niet besteld.'

'Jawel.'

Ze tuitte haar lippen. 'Ik hou niet van chili.'

'Ik vroeg het me al af, maar je hebt het wel besteld.'

Ze legde haar handen gevouwen op tafel.

'Voel je je wel goed?' vroeg Lucy.

'Ja.' Ze nam een slok rosé en trok weer een gezicht.

'Heb je liever mijn steak?'

'Ja.' Haar hoofd wiegde heen en weer. Lucy's welbespraakte tante was op eenlettergrepige woorden overgestapt.

Lucy wisselde hun borden om. Hebe keek nu blijer en misschien was dit het moment om te vertellen dat Lucy's grootmoeder, Hebes stiefmoeder, op bezoek kwam. Ze schoof de chili opzij en nam een hap rijst. Niet zo goed als patat, maar niet slecht. Gesterkt nam ze het woord. 'Ik moet morgen naar Truro.'

Hebe keek op.

'Je stiefmoeder komt om elf uur met de trein aan.'

Hebe liet haar vork halverwege haar mond hangen. 'Sarah? Waarom komt zij in vredesnaam?'

Lucy slikte. 'Ze maakt zich zorgen om me.'

'Ah.' Hebe richtte haar aandacht weer op de steak, terwijl Lucy een patatje stal en nadacht over deze reactie.

'Die bult op je hoofd begint aardig te verkleuren,' zei ze.

'Welke bult?'

Lucy verslikte zich bijna. Hebe had een ei boven haar rechteroog dat vandaag van rood naar blauw was verkleurd. Het verbaasde haar dat niemand er vanavond over was begonnen, maar goed, ze woonden ook op een bouwterrein, dus misschien gingen mensen ervan uit dat verwondingen niet zo verwonderlijk waren. 'Die bult boven je oog,' herhaalde ze.

Hebe voelde eerst boven haar linkeroog en Lucy schudde haar hoofd. Vervolgens vonden haar vingers de bult en ze fronste haar wenkbrauwen.

'Het was een akelige val. Ik vind nog steeds dat je naar de huisarts moet.'

'Ik ben niet gevallen. En die plek is gauw genoeg weg.'

Lucy staarde naar de muur. Had de val haar dementie verergerd of was de val een teken van verslechtering?

Lucy draaide zich om in bed. Brandend maagzuur. Van alle stress kreeg ze nog een maagzweer. Joepie. Ze ging rechtop zitten en zette het oogmasker af dat ze tegenwoordig droeg. Het had weinig zin gordijnen op te hangen zolang de bouwwerkzaamheden niet klaar waren.

Koel maanlicht viel in vierkanten blokken door de ramen de kamer binnen. Ze ging op zoek naar schoenen en een jas om warm te blijven. Als het helder was, daalde de temperatuur, en de supermaan was spectaculair, precies zoals voorspeld. Het was bijna net zo licht als overdag. Het zou wel eens kunnen gaan vriezen.

Ze ritste haar jas dicht, liep naar het raam en bleef als aan de grond genageld staan kijken toen ze haar tante in haar witte nachtjapon en op blote voeten over de binnenplaats zag lopen. Het maanlicht raakte haar donkere haar dat over haar rug viel. Lucy wreef in haar ogen. Droomde ze? Nee, Hebe draaide zich om en keek over haar schouder naar de hekken achter zich.

Lucy schoot in actie en rende de trap met twee treden tegelijk af.

De voordeur stond wagenwijd open en koude lucht sloeg tegen haar lichaam toen ze verder rende en zag dat Hebe was verdwenen. Het grote hek was dicht en op slot. Lucy wist waar de sleutel lag, maar Hebe niet. Dat betekende dat ze ergens op de begane grond van de noordvleugel was. Verdomme. Lucy vond de noordelijke slaapkamer al eng, en deze kamers waren nog enger, vooral als je geen zaklamp bij je had. In haar haast had ze die laten liggen.

'Hebe?' Behoedzaam stak ze de binnenplaats schuin over. De maan stond hoog, haar schaduw was kort en dadelijk zou hij helemaal weg zijn, als ze de deur door liep waar Hebe op af was gelopen. Wat was ze daar aan het doen?

Ze riep iets harder en voelde dat ze gespannen werd. De deur kraakte. Elke Halloween-horrorfilm die ze ooit had gezien schoot door haar gedachten.

Ze kon verdomme geen hand voor ogen zien. Voorzichtig liep ze een stukje verder de kamer in. Het voelde niet als een kamer, eerder een zwarte leegte. Ze stak haar handen voor zich uit en liep op de tast verder, en met elke stap die ze zette, vroeg ze zich af wat er zou gebeuren. Toen struikelde ze over iets groots en ving zichzelf op uitgestrekte handen op.

'Au.'

'Hebe?' Lucy krabbelde overeind. Maanlicht viel door de openstaande deur en ze zag de contouren van haar tante die op de vloer geknield zat. 'Wat ben je in vredesnaam aan het doen?'

'Aan het bidden.'

Lucy haalde diep adem. 'Je gelooft helemaal niet in God.'

'Wel.'

Lucy's handpalmen deden pijn. Wist ze maar hoe ze hiermee om moest gaan, wat het ook was. 'Oké, dus je gelooft nu in God.'

Hebe bleef op haar knieën zitten. De stenen vloer was ijskoud. 'Altijd gedaan.'

'Als jij het zegt.'

'Ik ben niet waardig om de kapel binnen te gaan.'

'De kapel?' Lucy kneep haar ogen samen en dacht toen aan de

monniken en aan Peta die het erover had gehad. Hij had ergens gestaan. Waarom niet hier?

Hebe wees naar een deur die geblokkeerd was. Lucy wist dat er daarachter niets meer was dan een oude stenen trap die via de buitenkant van het gebouw naar de King's Room leidde. Dat had ze altijd vreemd gevonden.

'Waarom ben je dat niet waardig?' vroeg ze.

'Ik heb gezondigd.'

Lucy rilde. Hebes zonden waren ongetwijfeld veel minder erg dan die van haar, maar ze voelde er niets voor om haar eigen verleden te onderzoeken, zeker niet hier, midden in de nacht.

'Zullen we naar binnen gaan en een kopje thee of warme chocolademelk drinken?' Die laatste woorden gingen verloren door het geklapper van haar tanden.

Stilte.

'Warme chocolademelk, Hebe?' Ze deed een stap dichterbij. Ze kon haar hier niet laten zitten.

'Nee, ik ben nog niet klaar. Ga weg.'

Lucy liep naar de deur. Het maanlicht verlichtte de planten die kronkelend door de muur heen groeiden als rond een oude grafsteen. Ze keek achterom en zag dat Hebe voorover leunde en haar voorhoofd op het koude steen legde. Dit was niet goed, maar ze wist niet wat ze moest doen, hoe ze kon helpen. Misschien had haar grootmoeder suggesties, want ze kon het zo langzamerhand niet meer alleen aan.

41

Hebe

augustus 2015

Je kijkt naar een gedicht, maar je leest het niet. Je zit voorovergebogen, en sinds je terug bent uit Londen is het alsof je er niet echt bij bent. De vergadering ging niet zoals je had gewild. Ik ben opgelucht. Het geeft me meer tijd. Als je televisiepresentator wordt, kan ik niet anders dan onze relatie stopzetten. Misschien is dat wat ik zou moeten willen, maar in mijn hart is het dat niet. Maar als ik je teleurstelling zie, verlang ik ernaar om je gelukkig te maken, zo gelukkig als ik eens deed.

Wie de liefde zoekt en niet op een huw'lijk zint
Als 't enig ware doel, het is alsof hij mint
Als enig doel zeeziek te zijn op de woel'ge baren.

Je hielp me eraan herinneren dat het tien jaar geleden was. Wat?

'Dat we elkaar hebben ontmoet.'

Ik keek op van mijn boek en glimlachte. Je stak een boeket herfstasters naar me uit. Hun paarse kleur straalde kracht uit in het middaglicht. In je andere hand had je een fles wijn. Je kende me goed. Eenvoudige bloemen en goede wijn. Ik stond op, nam de bloemen van je aan en kuste je hand.

Je ogen stonden vol opwinding. Morgen begon je aan je master. Er gleed een schaduw over je gezicht.

'Het komt wel goed.' Ik streelde zijn hand.

'Hoe weet je dat?' Je pakte de kurkentrekker uit de keukenla, terwijl ik de bloemen in een vaas zette. Hun aardse geur deed me aan mijn jeugd denken – warme herfstmiddagen en herfstasters die de tuin kleur gaven. Mijn moeder had van enkele lichtroze een keer een soort kroon voor me gemaakt en me haar prinses genoemd. Ik deed mijn ogen dicht. Dat was ik vergeten. Geur. Het was iets heel krachtigs, want ik moest een jaar of vijf zijn geweest.

'Ik heb het plezier gehad om jou les te mogen geven. Het is een genoegen.'

'Stel dat ik niet goed genoeg ben.'

Ik glimlachte en pakte het glas wijn dat je voor me had ingeschonken. 'Je bent meer dan goed genoeg.' Ik legde een vinger tegen je slaap. 'Je bent beangstigend intelligent. Maar goed, als je zo slim bent, wat doe je dan nog hier?'

Je trok een wenkbrauw op en nam me in je armen. Ik lachte en probeerde geen wijn te morsen. 'Lieverd,' zei je, en je kuste me.

42

Lucy

14 november 2016

Truro leek wel een wereldstad na weken op het platteland te hebben gezeten. Er waren overal mensen en winkels. Het was druk rond het station en haar grootmoeder stond op het trottoir naar haar te zwaaien. Ze zag eruit alsof ze naar een hotel of kuuroord ging voor een verwenweekend en niet naar Hell House.

'Oma.' Lucy zwaaide terug. De huurauto was klein en waarschijnlijk niet wat ze had verwacht. Sterker nog: Lucy hoopte maar dat de mensen van het verhuurbedrijf niet uit het raam keken, want de auto zat onder de modder. De weg naar Hell House in de regen was bijna onbegaanbaar voor dit autootje. Ze sprong eruit en omhelsde haar grootmoeder, waarna ze haar tas in de kofferbak legde.

'Lieverd.' Haar grootmoeder hield haar op armslengte en bestudeerde haar. Ze zou wel niet blij zijn. Lucy's haar zat strak naar achteren getrokken, ze droeg alleen wat lippenstift, verder niet, en haar spijkerbroek had betere tijden gekend. Het grootste deel van haar kleren hoorde in Londen thuis, niet hier. Haar oude leven voelde heel ver weg. 'Je straalt. Je huid ziet er prachtig uit.' Ze gaf Lucy een zoen. 'Het platteland past bij je.'

Lucy trok een wenkbrauw op.

'Ik meen het, je hebt kleur op je wangen en er schittert iets in je ogen.' Ze liet zich in de auto zakken. 'Wil dat zeggen dat je over dat afschuwelijke parlementslid heen bent en iemand hebt gevonden die beter bij je past?'

Lucy lachte. 'Ik ben ruim over het parlementslid heen, maar er is niemand anders.'

Haar grootmoeder wierp een blik opzij. 'Weet je het zeker?'

Lucy dacht aan Kit. 'Absoluut.'

'Goed hoor, je hoeft het me nog niet te vertellen.'

'Oma, ik meen het, er is niemand. Ik ben niet op zoek.'

'Onzin. We zijn altijd op zoek naar liefde, altijd.'

'Nee, ik ben het niet met je eens. Kijk maar naar Hebe. Die heeft het prima gehad zonder liefde.'

'Is dat zo?' Haar grootmoeder had duidelijk haar bedenkingen.

'Ja, absoluut.'

'Als jij het zegt, maar ik denk dat we allemaal liefde nodig hebben. Liefde is leven.'

'Nee, liefde is dood.' Lucy zuchtte. Een auto toeterde toen ze zonder te kijken de weg op reed.

'Misschien moeten we dit gesprek voeren als je niet aan het rijden bent. Ik wil nog niet dood, daarom heb ik liefde in allerlei vormen in mijn leven.'

Proberen gelijk te krijgen bij haar grootmoeder was zinloos.

'Vertel me over Helwyn House.'

'O, het heeft nu een dak. Min of meer.' Lucy deed het gebouw geen eer aan, maar ja, er was ook nog steeds geen verwarming.

Haar grootmoeder fronste. 'Heet water?'

'Om de andere woensdag.'

'Is het zo erg?'

'Niet helemaal, maar het scheelt niet veel.' Lucy keek haar even aan. 'Ik hoop dat die tas vol zit met thermisch ondergoed en kasjmier.'

'Natuurlijk lieverd, je weet net zo goed als ik dat dat de standaarduitrusting is voor een landhuis, tenzij het eigendom is van een Amerikaan of een Arabier.'

Lucy grinnikte. Pret. Haar grootmoeder zat er vol mee en vol met grappige oude inzichten.

Ze nam een rotonde. 'Ik snap nog steeds niet waarom Hebe dit huis heeft gekocht.'

'Ze zal er wel veel van houden.'

'Weer die liefde.' De versnellingsbak kraakte toen ze worstelde om hem in de juiste versnelling te zetten.

'Inderdaad.'

'Nou, liefde leidt tot domme beslissingen.'

Haar grootmoeder haalde haar schouders op. 'Soms, maar hij is zelden saai.'

'Ik geef het op.' Lucy stak een hand op.

Haar grootmoeder grinnikte. 'Heel verstandig, in dit geval.'

Een half uur later stuurde ze het autootje door het hek over de uitgesleten oprijlaan. Haar grootmoeder keek haar ogen uit. Lucy probeerde zich voor te stellen wat haar indruk was – niet beladen met jaren vol afschuw. Zag het er zo afschrikwekkend uit als zij dacht?

43

Hebe

14 november 2016

Hebe keek in de spiegel. Ze kon zich niet herinneren dat ze haar hoofd had gestoten, maar het bewijs staarde haar aan. Haar rechteroog begon blauw en paars te worden onder de bult. Ze trok haar shirt opzij en zag een grote blauwe plek op haar schouder. Er zaten ook schrammen op haar knieën. Elke val stond in haar dagboek beschreven, dus op die informatie kon ze steunen, maar hoelang zou ze er nog aan denken om dingen op te schrijven? Lucy was... Waarom kon Hebe het woord niet vinden? Lucy deed vandaag iets wat Hebe niet wilde. Ze kon het wel uitschreeuwen van frustratie. Ze had geen idee wat ze niet wilde.

Met zorg deed ze haar lippenstift op. Daarna kamde ze haar haar, zodat het over haar beschadigde voorhoofd viel. Aan het blauwe oog kon ze niets doen. Ze bleef staan en dook in haar make-uptas. Onderin vond ze oogschaduw. Ze pakte het kwastje en deed wat op haar niet-gewonde oog totdat het bijna op het andere leek. Zo waren ze in elk geval gelijk. Volgens haar dagboek had ze een afspraak met de architect en de aannemer.

Ze dook in haar la en vond de Hermès-sjaal met het paars erin die paste bij haar oogschaduw. Ze moest er zakelijk uitzien. Ze bond hem om haar hals en wilde net naar de eetkamer gaan toen ze een auto hoorde. Ze liep naar de ramen aan de noordkant en zag dat Lucy parkeerde. Een vrouw in een zwarte broek en een Chanel-jasje keek naar het huis op. Sarah. Haar stiefmoeder.

Ze bekeek de kamer om er zeker van te zijn dat hij opgeruimd was, trok het beddengoed recht en rende de trap af om hen te begroeten. Ze kon zich niet herinneren wanneer ze Sarah voor het laatst had gezien, maar goed, dat was natuurlijk geen verrassing. Ze wist dat ze nog iets anders moest doen, maar het was weg.

De voordeur ging open en Sarah bleef op de drempel staan staren. Hebe trok haar sjaal recht en bedacht toen dat ze nog slippers aanhad. In Sarahs huis zou dat absoluut niet kunnen. Slaapkamerkleding was uitsluitend voor de slaapkamer of om in naar de badkamer te lopen. En natuurlijk moesten ze mooi zijn en niet noodzakelijk functioneel, zoals de wollige gevallen aan haar voeten.

'Lieve Hebe.' Een brede glimlach gleed over Sarahs gezicht. Ze kwam wat dichterbij en kuste Hebes wangen lichtjes. 'Dus dit is je nieuwe thuis.'

Hebe knikte en keek over Sarahs schouder naar Lucy die met de boodschappen binnenkwam. Lucy's gezicht betrok, maar ze herstelde zich snel.

'Zijn Fred en Mark er?' Ze keek naar Hebes benen.

'O, die was ik vergeten.' Hebe zocht in de zak van haar vest naar haar notitieboek, maar het was er niet.

'Dat dacht ik al. Moet jij je niet even verder aankleden, lieverd?' Sarah glimlachte.

Hebe legde haar hand op haar sjaal. Ze was klaar voor de afspraak.

Sarah keek naar Hebes voeten. 'We hebben je duidelijk gestoord.'

Hebe keek ook omlaag. Boven haar slippers waren haar blote benen zichtbaar die onder de schrammen en blauwe plekken zaten. 'Ja.' Ze deed een stap naar achteren en rende toen met een knalrood gezicht naar boven. Daar, op haar bureau, lag haar notitieboek. Dat ze het notitieboek was vergeten was één ding, maar dat ze vergeten was haar broek aan te trekken, was iets heel anders.

44

Lucy

14 november 2016

'Nu begrijp je waarom ik me zorgen maak.' Lucy wendde zich tot haar grootmoeder.

'Ja.' Sarah keek om zich heen. 'Ja, ik begrijp het.'

Lucy zette de tassen neer. 'Ik ga maar even snel met Fred en Mark praten.'

'Doe dat.' Sarah bekeek de hal. Het was een van Lucy's lievelingsplekken in het huis, ook al was het er ijskoud. Koude lucht stroomde door het schietgat. Ze kon zich voorstellen dat het handig was geweest om uit te kijken naar ongewenste bezoekers, maar daar waren er tegenwoordig maar weinig van.

'Doe alsof je thuis bent. Ik breng je tas straks boven. Ik heb je in de kamer naast die van Hebe gezet.'

'Natuurlijk.'

Lucy deed de deur naar de eetkamer open en zag dat Mark en Fred diep in gesprek waren met Kit.

'Hé Luce, moet je kijken wat we gevonden hebben.' Fred wees naar iets op tafel.

'Wat is dat?' Het zag er niet aantrekkelijk uit. Een donkere glazen pot met een vloeistof.

'Het is een heksenpot.'

'Meer heksen.' Ze zette haar handen in haar zij. 'Wat is dat toch met dit huis?'

'Die diende als bescherming.'

'Allemachtig, de heksentekens en dit...' Ze wees naar de vieze pot.

'Je zou denken dat Hell House goed beschermd is, maar volgens mij is er toch iets misgegaan. Misschien zijn ze destijds vergeten de spreuk erbij te zeggen of zo.'

'Misschien.' Kit glimlachte. 'Maar wij zijn de manieren van vroeger vergeten, dus misschien ligt het meer aan ons.'

'Aan Hebe en mij, bedoel je.' Ze haalde haar schouders op en dacht aan Hebe die de vorige avond op de vloer had geknield. 'Uit welke tijd zou dit zijn?'

'Het is minder oud dan de tekens op de muren.' Kit pakte de pot.

'Op de balken op zolder zitten ook tekens.' Fred keek ernaar. 'Wat is het voor vloeistof?'

'Waarschijnlijk urine,' zei Kit.

'Geweldig, dan zullen hier geen spoken zijn. Pis houdt ze wel weg.' Lucy huiverde.

Op hetzelfde moment kwam Sarah de kamer binnen. De drie mannen draaiden zich om en keken naar haar. Die gave had ze nog steeds op haar zevenenzestigste.

'Dag, heren.'

'Dit is mijn grootmoeder, Sarah Courtenay,' zei Lucy.

'Mevrouw Courtenay.' Mark deed een stap naar voren en gaf haar een hand.

'Zeg toch Sarah.' Ze glimlachte. 'Ik snak naar een kopje thee en ik was op zoek naar de keuken.'

'Sorry, oma.'

'Je hebt vast dingen te doen, maar misschien kan een van deze heren me helpen de keuken te vinden, als je hem kunt missen.' Ze keek naar Kit.

'Met alle plezier.' Hij kwam overeind en bood haar zijn arm aan. Lucy rolde met haar ogen. Echt iets voor haar grootmoeder om te flirten. Maar goed, zij moest het van iemand hebben geleerd.

Haar grootmoeder keek over haar schouder toen ze de kamer uit liep. 'Lucy, lieverd, misschien moet je even op zoek naar je tante. Ze was niet in wat ik denk dat haar kamer is.'

'Shit.' Lucy haastte zich de eetkamer uit en hoopte dat Hebe op z'n minst een broek had aangetrokken voordat ze was gaan dwalen.

'Let op je woorden!' hoorde ze haar grootmoeder nog roepen, toen ze de trap op rende. Welke kant zou Hebe op gegaan zijn? Haar gedrag was vandaag erger dan ooit. Die paarse oogschaduw, hoe kwam ze erbij? Hij paste bij haar blauwe oog, maar dat was dan ook het enige. Paarse oogschaduw en vuurrode lippenstift. Het was gewaagd, dat moest ze haar tante nageven.

Bovenaan de trap bleef ze staan luisteren. Niets. Kamer na kamer bleef haar tante onvindbaar. Ze liep naar de keuken, waar haar grootmoeder werd omringd door drie mannen. Geen verrassing.

'Niets?'

Ze schudde haar hoofd en pakte de kop thee die Kit haar aanreikte.

'Zal ik je helpen zoeken, als je die op hebt?'

Lucy knikte, sloeg de thee achterover en pakte haar jas en laarzen.

'Ik regel het eten wel.' Haar grootmoeder stond op en inspecteerde het fornuis. Lucy hoopte dat ze wist waar ze aan begon, maar had geen tijd om alles uit te leggen, omdat Kit al naar zijn auto liep.

45

Hebe

14 november 2016

'Ik mis iets.' Hebe praatte hardop, terwijl ze over het pad langs de kreek liep tot ze bij de grote dennenbomen kwam. Die vond ze eigenlijk niet mooi. In Thomas' tijd zouden ze hier niet hebben gestaan. Maar nu bepaalden ze het beeld van de kreek. Ze ging tegen de boom met de dikste stam zitten. Er kwamen streepjes zonlicht tussen de takken door, maar het water was donker en somber. Vanhier zag ze draaikolken die modderwolken creëerden, terwijl het getijde het water wegtrok. Twee zwanen peddelden onder haar.

Tranen begonnen over haar wangen te rollen, maar ze wist niet goed waarom. Ze veegde ze weg en zag dat er paars glitterspul op haar hand zat. Verward pakte ze een zakdoek uit haar zak en snoot haar neus. Rode lippenstift voegde zich bij de paarse glitter. Kakelbont. 'God, wat heb ik gedaan?' Ze pakte een stok en smeet hem in het water onder haar. Het duurde even voordat de stroom hem oppakte en meevoerde in de richting van de zee.

Haar denkvermogen was net als het water in de kreek… het verdween. Maar in tegenstelling tot het getijde zou haar denkvermogen niet terugkeren. Elke dag, elk uur, glipten er dingen weg, gevangen in een sterke stroom. Ze had alleen nog momenten waarop dingen normaal voelden, maar die werden heel gemakkelijk kapotgeslagen. Ze bedacht hoe Sarah naar haar had gekeken toen ze had beseft wat er van haar was geworden, in de hal zonder broek aan. Er had een blik van afschuw op het mooie gezicht van haar stiefmoeder gelegen.

Ze pakte het briefje uit haar zak waar de lijst van vandaag op stond.

Helwyn House is van jou.

Om twee uur afspraak met architect en aannemer.

Ze wilde op haar horloge kijken maar het zat niet om haar pols. Het was laat, aan de ondergaande zon te zien. Hopelijk had Lucy de afspraak overgenomen. Zou zij de rest van de renovatie van het huis uitvoeren, of zou ze het verkopen aan de man met Thomas' ogen? En het portret van Thomas? Ze keek weer op de lijst.

Rekeningen betalen – elektra en olie.

Notaris bellen.

Waarom moest ze de notaris bellen? Was er een probleem, behalve dan dat haar hersenen haar in de steek lieten? Ze deed haar ogen dicht en wist dat ze belangrijke dingen vergat. De tranen begonnen weer te stromen. Hem. Ze vergat hem. Was hij haar al vergeten? Hoelang was het geleden? De bladeren hadden nog aan de bomen gezeten toen ze het huis had gekocht, en nu waren ze bijna weg. Zij was ook bijna weg, althans alles wat de moeite waard was aan haar.

46

Hebe

augustus 2015

De trein schokt en ik val tegen je aan. Je houdt me overeind en fluistert in mijn oor: '*Ik draag u voor, mijn lief, uit mijn gedicht... Blijft staan en hoor in liefdesleer mijn onderricht.*'

Ik zou het gedicht moeten kunnen afmaken, maar ik kan het niet. Het is weg. Ik ril en kijk uit het raam. De vuurtoren torent boven de zee uit en wijst me op het feit dat het daar verraderlijk is. Daarbeneden is een enorm stuk strand met vlaggen in de verte die het bewaakte zwemgedeelte aangeven. Terwijl we weer naar St. Ives reizen, vraag ik me af of het ergens nog veilig voor ons is. Gisteren riep een student van jou je naam. Ik verstopte me achter een stapel boeken. Ze vroeg naar me en jij keek op en zag me. Je zei dat je hier met een collega was. Dat accepteerde ze en met een zwoele blik op jou liep ze weg. Ze wilde je.

De trein rijdt het station van Carbis Bay binnen en ik moet aan jouw afstuderen denken.

De Liefde vormt een groeiend licht, standvastig en toch zacht,
Zijn eerste minuut, na de middag, is nacht.

Ik kon jouw afstuderen vanaf het podium volgen. Mijn hart zwol van trots, maar ik bleef rustig glimlachen. Ik had er niet moeten zijn, maar was gevraagd een lege stoel op te vullen. Zou ik anders zijn gekomen? Ik denk het niet. Mijn blik gleed steeds weer naar jou. Je grijns zou de wereld kunnen doen oplichten. Ik wist dat je ouders en je zus in het publiek zaten. Je wilde ze aan me voorstellen. Dat wilde ik niet. Ik vond het een beangstigend idee. Ik was blij om je vreugde te zien toen je met lof afstudeerde. Ik had gezien dat je er hard voor had gewerkt. Later, veel later, zou ik je echt feliciteren en je een cadeau geven. Maar vooralsnog genoot ik ervan om te kijken hoe je het podium besteeg, je bul in ontvangst nam en naar me knipoogde, je toen omdraaide en je duimen opstak naar je ouders. Dat was het moment waarop ik besefte hoe verkeerd dit was geweest.

De trein stopt weer en de rest van de reis kan ik me totaal niet herinneren. Komt dat doordat ik opging in het verleden of doordat ik gewoon niet meer weet waarom we hier zijn?

47

Lucy

14 november 2016

'Zeg je me nu dat Hebes moeder psychische problemen had?' Lucy deed de schoongemaakte sperziebonen in een pan en leunde tegen het aanrecht, terwijl ze naar haar grootmoeder keek die aardappelpuree aan het maken was.

'Ik geloof het wel.'

Ze wierp een blik op de deur. Hebe zat met Kit in de woonkamer over de heksenpot te praten. Ze haalde diep adem. 'Oma, Hebe heeft me in vertrouwen verteld dat ze alzheimer heeft, een vroege vorm.'

Haar grootmoeder bleef even heel stil staan.

'Denk je dat haar moeder hetzelfde had?'

Sarah haalde haar schouders op en draaide zich naar haar toe. 'Ze was jonger dan Hebe, maar misschien… ja.'

'Hoe jong?'

Sarah slikte. 'Ze was vijfendertig.'

'Jezus.'

'Ja.' Ze keek omlaag. 'Ik heb me in die tijd niet netjes gedragen.' Ze stampte de aardappelen met meer kracht dan nodig was.

'Hoe bedoel je?'

'Je grootvader was een erg aantrekkelijke man en heel charismatisch op zijn manier.' Er hing een glimlach rond haar mond.

'Oma?'

'Ik was jong en onbezonnen.'

Lucy had het idee dat dit gesprek geen prettige kant op ging. Ze wist ook niet zeker of ze het wel wilde horen. 'Wat wil je nou zeggen?'

'Ik doorzag de situatie niet goed.' Haar grootmoeder zette de pan met aardappelen weer op het fornuis en voegde boter en melk toe. 'Jij bent niet de enige die een verhouding met een getrouwde man heeft gehad.'

'Oma, had jij een relatie met grootvader toen hij nog met Hebes moeder was getrouwd?'

Ze knikte. 'Ja, en ik werd zwanger van je moeder.'

'O, mijn god.'

'Erg, hè?'

Lucy wist niet wat ze moest zeggen.

'Weet je, ik hield me voor dat zij niet goed voor hem was. Ze was wispelturig, volkomen onvoorspelbaar.' Sarah schudde haar hoofd. 'Ik wist dat ze ziek was, maar in die tijd was ik naïef en vervuld van mijn eigen seksualiteit.' Ze duwde een lok haar achter haar oor en keek naar Lucy. 'Frances was nooit het rustige type geweest, altijd een wilde.'

Lucy sperde haar ogen open. 'Hoe goed kende je haar?'

'Heel goed.' Ze liet haar schouders zakken. 'Mijn familie kende de Courtenays. Ik was al jaren verliefd op je grootvader.' Ze deed de aardappelpuree in een ovenvaste schaal en liet zich op een stoel zakken. 'Ik ben niet trots op wat ik heb gedaan, maar ik heb wel geprobeerd de best mogelijke moeder voor Hebe te zijn.'

Lucy knikte. Hebe hield van Sarah. 'Weet Hebe dit?'

'Nee, ik denk het niet. Frances kreeg een... afschuwelijk ongeluk.' Ze zuchtte. 'Ze stierf vlak voordat je moeder werd geboren.'

'Hoe?'

'Aan een gebroken hart, als ik heel eerlijk ben, maar ik denk dat haar geest ook al gebroken was.'

Dat klonk niet erg wetenschappelijk. 'Weet mama het?'

'Nee.' Sarah deed haar bril af en maakte hem schoon. 'Richard wilde het de meisjes niet vertellen. Goed of fout, hij dacht dat ze het niet hoefden te weten.'

Lucy sloot haar ogen en probeerde alles wat haar grootmoeder had verteld tot zich te laten doordringen.

‘Bij de begrafenis – een bescheiden aangelegenheid – zei Frances’ tante iets wat ik nooit ben vergeten.’ Sarah keek haar aan. ‘“Nog een goede vrouw die zo jong overlijdt. Er zit een slecht gen in die familie, een slecht gen.” De moeder van Frances was op haar veertigste op dezelfde manier overleden.’

De telefoon ging.

‘Dag, lieverd. Heb je mijn berichtje gekregen?’

Lucy en haar moeder waren elkaar steeds misgelopen, maar de kern van Kates berichtjes was dat ze hadden besloten om met z’n allen, inclusief Michaels vriendin, naar Hell House te komen om Kerstmis te vieren. Voor Lucy was er echt niets ergers dan tijd doorbrengen met haar vader, uitgerekend hier. Waarom had hij niet het fatsoen om de vakantie met zijn nieuwste maîtresse door te brengen? Maar haar moeder had gezegd dat hij zijn dochter graag wilde zien. Ze zei dat hij wat milder was geworden.

‘Ja. Je wilt Kerstmis hier doorbrengen. Je bent gek.’ Lucy had direct spijt van haar woorden en haar grootmoeder keek haar vernietigend aan. ‘Het huis is amper bewoonbaar.’

‘Michael vertelde dat de eetkamer prachtig is en de salon niet zo beroerd. Trouwens, je vader verlangt naar Cornwall.’

‘Nou, hij mag Cornwall hebben. Misschien kan hij voor mij dan een ticket naar het Caribisch gebied regelen.’

‘Doe niet zo absurd. Geef je grootmoeder even aan de lijn.’

Lucy gaf de hoorn aan haar oma en liep naar de eetkamer, op zoek naar Hebe en Kit. Zou Hebe het aankunnen als de hele familie hier met Kerstmis was? Lucy vroeg zich af of ze het zelf aankon, laat staan haar arme tante.

48

Hebe

15 november 2016

Het eten van gisteravond was worst met aardappelpuree en sperziebonen. Sarah had gekookt. Het is fijn om haar te zien. Altijd lief. Kennelijk heb ik mezelf voor schut gezet. Lucy en de man met de witte tanden vonden me toen ik bij de kreek zat te huilen.
Het ontbijt vanmorgen was roerei met twee geroosterde boterhammen.

Vandaag wordt de badkamer opgeknapt. Lucy is

Hebe legde de pen neer. Wat was Lucy? Hebe zag de glimlach op haar gezicht voor zich, maar het woord dat omschreef hoe ze zich voelde was er niet. Dat kwam later wel. Ze legde haar dagboek weg, stond op en zorgde ervoor dat ze helemaal aangekleed was. Ze werd rood toen ze aan gisteren dacht. Toen Lucy en de man haar hadden teruggebracht naar Helwyn House, had Sarah haar geholpen zich op te frissen, en ze had Hebes gezicht gewassen alsof ze weer een klein kind was. Op rustige toon had ze het nergens in het bijzonder over gehad en had ze dingen gezegd als: slaap is belangrijk.

Hebe deed haar ogen dicht; ze wist niet meer goed wat slapen was. Ze trok de sprei over haar bed recht. Ze vond het fijn om naar bed te gaan, maar ze zeiden steeds dat ze niet in bed bleef liggen.

'Ik weet niet waarom, maar ik weet wel dat ik honger heb.' Ze zei het hardop terwijl ze de kamer uit liep. Op de gang zag ze de bouwvakkers en ze liep langs hen heen naar de salon. Thomas glimlachte naar haar. Haar hart maakte een sprongetje en haar maag begon te knorren. Ze moest op zoek naar meer eten.

Sarah kwam uit haar slaapkamer. 'Wil je me de tuin laten zien, Hebe?' Ze stak haar hand uit. 'Ik ben benieuwd hoe het er hier in de lente uit zou kunnen zien.'

Hebe deed een paar stappen haar kant op, luisterde naar het lawaai van de bouwvakkers. Misschien was het wel goed om even alle herrie achter zich te laten en te genieten van wat de novemberdag te bieden had.

Ze verlieten het huis via de schuur. Hebe kon haar adem zien en ze trok haar vest wat strakker om zich heen. Sarah stak haar arm door de hare. Zo hadden ze heel vaak gelopen.

'Zo, lieverd, ik kan zien dat het niet goed gaat.' Ze trok Hebe wat dichter tegen zich aan. 'Wil je me erover vertellen?'

Hebe kneep haar ogen samen. 'Alles is prima.'

'Ja?'

'Geweldig, maar ik maak me zorgen om Lucy.'

Ze deden het hek naar de formele tuin open, die eens vol had gestaan met rozen en mirte, maar nu meer een weide leek dan iets anders. De scheidingsmuren stonden er nog, maar waren afgebrokkeld. Hebe dacht aan Lucia en Thomas die hier elkaar het hof hadden gemaakt. Ze waren verre familieleden van elkaar en Lucia was voor het eerst in Helwyn House geweest toen ze tien was en Thomas veertien. Volgens hun brieven was het liefde op het eerste gezicht geweest. Toch had het nog enkele jaren geduurd voordat hun families instemden met het huwelijk, inzagen dat het voor beiden voordelig zou zijn.

'Wat is er met Lucy?'

Hebe keek naar Sarah. Ze was haar even vergeten. 'Lucy?'

'Je zei dat je je zorgen om haar maakte.'

'Ze is dom geweest.'

'Dat is een feit.'

'Maar ze is erg goed in...' Ze keek naar de bomen die gesnoeid waren. Ze waren nog steeds hoge en imposante windvangers. Ze bleef staan, luisterde. Ja, ze hoorde dat haar moeder haar riep.

'Lucy is in veel dingen goed. Jammer genoeg ziet ze dat zelf niet.' Sarah veranderde van richting en ze liepen tussen de resten van een gebroken muurtje naar een ander deel.

Hebe zag opeens het plan voor de tuin voor zich. Tussen al haar papieren zat ook een document over de geschiedenis ervan. Het ontwerp was niet uniek. Ze wreef over haar slaap. Het was oud, een overblijfsel van een elizabethaanse tuin. Ze glimlachte.

'Maar Hebe, volgens mij is er iets anders waar je het met me over wilt hebben.' Sarah bukte zich en liet haar hand langs een struik glijden. De geur van rozemarijn dwarrelde door de lucht.

Hebe bleef staan en keek naar haar stiefmoeder.

'Lucy heeft het je verteld.'

'Nee.' Sarah bleef haar aankijken. 'Dat was niet nodig. Ze maakte zich zorgen, daarom ben ik hier, en gisteren zag ik het zelf.'

'O.' Hebe keek omhoog, waar de felblauwe lucht tussen de wolken zichtbaar was.

'Het gaat niet goed met je.'

'Nee.' Ze draaide zich om en keek Sarah aan. Ze kon liegen, maar dat zou het alleen maar moeilijker maken. 'Ik heb alzheimer.'

Sara spreidde haar armen en Hebe liet zich omhelzen. Vroeger hadden Sarahs omhelzingen de pijn kunnen wegnemen, maar dat was niet meer mogelijk.

49

Lucy

20 november 2016

‘Wat moeten we doen, oma?’ Lucy ijsbeerde voor de gootsteen heen en weer. Elke dag drongen ze er bij Hebe op aan om hulp te zoeken, maar ze weigerde.

Sarah slaakte een zucht. ‘Ik heb je moeder gisteravond weer gesproken.’

‘En?’

‘Haar advies was om Hebe nog een keer aan te moedigen naar de dokter te gaan. Michael had een heleboel informatie voor haar uitgeprint van dat internetding.’

‘En?’

‘Ze zei dat het geen aangename lectuur was.’

‘Dat had ik je ook kunnen vertellen.’

Sarah glimlachte en keek naar haar handen. ‘Ik voel me zo machteloos.’

‘Anders ik wel.’ Lucy snoof. ‘Het is zo frustrerend. Het ene moment is Hebe Hebe en even later is ze verdwenen.’

Haar grootmoeder knikte. ‘Toen ik haar vandaag sprak, was ze grotendeels de oude Hebe, ze nam me zelfs in vertrouwen, maar…’ Ze zweeg even hoofdschuddend. ‘… het was gek. Ze was erg afstandelijk.’

‘Haar moeder… Kun je je nog herinneren hoe zij was?’

‘Het is heel lang gleden, maar ze was veranderlijk, dat weet ik wel.’

Lucy zuchtte. Eén ding had haar dwarsgezeten sinds haar grootmoeder voor het eerst over Frances was begonnen. ‘Heeft ze zelfmoord gepleegd?’

Sarah haalde haar schouders op. 'Het waren de jaren zestig. Ze hebben het destijds dood door ongeval genoemd. Ze was helemaal zichzelf niet.'

Lucy probeerde deze informatie te verwerken. Na de zelfmoord van zijn vrouw was haar grootvader gewoon verdergegaan met zijn leven met haar grootmoeder. Was er iets wat ze miste?

Sarah, die al net zo rusteloos was als zij, liep de keuken uit. Een koude windvlaag kwam binnen. Onwillig liep Lucy achter haar aan. De mist kleefde tegen de lege kozijnen van de grote hal. Van deze kant werd de muur geschraagd door steunberen, maar vanaf de andere kant leek het alsof alleen slingerende takken hem overeind hielden.

'Hebe ging altijd al veel in haar eigen gedachten op.' Sarah zuchtte.

'Ze kan niet zonder lijstjes, en alles, werkelijk alles moet op een bepaalde plek staan. Heb je de koelkast gezien? Ik durf bijna niets te gebruiken zonder eerst een plattegrond te maken, want ze gaat door het lint als de melk niet op de plek staat waar hij hoort.'

'Zo triest.' Haar grootmoeder zweeg even en duwde haar haar uit haar gezicht. 'Ik zou willen dat we eerder iets hadden gemerkt. Ik ben zo bang…'

'Wat? Waar ben je bang voor?'

'Dat Hebe de symptomen zo goed heeft weten te verbergen dat we ze niet hebben gezien en dat het veel slechter met haar gaat dan we denken.'

'Nee.' Maar Lucy wist dat ze gelijk had. Hebes neiging om alles te ordenen was een slimme overlevingsstrategie.

Haar grootmoeder wees naar de grote stenen op de grond. Kit had haar verteld waar die voor waren. Ze wilde het net uitleggen toen Sarah haar hoofd schuin hield.

'Lieverd, hoor ik nou een geit?'

'Ja.' Lucy luisterde ingespannen en probeerde te horen waar het snertbeest was. Daarstraks had ze haar in de ommuurde tuin gezet om aan het onkruid te beginnen. Ze wist zeker dat ze het hek dicht had gedaan. Ze hoorde het geluid opnieuw en keek op. Henrietta was op de muur van de grote zaal geklommen.

Haar grootmoeder volgde haar blik. 'O, jee.'

De geit keek op hen neer en Lucy zou zweren dat ze hen uitlachte.

'Hoe uitten Hebes moeders problemen zich?'

'Daar heb ik vannacht aan liggen denken. Ik probeerde me te herinneren hoe Frances was toen Richard met haar trouwde.' Sarah zweeg even. 'Ze was vol levenslust. Niemand kon zijn ogen van haar afhouden. Maar aan het eind zag ze er afgetobd uit.' Ze trok aan wat onkruid. 'Richard was niet de makkelijkste man om mee samen te leven. Maar misschien was dat alleen met mij.'

Lucy wierp een blik op haar.

'Ik denk niet dat ik echt van hem hield.'

'Wat?' Lucy bleef staan.

'Ik was verliefd op zijn sexappeal. Ik was jong.' Sarah zuchtte.

Lucy keek haar door samengeknepen ogen aan. 'Wat wil je me nou zeggen?'

'Dat Richard veel te bieden had, maar dat hij een moeilijke man was.'

'Mishandelde hij je?'

'Niet lichamelijk.' Ze perste haar lippen even op elkaar. 'Ik geloof niet dat hij echt in me geïnteresseerd was, behalve in het lichamelijke aspect.'

'Oma, wat erg.'

Ze snoof een beetje. 'Ik had mijn keus gemaakt en moest voor Hebe en je moeder zorgen. Ik hield van hen beiden met een hevigheid die zelfs mij verraste.' Ze glimlachte. 'Weet je, ik had nooit gedacht dat ik het moederlijke type was.'

Toen ze naar de chique vrouw voor zich keek, kon Lucy zich dat voorstellen.

'Ik heb van veel dingen spijt. Maar dit is niet het moment om daarover te praten. Onze aandacht moet uitgaan naar Hebe, we moeten haar naar een dokter zien te krijgen. Dat is cruciaal.' Ze pakte Lucy's hand vast. 'Frances is van een klif af gelopen.'

'Lieve god, nee. Toch niet Dennis Head?'

'Nee, ergens aan de noordkust.' Ze keek in de verte, waar kauwtjes door de roze lucht cirkelden, zo ver weg dat ze hun gekrijs niet konden horen.

'Ben je er zeker van dat Hebe dat niet weet?'

'Heel zeker. Richard heeft haar verteld dat haar moeder aan een longontsteking is overleden.'

'Wat?'

'Ik was het er niet mee eens, maar hij vond dat het me niets aanging.'

'Maar je was haar stiefmoeder.'

Sarah knikte. 'Ik zei al dat hij geen aardige man was.'

'Nee.' Lucy rilde bij de gedachte dat ze zijn genen in zich had.

Kit zette Sarahs tas in de auto. Hij had aangeboden om in Hell House te blijven terwijl Lucy haar grootmoeder naar het station reed. Dan kon hij zijn zoektocht naar bewijs in het huis voortzetten en ondertussen Hebe in de gaten houden. Voor zover Lucy wist, had hij tot nu toe alleen weten te bevestigen dat het personeel van Helwyn doodsbang en bijgelovig was geweest. Maar nu ze hier zelf woonde, begon ze ook zo te worden.

Hebe omhelsde haar stiefmoeder, en met tranen in haar ogen stapte Sarah bij Lucy in de auto.

'Gaat het?'

Sarah lachte spottend. 'Nee.' Ze keek over haar schouder naar het huis. In de achteruitkijkspiegel zag Lucy dat Hebe breed lachend stond te zwaaien. Sarah droogde haar tranen. 'Laten we het over iets leukers hebben.'

Lucy wierp een blik haar kant op toen ze aan het einde van de oprijlaan kwamen en de weg op reden. 'En wat is dat? Dat ik al weken niet in de krant sta?'

'Dat is inderdaad goed nieuws, maar eigenlijk zat ik te denken aan die nogal verrukkelijke Kit Williams.'

Lucy barstte in lachen uit. Haar grootmoeder had de afgelopen dagen goedmoedig met hem geflirt en elke avond had ze wel een manier verzonnen om ervoor te zorgen dat hij bleef eten.

'Hij heeft een oogje op je.'

Ze rolde met haar ogen. 'Oma.'

'Hij is beschikbaar.'

'Oma!'

'Lieverd, je wordt er niet jonger op.' Sarah legde haar hand op die van Lucy.

'Ik ben pas achtentwintig.'

'Dat weet ik, en wat heeft het je opgeleverd?'

'Goed punt.' Ze had niets, alleen een vastgelopen carrière. 'Ik wil geen kinderen en ik wil niet trouwen.' Ze voelde de strakke blik van haar grootmoeder. 'En zelfs als ik dat eerste zou willen, dan weet je dat dat er niet in zit.'

'Ook goed. Wat wil je wél?'

Lucy beet op haar lip. 'Het zou gemakkelijker zijn om te zeggen wat ik niet wil.'

'Dat is ook een manier om je zoekgebied te verkleinen.' Sarah schraapte haar keel. 'Ik heb maar één advies voor je. Het leven is kort, en zonder liefde is het het niet waard.'

'Nou, bedankt.' Lucy zette haar richtingaanwijzer aan. 'Dus jij vindt dat ik maar eens zou moeten beginnen door het ervan te nemen met Kit?'

'Het kan erger.'

'Dat kan ik niet met je oneens zijn. Hij is een prachtexemplaar.'

Haar grootmoeder legde een hand op haar arm. 'Ben je met hem naar bed geweest?'

Lucy lachte. 'Nee.'

'Ik hoop dat je het op z'n minst hebt overwogen.'

Ze snoof. Een zeer onaantrekkelijk geluid.

'Hoe ga je je liefdesleven dan aanpakken? Tinder?'

'Oma… wat weet jij van dat soort dingen?'

'Ik heb overwogen een programmeur te raadplegen om iets op te zetten voor de oudere generatie. Toen besefte ik dat een vluggertje zo nu en dan wel leuk is, maar dat de meesten van ons toch meer willen dan seks.' Ze zuchtte. 'Als ik alleen seksueel genot wil, kan ik dat heel goed zelf regelen en over het algemeen veel beter dan iemand die me niet kent en niet weet wat ik lekker vind.'

Lucy was sprakeloos. Hier kon ze niets op zeggen. Haar grootmoeder keek haar aan en begon te lachen. Waarschijnlijk sprak haar gezicht boekdelen.

'Wees niet bang voor liefde, Lucy.'

Ze huiverde. 'Ik wil geen liefde.'

'Waarom niet, in vredesnaam?'

'Die pakt je alles af.'

Haar grootmoeder schudde het hoofd. 'Nee, die geeft.'

'Schei uit, kijk maar naar je dochter.' Lucy vond dat ze daar een punt had.

'Niet alles is zoals het lijkt. Dat is één ding dat het leven me heeft geleerd.'

Lucy keek haar aan. Sarah bleef uit het raam staren.

'Ik meld me weer zodra ik mijn vriend Hugh heb gesproken. Hij is arts.'

'Dank je.'

'Dat is niet nodig. Ik hou van Hebe en maak me net zo veel zorgen als jij.' Sarah legde haar hand weer op die van Lucy en ze voelde zich vanbinnen iets rustiger worden.

50

Lucy

30 november 2016

Haar grootmoeder was nu tien dagen weg en eindelijk begon er iets op te schieten. Lucy liep door de gang en deed een dansje. Sinds ze hier waren, had ze naar een bad verlangd, een heerlijk lang bad, maar ze had het moeten doen met een straaltje lauwwarm water. De oude boiler had niet veel voorgesteld, maar vandaag werd er een nieuwe combinatieboiler geïnstalleerd. Wat betreft de verwarming van het huis was nog niets besloten. Veel laagjes was nog altijd een essentiële overlevingstechniek. Mark en Lucy waren het met elkaar eens, maar Hebe wilde niets veranderen. En dus probeerde Lucy het in kleine stapjes aan te pakken, zelfs de bouwvergunningen. Pas als ze blij was met het hele plan, zou ze de aanvraag indienen.

Op de trap naar beneden kwam ze Fred tegen. 'De loodgieter is in de keuken met Mark. Ik hoop dat je het niet erg vindt, maar Peta is er ook.'

'Natuurlijk vind ik dat niet erg.'

'Ik kreeg de bus vanmorgen niet aan de praat, dus heeft ze me een lift gegeven.'

'Gezellig. Ik hoop dat ze tijd heeft voor een kop koffie.'

Hij knikte en ging naar boven. In plaats van door te steken via de eetkamer liep Lucy door de gang die vroeger de ijsruimte was. Hier zou alles zeker koel zijn gebleven. De muren waren van dik graniet, met bladderend pleisterwerk en een laag plafond. Vochtig, met andere woorden.

Henrietta stond buiten aan een rozenstruik te eten. Ze was weer eens ontsnapt. Lucy ving haar en bracht haar naar de restanten van wat waarschijnlijk eens een vijver was geweest. Op een sombere dag als vandaag kon ze zich deze plek nauwelijks in zijn glorietijd voorstellen. Ze zette de geit midden in de lege vijver vast en liep verkleumd terug naar het huis.

De keukendeur stond open. Er had zich een groepje rond de keukentafel gevormd en iedereen keek naar Kit, die iets in zijn hand had. Wat was het nu weer, de botten van zijn voorouders? Ze hapte naar adem toen ze zag dat het echt een bot was. 'Wat is dat in godsnaam?'

Iedereen keek haar aan.

'Zo te zien een dijbeen. Van een mens.' De loodgieter deed een stap naar achteren.

'Het is oud,' zei Mark, 'maar we moeten toch de politie bellen.'

Lucy schrok. 'Betekent dat dat alles stil komt te liggen?'

Mark lachte. 'De noordelijke slaapkamer zal wel even verboden terrein zijn.'

'Dat vind ik prima.' Ze had kippenvel.

'Ik dacht wel dat je dat zou zeggen.' Kit pakte een schone theedoek en wikkelde het bot erin.

'Waar heb je het precies gevonden?'

'In de haard in de noordelijke slaapkamer.' Hij glimlachte. 'Ik hoorde een vreemd geluid en ging kijken.'

Peta kwam een beetje bleekjes de keuken binnen. 'Hij heette Thomas,' zei ze.

Lucy fronste haar wenkbrauwen. 'Hoe weet je dat?'

Mark grinnikte. 'Peta is een beetje bijzonder.'

Ze gaf hem een trap tegen zijn schenen.

'Au.'

'Die had je verdiend.' Ze keek naar Kit en toen naar Lucy. 'Kit, je hebt de ogen van Thomas.'

Lucy perste haar lippen op elkaar. Was dit bot van Thomas Grylls? En nog zorgwekkender: als dat zo was, zou Kit verdwijnen nu hij de theorie van zijn vader had bewezen?

Mark gebaarde naar de telefoon. 'Mag ik?'

'Natuurlijk.' Lucy zette water op. 'Wie wil er koffie?'

'Ik niet.' Peta glimlachte en legde haar hand op haar buik. Lucy trok een wenkbrauw op. Ze knikte.

'Ik laat Peta even zien waar je het bot hebt gevonden. Maakt iemand anders de koffie af?' vroeg Lucy.

'Natuurlijk.' Kit stond op en pakte de bekers.

Lucy nam Peta bij de arm. 'Ben je zwanger?' vroeg ze, toen ze buiten gehoorsafstand waren.

Peta knikte.

'Hoelang al?'

'Ik ben in maart uitgerekend.' Ze grijnsde.

'Is het nog geheim?'

'Ik heb een paar keer een miskraam gehad, dus we hangen het nog niet aan de grote klok.'

'Ik zeg niets.'

'Dat weet ik, en ik weet ook dat je helemaal niet wilt zien waar dat bot is gevonden, maar ik wel.'

'Oké.' Lucy deed een stap naar achteren.

'Jij ziet hier alleen problemen.'

Lucy fronste.

'Daar hoef je niet helderziend voor te zijn. Het staat op je gezicht geschreven en is te merken aan de manier waarop je door het huis loopt. Als Hebe er niet was, zou je direct vertrekken.'

'Dat is waar.'

Ze liepen in stilte verder. Nu Lucy helemaal uit het nieuws was verdwenen, had ze het gevoel dat ze Londen kon horen roepen, evenals een aantal andere nog aantrekkelijkere locaties.

'Je bent erg dapper,' zei Peta.

Lucy bleef midden in de salon staan. 'Ik ben voor heel wat uitgemaakt in mijn leven, maar voor dapper nog nooit.'

'Ah, maar je bent het wel.' Peta liep met grote stappen verder tot ze bij de noordelijke slaapkamer kwam. 'Dit is waarom je zo dapper bent.'

Lucy deed een stap naar achteren. 'Ik...'

'Je hoeft niets te zeggen. Het is al goed… nou ja, niet dus. Het was allebei niet goed. Maar het feit dat je hier bent om je tante te helpen, die jou heel hard nodig heeft, is prachtig.' Ze slaakte een zucht. 'Ik ga naar binnen, maar als je niet mee wilt, moet je het niet doen.'

Was dat een uitdaging? Lucy bleef in de gang staan luisteren naar Peta's voetstappen op de brede vloerdelen. Ze kende ze zo goed. Ze wreef over haar billen, dacht aan al die uren dat ze er had gezeten. Niemand had haar horen roepen, alleen de spinnen en andere griezelige beestjes. En natuurlijk het spook dat haar naam had geroepen.

'O.' Peta's stem klonk gedempt.

'Gaat het goed?'

'Ja,' riep Peta terug. 'Maar ik geloof dat Thomas het tijd vindt om zich te laten zien. Ik liep naar de haard en toen viel er een schedel omlaag.'

Lucy rende de kamer in. Ze kreeg het ijskoud, maar duwde haar stomme angst opzij. Spoken bestonden niet. In de haard lag een schedel die aan één kant leek te zijn ingeslagen. Na alle misdaadseries die ze op tv had gezien, zou ze zeggen dat hij met een stomp voorwerp was vermoord.

'Ja, klopt.' Peta keek door samengeknepen ogen naar de schedel. 'Maar hij was niet direct dood.' Ze ging op haar hurken zitten en onderzocht de schedel wat beter.

Ondanks haar angst nam Lucy een paar foto's met haar telefoon, nadat Peta een stap opzij had gedaan.

'Hij deed het omdat hij je wilde straffen.'

Lucy schudde haar hoofd. 'Wat?'

'Niet Thomas, je broertje. Hij had het idee dat je moeder meer van jou hield.' Peta trok een scheve glimlach. 'In zekere zin had hij gelijk. Ze houdt van hem, maar jij bent bijzonder in haar ogen, iets om te koesteren.'

'Welnee, hij is altijd haar oogappel geweest. Als je het mijn ouders vraagt schijnt de zon nog uit zijn reet.'

'Niet alles is zoals we denken.'

Waar had ze dat eerder gehoord?

'Je tante heeft ons nodig in de King's Room!' Peta rende de kamer uit en Lucy sprintte achter haar aan.

Hebe lag bewusteloos op de grond. Deze keer aarzelde Lucy geen moment. Ze liet Peta bij haar tante achter, rende naar beneden en belde een ambulance.

51

Hebe

1 december 2016

Het feest van de heilige Eligius, metaalbewerker

We aten gisteravond roerei op geroosterd brood. Geen wijn.
Lucy is boos op me. Ik wilde niet met de ambulance naar het ziekenhuis. Je gaat naar het ziekenhuis om dood te gaan. Ik ben nog niet zover om dood te gaan.
Ontbijt, yoghurt en een banaan.
Lucy denkt dat ik een tekort heb aan een of ander mineraal en vindt dat ik bananen moet eten. De smaak doet me aan mijn jeugd denken. Bananen waren een verwennerij. Ik kan de smaak nog steeds proeven.
Tandenpoetsen.

Hebe liet haar tong over haar gehemelte glijden en voelde een klef laagje. Een klef laagje in de mond was niet goed. Ze ruimde haar bureau op en legde haar pennen keurig op volgorde van kleur. Toen dat gedaan was, liep ze haar kamer uit, al wist ze niet zeker wat ze ging doen. Ze moest een boek schrijven.

'Goeiemorgen, Hebe,' zei een man met heel witte tanden.

Wie was hij? Ze wist dat ze hem had ontmoet en hij was beslist aantrekkelijk, maar ze kon hem niet plaatsen. Wat deed hij hier? Ze draaide zich om en liep terug naar haar kamer. Wat ze ook van plan was geweest, het was weg.

Ze ging aan haar bureau zitten, haalde de la van het slot en pakte een notitieboek. Ze bladerde erdoorheen, op zoek naar iets, maar ze wist niet meer wat. Haar computer stond op het bureau. Had ze iets geschreven? Terwijl ze over haar slapen wreef en haar best deed haar hersenen in actie te dwingen, hoorde ze voetstappen in de gang. Dat was het. De man. Kit. Zogenaamd een afstammeling van Thomas. Ze geloofde het niet, maar zat er mogelijk toch een kern van waarheid in? Thomas was op de Scilly-eilanden geweest, maar dat betekende niet dat hij het had aangelegd met een lokale vrouw. Hij was Lucia per slot van rekening toegewijd.

Hart van mijn hart, verlangen van mijn lichaam, het is een kwelling om elke dag van jou gescheiden te zijn. Met elke windvlaag probeer ik te doen alsof het jouw vingers zijn die mijn haar optillen en mijn hals strelen. Rillingen gaan over mijn lichaam en het enige waar ik aan kan denken is jou te beminnen.

Hoewel ze de brief al twintig jaar niet had gezien, stond hij haar nog uitermate helder voor de geest, terwijl ze triest genoeg niet meer wist wat ze voor haar ontbijt had gehad.

Waar was het juiste notitieboek? Dit was een volle. Zomer 2015. Ze bladerde erdoorheen. Daar stond niet in wat ze voor haar ontbijt had gehad. Het ging over liefde en seks. Ze had geen seks. Niet nu. Maar Thomas en Lucia waarschijnlijk wel. Hebe had erover geschreven. Vingers die over huid gleden. Ze beefde.

Ze keek uit het raam. Het begon donker te worden. Was het halverwege de ochtend of de middag? De takken waren kaal en ze kon tot in het bos kijken. Kwam het door de storm van gisteravond dat de bladeren waren verdwenen? Ze tuurde in de verte, maar kon het niet bedenken. Ze bladerde door haar notitieboek. Niets klopte. Ze liet haar vinger langs de tekst glijden en probeerde na te denken. De storm was vorige week geweest. Er was een keukenraam gesneuveld en een van de stenen uit het kanteel boven op de oude muur was op de binnenplaats gevallen. Gelukkig was de grond zacht en was het graniet heel gebleven. Ze zuchtte. Er was zo weinig over van het originele huis. De grote hal was niets meer dan een instabiele schaduw van wat het aangezicht van het huis was geweest.

Nu vormde het oude fornuis in de keuken het middelpunt van het huis. Boven haar kon ze de bouwvakkers horen, die bezig waren met de schoorsteen. Straks had ze een haard om haar kamer mee te verwarmen, maar op dit moment deed de oostenwind de ruiten rammelen. De wind bracht verandering met zich mee en zou de hemel leegblazen, maar hij kon de spinnenwebben in haar hoofd niet wegblazen. Alles begon veel sneller uit te vallen dan ze had verwacht. Misschien had ze eerder naar de specialist moeten gaan, hadden ze iets kunnen doen. Maar het had geen zin om het onvermijdelijke te vertragen.

Ze stond op, liep naar het grote raam en keek naar de kale taken die vertekend werden door het mondgeblazen glas. Een luchtbel ontsierde de onderste ruit. Ze legde haar vingers ertegenaan en de kou liep door haar arm regelrecht naar haar hart, waar hij bleef hangen en haar de adem benam.

52

Lucy

1 december 2016

Lucy zette haar auto aan de kant van de weg. Ze wilde met haar moeder praten zonder dat anderen konden meeluisteren. Kit was even langs Hell House gegaan en had geappt dat alles goed was. Hebe was in de salon bezig. Nadat ze had gehoord over de ontdekking van het skelet was het net of ze nieuwe energie had gekregen. Het leek alsof ze er geestelijk meer bij was, en Lucy was bereid het stelselmatig verdwijnen van marshmallows uit de keukenkast te negeren. Ze had vanmorgen nog een paar zakken moeten kopen.

De telefoon klikte en haar moeder kuchte. Het was de tijd van het jaar dat Kate steevast ziek werd. Meestal was dat om medelijden bij Giles op te wekken. Zelf had Lucy het idee dat ze hem daarmee alleen maar wegduwde.

'Alles goed?'

'Prima. Heeft je grootmoeder nog gebeld?'

'Ja.' Lucy perste haar lippen op elkaar en vroeg zich af of er ook maar iets was wat ze konden doen. 'Ze wacht op advies van die vriend van haar die arts is.'

'Dat is mooi.'

'Ja.' Lucy zweeg even. 'Heeft Hebe het ooit over haar moeder gehad?'

'Nee...' Haar moeder loog. Lucy kende die toon. 'Laat het maar aan je grootmoeder over. Die heeft haar vanaf haar vijfde opgevoed. Hoeveel herinner jíj je nog van toen je vijf was?'

Lucy keek naar de lucht die steeds donkerder werd. Ze kon zich geluk herinneren. Picknicks op het strand en omhelzingen van haar moeder, de lach van haar vader en het stomvervelende gedrag van haar broertje, toen al. 'Genoeg. Ik kan me je lach herinneren.'

'Lucy.'

'Ik maak me zorgen om Hebe.'

'Ik ook.' Haar moeder hoestte weer. 'Wat ik erover lees is niet erg hoopgevend. Het is maar goed dat we gauw komen.'

'Mama, dat duurt nog weken.'

'Voor je het weet is het zover.'

'Bedankt.' Ze klonk ondankbaar, maar dacht aan al het werk dat met Kerstmis gepaard ging, naast alles wat ze al op haar bord had. Ze had steun nodig. Niet voor zichzelf, maar voor Hebe. In een parkeerhaven blijven staan hielp ook niets. 'Ik moet ervandoor. Dag.'

'Dag.'

Ze bekeek het bord. Waar wilde ze naartoe? Helford, Manaccan, St. Anthony? Ze was al bijna twee maanden in Cornwall om de traagste restauratie ooit te managen en te proberen voor haar tante te zorgen. Hoe was ze hier terechtgekomen? Ze slikte. Ze was hier terechtgekomen door haar kop in het zand te steken, de rommelige delen van het leven uit de weg te gaan; door nooit te kiezen voor wat ze echt wilde. Het grote probleem was alleen dat ze niet wist wat dat was.

Lucy stond met haar rug naar het fornuis en haar handen op de reling. Het was stervenskoud buiten. Wie zei dat het in Cornwall lekker warm was, was een leugenaar. Haar handen zagen rood van het sjouwen met boodschappentassen. Het was al vroeg donker en ze verafschuwde het. Niemand had ergens het licht aangedaan en ze was over een joekel van een rotsteen gestruikeld op weg naar de keukendeur. Ze was niet blij. Ze blies op haar vingers en vroeg zich af wat ze dan wel was, behalve bevroren. Ze was eerder verdoofd, vanbinnen en vanbuiten. Moe van de slapeloze nachten vol zorgen en van het op afstand houden van het huisspook, of misschien alleen haar eigen spoken. Ze keek door de keuken naar de donkere hoekjes. Deze ruimte had geen spoken, althans niet sinds het fornuis brandde.

Het was 1 december. In Londen zou ze zich nu opmaken voor de beste feesten van het seizoen. In plaats daarvan keek ze door het parochieblaadje naar de rommelmarkten in de buurt. De situatie was onhoudbaar. Ze moest iets doen en niet alleen maar rillend bij het fornuis staan. Eten koken, om te beginnen. Hebe had elke vorm van huishoudelijk werk opgegeven en zelfs het bijhouden van lijstjes deed ze sinds de ontdekking van het skelet niet meer zo veel.

Er werd op de achterdeur geklopt en ze maakte een sprongetje van schrik. Het was maar goed dat de keuken een hoog plafond had. Kit kwam binnen met een boodschappentas in zijn handen.

'Deze stond bij je auto.'

'Shit.' Ze schudde haar hoofd. 'Ik word al net zo vergeetachtig als mijn tante.'

'Waar is ze?'

Ze haalde haar schouders op. Hij zette de tas op tafel. 'Ze stond daarstraks tegen het portret te praten.'

Ze bestudeerde zijn gezicht. 'Dat heb ik haar ook al eens zien doen.'

Hij deed een stap dichterbij. 'Ze droeg een gedicht voor.'

'Donne?'

'Ja.'

'Haar favoriete dichter.' Ze grimaste.

'De jouwe niet.'

Ze draaide zich om. 'Nee, een deel van zijn werk vind ik wel mooi, maar zijn gedichten niet zo.'

Hij trok een wenkbrauw op.

'Ze zijn een beetje voor de hand liggend.'

'Sensueel.' Zijn mondhoek ging omhoog.

'Absoluut, dat snap ik, maar...' Woorden waren ontoereikend.

'Vrij spel aan mijn zwervershanden, naar het wonder... Naar voren, achter, tussen, boven en van onder.'

Ze hield zich aan het aanrecht vast. Misschien had ze Donne niet zo snel moeten verwerpen. Misschien zou ze zijn kracht hebben begrepen als zijn werk haar niet was voorgelezen door een oude heks van een docent Engels. Kit glimlachte en Lucy probeerde stevig op haar benen te blijven staan. Doe normaal, hield ze zich voor. De man was acteur van beroep, natuurlijk kon hij haar het idee geven dat hij de woorden alleen tegen haar fluisterde.

'Als je het zo zegt, zie ik de waarde wel enigszins.'

Hij lachte, wat niets deed voor haar evenwicht. Het leven in Cornwall was duidelijk niet goed voor haar. Ze werd soft, en koud. Het peertje aan het plafond wierp genoeg licht om de rossige gloed van zijn blonde haar te doen oplichten. Blond had ze nooit echt aantrekkelijk gevonden. Ze hield van donkere mannen, verknipte, getrouwde mannen, maar – en het was een grote maar – Kit had iets. En ze was niet de eerste die dat had ontdekt, gezien de vele fansites die ze was tegengekomen toen ze zich verveelde en wat meer te weten wilde komen over haar nieuwe beste vriend.

Opnieuw werd er op de deur geklopt en haar hart ging tekeer. Ze begon erg schichtig te worden. Kit deed open en daar stond Tristan Trevillion, haar achterachterneef, of iets dergelijks.

'Hoi, Lucy.' Tristan glimlachte. 'Sorry dat ik niet eerder langs ben gekomen, maar Jude en ik zijn een tijd in de Verenigde Staten geweest. Haar vader heeft een hartaanval gehad.'

'Ik hoop dat alles goed met hem is.' Ze zette water op.

'Nu wel weer.'

'Fijn om te horen. Thee?' vroeg ze.

'Ja, graag.' Tristan bekeek de keuken. Zijn gezicht liet niet veel los. 'Hoe is het met Hebe?' De toon in zijn stem zei haar dat de tamtam aan het werk was geweest.

'Geen nachtelijke uitjes de laatste tijd.' Ze zag dat de twee mannen elkaar bekeken en kon zich wel voor haar hoofd slaan. Waar waren haar manieren gebleven? Verloren gegaan toen ze de Tamar was overgestoken. 'Tristan, dit is Kit Williams.'

'De acteur?'

'Ik vrees het wel.' Kit glimlachte.

'Ben je hier aan het filmen?'

Kit schudde zijn hoofd. 'Een broodnodige loopbaanonderbreking.'

'Dan zouden de stranden van het Caribisch gebied me toch een stuk rustgevender lijken.'

'Voor het lichaam misschien wel, maar hier vind ik iets wat de ziel voedt.'

Tristan glimlachte. 'Dat is waar. Al zou ik dat een paar jaar geleden niet gezegd hebben.'

Ze gaf beide mannen een beker. In die van Kit zat al melk, en ze vond het vreemd dat ze wist hoe hij zijn thee graag dronk, maar geen idee had hoe Tristan zijn thee graag wilde, terwijl ze hem al haar hele leven kende.

'Ik wilde jullie alleen even gedag zeggen, en ik hoorde ook dat de rest van de familie met Kerstmis komt.'

'De tamtam?' Ze trok een wenkbrauw op.

'Reken maar. Jude en ik willen jullie uitnodigen voor tweede kerstdag. We houden een open huis, zoals Jude het noemt, een heel ontspannen gebeuren.' Hij wendde zich tot Kit. 'Ben jij er dan nog?'

Kit knikte.

'Kom dan ook. Ergens tussen twaalf en vier.'

'Klinkt leuk.' Lucy glimlachte en dacht aan het enorme huis dat ze met de honden van Tristan jaren geleden onveilig had gemaakt. 'Is er veel veranderd in Pengarrock sinds ik er voor het laatst was?'

Tristan schoot in de lach. 'Ja en nee.'

'De kanonnen zijn er nog, hoop ik.'

'Ja.' Hij nam een slok thee en ze keken allemaal in de richting van de gang toen ze voetstappen hoorden. 'Nog steeds last van spoken nu je hier fulltime woont?'

Lucy wist niet wat erger was: de spoken of het feit dat ze hier fulltime woonde. 'Het is heel stil de laatste tijd.'

Tristan keek om zich heen. 'Ik heb altijd het gevoel gehad dat er iets… vreemds, onaangenaams was met de noordelijke slaapkamer.'

Kit grinnikte. 'Dat zou te maken kunnen hebben met het feit dat daar iemand begraven heeft gelegen die mogelijk zelfs is vermoord.'

'Dat klinkt nog eens interessant.'

'Heeft de tamtam niets gezegd over het skelet in de haard?'

'Ik heb niets gehoord, maar ik ben dan ook nog niet in de pub geweest.' Tristan leunde tegen het fornuis. 'Maar dat verklaart het spook. Enig idee wie het is, hoe oud?'

'Zo oud dat de politie niet geïnteresseerd is, maar de archeoloog van het graafschap wel.'

'Intrigerend.' Hij glimlachte en Lucy herinnerde zich opeens dat ze als kind verliefd op hem was geweest. 'Is Hebe in de buurt?'

'Waarschijnlijk is ze in haar kamer aan het werk.'

'Dan zal ik haar niet storen, maar wil je zeggen dat ik langs ben geweest en dat we haar graag willen zien?'

'Zal ik doen.'

Hij keek haar onderzoekend aan en zij hield haar hoofd even schuin als reactie. De voetstappen in de gang waren gestopt.

53

Hebe

1 december 2016

Hebe bleef in de gang staan luisteren naar de stemmen. Een Grylls en een Trevillion die vriendelijk met elkaar stonden te praten. Hoeveel jaar was daarvoor nodig geweest? Maar goed, de Trevillion wist niet dat de Grylls een Grylls was. Deze man die met hen verbonden was geraakt. Hebe was er nog niet achter wat zijn plan was, maar ze wist dat hij er een had. Toen tikte ze tegen haar voorhoofd, ze wist het weer. Hij was een afstammeling van Thomas. Iets over een brief, en pas nog iets over DNA.

Hij was onnatuurlijk nieuwsgierig naar de donkerste hoekjes van het huis. Elke keer als een bouwvakker een deel van het moderne pleisterwerk had verwijderd of een schoorsteen had opengemaakt, was hij er. Ze hoopte dat hij niet probeerde om te bewijzen dat het monumentenstatus moest krijgen, of dat soort onzin. Ze was niet van plan om het huis te verpesten of de geschiedenis te verwoesten.

De telefoon in haar zak ging. Ze keek op het scherm. Het was haar zus. Wat wilde ze? 'Hallo?'

'Hebe, lieverd, wat fijn om je stem te horen.'

Wat moest ze daar nou op zeggen? 'Dank je.'

'We hebben zo'n zin in Kerstmis met jou.'

Kate zweeg even en Hebe perste haar lippen op elkaar. Had ze hen uitgenodigd? Ze draaide zich om, wilde naar haar kamer om in haar notitieboek te kijken, maar toen ze één stap had gezet, hoorde ze de verbinding kraken. Ze bleef staan.

'Hebe, ben je er nog?'

'Ja.'

'Ik heb Anthony Jenkin net gesproken, hij had een afzegging voor een van de cottages, dus overnachten we daar, zodat we jou niet met z'n allen overvallen in Helwyn.'

'O.'

'Denk je dat je voor ons allemaal kunt koken?'

'Ja.' Hebe hoorde Lucy nog steeds in de keuken praten, maar kon zich niet herinneren wie er bij haar was.

'Mooi. Ik zal Lucy bellen en de details met haar bespreken, maar ik wilde je zeggen dat ik er heel erg naar uitkijk.'

'Ja.' Hebes handen waren koud, maar het was ook ijskoud in de gang, dus dat was niet zo gek. Ze moest terug naar haar kamer om dit allemaal op te schrijven. Kerstmis.

'Fijn. Gaat het echt goed met je?'

Hebe fronste haar wenkbrauwen. 'Ja. Waarom niet? Dag.' Ze klapte de telefoon dicht en liet hem in haar zak glijden. Ooit was ze eraan gewend aantekeningen op haar telefoon bij te houden, maar haar vingers deden net als haar hersenen niet meer wat ze wilde en het was zinloos. Een jaar geleden had ze een simpele, ouderwetse telefoon gekocht. Nu schreef ze op papier.

Ze liep de keuken binnen.

'Daar ben je.' Lucy stond bij de deuropening naar de eetkamer. 'Tristan is er. Hij wilde ons even gedag zeggen.'

Lucy's haar was naar achteren getrokken en ze had alleen wat lippenstift op. Zo'n mooie vrouw. Ze zag er met de dag mooier uit.

Hebe liep de keuken verder binnen. De warmte overviel haar. Ze bewoog haar vingers en bestudeerde beide mannen. Wat was er met hen? '*Ik heb lief g'lijk blond en bruin,*' fluisterde ze, en ze keek van de een naar de ander.

'Wat was dat?' vroeg Lucy.

'John Donne, volgens mij.' De man met het blonde haar sprak. Hij had gelijk. 'Ik kan het me niet helemaal goed meer herinneren, maar...' Hij schraapte zijn keel. '*Ik heb lief g'lijk haar, en haar, en u en u.*' Hij glimlachte. '*Ik heb eenieder lief voorwaar, zolang ze is ontrouw.*'

'Ja. "Allemaal best".' Hebe slikte. '*Voor u die beslist trouw wilt zijn, ik zeg het u gans cru... Dan zijt ge trouw aan diegenen, die ontrouw zijn aan u.*' Ze keek naar de donkere man en daarna naar de blonde. Er lag een glimlach rond de mond van de donkere – Tristan, wist ze weer.

'Poëzie is nooit mijn sterkste kant geweest, Hebe. Het is mij te ongrijpbaar.'

'Hoe dat zo?'

'Ik dacht altijd dat het betekende wat er stond en kreeg steevast te horen dat dat niet zo was.'

'Lariekoek. Poëzie is een kaart van de geest, jóúw geest, niet die van je docent, zelfs niet die van de dichter.'

Hij trok een wenkbrauw op.

'Het is als een schilderij van dichtbij. Het zijn niet meer dan penseelstreken op een canvasdoek of stuk hout, maar als de kijker een stap naar achteren doet, ziet hij iets wat iets met hem vanbinnen doet.' Hebe keek naar haar nichtje. 'Als we ergens naar kijken, dan is het wat we denken, of het is wat iemand zegt dat het is, of onze ervaring zegt dat.'

'Dat is wel diepzinnig voor een decemberavond.' Lucy duwde een lok haar uit haar gezicht. Ze vermeed emoties. Daarom hield ze niet van poëzie. Haar hart was rauw van woede geweest. Het was nu heel duidelijk.

Hebe keek naar haar nichtje en probeerde verder te kijken dan de brede streken die haar contouren aangaven. Ze droeg dikke, vrolijk gestreepte sokken. Kennelijk had ze laarzen gedragen. Haar spijkerbroek was vaal en grotendeels bedekt met een trui waar ze wel drie keer in paste. Tristan was aan het woord, maar Hebe kon zich niet concentreren.

'Ik zal jullie niet ophouden, maar ik hoop dat jullie tweede kerstdag naar Pengarrock komen.'

Lucy glimlachte. 'Dat lijkt me geweldig. Ik ben er in geen jaren geweest.' Ze liep naar haar neef die een stap in de richting van de deur had gezet.

‘Leuk je ontmoet te hebben, Kit.’

De blonde man knikte. Hebe vroeg zich af met wie van de twee Lucy naar bed zou willen. De een was natuurlijk een familielid, maar dat had mensen er in het verleden niet van weerhouden. Maar Kit had een mooie stem. Hij kon haar Donne voordragen zoals… zoals wie? Hebe draaide zich snel om en liep de keuken uit, naar haar slaapkamer.

54

Hebe

augustus 2015

Je ligt naast me diep te slapen. Ik staar naar je in het maanlicht. Je bent een wonder. Ik denk aan onze verspilde tijd. Ik had je bij me kunnen hebben, naast me, altijd, maar ik heb het afgehouden, dat doe ik nog steeds. Mijn lichaam is voldaan na ons vrijen. Dat is vanaf het begin goed geweest. Maar mijn beeld van ons is verwrongen geweest.

Ik sta op, wil je niet wakker maken en ik ril. Kippenvel op mijn naakte huid. Het maanlicht verhult mijn leeftijd en ik zie een jongere versie van mezelf. Maar ik ben drieënvijftig en jij bent achtentwintig: ik kan doen alsof, maar meer dan dat zou het niet zijn. Ik hou van jou en jij houdt van mij. Maar als ik je dat zeg, laat je me nooit meer gaan.

Ik pak mijn badjas en loop naar de zitkamer. Ik ben gaan houden van dit toevluchtsoord waar de tijd even niet bestaat. We hebben nog twee weken en dan dient de realiteit zich weer aan. Zal ik dit moment, onze heerlijk zomer, onthouden? Ik trek mijn notitieboek naar me toe, staar uit het raam naar de schaduwen en haal herinneringen op.

Zie, zie, breek af die laatste droeve kus
Hoe die twee zielen zuigt, de bries die beide zuchtte zacht;
Doch geeste, keer die kant op, keer ik deze dus,
En zie hoe z' onze zaligste dag benacht;
We vroegen nimmer zegen voor de min; verschuldigd geen
Zijn we met zo'n goedkope dood te zeggen: Ga heen.

Je lippen lagen op de mijne, maar in gedachten was je ergens anders. Ik ook. We spraken, maar de woorden betekenden iets heel anders, althans, dat dacht ik. Toch kon ik de gedachte om niet door jou aangeraakt te worden niet verdragen, of het nu teder of hartstochtelijk was. Ik was aan je gewend geraakt. Deze relatie zou altijd een vergissing zijn, maar vandaag voelde ik die kloof van liefde. Zou je weggaan als ik je dat vroeg?

Je liet me los en liep naar de badkamer. Je kleren opgevouwen op de stoel. Ik kon me de vorige avond niet herinneren. Maar vanmorgen wist ik dat je weg moest. Niet voor mij, maar voor jou. Die drie grijze haren die ik had gevonden waren weer een teken van de groeiende kloof tussen ons. Geen routine of troost die dat zou kunnen overbruggen. Ga, schreeuwde ik zonder mijn mond open te doen. Je draaide je om en keek me met een stralende glimlach aan. En mijn hart smolt opnieuw.

Ik sla het notitieboek dicht en rek me uit. Ik ben alle gevoel voor tijd kwijt. Een vogel begint zijn aubade. Ik kruip weer naast je in bed en snuif je geur op. Vandaag is niet de dag dat ik je wegduw. Ik ben te moe.

55

Hebe

6 december 2016

Het feest van de heilige Nicolaas, Griekse bisschop, wonderdoener, tegenwoordig Sinterklaas

Gisteravond hadden we garnalen

Hebe fronste haar wenkbrauwen. Garnalen en wat? Het was geen curry, het was... Ze schudde haar hoofd. Misschien kwam het woord straks in haar op.

De wereld is bedekt met kristallen. Hij glinstert ook al is de zon nog niet helemaal op. Ik ben blij vanmorgen. Dat kwam door mijn droom. Maar hij is weg.

Ze leunde achterover in haar stoel en liet haar schouders zakken. Ondanks de schoonheid die ze door het raam zag, voelde ze zich weer leeg. Ze keek over haar schouder. De deur stond op een kier, maar ze rook geen koffie, zoals meestal 's morgens, en het was al half acht. Lag Lucy nog in bed?

Ze ruimde haar spullen op, stopte toen en keek naar de foto die uit het notitieboek stak. Wie stond er naast haar? Ze probeerde de link te leggen, maar er gebeurde niets. Het was een foto van haar en een aantrekkelijke vreemde. Haar adem stokte. Zo mooi. Zo jong. Ze duwde de foto terug tussen de bladzijden en deed de la op slot. Het had nu geen zin om naar het verleden te kijken. Ze lachte kort.

Wat een vreemde gedachte voor een historica.

Ze rook geroosterd brood toen ze door de gang liep. Lucy was dus toch op. Toen ze de keuken binnenliep, zag ze dat haar nichtje boven de gootsteen hing en kokhalsde.

'De garnalen van gisteravond?' Hebe keek om zich heen, maar wist niet goed wat ze zocht. De man met de witte tanden misschien.

Lucy draaide de kraan open en veegde haar mond af met een stuk keukenrol. 'Moet wel. Heb jij nergens last van gehad?'

Hebe schudde haar hoofd. 'Nee, ik heb vannacht vast geslapen en had enorme honger toen ik wakker werd.' Ze zette water op. 'Zal ik koffiezetten?'

'Voor mij niet.' Lucy liet zich in een stoel zakken. 'Zolang die bedorven garnaal mijn lijf niet uit is, moet ik het maar bij water houden.' Ze keek naar het stukje geroosterd brood voor zich. Hebe zag dat er één hapje uit was.

'Vind je het erg om vandaag je eigen ontbijt klaar te maken?'

'Natuurlijk niet.' Hebe vroeg zich af wat ze zou maken. 'Ga jij anders even liggen.'

Lucy knikte en verdween. Hebe keek de keuken rond en trok een paar kastjes open. Ze vond marshmallows, legde ze op een bord en pakte een mes en vork. Verandering van spijs deed eten.

'Heeft het huis geheime gangen?' De man met de witte tanden scheen met een zaklamp in de haard in de noordelijke slaapkamer.

Hebe perste haar lippen op elkaar. 'Tja, het is ooit een klooster geweest, maar de familie Grylls was niet rooms-katholiek, in tegenstelling tot de Arundells van Lanherne, dus ik betwijfel het.' Ergens had ze de familiegeschiedenis van de Grylls, maar deze man toch zeker ook? Was dit een test?

'Maar...' Hij zweeg en deed de zaklamp uit. '... was de vrouw van Thomas' overgrootvader geen Arundell?'

Hebe zuchtte. 'Dat weet ik niet meer.'

'Volgens mij wel.' Hij keek haar aan en ze zag Thomas als man van vijfendertig, fit en sterk. Ging Lucy met hem naar bed?

'Heb jij seks met Lucy?'

Kit liet de zaklamp vallen en raapte hem op. Hebe keek naar de emoties op zijn gezicht. 'Dat is nogal een directe vraag.'

'En een direct antwoord wordt op prijs gesteld.'

Hij hield zijn hoofd schuin. 'Nee.'

'Waarom niet? Je wilt haar.'

'Ik heb je een direct antwoord gegeven, laten we het nu maar weer hebben over het lijk in de haard en waarom het daar was weg gemetseld.'

Hebe knipperde met haar ogen. 'Als het moet.' Ze liep naar hem toe. 'Het zou nuttig zijn als we wisten... wisten...'

Hij keek naar haar en de gedachte vervaagde.

'Als we wisten hoe oud het skelet was?' Hij glimlachte.

'Ja.'

'Die informatie komt binnenkort.'

'Jij denkt dat het Thomas Grylls is.'

Hij knikte.

'Zou kunnen.' Hebe draaide zich om, liep de slaapkamer uit en ging regelrecht naar haar computer. Zolang ze dit idee had, moest ze het opschrijven.

56

Lucy

13 december 2016

De vloer van de King's Room was droog en Fred verzekerde Lucy dat alle door houtworm aangetaste dwarsbalken waren behandeld en waar nodig waren vervangen. Ze keek naar het portret van Thomas Grylls dat ze aan de muur had gehangen nadat ze haar tante er twee dagen daarvoor in trance naar had zien staren. Het was Hebe niet eens opgevallen dat het niet meer in de salon hing.

Thomas' ogen volgden haar toen ze de kamer verder binnenging. Het was niet prettig om bekeken te worden. Was hij het skelet in de haard? Ze hadden gisteren de resultaten van de DNA-test binnengekregen die Kit had geregeld. Het DNA van het skelet kwam overeen met dat van Kit, dus als Kit een Grylls was, dan was deze man dat ook.

Zoals Lucy al vermoedde, was hij met een zwaar voorwerp op zijn hoofd geslagen. Haar moeizaam verkregen misdaadkennis was juist gebleken. Ze lachte. De dagen van eindeloos Netflix kijken waren een vage herinnering, en ze zat nu elke avond met haar neus in een boek, als ze haar ogen kon openhouden. Dat kon ze meestal niet. Ze wist niet of het kwam doordat ze zo veel nachten naar Hebe had liggen luisteren of door die enorme hoeveelheid frisse lucht. Wat het ook was, ze was uitgeput, al was ze alleen maar projectmanager.

'Lucy.' Fred stond in de deuropening. 'De boom die je wilde, is bijna gekapt.'

'Fijn, bedankt voor je hulp.'

'Graag gedaan.' Hij keek naar de lucht die al donker begon te worden. 'Het grootste probleem op dit moment is het gebrek aan licht.'

‘Het is vandaag het feest van de heilige Lucia. De kortste dag van het jaar.’

‘Gefeliciteerd met je naamdag… is vandaag ook je verjaardag?’

Ze knikte. ‘Ja, mijn moeder had geen fantasie en heeft mijn broer en mij naar de heilige van de dag genoemd.’ Niemand had gebeld, zelfs haar moeder niet, en Hebe, die er anders altijd aan dacht, had niets gezegd.

‘Kom naar de pub, dan trakteer ik je op een borrel.’ Fred glimlachte.

‘Dank je, maar ik heb het te druk met alles wat hier moet gebeuren.’

‘Ben je in de rest van het huis al met versieringen bezig?’

‘Nog niet. Als de boom staat en ik weet wat ik daarvoor nodig heb, kan ik aan de rest van het huis denken.’ Ze tuitte haar lippen. Hoewel ze er als kind van had genoten om de kerstversieringen op te hangen, leek het nu allemaal tijdverspilling. Ze waren nou niet bepaald een gelukkige familie, dus waarom zouden ze mooi weer spelen met een boom en alles eromheen? Al snapte ze best dat Hebe graag wilde dat het huis er mooi uitzag.

Helwyn was in een paar maanden tijd enorm opgeknapt, dat moest ze toegeven, en het was echt gemaakt voor kerstversieringen. Ondanks Lucy’s beste pogingen om de uitgaven binnen de perken te houden, stopte Hebe er steeds meer geld in. Lucy kreeg zo langzamerhand het vermoeden dat haar tante een bodemloze put aan fondsen had; een mysterieuze weldoener, misschien, of een gewonnen loterij waar ze hun nooit iets over had verteld. Het geld was zichtbaar in de vloer onder haar voeten. Elk vloerdeel was weggehaald en behandeld en waar nodig vervangen. Nu glommen de eikenhouten planken in het tanende licht.

‘Als we de tafel neerzetten, kun je je versieringen uitzoeken.’ Fred keek naar de opgeklapte schragentafel.

‘Dank je.’ Lucy tilde de ene kant op en Fred de andere. Hij wiebelde toen ze hem tegen de achterwand zetten.

‘De schroeven moeten worden aangedraaid.’ Hij glimlachte. ‘Ik ga even een schroevendraaier pakken, ben zo terug.’ Hij liep langs Kit en een van de bouwvakkers toen zij de boom binnenbrachten.

'Waar wil je hem hebben?' Kit bleef in de deuropening staan.

Lucy stak haar hand op. 'Wacht even.' Ze keek naar de boomstam in de hoop dat het provisorische voetstuk, bestaande uit een oude blikken emmer met stenen, zou voldoen. De kamer was zeker zevenenhalve meter hoog, en dus had ze een boom uitgekozen die voor haar gevoel niet volledig zou verdwijnen.

'Zelfs als hij daarin staat, denk ik dat je hem nog aan de muur moet verankeren.' Kit wierp een blik op de emmer.

Ze knikte. 'Maar het kan een goede manier zijn om van ongewenste familieleden af te komen.'

Hij trok een wenkbrauw op. 'Is het zo erg?'

'Je hebt geen idee.'

Hij wendde zijn blik af.

Ze kon zichzelf wel voor haar hoofd slaan. Hij miste zijn vader natuurlijk. Dan waren feestdagen afschuwelijk. 'Sorry.' Ze legde haar hand op de zijne.

Fred kwam terug en draaide de schroeven in de tafel wat strakker aan.

'Hoe voelt Peta zich?' vroeg Lucy.

'Toevallig dat je dat vraagt. Ze vroeg juist hoe jij je voelde.'

'Ah ja, de bedorven garnaal die maar niet weg wil. Zeg maar dat ik me stukken beter voel, maar dat het rotbeest nog steeds niet helemaal weg is.'

Fred moest lachen. 'Zal ik doen, en met haar gaat het super, dank je.' Hij straalde geluk uit. Die twee waren mogelijk de uitzondering op de regel. Ze waren jong, toegewijd en gelukkig. Geen woorden die ze vaak in dezelfde zin gebruikte.

'Oké, laten we dit monster op z'n plek zetten.' Lucy en Fred zetten de boom in de emmer, waarna Kit en Fred hem overeind hielden en zij de vloer beschermde en hem op de juiste plek probeerde te dirigeren.

'Hij moet nog dertig centimeter van de muur.'

Fred kreunde. 'Zo?'

Ze deed een stap naar achteren. 'Ja, precies goed.'

Beide mannen rechtten hun rug en Fred trok aan een tak. 'Hij staat behoorlijk stevig, maar misschien moet je hem toch nog aan de muur verankeren.'

Kit lachte en keek naar Lucy. 'Zei ik je toch?'

'Oké, genoeg jullie twee,' zei Fred met een glimlach. 'Ik ga de ladder pakken, zodat jullie hem kunnen optuigen, en ik kijk meteen of ik wat touw of ijzerdraad heb.'

Lucy koos een kerstplaylist op haar telefoon die ze vorig jaar had gedownload, en legde hem op tafel. De geur van de boom was bijna genoeg om haar op te vrolijken, ook al leek het alsof iedereen haar verjaardag was vergeten. Ze zou straks wel even de oprijlaan af lopen om te zien of iemand haar had gemaild of geappt. Wie weet.

Kit zong met een liedje mee en zij deed mee met het refrein.

'Ik wist niet dat je kon zingen,' zei ze.

'Koorknaapje.' Hij grinnikte.

'Ja.' Ze was even stil. 'Ik kan me jou wel voorstellen met een plooikraag.'

'Hmm, nooit mijn favoriete onderdeel.'

'Dat geloof ik.' Ze dumpte een boodschappentas op tafel met allemaal dozen witte lichtjes. Ze keek naar de boom en vroeg zich af of het er wel genoeg zouden zijn. De muziek stopte en haar telefoon ging. Ze schrok op. Fred kwam net binnen met de ladder.

'Ah, de nieuwe zendmast doet het. Hallo, wereld.'

Lucy fronste. Ze herkende het nummer niet. 'Hallo?'

'Lucy?'

'Ja.'

'Je spreekt met Hugh Jameson, de… vriend van je grootmoeder.'

Dus dit was de dokter, de recentste 'wandelaar' van haar grootmoeder. 'Dag, Hugh.'

'Je grootmoeder heeft me over je tante verteld, maar ik kan niet oordelen zonder dat ik haar heb gezien of haar medisch dossier heb gelezen.'

'Dat begrijp ik.'

'Je grootmoeder wil je even spreken.'

'Oma?'

‘Dag, lieverd. Ik denk dat Hugh met Kerstmis met ons mee moet komen. Hebe wil niet naar de dokter, dan brengen we de dokter bij haar.’

Lucy lachte kort. ‘Ik hou van je logica, oma, maar dat betekent wel dat hij hier moet logeren.’

‘Ja, natuurlijk, lieverd. We nemen de noordelijke slaapkamer wel. Die vind ik helemaal niet eng. Tot gauw.’

Er werd op de deur geklopt toen Lucy net de laatste hand legde aan de afwas van het avondeten. Kit stond buiten met een fles champagne in zijn hand. ‘Gefeliciteerd met je verjaardag.’

Ze slikte een brok in haar keel weg. ‘Dank je.’ Ze deed een stap opzij om hem binnen te laten en sloeg de theedoek over haar schouder. ‘Wie heeft je dat verteld?’

‘Fred… en je grootmoeder.’

‘Hoe dan?’ Ze hield haar hoofd schuin.

‘Een app.’

‘Heeft ze jouw nummer?’

‘Ja.’ Hij grijnsde.

‘Wat is die oma van mij toch een enorme flirt.’

‘Zo grootmoeder, zo kleindochter.’

‘Schei uit.’ Ze spreidde haar armen en keek naar haar legging met het gat op de knie en de vormeloze kasjmier trui die ze in een liefdadigheidswinkel had gevonden. ‘Ik ben het toppunt van sensuele vrouwelijkheid.’

Hij grinnikte. ‘Je gedijt erg goed op al die frisse lucht.’

Ze smeet de theedoek naar hem toe. ‘Als straf voor die opmerking mag je met me mee naar de King’s Room om de boom op te tuigen terwijl we deze champagne drinken.’

‘Ik hou wel van dat soort straffen.’

‘Ja, vast.’ Ze beende de kamer uit, klopte bij Hebe aan en toen ze geen reactie kreeg, stak ze even haar hoofd om een hoekje.

Hebes nachtlampje brandde en ze zat in haar stoel te slapen met een boek op schoot. Op haar tenen liep Lucy naar binnen en sloeg een deken om haar heen. Haar tante zag er zo kwetsbaar uit terwijl ze sliep. Lucy kreeg opnieuw een brok in haar keel. Ze was emotioneel. Misschien moest ze ongesteld worden, dat gebeurde altijd heel onregelmatig, en haar borsten waren ook gevoelig.

Door de ramen van de salon kon ze over de binnenplaats naar de King's Room kijken waar de lichten in de boom glinsterden. Betoverend. Op het moment dat ze de kamer binnenliep, hoorde ze het bevredigende geluid van de fles die ontkurkt werd. Het begon op Kerstmis te lijken, maar niet zoals ze gewend was. De lichtjes weerspiegelden in de oude ramen, de kamer sprankelde en ze had nog niet eens een glas champagne gehad.

'Gefeliciteerd, Lucy.' Kit gaf haar een glas.

'Dank je.' Haar telefoon piepte. Het was een berichtje van haar moeder die haar feliciteerde en schreef dat ze morgen zou bellen. Haar vader had een auto-ongelukje gehad en lag in het ziekenhuis. Niets ernstigs. Lucy zuchtte. Ze had kunnen weten dat de reden dat haar moeder haar niet kon bellen iets met haar vader te maken had.

Kit keek naar de tafel die vol lag met kerstversieringen en een elegante zilveren ster. 'Begin je met de ster? Of doe je die als laatste?'

Haar mondhoek trilde. 'Mmm, een lastige keus. Wat stel jij voor?'

'Tja, wij hadden altijd engelen.'

'O?'

Hij kwam wat dichterbij. 'Ja, ik heb een zwak voor engelen met goudkleurig haar.'

'Is die obsessie al op jonge leeftijd begonnen?'

'Urenlang staarde ik vanonder de boom naar haar. Ze was altijd zo onbereikbaar.'

Lucy lachte en gaf hem een glimmende rode kerstbal. 'De ster gaat als laatste.'

'Je laat me ervoor werken.'

Ze verslikte zich in haar champagne. 'Inderdaad. Dat is niet meer dan gepast.'

Zijn mondhoeken gingen iets omhoog. 'En jij bent altijd zo gepast.'

Ze bloosde. 'Daar heb je gelijk in, maar mijn leven is drastisch veranderd. En deze boom raakt niet opgetuigd als je niet ophoudt.'

'Ophoudt waarmee?' Hij sperde zijn ogen open, het toonbeeld van onschuld.

Ze gooide engelenhaar zijn kant op en klom met een doos zilveren ballen onder haar arm de trap op. Hij bleef haar versieringen aangeven, terwijl zij van boven naar beneden werkte en hij van beneden naar boven. Toen de laatste versiering hing, vulde hij haar glas bij.

'Wie mag de ster doen?'

'Ik.' Ze probeerde haar gezicht in de plooi te houden toen ze nog een keer de trap op klom en de ster bovenop zette. 'Zit-ie goed?'

'Schitterend.'

Ze lachte toen ze naar beneden kwam. 'Je bent vreselijk.'

'Dat geef ik toe.' Hij nam haar in zijn armen en draaide haar in het rond tot ze niet meer kon nadenken.

'Waar heb je zo leren dansen?' Ze kneep haar ogen samen. 'Je hebt toch niet met *Strictly* meegedaan?'

'Dat zou leuk zijn geweest, maar nee. Ik heb aan het begin van mijn carrière een keer Fred Astaire gespeeld.'

Ze leunde achterover toen ze verder zwierden en probeerde zich hem voor te stellen met een hoge hoed en in een rokkostuum. Ja, dat paste wel. Hij was een ster, maar hij was veel echter geworden dan het tweedimensionale beeld. 'Die heb ik niet gezien.'

'De meeste mensen niet, en dat is maar goed ook. Maar de dansvaardigheden die ik heb opgedaan zijn wel eens goed van pas gekomen bij bruiloften.'

'Je bent vast een hit bij bruiloften.'

'Reken maar, het wordt mijn nieuwe bijbaan.'

'Mis je Hollywood niet?'

'Nee.' Toen het nummer was afgelopen, liet hij haar los en schonk haar glas bij. 'Ik mis sommige vrienden, maar het was nooit echt thuis.' Hij gaf haar haar glas. 'En jij? Londen, de schijnwerpers?'

Ze nam een slok champagne. 'Ik mis centrale verwarming en de kerstverlichting, maar...' Ze zweeg even. '... ik verbaas me over wat ik niet mis.' Terwijl ze naar de versieringen op tafel keek, verwonderde ze zich over haar eigen gedachten. Ze pakte een slinger en hing hem boven de haard.

'Begin je soms aan Helwyn House gehecht te raken?'

Ze lachte. 'Dat is misschien iets te veel gezegd, maar wel aan Cornwall en... sommige inwoners.'

Hij liep naar haar toe met een maretak in zijn hand die hij boven haar hoofd hield. 'Kus?'

Ze ging op haar tenen staan en drukte haar mond tegen de zijne. Vanbinnen hoorde ze iets rinkelen. Misschien was het een alarmbel. Maar ze negeerde hem, terwijl Bing Crosby neuriede, de maretak op tafel viel en Kit haar in zijn armen trok.

'Dit was niet de bedoeling,' fluisterde ze tegen zijn mond.

'Ik weet het. Toch is het gebeurd.' Hij kuste haar opnieuw.

57

Hebe

augustus 2015

Het strand bij Sennen strekt zich onder ons uit en mijn buik zit vol met chocoladetaart. De zon is bijna onder. Ik vecht tegen de tranen. Het eind van de dag heeft me nooit eerder zo geraakt. Je kijkt me onderzoekend aan. Ik ben bang voor wat je kunt zien. Ik steek mijn arm uit en streel je hand. Je vingers vlechten zich door de mijne. We zeggen niets. Je weet dat ik moe ben en vraagt de rekening. Ik pak mijn portemonnee, maar je wuift mijn hand weg. Tja, dat kun jij nu. Het leven is veranderd zonder dat ik het in de gaten heb gehad.

In de schemering verschijnen de sterren. Er valt er een langs de hemel. Je kust me. Ik verlies mijn evenwicht en ik klamp me aan je vast. Je duwt je gezicht in mijn hals en fluistert: 'Ik moet je vaker dronken voeren.' Ik word vrolijk van je lach, kus je opnieuw en vergeet dat het weliswaar donker is, maar dat er nog steeds mensen om ons heen zijn.

Arm in arm lopen we naar de auto. Ik ben blij dat jij rijdt. Uitputting en wijn zijn geen goede combinatie. Ik ga zitten en doe mijn ogen dicht, terwijl het laatste daglicht verdwijnt.

Sterren niet zozeer vergroot door den zon, maar wel ontbloot.
Têre liefdesdaden, bloesems aan den boom,
Botten uit de wortel van den liefdesdroom.

Het was Luciadag en ik dacht aan het weinige licht in de wereld. Ik draaide me naar jou toe. Je zag me niet. Je ging volledig op in het werk dat voor je lag. Ik glimlachte. Je was bezig elementen uit die tekst te halen, je eigen conclusies te trekken en dan zouden we ze testen. Je wilde graag van me leren. Ik weet nog hoe het voelde toen de wereld van het verleden echt voor me werd. Door jou ervaarde ik die opwinding opnieuw. Mijn wereld leefde weer. Wie hield ik voor de gek? Ik leefde weer. Jij was de poëzie die in mijn leven was overleden. Elke dag met jou werd gevuld met prachtige woorden die een geluk in mij creëerden waarvan ik het bestaan niet had vermoed.

Je keek naar me op en een trage glimlach gleed over je gezicht. Mijn redacteur was lyrisch geweest over de nieuwe diepgang in mijn schrijven. Ze had gevraagd of er soms iets was veranderd. Ik zei van niet, maar alles was anders. Je had mijn wereld op z'n kop gezet.

Je stond op en liep naar me toe. Mijn tenen krulden vol verwachting. Vlak voor me bleef je staan, maar je raakte me niet aan. Alles in mij leunde jouw kant op, maar ik hield me in. Wat een kwelling.

'Hallo,' zei je.

'Hoi.'

'Ik heb je daarstraks gemist. Gingen de werkgroepen goed?'

Ik knikte.

'Nog veelbelovende studenten?'

Ik keek in je ogen. Veelbelovend. Dat was je. Vol belofte. 'Nee,' zei ik. 'Ze vereisen allemaal werk.'

'Extra lessen?'

'Nou en of.'

Je pakte mijn hand vast en ging me voor naar de slaapkamer. Thomas Grylls keek op ons neer. Ik was degene die nieuwe dingen leerde... over mezelf en over jou.

58

Lucy

14 december 2016

Lucy deed haar ogen open en glimlachte, terwijl het zonlicht door de ramen stroomde. Ze was negenentwintig en had de mooiste avond van haar leven gehad. Wie wist dat het optuigen van de boom, lachen, zingen en dansen op kerstliedjes zo leuk en zo verdomd romantisch kon zijn? Ze legde haar hand tegen haar mond. Kit kon zoenen en hij kon dansen. Gisteravond was hij geen filmster geweest en zij niet 'de andere vrouw'. Ze waren eenvoudigweg een man en een vrouw geweest. Kit en Lucy. Ze slikte.

Hoe nu verder? Ze rekte zich uit en duwde haar voeten naar de koude hoeken van het eenpersoonsbed. Kit Williams, de man met legioenen aanbiddende fans wereldwijd, was nou niet de ideale man om voor te vallen. Lucy geloofde niet in liefde, maar als dat was wat ze nu voelde, was het misschien niet zo erg. Ze deed haar ogen dicht en probeerde aan alle negatieve dingen over liefde te denken, maar voelde alleen zijn mond op de hare.

Ze zwaaide haar benen uit bed. Dit soort gedachten hielpen niet. Het was maar één avond met een paar zoenen waar de champagne hen toe had verleid. Meer niet. Ze wikkelde het dekbed om zich heen en liep naar het raam. Er lag een laagje rijp op de grond en de lucht begon diepblauw te kleuren. Het beloofde een prachtige dag te worden.

Snel kleedde ze zich aan en liep naar de keuken om daar haar laarzen en oude jas aan te trekken. Goudkleurig ochtendlicht viel op de muur, verwarmde het graniet. Ze griste haar camera mee en rende naar buiten. Haar adem kwam in wolkjes uit haar mond toen ze halverwege de heuvel bleef staan. Helwyn House leek haast niet echt in de gloed van de laagstaande zon. Het zag er niet grijs en somber uit, maar warm.

Door de zoeker werd het huis magisch. Ze liep verder, voelde dat het gebouw aan haar trok en bleef alleen staan toen haar oog op een weerspiegeling in een dun laagje ijs viel. De vormen van de ruiten werden weerspiegeld en vervormd, en zij vervormden op hun buurt de blauwe lucht. Niets was zoals het leek.

'Goeiemorgen.'

Ze schrok en gleed bijna uit.

Kit kwam op haar af gelopen. Hij glimlachte breed. 'Sorry dat ik je liet schrikken.' Hij leunde opzij en gaf haar een zoen. Haar hart dat al tekeerging, begon nog sneller te slaan. 'Zal ik koffiezetten?'

Ze slikte, wilde knikken, maar bedacht zich toen. 'Thee, alsjeblieft.'

'Oké.' Ze keek hem na toen hij naar de keuken liep.

Een wolk trok door de lucht en bedekte de zon. Ze rilde toen de stenen van Hell House hun glans verloren. De zon kwam terug, maar ze voelde haar warmte niet meer toen ze naar binnen liep. Het moment was voorbij.

Eenmaal binnen werd ze overvallen door de geur van koffie. Haar maag protesteerde en ze rende kokhalzend naar het toilet, maar de opluchting kwam niet. Uiteindelijk stopte het en ze leunde achterover op haar knieën. Het enige waar ze aan kon denken was iets wat Fred had gezegd. Peta had gevraagd hoe Lucy zich voelde. De bedorven garnaal was negen dagen geleden en haar maag voelde nog steeds niet goed. Ze legde haar hand tegen haar linkerborst. Hij voelde dik en pijnlijk.

Haar gedachten gingen een kant op die ze niet prettig vond. Ze kon niet zwanger zijn. Dat kon echt niet. Verschillende artsen hadden haar gezegd dat haar kansen om zwanger te worden bijzonder klein waren vanwege haar polycysteus-ovariumsyndroom, bovendien was ze aan de pil.

Langzaam stond ze op en ze keek in de spiegel. De rozige gloed waar iedereen het over had gehad was nergens te bekennen. Ze zag alleen angst en verdriet. Zwanger. Ze kon alleen maar hopen dat ze het mis had.

59

Hebe

14 december 2016

Hebe las wat ze de vorige dag in haar dagboek had geschreven.

Het feest van de heilige Lucia, martelaar en brenger van licht

Ontbijt – pap.
Avondeten – gebraden kip, gekookte aardappelen en iets groens. Lucy had een boom in de King's Room gezet, een groot prikding. De man met Thomas' ogen hielp haar om er lichtjes in te doen. De geur bracht herinneringen boven. Mijn jeugd. Mijn moeder die me vasthield. Haar haar was zo lang en zo donker. Gelukkig. Waarom ging ze weg?

Ze legde haar pen neer en droogde haar tranen. Het had geen zin om te huilen over iets wat ze zo lang geleden had verloren.

Het licht van haar lamp reflecteerde tegen het oneffen glas van het raam. Haar eigen spiegelbeeld was verbrokkeld. Haar voorhoofd in de ene ruit, haar kin in de andere. Zou ze nooit meer heel worden, heel met haar gedachten?

Ze pakte de brief van de notaris. Alles was geregeld, zodat Lucy de zorg voor haar leven kon overnemen. Het was een opluchting. Ze lachte. Voor Lucy zou het geen opluchting zijn. Misschien had ze haar toestemming moeten vragen, maar daar was nu geen tijd meer voor en er was niemand anders die geschikt was.

Wat zou Lucy boos zijn. Ze wilde geen banden, geen verplichtingen, niets wat haar vasthield. Alleen misschien de man met de witte tanden. Als Lucy dacht dat niemand keek, zag Hebe dat ze hem in alles volgde. Iets in haar gedachten roerde zich. Ze huiverde. Zij had ook eens liefde gekend.

Haar vingers raakten de toetsen niet zoals ze wilde en dus pakte ze pen en papier.

> *Er stond geen maan aan de hemel, maar toch wist Thomas precies waar hij was. Hij kon het aan de lucht ruiken. Thuis. Toen hij de bocht in de kreek naderde, viel de wind weg. De boot dreef nog een stukje verder. Hij vroeg zich af of Lucia zijn bericht had ontvangen. Zou ze het aandurven hem te ontmoeten?*

Ze legde haar pen neer. Ze kon het helemaal voor zich zien, maar de woorden op het papier pasten niet bij het plaatje in haar hoofd. Ze was op een derde van de roman en de tekst voelde fantasieloos, saai zelfs. Ze had er geen gevoel bij. Ze wilde niet dat het verhaal zo zou eindigen. Ze liet haar hoofd in haar handen zakken. Wat moest ze doen? Geef het op, zei een stem in haar hoofd, en ze wist dat hij gelijk had.

Er werd op de deur geklopt. De afstammeling van Thomas had een beker thee en een bord met drie marshmallows bij zich. 'Ik dacht dat je hier wel zin in had.' Hij stond met rechte rug voor haar en er lag iets in zijn ogen wat ze gisteren niet had gezien. Blijdschap.

Hij zette de beker en het bord op het bureau. Snel klapte Hebe de laptop dicht.

'Dus jij bent H.J. Bowden.' Hij schudde zijn hoofd. 'Ik had het moeten weten.'

Ze haalde diep adem. Wat kon ze doen?

'Ik vind je boeken geweldig. Je hebt de geschiedenis tot leven gebracht, je hebt Thomas Grylls tot leven gebracht. Dank je wel.'

Haar hand trilde toen ze een marshmallow pakte. Nu wist iemand anders dan haar agent, haar redacteur en haar notaris het. Ze glimlachte. Ze hoefde dit niet alleen te dragen.

'Je wilt zeker niet lezen wat ik tot nu toe heb geschreven.' Ze slikte. 'Ik ben bang dat het heel slecht is.'

'Ik weet zeker dat het niet zo is, en ik wil je graag helpen als ik dat kan.'

'Dank je.' Hebe pakte haar beker. Het was fijn dat Thomas haar ging helpen.

Kit schoof de laptop opzij en pakte de gedichtenbundel. 'Wat Donne om de geest te zuiveren?'

'Graag.' Hebe ontspande haar schouders en verschoof op het bed.

'Nog verzoeknummers?'

'"De paradox", alsjeblieft.'

Hij bladerde even voordat hij begon. '*Geen minnaar zegt: ik min, en geen aantoonbaar... Blijkt volmaakt een minnaar... Die denkt dat hij dat wel is, zo hij vindt... Hij denkt dat niemand anders dan hij mint.*'

De deur ging open. Kit stopte en Hebe draaide haar hoofd om. Lucy kwam binnen met een kop thee en koekjes. Er zaten lijntjes op haar voorhoofd en ze zag bleek. Haar prachtige teint van de laatste tijd was weg. Maar gisteren had ze nog fleurig geleken. Dat kon Hebe zich herinneren en haar hart maakte een sprongetje van blijdschap. Lucy was zo'n lieverd.

'Hallo... lig je nog in bed?' Lucy kwam binnen en ging op de rand zitten. 'Hoi Kit, ik had je niet gezien.'

'Hebe vertelde me wat geschiedenis.' Hij sloeg het boek dicht en gaf Hebe een knipoog. 'Ik zal jullie alleen laten.' Hij glipte de kamer uit.

Hebe fronste haar wenkbrauwen. Lucy's ogen stonden... Het woord was weg. Ze hield iets verborgen. Nee, dat was het niet. Lucy trok met haar vinger een spoor over het patroon van het dekbedovertrek. Het was wit op wit en Hebe kon het niet zien, maar ze wist dat het er was.

Er zat Lucy iets dwars. Hebe hoopte maar dat zij niet de oorzaak was. Dat zou ze niet willen. Had ze een te grote last op haar schouders gelegd? Lucy was zo goed in al die restauratiedingen. De man die het werk deed – Mark, wist ze weer – had dat gezegd. Sterker nog: hij had zich afgevraagd of ze misschien voor hem zou willen komen werken als Helwyn House af was. Zou het ooit af zijn? Stopte het werk aan deze oude huizen ooit?

'Ik hou van je.' Ze streek Lucy's haar naar achteren zoals ze had gedaan toen Lucy nog klein was. 'Als ik een gezin had durven beginnen, had ik een kind willen hebben dat precies zo onstuimig en onafhankelijk was als jij, een product van liefde en hartstocht.'

Lucy trok wit weg. Wat had ze gezegd?

'Voel je je wel goed?'

Lucy perste haar lippen op elkaar.

'Probeer de roze marshmallows eens. Daar voel je je beter door.'

Lucy slikte. 'Dat zou ik kunnen proberen.'

'Moet je doen.' Er was nog steeds iets niet goed. 'Wil je me morgen naar Cadgwith brengen?'

Ze knikte.

'Ik denk niet dat het een goed idee is als ik zelf rij.'

Lucy snoof.

'Het spijt me dat dit op jouw schouders terecht is gekomen, Luce.'

Lucy pakte haar hand vast en Hebe zag tranen in haar ogen. Misschien was het te veel, maar wie kon ze anders vragen?

'Hebe, ik hou ook van jou en ik help je graag.'

Hebe glimlachte. 'Fijn.' Ze stond op, moest naar het toilet en keek om zich heen. Niets klopte. 'Lucy, waar is het toilet? Ik moet heel nodig.'

Lucy sprong op, pakte haar bij de hand en leidde haar door de deur naast het bed. Hoe kon ze dat vergeten zijn?

'Ik red me nu wel.'

'Weet je het zeker?'

'Ja.' Hebe deed de deur dicht en leunde er met haar hoofd tegenaan. Dit was erger dan ze zich had voorgesteld. Hoeveel meer zou ze kwijtraken?

60

Lucy

15 december 2016

Lucy trok de deken wat strakker om haar schouders. Ze had een bons gehoord, hard genoeg om haar wakker te maken, al had ze niet echt diep geslapen. Ze had liggen woelen omdat ze haar leven niet onder ogen wilde zien. Niks spoken, nu was ze pas echt bang. Weer hoorde ze een bonk en op de tast zocht ze de voordeursleutel onder haar kussen. Voor zover ze wist had Hebe al een tijdje niet meer 's nachts rondgedwaald, maar ze wilde geen risico nemen. De sleutel lag er nog.

Ze drukte op haar telefoon om te kijken hoe laat het was. Vier uur. Joepie. De maan scheen nog en het koude licht viel op de grond door het raam boven haar. Ze was gespannen. Was Hebe uit bed gevallen? Was er ergens in huis een schoorsteen ingestort? Er zat niets anders op dan te kijken, hoewel door het huis dwalen in het midden van de nacht wel het laatste was waar ze zin in had.

Rillend liet ze de warmte van haar bed achter zich. Buiten was de wereld bedekt met een laagje ijskristallen. De grond glinsterde onder het licht van de met een halo omgeven maan. Ze bleef abrupt staan door de poëzie van haar eigen gedachten. Waarschijnlijk geïnspireerd door Kits voordracht van daarstraks. Hij had een prachtige, rasperige stem en zijn diepe tonen gaven alles meer leven. Bovendien was het supersexy als hij in haar oor fluisterde.

Ze griste de zaklamp van het nachtkastje mee en deed hem aan. De straal liet de lijnen van de vloerdelen oplichten en dat bracht haar tot rust. Ze verafschuwde dit huis en op dit tijdstip nog meer. De kou trok door haar dikke sokken heen. Ze kon haar adem zien. Op een skihelling was dat prima, maar in huis was het geen goed teken.

Ze liep via de achtertrap naar de keuken en zocht nog even wat versterking bij de warmte van het fornuis voordat ze verderging. De deur naar de eetkamer klemde en ze zette haar schouder ertegenaan. Was er iets van de muur gevallen wat er nu voor lag? Met een fikse duw zwaaide hij open, en op het moment dat ze de kamer in liep, dacht ze dat ze iets zag oplichten. Ze bleef staan, zwaaide met haar zaklamp om zich heen, maar zag alleen het maanlicht door de ramen. Griezelig.

Voorzichtig ging ze verder, verliet de eetkamer en liep door de gang, waar ze haar adem inhield omdat het zo koud was. Het was nog maar de derde week van december. Hoe zou de rest van de winter eruitzien in dit krot?

Ze hoorde voetstappen en bleef staan. Hebe was kennelijk aan het ijsberen. Het licht van de maan scheen door het raam op de overloop alsof het daglicht was en wierp een schaduw op de grond in de vorm van de dwarslatten. De deur naar de salon was dicht. Had zij die daarstraks dichtgedaan? Ze dacht het niet. Hij kraakte toen ze er bijna was en zwaaide open toen ze stilstond.

Iets ging langs haar heen en raakte haar nek. Ze slikte een kreet in. Het was allemaal haar verbeelding. Het was de tocht die de deur had opengewaaid. Dat was alles. Ze staarde naar de schaduwen en dwong zichzelf tot rust. Ze kon alleen het gebonk van haar eigen hart horen.

Een paar dagen geleden had ze de scharnieren en het slot van Hebes kamerdeur gesmeerd, zodat ze bij haar binnen kon kijken zonder haar wakker te maken. Dankzij het felle maanlicht kon ze haar zaklamp uitdoen toen ze de kamer binnenging. Ze wist niet wat ze kon verwachten. De gordijnen waren open en de luiken ook. Er was voldoende licht om te zien dat haar tante in bed lag. Haar ademhaling was regelmatig. Ze lag diep te slapen. Lucy's hart sloeg over toen ze dacht aan de voetstappen die ze had gehoord. Was er iemand anders in huis?

Met kleine stapjes, zodat de krakende vloerdelen haar tante niet zouden wakker maken, liep ze naar het raam en wierp een blik naar buiten. Het was zo licht dat het bijna dag leek en de tuinmuren waren zichtbaar. De grond was wit tot aan de bomenrij. Er stonden geen voetstappen in het bevroren gras. Ze wilde niet aan de geluiden denken. Alles was goed, er was niets aan de hand. Een oud wrak als dit kraakte en kreunde, klaagde constant. 's Nachts was het hoorbaarder omdat de wereld dan stil was, bevroren.

Ze deed een stap naar achteren en botste tegen het bureau. Een notitieboek klapte op de grond en er viel iets uit. Lucy keek of Hebe nog sliep en raapte het toen op. In het bovennatuurlijke licht tuurde ze naar de foto die ze had gevonden. Haar hand bleef stil hangen. Het was Hebe met een man – nee, hij was niet meer dan een tiener. Hij leek precies op Thomas Grylls in het portret. Wat bizar. Ze stonden op een landtong, hand in hand. Lucy keek even naar haar tante in bed. Het moest een van haar studenten zijn, maar waarom hield ze zijn hand vast? Ze draaide de foto om, om te zien of de achterkant duidelijkheid kon geven, maar daar stond niets op. Ze duwde hem terug in het notitieboek, hoopte dat het op de goede plek was en sloop de kamer uit.

Er hing een wolk voor de maan en de donkere schaduwen waren nu zachter. Ze had de strakke lijnen prettig gevonden. Nu vervaagden ze in de leistenen vensterbanken. Ze bleef even bij het raam bij de salondeur staan en volgde de schaduwlijnen die het rasterwerk van de ramen op de grond wierpen. De heksensporen vielen op in het maanlicht. Was het tijdens nachten als deze geweest dat de vorige bewoners hun smeekbedes om hulp en bescherming hadden gedaan?

Onder haar had de binnenplaats zijn glans verloren en hij zag eruit als een lege huls. De grote boog van de dubbele deuren die eens de hal hadden beschermd, sprak van weelde, macht en geloof. Vandaag de dag werden die woorden niet meer bij elkaar gevoegd, maar toen de boog was gebouwd, werden ze nooit gescheiden. Wat had Hebe jaren geleden over het verleden gezegd? Het moet worden bezien door de lens van het geloof, zelfs als we zelf niet geloven. Geloof. In een nacht als deze begreep Lucy de aantrekkingskracht.

De wolk trok weg en het heldere maanlicht wierp weer scherp afgetekende schaduwen op de grond. Wie was die jongeman op de foto? De staartklok in de eetkamer sloeg vijf. Hij liep tien minuten voor. Lucy vroeg zich af of het nog zin had om naar bed te gaan. Hebe zou zo wakker worden.

In de keuken ging ze tegen het fornuis aan staan en zag haar handtas op de keukenstoel. Daarin zat een ongeopende zwangerschapstest. Lucy wilde het niet weten. Zwanger. Ze had nooit verwacht kinderen te krijgen. Ze had haar leven daaromheen gebouwd. Een kind paste daar niet bij.

Ze blies op haar vingers, liep naar de koelkast en pakte de melk. Warme chocolademelk zou haar geen antwoorden geven, maar misschien hielp het tegen de misselijkheid. Voedselvergiftiging kon lang aanhouden. Wie probeerde ze nu voor de gek te houden? Ze was zwanger van Eds kind. Ze kon maar één ding doen. Ze moest de zwangerschap beëindigen.

Terwijl de melk aan het opwarmen was, pakte ze de zwangerschapstest en liep naar het toilet. Het had geen zin om zichzelf nog langer te kwellen, ze moest het zeker weten. Pas dan kon ze verder. Terwijl ze op het staafje plaste, bedacht ze dat dit misschien haar enige kans was om een kind te krijgen. Ze wist niet wat ze daarvan vond.

Toen ze de dop erop had gedaan, waste ze haar handen en ging terug naar de warmte van de keuken om de warme chocolademelk te maken. Zo kon ze nog een paar minuten genieten van haar onwetendheid. Haar leven stond op z'n kop. Ze had geen werk. Mogelijk stond ze aan het begin van iets moois met Kit. Wie wist waartoe dat zou leiden, als het al ergens toe zou leiden, maar een kind zou er zeker een einde aan maken.

Ze zette de stoel dichter bij het fornuis en probeerde helder na te denken. Als ze zwanger was, moest ze direct naar een dokter. Het kind moest op 26 september zijn verwekt, dus was ze al bijna drie maanden zwanger. Dat was niet goed. Ze stond op, liep door de keuken en draaide het staafje om.

61

Hebe

17 december 2016

Er werd op de deur geklopt.

'Binnen.' Hebe keek van haar dichtbundel op. Het was het enige waar ze zich op kon concentreren.

'Ik heb iets gevonden.' Hij glimlachte, toonde die tanden, maar ze kon hem zijn ijdelheid vergeven, want hij was zo nuttig geweest. Hij hielp haar met het boek. Zij vertelde hem wat ze wilde en hij schreef het op en las het dan terug. Samen redigeerden ze vervolgens de tekst.

Hij kwam naast het bed staan en grijnsde als een klein kind. 'Ik was weer in de noordelijke slaapkamer aan het zoeken, rond de haard.'

'En?'

'Zoals ik al vermoedde, is er een geheime ruimte.'

Ze haalde diep adem. Ze zou niet aan hem moeten twijfelen. Toch deed ze dat.

'En ik kon er niet in, want er zijn een paar balken losgeraakt die de toegang versperren, maar… ik heb wel iets gevonden.'

Hebe hield haar hoofd schuin. 'Nou?'

Hij had zijn handen achter zijn rug en ze vroeg zich af of hij haar zou vragen om te kiezen. Ze was vroeger dol op dat spelletje.

Hij bracht zijn linkerhand naar voren en opende hem. 'Het licht van mijn zaklamp viel op iets glimmends.'

Hebe hapte naar adem. Het zat onder het vuil, maar het leed geen twijfel. Ze had beschrijvingen gelezen. 'Het Grylls-sieraad.'

Hij knikte.

'Denk je dat Lucia daar ligt?'

'Ze is verdwenen en er is niets bekend over wat er met haar is gebeurd.' Hij keek naar Hebe. 'Ik heb je documenten gelezen.'

'Ja.' Mogelijke scenario's raasden door haar gedachten.

Hij legde het medaillon in haar handen. Ze hief haar blik op naar de zijne. 'Heb je het opengemaakt?'

'Nee. Ik vond dat jij dat moest doen.'

Ze haalde diep adem. Zou de miniatuur de tijd hebben doorstaan? Er was maar één manier om erachter te komen. Met trillende handen maakte ze het open. Ze hapte naar adem. Het medaillon viel uit haar hand op het bed.

Hij fronste zijn wenkbrauwen en pakte het.

Hebe bestudeerde zijn gezicht toen hij erin keek. Het waren twee portretjes. Zou hij zien wat zij zag?

'Opmerkelijk.'

Hebe knikte en vergeleek hem met de miniatuur. Op de haarkleur na, zou hij de man in het schilderijtje kunnen zijn. Thomas was zesentwintig toen het was geschilderd. De man voor haar was ouder, maar had geen oorlog meegemaakt.

'Dus Lucy is familie van Lucia?'

'Ja. Lucia's moeder was een Courtenay, net als Lucy.'

'Ik wist niet dat jullie zo verbonden waren met Lucia.'

'Het was een van de eerste dingen die mijn interesse wekte.' Hebe keek naar de miniaturen. Thomas en Lucia waren toch al die tijd samen geweest.

'Lucy lijkt dus op de Courtenays en niet op de Trevillions.'

Hebe perste haar lippen op elkaar. Ze zou niets zeggen. 'Ja.'

'Ervan uitgaande dat we Lucia's stoffelijk overschot in de geheime ruimte vinden...' Hij zweeg even. '... lijkt het erop dat hun moordenaar wilde dat ze dicht bij elkaar waren, maar tegelijkertijd onbereikbaar voor elkaar.' Hij ijsbeerde door de kamer. 'Die persoon moet Thomas wel gehaat hebben.'

'Ja.' Hebe keek naar de miniaturen. 'Haar echtgenoot, waarschijnlijk.'

'Ja.'

'Zullen we het zo opschrijven?' vroeg ze.

'Wat vind jij?' Hij ging op het voeteneinde zitten.

'Hij was een klootzak, dus laten we een echte schurk van hem maken.'

Hij lachte. 'Zoals u wenst.'

'Donne, graag.'

'Natuurlijk.' Hij pakte de dichtbundel en ging naast haar zitten. Ze deed haar ogen dicht en liet de woorden over zich heen komen.

62

Lucy

21 december 2016

Er stonden vier berichten van haar moeder op het antwoordapparaat. In eentje vroeg ze wat ze mee kon nemen voor Kerstmis, de andere gingen allemaal over die man, Rory Crown. Hij had zo vaak gebeld dat haar moeder er genoeg van kreeg.

Lucy pakte de telefoon, toetste het nummer in en hing weer op. Als ze de vaste lijn gebruikte, had deze Rory hun nummer en kon hij zien dat ze in Cornwall zaten. Stel dat hij een of andere gek was? Dan kon hij nog zo beleefd zijn (aldus haar moeder), maar daar had Lucy geen zin in.

Hebe bleef de laatste paar dagen steeds meer in bed. Zelfs de opwinding van de geheime ruimte in de noordelijke slaapkamer en een tweede skelet hadden haar niet kunnen opvrolijken. Dat klonk naar, maar voor zowel Hebe als Kit was dit een opwindende vondst. Aan de botten te zien zouden ze van een vrouw kunnen zijn. Ze moesten nu afwachten.

Het was alsof Hebe het afgelopen week had opgegeven. Steeds meer dingen begonnen Lucy duidelijk te worden. De volmacht, bijvoorbeeld. Het notariskantoor was gedurende de kerstperiode gesloten, en omdat Lucy's vragen niet dringend waren, zouden ze moeten wachten tot het nieuwe jaar. Ze kon alleen hopen dat Hebe alles goed had geregeld.

Ze liep via de keukendeur naar buiten door de ijskoude mist en bedacht hoe snel haar wereld was gekrompen. De afgelopen drie maanden was ze alleen een paar keer naar Truro gereden; ze was het graafschap niet uit geweest. Ze keek om zich heen, zwaaide naar een van de bouwvakkers en liep door de wei naar de weg. Ja, de nieuwe zendmast stond, maar de verbinding was van korte duur geweest. Ze hadden hem alleen getest. Ergens in januari zou hij geactiveerd worden. In sommige opzichten was ze het fijn gaan vinden om afgesloten te zijn, maar dat zou ze niet hardop zeggen. Hell House kreeg ook een internetaansluiting, maar dat moest ze eerst nog zien gebeuren.

Leunend tegen een boom belde ze Rory Crown. Wie was hij en wat wilde hij van haar tante?

'Hallo?'

Ze bespeurde een spoortje Schots in zijn stem. 'Hoi. Is Rory Crown aanwezig?'

'Daar spreek je mee.'

'Ik begrijp dat je op zoek bent naar Hebe Courtenay.'

'Ja.' De ergernis was luid en duidelijk.

'Ik ben haar nichtje.'

'Lucy?'

Ze ging rechtop staan. Hoe wist hij dat? Maar goed, het was geen geheim. 'Ja.'

'Ik heb je moeder gesproken.'

'Dat weet ik.' Op de achtergrond kon ze een hoop lawaai horen.

'Ik heb haar behoorlijk lastiggevallen.' Hij zweeg even. 'Hoor eens, ik... ik ken Hebe nu tien jaar en ze is ineens verdwenen.'

'Nee, hoor. Alles is goed met haar en ze zegt dat ze jou niet kent.'

Hij zuchtte. 'Ik had al zo'n gevoel dat dat het probleem was.'

Via een speaker werd een vlucht aangekondigd. Hij stond op een vliegveld. Lucy fronste. 'Waarom had je dat gevoel?'

'Omdat Hebe al jaren tegen haar dementie vecht en probeert het te verbergen.'

'Jaren?' Ze duwde haar teen in de bijna bevroren modder.

'Ja, jaren.'

'Wie ben jij?'

Hij zuchtte. 'Ik ben haar minnaar.'

Ze moest lachen. 'Hebben we het over dezelfde Hebe?'

'Ja, ze was docent geschiedenis, ze is vijfenvijftig jaar. Ze is gek op pasta en ze is erg gesloten.'

'Niet echt privé-informatie.'

'Dat is zo. Ben jij haar beschermer geworden? Is er iets met haar?'

'Alles is goed.'

'Ik wil haar graag zien.'

'Hoe weet ik dat je niet een of andere griezel bent?'

'Niet dat het bewijs van goed gedrag is, maar als je op de website van UCL kijkt, kun je zien dat ik hoofddocent literatuur ben.'

'O.'

'Luister, ik ben op weg naar het Caribisch gebied voor de bruiloft van mijn zus, maar ik ben tweede kerstdag weer terug. Je hebt mijn nummer. Bel me alsjeblieft.' Hij slaakte nog een zucht. 'Ik ben geen stalker. Ik hou van Hebe.'

'Waarom heb ik nog nooit van je gehoord?'

Hij lachte. 'Zoals ik al zei, is je tante erg gesloten. Ze heeft me zó geheim gehouden dat ze me zelfs is vergeten.'

Hebe was altijd open en eerlijk geweest tegen Lucy. Dit paste niet bij haar.

'Mijn vlucht wordt omgeroepen. Zoek me op en bel me na Kerstmis. Ik wil haar zien. Fijne kerst, Lucy.'

Ze staarde naar haar telefoon en dacht na over het bizarre gesprek dat ze net had gehad. Ze typte *Rory Crown* UCL in haar browser in en ja hoor, daar was hij, hoofddocent literatuur. Er stond een link bij van een aankomende televisieserie over de grote literaire werken. Dat las ze straks wel, want het was verdomd koud in de noordenwind die regen tegen haar zwiepte. Ze had behoefte aan warmte en tijd om na te denken over wat ze net had gehoord. Hebe had een geheime minnaar. Was had ze hun nog meer niet verteld?

63

Hebe

augustus 2015

We zijn aan het inpakken. De zomer is te snel voorbijgegaan. Ik wil de tijd stilzetten, maar hij luistert niet naar me. Ik gooi mijn badjas in mijn koffer, loop met grote stappen de voordeur uit en haal een paar keer diep adem om de tranen tegen te houden. Je slaat je armen om me heen terwijl ik over het land uitkijk. Je trekt me tegen je aan. Ik voel je warmte tegen mijn rug. Je nabijheid maakt denken moeilijk.

Ik doe mijn ogen dicht en geef me aan je over. Ik geef me over aan jouw liefde, terwijl ik aan het academische jaar denk dat voor ons ligt. Zal ik nog kunnen lesgeven? Ik heb naar technieken gezocht die me kunnen helpen. Ik wil niet stoppen. Zonder mijn werk ben ik niets. Ik haal diep adem en denk aan mijn schrijven. Ik kan nog steeds schrijven, althans, dat vermoed ik.

'Zullen we deze cottage weer reserveren voor komende zomer? Jij en ik in het magnifieke Cornwall.'

Ik draai me in je armen om en kus je. Hier is geen antwoord op. Ik kan niets anders doen dan nu leven. 'Klinkt goed.' En dat doet het ook, maar ik vraag me af of ik zal onthouden dat ik ja heb gezegd. We moeten allebei werken. Volgend jaar zomer ben jij misschien een televisiester. 'Eerst maar eens kijken wat het jaar brengt.'

We sterven en herrijzen beiden,
Raadselachtig in dees' liefde.

Je zat met je neus in een boek. Het licht van de tafellamp accentueerde de blonde plukjes in je haar. Het was korter nu, en je kleren waren netter. Je had de warrige-professor-look vervolmaakt ook al was je nog maar zevenentwintig. Je bracht je hand omhoog en volgde de woorden over de pagina. Ik was jaloers op die streling. Ik was jaloers op de wereld. Ik wilde het zeggen, maar de woorden stierven op mijn lippen toen je opkeek.

'Deze zin is prachtig.' Je las hem hardop en ik was het met je eens. Ik keek omlaag en duwde mijn pen over het papier, zonder me bewust te zijn van wat ik schreef. Toen de woorden scherp in beeld kwamen, zag ik dat ik had geschreven: *ik hou van je, ik hou van je, ik hou van je.*

64

Lucy

22 december 2016

Lucy was de tweede die in de praktijk arriveerde. De man die na haar binnenkwam, keek boven zijn krant onophoudelijk naar haar. Ze had geen idee of ze weer in de kranten stond of dat hij wist wie ze was, maar zo te zien had hij zijn mening al klaar. Ze sloeg haar blik neer. Er was zo veel gebeurd dat ze was vergeten dat ze 'de andere vrouw' was. Nu was ze 'de andere vrouw die zwanger was'.

'Lucy Trevillion,' riep een vrouw in de deuropening. Lucy stond op en de man met de krant wiebelde even. Ze had zijn dag goedgemaakt.

De arts deed de deur dicht en stak haar hand uit. 'Ik ben dokter Grant. Ga zitten. Wat kan ik voor je doen?'

Lucy haalde diep adem. 'Ik ben zwanger.'

Dokter Grant trok een wenkbrauw op. 'Is dat goed of slecht?'

'Niet goed.'

'Oké.' Ze keek Lucy onderzoekend aan. 'Wanneer ben je voor het laatst ongesteld geweest?'

'Dat maakt het een beetje lastig. 1 augustus.'

Dokter Grant bekeek haar eens goed. 'Je ziet er niet uit alsof je vijf maanden zwanger bent. Laat me je eens onderzoeken.' Ze trok een scherm uit. 'Als je je spijkerbroek en slipje uit wilt doen en even op de tafel springt.'

Lucy stond op en deed wat haar gevraagd was. Duizend dingen raasden door haar hoofd.

'Hoelang is je menstruatie al onregelmatig?'

'Altijd al. Ik heb het polycysteus-ovariumsyndroom.'

'Ah.'

'Mij is gezegd dat ik waarschijnlijk nooit zwanger zou kunnen worden. Dus weet ik niet goed hoe dit kan.'

'Je hebt seks gehad.' Er hing een glimlach rond de lippen van de arts.

'Ja.'

'Je wilt geen kinderen?'

Lucy deed haar mond open en wilde nee zeggen. Ze had in geen jaren aan deze mogelijkheid gedacht. 'Ik was het niet van plan.'

'Ik ga even de baarmoederhals en baarmoeder onderzoeken.'

'Oké.' Lucy huiverde iets, maar het was niet zo erg als een uitstrijkje.

'Je bent beslist zwanger.' Dokter Grant trok haar handschoenen uit.

'Hoelang?'

'Kan ik niet met zekerheid zeggen. Wanneer heb je onbeschermd gevreeën?'

'Dat was voor het laatst op 26 september. Ik heb de pil die ochtend gewoon genomen en daarna heb ik twee keer met mijn minnaar gevreeën tussen elf uur 's avonds en vier uur 's morgens.'

De dokter trok een wenkbrauw op.

'Het probleem is dat ik door onvoorziene omstandigheden daarna ongeveer een week lang de pil niet heb geslikt.'

'Dus nu je zeker weet dat je zwanger bent, wil je...'

'Een abortus.'

'Juist. Kleed je aan en kom dan weer zitten.'

De laatste hoop dat de test niet goed was geweest was verdwenen. Langzaam trok Lucy haar kleren aan en ging voor het bureau zitten. De arts typte iets op haar computer in.

'Je zult hier vast goed over hebben nagedacht en het met de man in kwestie hebben besproken.'

'Ja en nee.'

Dokter Grant keek op en hield haar hoofd schuin.

'Het zou alles alleen maar ingewikkelder maken.'

De arts perste haar lippen op elkaar. 'Omdat we niet precies weten hoelang je zwanger bent, zullen we eerst een echo moeten maken.'

Lucy knikte. Haar mond was zo droog dat ze geen woord kon uitbrengen.

'Je wordt...' Dokter Grant zweeg even. '... volgende week gebeld. Vanwege kerst en nieuwjaar is het lastig om eerder een afspraak te krijgen.' Ze zuchtte. 'Als we de informatie hebben, kunnen we verder kijken.'

Lucy knikte weer en vocht tegen de tranen. Of ze van opluchting of angst waren, wist ze niet goed.

'Wil je dat ik de mogelijkheden met je bespreek?' Dokter Grant schoof een folder over het bureau.

Lucy slikte moeizaam. 'Nee. Die lees ik straks wel.'

De arts bladerde door het dossier. 'Ik zie dat je in de buurt woont.' Ze keek op. 'Ik stel voor dat je voor volgende maand een afspraak met me maakt.'

'Dat is goed.'

'Helen van de receptie zal die voor je maken.' Ze glimlachte. 'Achter op de folder staat een nummer voor als je vragen hebt of graag anoniem met iemand wilt praten.'

'Bedankt voor...'

Dokter Grant knikte, waarop Lucy de spreekkamer uit vluchtte met de folder tegen zich aan geklemd en de praktijk verliet zonder bij de receptie te stoppen.

DEEL 3

65

Hebe

22 december 2016

Hebe greep zich vast aan de bedstijl. Alles werd zwart.

'Je hebt weer een black-out.' Sterke handen hielden haar overeind.

Ze knikte. Er lag zo'n bezorgdheid in zijn ogen. De ogen van Thomas.

'Ik kom net uit Truro.' Hij gaf haar een doosje.

Ze fronste haar wenkbrauwen. 'Wat is het?'

'Het Grylls-sieraad. Ik heb het naar het museum gebracht en ze zijn zo aardig geweest het voor me schoon te maken.'

Hebe opende het doosje en de stenen glinsterden haar toe. Aan niets was meer te zien dat het sieraad jarenlang begraven was geweest.

'Ze willen het graag fotograferen.'

Ze knikte.

'Ze willen ook graag dat jij naar het museum komt.'

'Nee.'

'Ik heb gezegd dat je niet in orde was en ze zeiden dat het heel fijn zou zijn als je de vondst op papier zou willen beschrijven.'

'Ik heb het niet gevonden.' Ze keek hem zijdelings aan.

'Dat heb ik ze niet gezegd.'

Ze keek uit het raam. 'Ik wil dat je het aan Lucy geeft.'

'Goed idee.'

'Daar heb je geen bezwaar tegen?'

'Waarom zou ik er bezwaar tegen hebben?'

'Je stamt van Thomas af.'

'Hij heeft het aan Lucia gegeven en Lucy stamt van haar af.'

'Ja, dat is waar.' Hebe liet haar blik zakken. Ze opende het medaillon en staarde naar Thomas en zijn geliefde. 'Ga je met Lucy trouwen?' Ze keek op. 'Ik vind dat je met haar moet trouwen.'

Het geluid van banden op grind verbrak de stilte in de kamer.

'Had ik dat niet moeten zeggen?'

Hij lachte en zij glimlachte. Ondanks zijn witte tanden was hij een goede man.

66

Lucy

22 december 2016

Kits jas hing aan de haak toen ze terugkwam. Er kwamen heerlijke geuren uit de oven. Lucy keek even. Shepherd's pie. Er stond een fles wijn op tafel en er was voor drie gedekt. Ze zou kunnen zeggen dat hij nogal aanmatigend was, maar eerlijk gezegd was ze hem dankbaar. Morgen kwam de hele familie. Ze zag op tegen Kerstmis en wenste dat ze met Rory Crown in dat vliegtuig had kunnen stappen op weg naar de zon. Ze moest zich afvragen of Hebe had gelogen of niet, toen ze zei dat ze hem niet kende. Het was vreemd om te denken dat de vrouw die Lucy al die jaren had gekend een totaal ander leven had geleid dan hetgeen zij zich allemaal hadden voorgesteld. Wat had ze nog meer verborgen?

Ze belde haar moeder. 'Mama.'

'Lucy. Ik ben net de laatste spullen aan het inpakken, zodat we vroeg weg kunnen en de ergste spits kunnen vermijden. Heb je nog iets nodig?'

Lucy leunde tegen de tafel. 'Nee. Alles is geregeld.'

'Ik heb de Stilton.'

'Fijn, al heb ik liever Cornish Blue.'

'Lucy, doe je nou expres gemeen?'

'Nee.' Ze zuchtte. 'Ik vind het moeilijk om Kerstmis hier te vieren, vooral nu we weten wat er met Hebe aan de hand is.'

'Snap ik. Het spijt me.'

'Bij jou ziet Kerstmis er altijd moeiteloos uit en nu verwacht iedereen hetzelfde. En dan komt de vriendin van Michael ook nog, plus oma en haar… Hugh.'

‘Ja lieverd, het is ook veel, dat weet ik, maar je kunt het. Je vader heeft een fortuin besteed aan die kookcursus.’

‘Alleen om me aantrekkelijker te maken voor een geschikte man. Ik heb nooit de ambitie gehad iemands vrouw te zijn.’

‘Ik weet dat het hem veel zorgen baart.’

Ze balde een vuist. ‘Hij wil gewoon van me af.’

‘Lieverd, wat een merkwaardige opmerking.’

‘Laat maar, mama. Ik zal me als een engeltje gedragen, dat beloof ik.’

Kate slaagde een zucht. ‘Dank je.’

‘Ik heb Rory Crown trouwens gesproken.’

‘Heb je hem kunnen lozen?’

‘Nee, hij is Hebes minnaar.’

Lucy hoorde hoe de telefoon viel en weer werd opgeraapt.

‘Ik zal je alles vertellen als je er bent. Goeie reis morgen. Dag.’

Haar moeder had dus ook geen idee gehad, ook al hadden zij en Hebe een hechte band.

Lucy liep de trap op, ervan uitgaande dat Kit de geheime ruimte aan het onderzoeken was. Hij was vast van plan alles te weten te komen over de twee skeletten. Geen wonder dat die kamer altijd zo eng was geweest. Het begon erop te lijken dat de slachtoffers er gewond maar levend waren opgesloten. Ze huiverde bij de gedachte.

Op de overloop bleef ze staan, toen ze hoorde hoe Hebe en Kit samen poëzie voordroegen. Donne, zo te horen. Ze zou alleen vanwege Kits stem al voor hem kunnen vallen. Wie hield ze voor de gek? Ze wás voor hem gevallen.

De enige weg vooruit, met of zonder Kit, was zich te ontdoen van dit wezen in haar buik. Lucy had haar leven gebouwd rond het feit dat ze geen kinderen kon krijgen. Hoe was het mogelijk dat het onmogelijke was gebeurd? En natuurlijk was het gebeurd met die leugenachtige kwal en niet met de schat van een man die haar tante poëzie voordroeg.

Ze keek om een hoekje en zag dat hij naast haar tante zat, die rechtop in bed zat. Samen hielden ze een boek vast. Ze werd overspoeld door dankbaarheid. Hij was geweldig met Hebe. Ze had er in dagen niet zo goed uitgezien, bijna haar oude zelf. Kit draaide zich om en glimlachte naar Lucy terwijl hij verder las. Lucy slikte.

Ze lazen het gedicht uit en hij klapte het boek dicht. 'Lucy is thuis en het eten is klaar.' Hij stond op en stak zijn hand uit naar Hebe. Lucy hield haar adem in. Ze had haar uiterste best gedaan om haar tante beneden te krijgen, maar niets had gewerkt. Het zou nog lastig worden als Hebe weigerde om bij iedereen te zijn met Kerstmis, ook al zou Lucy zelf zich ook het liefst in haar kamer schuil willen houden.

Hebe trok haar slippers aan en pakte Kits arm vast. Hij had haar met zijn charme overreed. Lucy wist hoe goed hij daarin was. Ze keek hem aan en zag in hem niet de Hollywood-ster; die kant van hem kwam alleen naar voren als hij met vreemden omging. Die kant zou weer verschijnen als haar familie morgen arriveerde. Hebe had erop gestaan dat hij Kerstmis samen met hen doorbracht en onwillig had hij ingestemd. Lucy dacht dat hij meer plezier zou hebben als hij Freds uitnodiging aannam om het bij Tamsin te vieren. Maar goed, hij nam Lucy op kerstavond mee naar de borrel van de Polcrebars. Ze wist niet goed wat ze ervan moest vinden. Ze vond het rustige leven steeds aantrekkelijker, omgaan met mensen in kleine doses. De gedachte om vrijwel de hele gemeenschap in één keer te zien was een nachtmerrie.

'O, lieverd, wat spijt me dat.' Haar moeder keek naar Hell House. 'Ik had niet gedacht dat het zo erg was als je zei.'

Lucy volgde haar blik over de hele lengte van de loggia. Met hulp van Kit had ze rond elke zuil een slinger gehangen. Hell House zag er zo gastvrij uit als maar kon, met grote kransen aan de houten poorten. Uiteindelijk had ze veel meer gedaan dan ze oorspronkelijk van plan was geweest. Toen ze de verandering eenmaal had gezien, was ze doorgegaan tot het huis een waar kerstkasteel leek, met schoorsteenmantels met hulst en klimop en dennenappels met roodfluwelen linten die slingers vormden langs ramen en spiegels. Het enige wat ontbrak was de kerstman zelf. Eén blik op haar moeder zei Lucy dat zij het allemaal niet zag.

'Maar je ziet er goed uit. Vooral je huid. De frisse lucht doet hem geweldig goed.'

Ze moest er wel hondsberoerd hebben uitgezien, afgaande op alle opmerkingen over haar huid. Dat was dan het enige pluspunt aan haar zwangerschap. Ze had de laatste tijd ook echt niet veel meer nodig gehad dan wat lippenstift en mascara om zich op te tutten. Niet dat ze dat veel had gedaan. Meestal was het niet meer dan een schoongewassen gezicht en wat lippenbalsem. De socialite was van haar voetstuk gevallen. Maar omdat haar grootmoeder elk moment kon komen, had ze wat meer haar best gedaan.

'Hoe is het met Hebe?' Haar moeder stak een arm door de hare en keek om zich heen, op zoek naar haar zus.

'In goeden doen.' Hebe was vanmorgen opgewekt wakker geworden en was aangekleed aan het ontbijt verschenen. Lucy vroeg zich af of Hebe zich kon herinneren hoe Sarah de laatste keer had gereageerd. Lucy had haar bij Kit gelaten. Ze brachten veel tijd met elkaar door. Als ze heel eerlijk was, moest ze toegeven dat ze een tikkeltje jaloers was.

Haar vader hobbelde op een kruk voor hen uit door het hek alsof het huis van hem was. Lucy keek naar haar moeder. Ze zag bleek onder haar rouge. Misschien wist ze het. Hun tijd als gezin hier was zo onverwachts ten einde gekomen. Wie hield Lucy voor de gek? Natuurlijk wist ze het. Iedereen wist het. Alice had haar mond niet gehouden. Maar misschien wist haar moeder het niet en had Lucy haar met haar zwijgen één vernedering bespaard. Hoe ijdel de hoop ook, ze hield zich eraan vast.

Ze liepen door het hek over de binnenplaats, waar ze ook een kerstboom had neergezet en de pilaren had versierd. Haar moeder staarde. Lucy volgde haar blik. Ze keek naar Henrietta bij het achterhek. 'Lieverd, je hebt het helemaal niet over een geit gehad.'

Lucy lachte. 'Ze stond nogal laag op de lijst met dingen om over te praten. Ik begin Henrietta steeds leuker te vinden.'

'Als jij het zegt.' Kate huiverde. Ze was niet echt gekleed voor een grijze lucht met een vochtigheid die tot in de botten doordrong.

'Laten we maar gauw naar binnen gaan, daar is het warm.'

'Ja, fijn.' Maar ze bewoog zich schoorvoetend.

Lucy pakte haar arm en trok haar tegen zich aan. Als ze de kans had gehad, zou ze haar vader hebben laten struikelen. Hij liep de trap op zonder een spoor van zijn verwonding en ook zonder dat iemand hem had uitgenodigd. Vuile leugenaar.

'Mama, ga jij maar naar de keuken. Hebe is daar met Kit. Het is de warmste ruimte in huis en er is verse thee.'

'Lekker.'

Lucy zette haar voet op de eerste tree. Ze wist waar haar vader naartoe ging. Naar de plek des onheils. De kamer die het graf van Thomas Grylls was. Ze zette haar voet op de tweede tree. Ze had jarenlang van dit moment gedroomd. Het was tijd om hem precies te zeggen wat ze van hem dacht. Dit was de kamer die in één klap de dood van haar relatie met haar vader en die met haar beste vriendin had betekend.

Met een grimas zette ze nog een stap. Ze had ervoor gezorgd dat de kamer er een verdomd stuk beter uitzag dan toen ze hem daar in bed had aangetroffen met Alice. Lucy en Alice waren zeventien geweest. Wat haar vader en Alice hadden gedaan was amper legaal geweest. Moreel in elk geval heel erg fout. Ze nam drie treden tegelijk en klemde haar kaken op elkaar. Hij had haar verboden erover te praten om haar moeder te beschermen. Maar als hij zo bezorgd om haar was geweest, had hij haar niet moeten bedonderen.

Zijn gedrag was onvergeeflijk geweest en Lucy had het hem betaald gezet op de enige manier die binnen haar mogelijkheden lag. Ze had hem naar de kroon gestoken, was met docenten, ongeschikte mannen en zelfs een paar van zijn vrienden het bed in gedoken. Hij kon er niets van zeggen. Ze had gedaan wat hij ook deed. Bovenaan de trap bleef ze staan. Het was allemaal zo oppervlakkig. Hoe had hij zo kunnen leven? En waarom had zij zo'n deel van haar leven verspild met het kopiëren van zijn gedrag? Ze was een stommeling geweest, een boze, machteloze stommeling.

Bij de deur naar de salon bleef ze staan. Haar vader liep zonder veel problemen verder. Het was wel duidelijk dat hij zich aanstelde om medelijden op te wekken. Hij was dan wel haar vader, maar ze hoefde niet van hem te houden, hoefde hem niet eens aardig te vinden. Het had haar elf jaar gekost om de moed te vinden hem te zeggen hoe ze over hem dacht. Elf verspilde jaren waarin ze hem en zichzelf had verafschuwd. En als ze heel eerlijk was, had ze ook haar moeder verafschuwd voor het feit dat ze het allemaal slikte. Liefde had haar gevangengezet, terwijl hij alle vrijheid had gekregen die hij maar wilde.

Zoals ze al had verwacht, was hij regelrecht hiernaartoe gegaan. Alsof ze het zo had gepland. Er was geen betere plek om hem te laten inzien wat hij had gedaan. Met elke stap nam de spanning toe. Ze was er klaar voor. In de deuropening bleef ze staan.

'Terug naar de plaats van het misdrijf?' Ze kneep haar ogen samen toen hij zich omdraaide.

Hij staarde haar zwijgend aan.

Ze deed haar mond open, maar voordat ze ook maar iets kon zeggen, stak hij zijn hand op.

'Wacht. Ik weet dat je heel veel te zeggen hebt, maar laat mij eerst.'

'Nee. Ik heb jaren naar je moeten luisteren en er is nooit iets zinnigs uit gekomen.'

'Lucy...' Hij zweeg even. 'Het spijt me.'

Ze knipperde met haar ogen. Niets had haar harder kunnen raken dan dit.

'Ik zat fout, heel erg fout.' Hij deed een stap haar kant op en ze weerstond de aandrang om een stap naar achteren te zetten. Zo veel jaar had ze ernaar verlangd dit te horen.

'Ik ben een absolute klootzak geweest.'

Ze knikte. Ze wist niet wat ze moest zeggen.

'Ik zal niet met excuses komen. Die zijn er niet.'

Nee, verdomme, die waren er niet. Maar ze kon de woorden er niet uit krijgen.

'Ik wil je alleen zeggen dat het me spijt.' Hij deed nog een stap naar voren. Ze verroerde zich niet.

'Ik verwacht niet dat je me kunt vergeven.' Hij schudde zijn hoofd en glimlachte meewarig. 'Ik wil alleen dat je weet dat het me heel erg spijt.'

Ze kneep zichzelf, vroeg zich af of ze zich dit niet verbeeldde. Deze nederige man voor haar was haar vader niet. Wat was er in vredesnaam gebeurd?

'Ik denk dat we maar eens naar de anderen toe moeten.' Hij hobbelde naar de deur en toen hij haar passeerde, legde hij even een hand op de hare. Ze trok hem niet weg. Hij liep verder. Daar was ze blij om. Hij hoefde haar tranen niet te zien.

67

Hebe

24 december 2016

Kerstavond

Sarah en Hugh zijn beslist een stel. Hij is erg aardig. Ze zijn allebei heel lief geweest. Sarah heeft me geholpen met het inpakken van het Grylls-sieraad voor Lucy. Ze was net zo geschokt door de gelijkenis tussen Lucy en Lucia als ik. Maar gezien onze afkomst had het geen verrassing moeten zijn.

Hebe leunde achterover. Ze hoopte dat Lucy haar cadeau mooi zou vinden. Ze wilde haar ermee bedanken.

Morgenavond zouden ze om zes uur een formeel diner hebben. Waar waren de schoenen die ze aan wilde? Ze keek in de kast en zag haar handtas boven op de schoenendozen staan; ze gebruikte hem niet meer omdat ze het huis niet meer uit kwam. Wanneer had ze hem voor het laatst gebruikt? Ze keerde hem om en ging tussen de inhoud op zoek naar een aanwijzing. Het eerste wat ze vond was een beha die ze al een tijd kwijt was. Wat deed die in vredesnaam in haar tas? Hij zat vast aan een opgevouwen vel papier.

Ze vouwde het open en zag haar eigen handschrift.

Mijn allerliefste,

Ik heb je nooit kunnen zeggen wat ik diep in mijn hart voel. Ik hou van je.

De brief viel uit haar hand. Ze kon zich niet herinneren dat ze die had geschreven. Toch was het zo. Ze raapte hem op en uitte een kreun die eerder dierlijk dan menselijk leek. Liefde. Waarom kon ze het zich niet herinneren? Waarom had ze deze bewaard? Maar hoe kon ze hem weggooien? Haar hart lag erin, het hart dat ze opzij had geschoven om het te beschermen.

Ze haalde de sleutel van haar ketting, maakte de onderste lade van haar bureau open en legde de brief erin. Binnenkort zou ze hem vernietigen. Hij herinnerde haar alleen maar aan een verleden dat ze was vergeten.

Ze hing de sleutel weer aan haar ketting, liep naar haar toilettafel en deed opnieuw lippenstift op. Vuurrood. Het was maar goed dat ze bij hem weg was. Hij zou haar nooit zo mogen zien. Dat zou zijn liefde niet overleven. Het beeld was gebroken.

68

Hebe

augustus 2015

Je kijkt me fronsend aan als ik de auto bij de opening naar een weiland stilzet. Ik weet niet waarom ik er net pas aan dacht, net toen we weggingen. De bron is zo dichtbij.

'Gaat het?' vraag je.

'Ja, ik moet net aan een heilige bron denken die ik je wilde laten zien.'

Je haalt je schouders op. Wanneer je niet geïntrigeerd bent door het verleden, de magie, ben je maar ten dele door Cornwall betoverd. Ik steek mijn hand in mijn tas en vind een zakdoek. Voorzichtig loop ik door het weiland de heuvel af in de richting van wat kreupelhout. Algauw zie ik de voorwerpen, de stukken stof die aan de takken zijn gebonden.

Tussen de bladeren door zie ik de overblijfselen van de bron. Ik moet diep bukken en doop de zakdoek in het water. Ik wrijf ermee over mijn voorhoofd en wil hem in de boom hangen, maar druk hem dan ook nog even tegen mijn hart. Ik weet dat voor beide geen hoop is, maar ik wens dat ik jou in elk geval niet zal vergeten.

Als ik de heuvel weer op loop, word ik overvallen door droefheid. Hoe moet ik het jaar doorkomen? Je staat bij de auto en als je me ziet glijdt er een glimlach over je gezicht. Je bent bezorgd. Ik weet weer waarom. De laatste maand van het voorjaarstrimester moest je me bij alles helpen.

Eenmaal in de auto pak ik mijn tas en ik maak een aantekening.

Collegestof uitprinten.

En daarom geef ik thans niet meer; stort in 't verderf
De wereld door mijn dood, want ook de liefde sterft.

Je blik stelde me vragen. Ik kon ze niet beantwoorden. Ik was te bang. Gisteravond hielp je me met het uitprinten van mijn collegeaantekeningen en heb je mijn laatste verhandeling geredigeerd. Ik weet niet waarom ik dingen niet meer weet. De huisarts verzekerde me dat het normaal was voor iemand van mijn leeftijd, maar als dit normaal was, dan vond ik het niet fijn.

Je reikte me een glas wijn aan en gaf me een kneepje in mijn schouder. Was het een gebaar van liefde of voelden we ons gewoon zo op ons gemak bij elkaar? Hoelang waren we al samen? Ik wist het niet, maar wat ik me herinnerde was dat jij een stuk dunner was en ik minder rimpels had. In de verte hoorde ik de klokken van St. Mary-le-Bow. Ze luidden het Angelus.

In je flat zag ik jouw persoonlijkheid terug in de boeken en in het schilderij dat je tijdens ons weekendje samen in Parijs had gekocht. Ik had het te schreeuwerig, te ordinair zelfs, gevonden, maar jij had gelachen en onderhandeld. Nu leek het helemaal thuis te horen aan jouw muur, naast de planken en posters. Jouw flat was zo anders dan de mijne. Ik hoopte maar dat je inmiddels had geaccepteerd dat samenwonen voor ons nooit zou hebben gewerkt. En dat we zeker nooit zouden hebben kunnen trouwen, zoals jij wilde. Ik wist dat je dat jarenlang niet had begrepen.

Elke dag hingen de juiste beslissingen af van lijstjes, eindeloze lijstjes. Door jou was ik ermee begonnen. En je had nooit gevraagd waarom ik ze nodig had. Allerlei kleine klusjes die ik vergat, deed jij voor mij. Soms vergat ik zelfs te eten.

Je zette een bord linguine met venusschelpen voor me neer. Het was je… lekkerste gerecht. De geur van knoflook dwarrelde door de flat. Buiten was de lucht helder. Het zou niet lang duren voordat de langste dag aanbrak. Ik fronste mijn wenkbrauwen. Ik wist de datum niet meer. Het was in juni. Ik werd wakker van het geluid van vogels. Rozen bloeiden. Ik dacht dat ik er genoeg had geplukt.

Je ging tegenover me zitten en vertelde me over de eerstejaarsstudenten die je lesgaf. Morgen nam je ze mee naar het Globe Theater. Je gezicht straalde van passie. Je was dol op je werk, vooral het lesgeven. Je handen gebaarden en vormden de lucht met je enthousiasme. Ik verlangde naar hun aanraking. Er was een tijd dat we niet gewacht zouden hebben tot na het eten. Dan zouden we elkaar voor, tijdens en daarna hebben bemind. Maar mijn verlangen naar jou was nu als het getijde, niet langer constant. De enige constante factor was jouw talent om mij aan het lachen te maken. Als ik mezelf door jouw ogen zag, zag ik op de een of andere manier niet de dood, maar vreugde en angst.

69

Lucy

24 december 2016

'Je ziet er prachtig uit, lieverd.' Sarah zat samen met Hugh op de bank genesteld. Hebe zat in de leunstoel tegenover hen en beide haarden brandden. Lucy zou liever bij hen zitten dan dat ze nu uitging.

'Dank je. Weten jullie zeker dat je niet mee wil? Jullie zijn ook welkom, heeft Tamsin gezegd.'

'Wat lief van haar, maar ik zit kerstavond veel liever hier bij de haard met een goed boek...' Ze zweeg en wierp een blik op de wijnkaraf op tafel, '... en een lekkere fles wijn.'

Hebe keek op van haar notitieboek. 'Veel plezier.'

'Dank je.'

'Jullie zien eruit alsof jullie de doodstraf tegemoet gaan. Lach eens.' Sarah nam een slok wijn.

Lucy probeerde te glimlachen, maar ze was een beetje misselijk en haar borsten deden pijn. Haar afspraak voor een echo was pas 6 januari. Ze zou het liefst de hele avond wegdrinken, maar drank smaakte haar op het moment niet.

'Je gaat uit aan de arm van een erg aantrekkelijke man.' Haar grootmoeder grijnsde.

'Dat is waar.' Ze was blij dat Kit meeging. Ze had kriebels in haar buik, maar niet de goede.

'Daar is de man in kwestie.' Hugh stond op.

Kit keek naar haar en ze voelde zich gesterkt. Het kwam wel goed. En ze hoefden niet lang te blijven.

'Dan moeten we maar gaan. Tot straks en maak niet te veel plezier zonder mij.'

'Geen schijn van kans.' Hugh lachte en ging weer naast haar grootmoeder zitten.

Sarah had haar leven op de rit, zo leek het. Het was maar goed dat een van hen het voor elkaar gehad. Dat van Lucy zou pas op orde zijn als het wezen in haar was verdwenen. Ze rilde. Ze kreeg al de zenuwen als ze aan Ed moest denken. Hoe had ze zo stom kunnen zijn een verhouding met hem te beginnen?

Zou ze een goede moeder zijn? Nee, ze was te egoïstisch... zoals Michael haar herhaaldelijk liet weten. Kijk maar naar de manier waarop ze zich de afgelopen twaalf jaar had gedragen. Ze moest haar leven oppakken, volwassen worden en een doel vinden. Als ze dat als werkloze, alleenstaande moeder moest doen, was dat geen goede start.

De lucht was vochtig. Kit opende het portier voor haar en gaf haar nog een zoen voordat ze instapte. En dan was Kit er natuurlijk nog. Je kon romantiek niet sneller om zeep helpen dan aankondigen dat je zwanger was van het kind van een ander.

Ze keek even opzij. Er lach een glimlach rond zijn mond en hij begon 'White Christmas' te neuriën toen ze over de donkere weggetjes naar Tamsin reden. Zijn hand zocht de hare. Voor het eerst in haar leven wilde ze haar best doen een echte relatie te hebben. Ze lachte in zichzelf. Natuurlijk koos zij daar een filmster voor uit en niet een gemiddelde man. Hoe kon je het jezelf zo moeilijk mogelijk maken?

Ze deed haar best om niet te denken aan zijn hand op de hare en luisterde naar de woorden die hij zong. Een witte kerst zat er niet in, een koude kerst ook niet, maar het was droog. Dat was tenminste iets.

Hij parkeerde de auto, liep om en hield het portier voor haar open. Aan dat soort aardigheden kon ze wel wennen. 'Dank je wel.'

'Graag gedaan.'

Aan de vele auto's op de oprijlaan te zien, waren ze niet de eersten. Kit nam haar bij de arm en samen liepen ze in de richting van het geluid van kerstliedjes.

'Alles goed?' Hij draaide zich om en keek haar aan.

'Weet ik eerlijk gezegd niet zeker.'

'Je bent jezelf niet.'

Ze schudde haar hoofd. 'Nee.' God weet wat hij zou denken als hij de waarheid wist. Ze moest het per dag bekijken, ze moest morgen door zien te komen, de kersthel, oftewel Kerstmis in Hell House.

Ze haalde diep adem. Het zou wel meevallen. Haar vader had zijn excuses aangeboden, al had ze geen idee waarom of waarom nu. En na de eerste paar ogenblikken in huis leek haar moeder gelukkiger. Er vond een non-verbale communicatie tussen haar ouders plaats en al met al deed het positief aan. Het was alsof Lucy's publiekelijke schande hen dichter bij elkaar had gebracht. Als er ergens iets goeds uit voortgekomen was, kon ze daar alleen maar blij om zijn.

'Is het je vader?' vroeg Kit.

'Deels.'

'Hij leek niet op zijn gemak.'

'Goeie omschrijving.' Ze keek hem aan. Dit was Kits eerste kerst zonder zijn eigen vader. Het zou moeilijk voor hem zijn. Zijn mond stond strak. Ze bleef staan en gaf hem een zoen. 'Ik mag hem niet, maar hij is mijn vader dus moet ik hem tijdens feestdagen tolereren. Ik heb alleen medelijden met mijn moeder.'

'Liefde doet vreemde dingen.'

'Ja, dat weet ik, daarom heb ik er mijn levenswerk van gemaakt om die te ontlopen.' Tot nu toe, voegde ze er in stilte aan toe.

Hij bleef staan. 'Echt?'

'Het is mijn schamele ervaring dat liefde het leven slechter maakt, niet beter.'

'Daar ben ik het niet mee eens.'

Ze waren bij de deur.

'Laten we het er dan over eens zijn dat we het niet eens zijn, en de drukte in duiken.' Ze hield zijn hand vast.

De menigte slokte hen op en het duurde niet lang of ze waren elkaar kwijt. Ze zocht hem, maar kon hem nergens vinden. Ongetwijfeld was hij erg populair, want ook al maakte over het algemeen niemand hier een toestand van zijn beroemdheid, ze waren wel onder de indruk.

'Lucy, wat ben ik blij dat je er bent.' Tamsin gaf haar een dikke knuffel. 'Ik hoor dat je de hele clan op bezoek hebt.' Ze schudde haar hoofd. 'Net wat je nu nodig hebt. Ik vond het zo erg om het nieuws van Hebe te horen.' Ze knuffelde haar nog een keer en duwde toen een glas warme wijn in haar hand. Peta kwam met een schaal blini's met gerookte zalm bij haar staan. Haar maag begon te protesteren.

'Niet lekker?'

Lucy schudde haar hoofd.

'Het trekt mij ook niet.' Peta lachte en keek naar haar groeiende buik. 'Ik eet al een maand geen vis.' Ze glimlachte. 'Hoe is het in Helwyn?' Ze trok haar neus op. 'En met je vader?'

'Met het huis is het goed en mijn vader gaat vooruit. Alleen wil ik mijn tijd met hem beperken tot kleine doses. Ik moet het tot en met tweede kerstdag volhouden, dan is hij weg.'

'Dat is waar. Ik ga even een plekje zoeken waar ik die schaal kwijt kan.'

Lucy keek om zich heen. 'Succes.' Het was druk en overal stonden borden met eten. Mark Triggs zwaaide naar haar boven de mensen uit en Lucy keek of ze andere bekende gezichten zag en of er een plekje was om de warme wijn neer te zetten. De spanning voor morgen deed niets goeds voor haar maag. Ze wist niet hoe haar moeder er altijd in was geslaagd zulke heerlijke maaltijden te bereiden. Het grootste deel van de dag zou ze aan het koken en opruimen zijn, en het ergste van alles was dat haar vader aan het hoofd van de tafel gewichtig zou zitten doen. Maar misschien maakte ze zich zorgen om niets. Tot nu toe had hij haar verrast.

Ze zette haar glas neer en kreeg een idee. Wie zei dat haar vader aan het hoofd van de tafel moest zitten? Hebe kon aan de ene kant zitten en Lucy aan de andere kant. Klaar. Probleem opgelost. De nieuwe versie van hem vond dat vast niet erg. Nou ja, er was één manier om daar achter te komen.

Ze maakte zich onnodig veel zorgen. Misschien om niet aan het wezen in haar buik te denken. Het was belangrijk dat niemand hier iets van wist. Ze was prima in staat om dit zelf af te handelen.

'Tjongejonge, als het kleine Lucy Trevillion niet is.'

Ze draaide zich om. Ze kende die stem. Zij was het, verdomme. Thuis voor de feestdagen, kennelijk. 'Hallo, Alice. Wat doe jij hier?'

'Altijd een goeie plek om de nieuwste roddels te horen en om te zien wat en wie er is veranderd.' Ze keek om zich heen. 'Jou heb ik in geen jaren gezien.'

Lucy perste haar lippen op elkaar. Haar voet wiebelde. Het was twaalf jaar geleden, maar ze walgde nog steeds van Alice. Ze was misschien in staat haar vaders verontschuldiging te accepteren, hem misschien zelfs op de een of andere manier te vergeven, maar haar vroegere hartsvriendin was een heel ander verhaal. Ze voelde gal in haar keel opkomen en moest overgeven.

'Ik moet even weg.' Ze rende weg op zoek naar het toilet. Net op tijd. Alice had het er niet beter op gemaakt. Ze wilde alleen nog maar naar huis en naar bed. Eén blik in de spiegel bevestigde dat. Ze zag grauw. Ze moest zich niet zo laten raken door Alice, maar omdat haar vader er ook al was... Het was allemaal een beetje te veel. Ze deed de deur open.

'Sorry, je zag er zo slecht uit, dat ik je maar even achterna ben gekomen om te zien of alles goed is.'

Lucy knipperde met haar ogen.

'Dus je laat je wijn staan en moet overgeven. Zwanger, toevallig?' Alice trok een wenkbrauw op.

Lucy deed haar best neutraal te kijken. Ze had een snel, gevat antwoord nodig, maar kon niets bedenken. Alice lachte, maar in Lucy's oren klonk het als gekakel.

Kit kwam de hoek om. 'Daar ben je, Luce.'

'O, is dit je nieuwste scharrel?'

'Nog net zo bot als vroeger, hoor ik.' Lucy wist eindelijk haar stem te hervinden.

'O, ja. Dus je hebt je hier verstopt sinds het schandaal. Slim.' Alice tikte tegen haar neus.

'Kit, laten we even een frisse neus halen.'

'Ah ja, ik had al gehoord dat Kit Williams, de filmster, hier was komen wonen. Als Luce genoeg van je heeft, ben ik er tot het nieuwe jaar.'

Kit sloeg een arm om Lucy's schouders en leidde haar naar de tuin. 'Wat een naar mens.'

'Ja, maar ik had het pas op mijn zeventiende door.' Ze schudde haar hoofd. 'Tot die tijd was ze mijn beste vriendin. Ik deelde alles met haar, en toen vond zij het een goed idee om met mijn vader het bed in te duiken.'

'Wat?'

'Ja. Ik weet niet door wie ik me erger verraden voelde.' Ze lachte kort. 'Sorry, het maakt me nog steeds kwaad.'

'Geen wonder.'

'Ik was niet erg aardig tegen haar toen het was gebeurd.' Haar stem trilde.

Kit keek haar aan en trok haar toen in zijn armen. 'Dat kan niemand je kwalijk nemen.'

'Misschien niet, maar door mij raakte ze haar baan kwijt, en ik heb ervoor gezorgd dat niemand in de omgeving haar nog wilde aannemen.'

Hij trok zich terug en keek haar aan.

'Dat klink heel naar, maar het lag niet helemaal aan mij. Ze had geld gepakt dat ze van plan was terug te betalen, maar dat had ze niet gedaan. Ik had het vermoeden dat ze dat via mijn vader wilde regelen.' Ze haalde diep adem. 'Waar onze baas bij stond, maakte ik haar uit voor hoer en ik zei tegen hem dat hij maar eens goed in de boeken moest kijken.'

'Je sprak dus de waarheid.'

Ze lachte verbitterd. 'Zo kun je het ook bekijken, maar ik deed het alleen maar om haar te kwetsen.'

'Ik snap waarom je haar niet mag.' Hij streelde haar wang en grijnsde even. 'Je was jong en ze had je bedonderd.'

'Als ik het kon overdoen, zou ik het anders aanpakken. Maar goed, ik werd dus het klassieke enfant terrible.'

'Nou, dan stel ik voor dat we hier weggaan en bij mij in alle rust nog even een borreltje drinken op deze kerstavond.' Hij zei het op z'n beste Humphrey Bogart-toon. Ze kon niet weigeren, dat wilde ze ook niet.

'Graag.' Het laatste wat ze wilde was een borrel, maar Kit was een heel andere kwestie.

70

Hebe

25 december 2016

Het was stil in huis toen Hebe naar de keuken liep. Kerstgeuren dwarrelden door de gang. Lucy was zeker aan het koken, maar Hebe kon alleen denken aan de laatste kerst met haar moeder. Niet dat haar moeder had gekookt. Ze hadden hulp gehad, heel veel hulp. Lucy zou ook hulp nodig hebben om dit huis draaiende te houden. Ze zou het niet allemaal in haar eentje kunnen. Toen ze in de buurt van de keuken kwam, hoorde ze haar nichtje zingen. Het klonk zo vrolijk. Hebe zong mee toen ze de keuken binnenliep.

'Vrolijk kerstfeest, Hebe.'

'Vrolijk kerstfeest.' Hebe ging op zoek naar koffie, maar rook niets. Er stond een pot thee. Ze fronste. Was Lucy al zo lang op dat ze alle koffie had opgedronken? 'Koffie?'

'Sorry, die heb ik niet gezet.' Lucy slikte. 'Mijn maag kon het niet aan.' Ze keek Hebe met een scheve grijns aan.

'Een kater?'

'Nee, ik heb niets gedronken.'

'Wat is er aan de hand?' Hebe kon zien dat ze gehuild had. Die stomme vader van haar natuurlijk weer. Ze spreidde haar armen en Lucy viel erin. Hebe streek over haar rug terwijl het meisje snikte. Ze kon Giles wel vermoorden. Dan was haar zus vrij en dat was goed. Kate had het veel te lang met hem volgehouden.

'Je huilt toch niet door mij, hè?' vroeg ze.

Lucy schudde haar hoofd en de tranen bleven komen.

'Niets kan zo erg zijn.' Hebe gaf haar een stukje keukenrol, toen ze nog harder begon te huilen. ‘Zeg me wat er is, zodat ik kan helpen.’

‘Niemand kan helpen.’

‘Mensen kunnen altijd helpen.’ Hebe streek Lucy’s haar naar achteren. ‘Vertel het me.’

‘O, god,’ kreunde Lucy, die er hondsberoerd uitzag. Ze rende naar de gootsteen en begon te kokhalzen.

Hebe wreef over haar rug. ‘Arm kind. Weer iets verkeerd gegeten?’

‘Ik ben zwanger.’

Hebe sperde haar ogen open. ‘Wat?’

Lucy snifte en droogde haar tranen aan de keukenrol. ‘Vergeet maar dat ik dat heb gezegd.’

‘Is dat niet iets om blij om te zijn?’

‘Nee.’ Opnieuw begonnen de tranen te stromen. ‘Helemaal niet. Het is van Ed.’

‘Shit.’

‘Precies.’

Hebe trok zich een stukje terug. ‘Het kan echt niet van iemand anders zijn?’

Lucy schoot in de lach. ‘Waar zie je me voor aan?’

‘Met wie heb je nog meer gesekst?’

Lucy knipperde met haar ogen. ‘Met niemand.’

‘Jammer. Ik had gehoopt dat je die man met de witte tanden zou noemen.’

‘Nee, helaas.’ Ze haalde de enorme vogel uit de oven en bedroop hem. ‘Het probleem is dat ik niet van plan ben om moeder te worden.’

‘Nee?’

Lucy trok haar neus op.

‘Hoe zwanger ben je?’

Ze haalde haar schouders op. ‘Weet ik niet.’

‘Nou ja, laten we de dag er dan maar niet door laten bederven. We denken er weer aan als we Kerstmis hebben overleefd.’ Hebe liep naar de kast en pakte de marshmallows. ‘Hoe laat komen ze?’ Ze keek op de klok aan de wand. Ze herkende hem niet, maar hij was groot en oud en paste in de keuken.

‘Pas om vijf uur, goddank. Ze gaan eerst allemaal naar de kerk, dan naar de pub en daarna gaan ze een wandeling maken.’

‘En jij mag dit allemaal in je eentje doen?’ Hebe schudde haar hoofd.

‘Niet in mijn eentje. Oma heeft haar hulp aangeboden en ik heb jou.’

‘Aan mij heb je niks. Ik weet niet eens meer hoe je moet koken.’

‘Ik vind het heel erg voor je.’

‘Ik ook.’ Ze haalde haar schouders op. ‘Hoe zit het met Witte Tanden? Zou hij niet willen helpen?’

‘Witte Tanden?’ Lucy wierp de theedoek over haar schouder.

‘De man met de ogen van Thomas Grylls.’

‘Bedoel je Kit? Denk je aan hem als Witte Tanden?’

‘Meneer Witte Tanden.’

Lucy lachte. ‘Geweldig. Hij komt na het ontbijt.’

‘Jammer dat hij de vader niet is.’

Lucy zuchtte. ‘Wil je het aan niemand vertellen, Hebe? Beloof je het me?’

‘Ja, natuurlijk.’ Ze moest proberen te onthouden dat dit voorlopig een geheim was. ‘Vergeet niet dat baby’s kleine wondertjes zijn. Ik heb er spijt van dat ik ze nooit heb gehad.’ Ze slikte. ‘Maar als ik dan hieraan denk…’ Ze wees naar haar hoofd. ‘… dan is het maar goed ook.’ Ze lachte en at een marshmallow. Er waren er niet zo veel meer. ‘Lucy, wil je hier meer van kopen?’

‘Zal ik doen. Al weet ik niet of ze zo goed voor je zijn.’

‘Dat maakt nu toch niet meer uit. Ik kan er maar beter van genieten.’

Hebe liep naar de eetkamer en bleef staan om naar de grote haard te kijken. Er lag een gebreide kous op de grond. Hij kwam haar bekend voor. Ze wist dat ze hem eerder had gezien. Ze raapte hem op en liet haar vingers over de steken glijden. Haar moeder had hem voor haar gebreid in haar lievelingskleuren. Kerstmis.

71

Hebe

augustus 2015

'Is dit de *magical mystery tour*?' Je kijkt me aan als ik het zoveelste smalle weggetje insla.

'In zekere zin.' Ik glimlach. 'Dat ik hier niet eerder aan heb gedacht.'

'Waaraan?'

'Deze kerk. We zijn hier de hele zomer geweest en er niet één keer binnengegaan.'

'Is hij historisch belangrijk?'

Ik schud mijn hoofd. Hij is belangrijk voor míjn geschiedenis, verder niet.

De weg volgt de kreek en het duurt niet lang of ik zet de auto voor de kerk neer. Ik haal diep adem. Ik ruik kamperfoelie, en de felrode fuchsia's steken af tegen de diepblauwe lucht.

'Wat is het belang van deze kerk?'

'Ik ben hier gedoopt.'

'Aha.'

Ik kijk je aan omdat ik niet goed weet wat jouw reactie betekent. Je kijkt naar de kreek en ik glip stilletjes de kerk binnen zonder jou. Ik heb een ogenblik alleen nodig. Het is er koel, en licht valt door de ramen. Ik ben hier zo vaak geweest.

'Prachtig.'

Ik schrik, snap niet dat ik de zware deur niet heb horen opengaan.

Je kijkt omhoog. 'Geen elektriciteit.' Je bewondert de koperen kroonluchters. Herinneringen aan Kerstmis komen boven, maar ik laat ze wegdrijven. Dat is niet waar ik me aan wil vasthouden. Ik wil me eenvoudigweg mijn moeder herinneren. En als ik je arm aanraak, jou. Ik wil me jou herinneren. Ik loop naar de stenen doopvont. Solide. Hij spreekt van het leven dat doorgaat, van hoop, van geloof, wat ik allemaal niet heb. Ik heb het zo mis gehad. Heb zo veel slechte keuzes gemaakt. Ik weet dat jij er een van bent, maar van jou kan ik geen spijt hebben. Ik denk dat jij altijd hebt gehoopt dat het anders zou kunnen zijn. Maar ik wist dat het nooit goed zou aflopen.

Kom bij me wonen, wees mijn lief
En proef met mij van nieuw plezier.

Ik hief mijn glas champagne en bracht in stilte een toost op jou uit. Je glimlach zei me alles. Je was trots, en terecht. Je had je eerste volledige baan als docent aan Queen Mary. Ik was zo blij voor je. Ze zouden gek zijn geweest als ze je niet hadden aangenomen. Ik glimlachte. Je eigen slimheid verbaasde je soms, maar mij verraste ze nooit. Het enige wat me verraste was jouw liefde.

Ondanks alles wat ik had gedaan om je te ontmoedigen, was je er nog steeds – acht jaar na die noodlottige dag dat je mijn collegezaal binnenliep. Niet alle details waren even scherp meer, maar het gevoel was gebleven. De menopauze had zijn tol geëist van mijn geheugen. Mijn huisarts zei dat dat normaal was, maar ik vroeg me af of hij wel echt luisterde en of ik hem wel de waarheid had verteld omdat ik bang was.

'Ik zat te denken...' zei je. Je stak je arm uit over tafel en pakte mijn hand vast.

Ik weerstond de neiging hem weg te trekken. Er lag een ernst in je blik. Hij baarde me zorgen.

'Nu ik een fulltimebaan heb...' Je zweeg en nam een slok champagne. Je hand werd klam op de mijne. Ik keek naar je gezicht. Wat wilde je me zeggen, waar maakte je je zorgen om? Probeerde je me te vertellen dat je bij me wegging? Ik voelde de spanning in mijn borst. Hier had ik jaren op gewacht. Sterker nog: ik had ernaar verlangd.

Het zou mijn schuldgevoel niet wegnemen, maar de constante herinnering wel. Ik kon je niet weerstaan en dat wist je. Daar had je vanaf het begin gebruik van gemaakt. Je kende mijn liefde voor Thomas Grylls en je bespeelde me. Ik liet me gewillig bespelen.

'Ik vind dat we moeten gaan samenwonen,' zei je.

Ik trok mijn hand terug. 'Nee.' Ik zag dat je gekwetst was, maar kon er niets aan doen. 'Dat gaat niet werken.'

'Schaam je je nog steeds voor me?'

Ik perste mijn lippen opeen om niet ja te zeggen. Ik zocht naar woorden en de kloof tussen ons werd groter.

'Ik ben geen jongen meer.' Je schudde je hoofd.

'Nee, dat ben je ook niet,' zei ik, maar ik bedacht dat je met je zesentwintig jaar ook niet veel meer was. Ja, je had het lichaam van een man, maar je was zo heel erg jong.

'Waarom dan niet?'

'Ik ben ervoor gemaakt om alleen te wonen.' Dat was geen leugen. Je sliep bijna elke nacht in mijn appartement, maar het was nog altijd van mij.

'We zouden samen ergens iets kunnen kopen.'

Ik schudde mijn hoofd.

'Je wilt nog steeds dat ik jouw smerige geheimpje blijf.' Je stond op, pakte je rugzak en liep mijn appartement uit.

Je had gelijk. Je was mijn geheim en dat was de enige manier waarop ik je in mijn leven kon hebben. Maar daarom was ik je zojuist kwijtgeraakt.

72

Lucy

25 december 2016

Alles was klaar. Kit was naar huis gegaan om zich te verkleden en Lucy maakte nog een rondje door de eetkamer. Zelfs zij moest toegeven dat ze zichzelf had overtroffen, met Kits hulp. Zonder hem zou de tafel niet gedekt zijn en zou de jus klontjes hebben, en zou ze ook het grootste deel van de dag in tranen zijn geweest.

De hele dag kwelde ze zichzelf met gedachten hoe het zou zijn als dit wezen in haar van Kit zou zijn. Dan zou ze het misschien wel houden. Het was per slot van rekening waarschijnlijk de enige kans om een kind te krijgen. En hoe vaak ze door de jaren heen ook had gezworen dat het er niet toe deed dat ze geen kinderen kon krijgen, dat het maar goed was omdat ze meer van schoenen hield, maakte de gedachte dat dit vreemde wezen, deze baby, van Kit was iets bij haar los. Maar ze wist dat het niet van hem was. Het was geen onbevlekte ontvangenis geweest. Dit vreemde wezen was van Ed.

Ze liep de achtertrap op naar haar slaapkamer en probeerde zich een voorstelling te maken van het kind, ook al wist ze dat het geen goed idee was. Als ze er te veel over nadacht zou ze eraan gehecht raken. Voor zover ze wist was ze absoluut niet het moederlijke type, maar ze had ook geen rekening gehouden met de hormonen en de tranen die maar bleven komen. Arme Kit dacht dat het kwam door haar ontmoeting met Alice.

Nou ja, in zekere zin was dat ook zo. Alice had er geweldig uitgezien. Het geblondeerde haar en de neusring waren verdwenen en daarvoor in de plaats was een elegante stijl gekomen. Geen rokjes meer die amper iets bedekten en topjes die zo strak zaten dat ze er bijna uit barstte. Nee, ze was overgekomen als een evenwichtige, zelfverzekerde vrouw. Lucy wist niet goed hoe en wanneer dat was gebeurd en vreemd genoeg maakte dat haar bedroefd.

Ze trok haar spijkerbroek en trui uit en keek of haar lichaam tekenen van de zwangerschap vertoonde. Het enige wat anders voelde waren haar borsten. Ze waren groter. Het had geen zin er lang bij stil te staan, maar toch bleef ze eraan denken.

Ze dacht ook aan haar moeder. Die had het in de juiste volgorde gedaan: trouwen, kinderen, problemen. Haar grootmoeder had het anders aangepakt: kinderen, trouwen, problemen. Lucy zag een patroon ontstaan. Dat ging ze doorbreken. Om te beginnen was Ed de vader. Ze begon misselijk te worden. Het vreemde wezen was daar niet blij mee en zij ook niet. En dan was er nog wat er nu gebeurde met Kit. Ze glimlachte, maar fronste haar wenkbrauwen toen. Ze kon er beter direct een punt achter zetten. Als ze haar familiegeschiedenis bekeek, was wel duidelijk dat ze niet goed waren in relaties.

Toen ze op de rand van het bed ging zitten, werd ze nog het meest verrast door haar verlangen naar een relatie met Kit. Ze wilde niet alleen met hem naar bed. Dat verlangen was er zeker wel – ze was tenslotte een vrouw – maar voor het eerst wilde ze zo veel meer, en dat maakte haar doodsbang.

Het beeld in de spiegel was dat van een magere vrouw die er jonger uitzag dan ze was. Eigenlijk zag ze er niet heel anders uit dan de gebroken tiener die in deze slaapkamer de ogen uit haar kop had gejankt en had gezworen nooit meer naar Cornwall te gaan. Toch was ze nu hier: negenentwintig jaar oud, en ze stond op het punt het kerstdiner te serveren voor haar familie in Hell House. Ze zuchtte.

Ze trok haar nauwsluitende rode avondjurk aan en zag er opeens totaal anders uit. Ze leek weer op haar oude zelf, de moderne Londense jonge vrouw. Hij had een diagonale snit en accentueerde alles wat hij moest accentueren. Ze vroeg zich af of ze er ooit beter in uitgezien had. Ze deed haar haar in een nonchalante knot en deed twee grote, vintage bergkristallen in haar oren. Ze overwoog een ketting om te doen, maar vond dat iets te veel voor een familiediner.

Haar huid glansde, zoals iedereen al had opgemerkt. Ze deed wat poeder en mascara op en maakte de look af met felrode lippenstift. De oude femme fatale was er nog steeds, ondanks de maanden van ballingschap. Toen ze door de gang liep, verwachtte ze half dat de paparazzi tevoorschijn zouden springen. In plaats daarvan kwam ze in een lege keuken. Alleen het fornuis, beladen met het kerstdiner, stond er om haar te bewonderen. Wat was het leven veranderd.

'Lucy, lieverd.' Haar grootmoeder kwam uit de eetkamer. 'Kit regelt de champagne boven. Iedereen is er.' Ze gaf haar een zoen. 'Je hebt er nog nooit zo mooi uitgezien. Vrolijk kerstfeest.'

'Dank je wel, oma.' Ze kon hetzelfde over Sarah zeggen. De zilverkleurige glittertop en zwarte palazzo-broek stonden haar goed, evenals de glinstering in haar ogen die samen met Hugh was gekomen. 'Jij ziet er ook prachtig uit.'

'Zo voel ik me ook.' Sarah zwaaide met haar linkerhand voor de ogen van haar kleindochter. Lucy zag een enorme ring met een robijn en een diamant die ze niet eerder had gezien. 'Ik wilde het jou als eerste vertellen. Hugh heeft me een uur geleden ten huwelijk gevraagd en ik heb ja gezegd.'

Lucy omhelsde haar.

'Het was allemaal erg romantisch. Hij nam me mee naar de King's Room waar hij kerstmuziek opzette, en vervolgens knielde hij voor me.'

Lucy glimlachte. Ze kende de magie van de King's Room maar al te goed.

'Daarna hebben we op Sinatra gedanst. Ik ben zo gelukkig.'

'Ik zie het aan je. Wanneer gaan jullie elkaar het jawoord geven?'

Sarah lachte. 'We denken erover om iets geks te doen, zoals Las Vegas of Gretna Green.'

'Geweldig, daar moet op gedronken worden.'

Haar grootmoeder stak haar arm door de hare. 'Ja, hè?'

Toen ze de trap naar de eerste verdieping op liepen, vroeg Lucy zich af of iemand het zou merken dat ze niet dronk. Ze moest uitkijken dat haar moeder het niet doorhad. Die zag alles. Ongetwijfeld omdat ze haar man al jaren op zijn wenken bediende.

Giles liep naar het hoofd van de tafel, zoals Lucy al had verwacht. Ze had feestelijke naambordjes gemaakt en zag hoe hij er met gefronste wenkbrauwen naar keek. Na zijn joviale toost op het toekomstige geluk van haar grootmoeder en Hugh, leek het bergafwaarts te gaan met zijn humeur, terwijl hij rond de tafel liep op zoek naar zijn plek. Ze had hem tussen Michaels vriendin en Sarah geplaatst. Haar grootmoeder wist hoe ze met hem om moest gaan en zo te zien was haar vader verrukt van Michaels vriendin. Misschien had ze het niet moeten doen. Het voelde nu een beetje kinderachtig, maar het was te laat om nog te veranderen.

'Als jullie willen gaan zitten.' Ze vluchtte naar de keuken om zijn boze blik te ontlopen. Ze was beslist niet zijn lievelingskind, maar goed, dat was ze nooit geweest. Nee, dat was niet waar. Misschien toen ze vijf of zes was geweest.

Ze pakte een schort en bond het om haar middel op het moment dat Kit binnenkwam en er ook een pakte. Ze zagen eruit alsof ze dit al jaren samen deden. Ze kreeg een brok in haar keel. Die gedachte had nooit eerder aantrekkelijk geleken, een stel vormen, verbonden zijn met iemand anders. Maar op dit moment kon ze niets mooiers bedenken.

'Je ziet er beeldschoon uit,' fluisterde Kit in haar oor, toen ze de borden uit de oven haalde en op het aanrecht zette. Ze hadden hun voorgerecht van kaviaar en blini's boven gehad bij hun drankjes. Lucy's champagneglas stond onaangeroerd bij de gootsteen. Ze had het idee dat het haar gelukt was. Sarahs nieuws had wel geholpen. Ze vroeg zich af of haar grootmoeder Michaels moment had gestolen, want hij had behoorlijk zuur gekeken in de salon.

Toen ze opkeek van de kalkoen, glimlachte ze. 'Je ziet er heel knap uit.' Het was een understatement. Ze kreeg knikkende knieën als ze naar Meneer Witte Tanden keek.

'Oefening baart kunst.' Hij glimlachte en het was de glimlach die ze al honderden keren had gezien. Maar nu kende ze het verschil. Het was de publieke glimlach, de filmsterblik, en ze was gaan houden van de echte.

'Op de rode loper.'

'Inderdaad.' Hij trok een gezicht.

'Hou je er niet van?'

'Je ondergaat het. Ik hou van acteren, maar niet van alles wat eromheen zit.'

'Snap ik.'

'Zal ik deze meenemen?' Hij pakte een schaal cranberrysaus. Ze knikte en hij leunde naar voren en gaf haar een zoen waarna hij verdween.

Lucy ging verder met het snijden van de kalkoen. Ze moest zich ontspannen. Alles was goed. Wat maakte het uit dat ze de tafelschikking had verpest, ze waren allemaal volwassen. Ze zouden zich heus wel redden. Ze moest het loslaten.

Met een beetje geluk kwamen ze allemaal ongeschonden door de rest van de dag en morgenochtend heen, daarna zou iedereen verdwijnen en werd alles weer een beetje normaal. Ze bleef met het mes halverwege de borst staan. Shit. Haar normaal was waarschijnlijk totaal verwoest zolang ze niet iets aan het ongewenste wezen deed dat in haar groeide. Maar daar ging ze vandaag niet meer over nadenken.

73

Hebe

25 december 2016

Om de een of andere reden kon Hebe alleen maar denken aan een misdaadserie van tv. Waarschijnlijk door de avondkleding, vooral die van Lucy. De diagonale lijn deed erg denken aan de jaren dertig, en hij was in Hebes lievelingskleur. Hij paste bij haar eigen kleur lippenstift.

Er hing een vreemde sfeer aan tafel. Giles was chagrijnig. Ze keek naar Kate. Haar zus was gespannen. Hebe hief haar glas bordeaux die ze uit de kelder had gekozen.

'Ik wil graag een toost uitbrengen.' Alle ogen richtten zich op haar, terwijl Lucy en Kit gingen zitten. 'Om te beginnen wil ik jullie bedanken voor jullie komst naar Helwyn House.' Iedereen mompelde en Hebe ging verder. 'Maar bovenal wil ik Lucy bedanken, ze is een ster geweest. Ze heeft het huis draaiende gehouden, voor mij gezorgd en een heerlijk maal bereid. Op Lucy, de beste onder ons.'

Giles hief zijn glas, maar dronk niet op zijn dochter. Hebe voelde woede in zich opkomen, terwijl ze haar vork in de kalkoenpoot op haar bord prikte. Lieve Lucy had onthouden dat ze alleen van donker vlees hield. Hoe was het mogelijk dat die afschuwelijke man niet van haar hield, niet zag wie ze werkelijk was?

'Vertel me eens, Giles, vind je de wijn niet lekker?' Ze nam nog een slok. Hij was volmaakt. Haar geest liet het dan wel afweten, maar haar smaakpapillen deden het nog prima. Ze zag dat Lucy vanaf de andere kant van de tafel naar haar staarde. Haar nichtje probeerde haar iets duidelijk te maken, maar Hebe wist niet wat. Iemand gaf haar een schop onder tafel. Michael probeerde zijn vriendin zeker te bereiken. Een vreselijk saai ding dat perfect bij hem paste. Ze nam nog een slok wijn en wachtte op Giles' antwoord. 'Nou, Giles?'

'De wijn is uitstekend.' Hij nam een slok. 'Je hebt altijd uitstekende smaak gehad, en deze bordeaux bewijst dat.'

Hebe keek in haar glas. In het kaarslicht was de wijn bloedrood.

'De kalkoen is heerlijk, Lucy,' zei Sarah, en Hebe kneep haar ogen samen.

Giles dronk zijn glas leeg en schonk zichzelf nog eens bij uit de karaf die voor hem stond. Hebe was dol op de karaffen, ze had ze gevonden tijdens een weekendje weg met... Ze speelde met het glas in haar handen. Ze wist het niet meer.

'Smaakt de wijn, Giles?'

Hij tuurde naar haar. 'Ja Hebe, zoals ik al zei, hij is uitstekend.'

'Waren de kinderen vanmorgen niet schattig?' vroeg Michaels vriendin.

Hebe fronste. 'Welke kinderen?'

'In de kerk.' Ze glimlachte. 'Daar was je niet bij.'

'Ik was niet uitgenodigd.' Hebe keek hoe het meisje haar blik afwendde en met de worst op haar bord speelde. Ze schonk zichzelf bij en keek toen naar Michael, die naar zijn bord staarde. Er was iets mis.

'Giles, waarom dronk je niet op Lucy?'

'Hebe, de wijn is heerlijk, maar ik was er nog niet aan toe.'

Ze keek de tafel rond. Iedereen had een bevreemde blik. Lag het aan haar, had ze iets gedaan?

'Denk je dat het weer morgen wat beter wordt?' Kate wendde zich tot Hugh. 'Het lijkt me heerlijk om een wandeling over het kustpad te maken voordat we naar Pengarrock gaan voor de borrel.'

'Wanneer vertrek je, Giles?' Hebe sneed een gebakken aardappel in tweeën. Hij keek naar haar en wendde zich toen naar Sarah. 'Ik stelde je een vraag.' Met een klap zette ze haar glas neer en Lucy kromp ineen.

'Eerder dan gepland,' zei hij. 'Ik ben niet goed in... dit soort dingen. Morgen na het ontbijt, misschien.' Hij wierp een blik op zijn vrouw.

'O, maar het zou zo jammer zijn om hier niet de dag door te brengen. We zijn hier al zo lang niet geweest en Tristan heeft ons uitgenodigd voor de borrel.' Kate glimlachte geforceerd.

Giles keek haar boos aan. 'Hebe is niet te harden sinds ze van het pad is.'

Lucy stond op en begon af te ruimen, ook al waren sommige mensen nog aan het eten. Kit kwam naast haar staan.

'Ik heb ze dan niet allemaal meer op een rijtje, Giles, maar ik heb tenminste niet hoeven dokken voor andermans kind.'

Ze hoorde een klap en er kwamen wat wijnspetters uit de mond van Michaels vriendin.

'Wat wil je precies zeggen, Hebe?' Giles' stem was vervaarlijk zachtjes. Kate zag grauw.

'Je hebt al negenentwintig jaar een koekoeksjong in je nest en je hebt het niet eens door.'

'Waar slaat dit op?' Giles schoof zijn stoel naar achteren. Sarah stond op en liep naar Kate toe, die zat te trillen.

Hebe draaide zich om en zag dat Lucy tegen de deur leunde en nog bleker zag dan haar moeder.

'Nou, jij hoeft in elk geval niet te trouwen met een man die je veracht, alleen om je kind een vader te geven, Lucy.' Ze glimlachte. 'Geef je de wijn even door, Michael?'

Michael keek haar aan. 'Zei je nou net wat ik denk dat je zei?'

'Of je de wijn wilt doorgeven? Is dat een probleem?'

'O, mijn god.' Michael liet zijn hoofd in zijn handen zakken, terwijl Hebe opstond en de karaf pakte. De jongelui van tegenwoordig ook... geen manieren.

74

Lucy

25 december 2016

De plumpudding stond nog op het fornuis te stomen, er lagen kapotte borden in de vuilnisbak en het leven zou nooit meer hetzelfde zijn. Kit kwam binnen en gaf Lucy een zoen op haar voorhoofd. 'Ik ben er voor je als je me nodig hebt.'

'Dank je wel.' Ze deed haar ogen dicht en liet zich even door hem vasthouden. Dit was niet de reactie die ze van hem had verwacht. Hij had net ontdekt dat ze zwanger was. Maar goed, dan was daar nog die andere schokkende mededeling die haar tante had gedaan. Haar vader was haar vader niet.

De keukendeur ging open en haar moeder kwam binnen. Haar ogen waren rood en de rozige gloed die ze daarstraks had gehad na de wandeling en de wijn waren verdwenen. Haar wereld was net zozeer in duigen gevallen als die van Lucy.

'Ik zal jullie alleen laten.' Kit hield haar hand nog iets langer vast en de blik in zijn ogen zei haar dat hij er echt voor haar was. En het was nog vreemder om te bedenken dat ze dat ook echt graag wilde. Nee, niet wilde, maar nodig had. Ze deed haar ogen even dicht. Ze moest nu niet aan zichzelf denken, maar aan haar moeder.

'Waar beginnen we?'

Kate keek naar het fornuis. 'Misschien moeten we eerst de pudding van het vuur halen. Hebe zou het verschrikkelijk vinden als we haar huis lieten afbranden.'

'Dat is waar.' Met ovenwanten aan haalde Lucy de pan kokend water van het vuur en tilde de pudding eruit. Hij rook lekker, het enige waar ze vandaag zin in had gehad, behalve het spek vanmorgen.

'Je bent zwanger.'

Ze keek naar haar buik. Als ze zich niet zo beroerd had gevoeld, zou ze het niet geloven. 'Maak je daar maar niet druk om.'

'Hoe bedoel je? Is wat Hebe zei niet waar?'

'Volgens mij is ze niet in staat om te liegen, wat betekent dat Giles Trevillion niet mijn vader is.'

Kate wendde haar blik af.

'Wie is mijn vader dan wel en waarom ben je met Giles getrouwd en niet met hem?'

'Ik kwam er pas later achter wie je vader was.' Haar moeders stem stierf weg.

Sarah kwam binnen. 'Sorry dat ik meeluister, maar het was deels mijn schuld.'

'Welnee, je hebt me alleen maar aangemoedigd om te trouwen, je hebt me niet gedwongen. En ik was blij dat ik zwanger was. Ik wilde altijd al kinderen, ook al was je niet gepland.' Kate pakte de hand van haar dochter vast.

'Waarom Giles?' Lucy dacht aan alle keren dat hij haar moeder had bedrogen.

Kate schudde haar hoofd. 'Het was een goeie vriend. Ik kon met hem lachen en wist dat hij een stabiel thuis zou creëren.'

Lucy trok haar wenkbrauw op. Zij had duidelijk een heel ander beeld van stabiel dan Kate. 'Waarom heb je me niet laten weghalen?' Ze streek een lok haar achter haar oor. 'Dan had je dit half-leven niet gehad, had je niet aan... hem hoeven toegeven.'

'Nu ben je niet eerlijk. Ik hou van hem en zou je nooit hebben laten weghalen.' Er stonden tranen in Kates ogen en Lucy begon ook bijna te snotteren. Ze was ervan overtuigd dat haar moeders leven zonder haar veel bevredigender zou zijn geweest. Ze had altijd geweten dat haar moeder van haar hield, maar dat er iets niet klopte. Omwille van haar had haar moeder al die jaren het gezeik van Giles geslikt.

'Mama, het spijt me zo.'

'Er is niets waar je spijt van hoeft te hebben... Ik zou het zo opnieuw doen.'

'Waarom?'

'Ik heb een goed leven gehad, vol liefde.' Ze keek naar Lucy's buik. 'Je hebt het Hebe verteld.'

Lucy zuchtte. 'Ze trof me vanmorgen in tranen aan.'

'Is het van Ed?'

'Ja.' Ze schudde haar hoofd. 'Niet dat het ertoe doet. Ik hou het niet.'

Zowel Kate als Sarah keek haar aan alsof ze had aangekondigd van een flatgebouw te zullen springen.

'Weet je het zeker?'

'Absoluut. Ik ben een vrouw zonder baan en zonder vaste verblijfplaats. Dat is geen goed uitgangspunt.'

'Maar die schat van een man die gek op je is, dan?' vroeg Sarah.

Lucy fronste. 'Je bedoelt de Hollywood-filmster?' Ze glimlachte, ze kon er niets aan doen. 'Hij is lief, maar waarom denk jij dat hij andermans kind zou willen grootbrengen? En trouwens, ik ben helemaal niet van plan om te trouwen. Ik wil me niet binden, en...' Ze zweeg, zag haar moeders gezicht en stak haar hand naar haar uit. 'Sorry mama, ik weet dat jij dacht dat je het beste deed, maar kijk dan wat voor leven je hebt gehad.'

'Alleen de twee mensen binnen het huwelijk weten hoe het is. Giles is een goede man.'

Lucy schudde haar hoofd. Hij had dan wel zijn excuses aangeboden voor Alice, maar dat maakte het nog niet opeens goed.

'Ik zie het aan je gezicht,' zei haar moeder. 'Ik weet het, van Alice.'

Lucy hapte naar adem.

'Ik weet het al vanaf het moment dat het gebeurde. Niet dat je vader er iets over heeft gezegd, tot onlangs.'

'Hoe kun je hem dat vergeven?'

Kate uitte een kort lachje. 'Wie vrij is van zonde...'

Lucy beet op haar tong. Ze kon zo veel zeggen. 'Wie is mijn echte vader?'

Haar moeder keek naar haar grootmoeder. Lucy leunde tegen het aanrecht en wachtte.

'Frank Hays.'

Ze knipperde met haar ogen. 'Frank Hays, is hij niet de partijleider van de Communist Party?'

Haar moeder knikte en Lucy lachte hardop. 'Het koekoeksjong in het nest van de trouwste aanhanger van de conservatieven is het kind van een verwoede communist.' Allerlei scenario's raceten door haar hoofd. 'Hoe heb je hem in vredesnaam ontmoet? Was het een onenightstand?'

'Nee. We studeerden allebei geschiedenis.' Ze wendde haar gezicht af. 'Ik hield van hem.'

Lucy wilde iets zeggen, maar klapte haar mond weer dicht. Het geraas van een auto klonk buiten, en het was duidelijk dat Giles was vertrokken. Ze keek naar haar moeder.

'Wat ga je nu doen?'

'Vanavond niets. Is er een logeerkamer?'

Ze knikte. 'Kamers genoeg.'

'Lieverd, neem geen overhaaste beslissingen.' Haar grootmoeder begon het eten dat was overgebleven af te dekken. 'Ik weet dat het het kind is van die verachtelijke man, maar het is een kind. Er is geen haast.'

'Nee, ik heb de zesde een echo.'

Kate sloeg haar armen om haar heen. 'Tijd om over dingen na te denken en weet je, misschien…'

'Niet doen.' Lucy kapte haar af. Ze had zelf al een stemmetje vanbinnen dat dat zei, en ze had er niet nog meer nodig.

'Ga jij maar lekker liggen.' Haar grootmoeder gaf Kate een theedoek. 'Maar ga eerst nog even op zoek naar die spetter van een man en geef hem een knuffel. Hij is geweldig geweest en hij is niet eens familie.'

'Dat is waar.' Kit was in veel opzichten geweldig geweest.

75

Hebe

25 december 2016

Hebe ging achter haar bureau zitten. Ze wist dat de situatie niet goed was, maar ze wist niet meer waarom. Misschien was Kerstmis het probleem. Ongare vogels, zompige aardappelen... maar dit was erger. Ze deed de onderste la van het slot, pakte een fotoalbum en bladerde erdoorheen. Ze zag een foto van zichzelf bij haar moeder op schoot met de gebreide kerstsok. Ze glimlachten allebei. Haar vader had de foto waarschijnlijk genomen, maar ze wist het niet zeker. Haar moeder was zo mooi. Ze legde het album weg en pakte haar dagboek.

De geboorte van onze Heer wordt gevierd

Ontbijt – kerststol, warm uit de oven, maar alleen instantkoffie, want Lucy is zwanger.

Hebe dacht hierover na. Het was iets moois, ook al was het kind van die gluiperd. Een kind van Lucy zou geweldig zijn.

Diner – kaviaar en blini's met uitstekende champagne.
Sarah is verloofd met Hugh. Ze was gelukkig. Haar ogen glansden.
Kalkoen, vulling, worstjes.

Wat nog meer? Ze kon het zich niet meer herinneren. Ze bladerde door het notitieboek om te zien of Lucy het menu voor haar had opgeschreven. Haar nichtje werkte zich drie slagen in de rondte om het leven gemakkelijker voor haar te maken. Het had geholpen.

Ze kon geen menu vinden, maar er viel een foto uit. Van haar en… hem. In Schotland. Met Kerstmis. Ze waren beiden aan hun families ontsnapt. Ze konden hun liefde niet met de wereld delen, want het was fout, zo heel erg fout.

'Hebe, is alles goed?' Lucy kwam de kamer binnen.

Hebe schudde haar hoofd en snoot haar neus. Ze wist niet goed waarom ze huilde.

'Wie is dat naast jou op de foto?'

'Mijn lief.'

'Heeft hij een naam?'

'Dat weet ik niet meer.' Ze kon het zich niet herinneren.

'O.'

Lucy praatte tegen haar alsof ze een klein kind was. Zo voelde ze zich ook. 'Je hebt een lange dag gehad. Zal ik je helpen uitkleden en je in bed stoppen?'

'Ja, graag.'

Hebe stond op en liep met Lucy naar de badkamer. Ze poetste haar tanden terwijl Lucy haar nachtjapon klaarlegde.

'Ik ben moe,' zei ze, toen ze haar jurk uittrok en Lucy de nachtjapon over haar hoofd liet glijden.

'Ik ook.' Lucy gaapte.

'Dank je.'

'Graag gedaan.'

'Nee, dank je wel voor alles.' Ze liep naar haar bureau en haalde het cadeau uit de bovenste la. Ze was het daarstraks vergeten. 'Dit is voor jou.' Ze stak het uit.

Lucy fronste. 'Voor mij?'

Hebe knikte, wachtte.

Lucy pakte het aan en trok langzaam de strik en daarna het papier los. 'Je hoeft me toch niets te geven?'

'Doe ik ook niet. In zekere zin heeft het huis je dit gegeven.'

Lucy keek op. 'Nu begrijp ik het echt niet meer.'

'De man heeft het gevonden.'

'Kit, bedoel je?'

'Ja.'

Toen Lucy het vloeipapier wegtrok, glinsterden de edelstenen in het licht. 'O Hebe, wat is dit prachtig, en veel te mooi voor mij.'

'Helemaal niet. Maak maar open.'

Lucy opende het medaillon en hapte naar adem. Ze keek naar Hebe en toen naar de schilderijtjes. 'Zijn dit Thomas en Lucia?'

'Ja.'

'Wauw. Zou dit niet in een museum moeten liggen?'

Hebe schudde haar hoofd. 'Nee.' Ze liep naar het bed en ging zitten. 'Thomas en Lucia zijn samen, net als jij en Kit samen zouden moeten zijn.'

Lucy snifte en Hebe zag tranen in haar ogen toen ze tussen de koele lakens gleed. Ze was zo moe.

'Welterusten, Hebe.'

'Wil je die foto naast m'n bed zetten?'

'Natuurlijk.' Lucy zette hem rechtop tegen de lamp. 'Licht aan of uit?'

'Aan.'

'Goed, en dank je wel voor het prachtige cadeau.'

Hebe staarde naar de foto, herinnerde zich liefde, herinnerde zich hoe het voelde nu dat nog ging. Ze keek naar Lucy toen die de deur dichttrok. 'Lucy?'

'Ja?'

'Ik ben zo blij dat je zwanger bent.' Ze glimlachte. 'Ik zou willen dat ik een kind had gehad.'

'Ik hou het niet, Hebe.'

'Waarom niet?'

'Een kind heeft liefde nodig.'

'Ja, en jij hebt zo veel liefde te geven.'

Lucy kwam terug en gaf haar een zoen op haar voorhoofd, waarmee ze Hebes gelijk bewees. 'Slaap lekker, Hebe.'

Hebe knikte, en voordat ze haar ogen sloot, wierp ze nog één laatste blik op de foto. Liefde.

76

Lucy

25 december 2016

Lucy deed de slaapkamerdeur dicht. Met het doosje met het prachtige medaillon in haar hand geklemd dacht ze aan Hebes foto en aan wat haar tante over liefde had gezegd.

Alles was een puinhoop. Lucy's geheim was bekend. Haar moeders geheim was bekend. En arme Hebe had geen idee wat ze had veroorzaakt.

De lichten in de salon brandden nog. Ze had nog wel het idee gehad om na het diner kerstliedjes te zingen in de King's Room. Die waanvoorstelling van een gelukkige familie was in een flits verdwenen. Vanuit de salon keek ze over de binnenplaats naar de ramen van de King's Room. De kerstlichtjes glinsterden en ze dacht aan de vreugde die ze had gevoeld toen ze met Kit had gedanst. Nu haar familie en Kit van de zwangerschap wisten, was er geen vreugde of privacy meer. En er was geen vrede. Haar arme moeder.

Ze liep door de salon de gang in en bleef voor de noordelijke slaapkamer staan. Ze dacht aan Giles en had onverwachts medelijden met hem. Niemand verdiende te horen wat hij had gehoord, en zeker niet op die manier.

Het trieste was dat ze niets kon doen om hen beiden te helpen, ook al wilde ze dat. Was het verstandig van haar moeder om vanavond niet met hem te praten? Was het niet beter om het uit te leggen? Lucy was zeker geen deskundige als het om relaties ging. Die van haar hadden nooit lang geduurd, behalve haar relatie met Ed, en dat was nou niet bepaald een lichtend voorbeeld. Ze lachte hardop. Wat was ze dom geweest om te denken dat een relatie zonder verplichtingen de ideale oplossing was.

Haar moeder had haar vader gekozen omwille van hun vriendschap en zijn zorgzaamheid. Ze kon met hem lachen. Toch had ze hem nooit de waarheid over Lucy verteld. Ze hadden allebei grote geheimen voor elkaar gehad. Wat wist Lucy er nou van? Niets. Helemaal niets.

Als ze enig bereik had, zou ze Michael een appje sturen. Hij was in elk geval bij haar vader, als ze hem zo nog kon noemen. God wist wat Michaels vriendin van de familie vond. Als Michael op het punt had gestaan om haar ten huwelijk te vragen of hun te vertellen over hun aanstaande huwelijk, dan zou ze zich nu wel bedacht hebben.

Lucy bleef in de deuropening van de King's Room staan. Kit zat in de oude leunstoel die ze daar had neergezet.

'Hoi.' Hij stond op.

'Hallo.'

'Ze is dus niet vergeten dat ze je dat wilde geven.' Hij glimlachte toen hij naar haar toe liep.

Haar adem stokte. Ze keek naar haar hand. 'Nee.'

Hij bleef bij haar staan. 'Heb je hem al gepast?'

'Ik weet niet of ik dat wel moet doen. Het hoort in een museum thuis.'

'Ze wilde dat jij het kreeg.'

'Dat zei ze.' Lucy maakte het doosje open en het sieraad schitterde in het licht van de lampjes in de kerstboom.

'Je lijkt op Lucia.'

'Jij lijkt op Thomas.'

Hij haalde het medaillon uit het doosje en hield het zwartfluwelen lint voor haar. Ze draaide zich om en hij hing het om haar hals. Het medaillon voelde koud aan en ze rilde. Zijn vingers op haar huid toen hij het lint dichtknoopte, deden haar hart overslaan. Hij liet zijn handen over haar schouders langs haar armen omlaagglijden totdat ze bij haar handen waren. Hij hield ze vast en legde zijn lippen in haar nek. Ze kon zich niet bewegen. Dat wilde ze niet.

De lichtjes in de boom weerkaatsten in het oude glas van de ramen, en Lucy zag hen samen staan, volmaakt. Mooi zelfs. Precies als het stel in het medaillon rond haar hals. De diagonale snit van haar jurk trok even langs de lichte ronding van haar buik. Zij en Kit waren voorbestemd voor een leven zonder elkaar, net als Thomas en Lucia. Lucy kreeg een brok in haar keel zo groot als de kruidnagelsinaasappels die ze her en der in de kamer had gelegd. Ze deed een stap opzij.

'Dank je... voor alles.' Ze was niet van plan om te huilen, maar voor het geval dat, rende ze de kamer uit alsof de geest van Thomas Grylls haar op de hielen zat.

77

Hebe

26 december 2016

Hebe trok de sjaal strak om haar schouders. Het was donker in huis, maar het rook er nog steeds naar eten. Haar maag knorde en ze kon zich herinneren dat ze geen plumpudding had gehad. Die was altijd het lekkerste van het feestmaal.

De wind was aangetrokken en gierde door de kieren in de kozijnen. Het had haar altijd het idee gegeven dat Thomas Lucia riep. Halverwege de trap bleef ze staan, herinnerde zich weer dat ze samen waren en al honderden jaren dicht bij elkaar waren. Alles was zoals het moest zijn. Hun lot was eindelijk bekend en zij kon rusten.

Onderaan de trap probeerde ze te bedenken wat ze hier deed, maar ze wist het niet. Door de dichte eetkamerdeur hoorde ze de klok middernacht slaan. Het heksenuur. Geen goed moment om te dwalen.

Ze liep terug naar boven, naar haar kamer, maar kon de slaap niet vatten. Ze deed het licht naast het bed aan en zag de foto. Waarom stond die daar? Waarom had ze een foto van een student bewaard? Ze liep naar het bureau en liet hem in de prullenbak vallen. Er waren dingen die ze nog steeds niet had gedaan, maar ze was zo moe. Alles was moeilijker, zelfs het vasthouden van een pen. Toch zou ze schrijven tot ze niet meer kon.

Het feest van de heilige Stefanus, de eerste christelijke martelaar

Er hangt verandering in de lucht. Het is alsof kaarsen zijn uitgeblazen. Dat zijn ze ook. Ik ruik het. De lucht is dik en ademhalen is moeilijk. Dat komt doordat mijn gemoed zo zwaar is. Ik heb iets fout gedaan. Nee, ik heb veel dingen fout gedaan, maar ik kan ze niet vinden in mijn hersenen. Toch is er één ding dat ik goed heb gedaan. Ik heb bemind.

Haar gezichtsvermogen ging achteruit en ze legde haar pen neer. Misschien was haar einde nabij.

78

Hebe

augustus 2015

We verlaten de kerk en ik loop het trapje naar de begraafplaats op. De meeste stenen staan rechtop, maar niet allemaal. De warmte van de zon dringt niet tot mijn hart door, als ik op mijn gevoel naar het graf van mijn moeder loop. Mijn vader ligt hier ook begraven, maar hem hoef ik niet te zien. Ik heb het te lang gelaten om nog bij hem langs te gaan.

Jij bent bij me, maar je voelt aan dat ik niet wil praten. Ik laat mijn vingers over de naam van mijn moeder glijden.

'Zo jong', hoor ik je zeggen. Dat was ze ook, en ik mag van geluk spreken dat mij veel meer jaren zijn gegund. Ik doe mijn ogen dicht en probeer te bidden of te praten met mijn moeder. Maar de woorden komen niet. Woede borrelt in me op en ik ren de treden af naar de waterkant.

Ik kijk niet achterom naar jou. Ik kijk niet naar de kerk. Ooit droomde ik ervan om daar bij kaarslicht te trouwen, maar het was een uitzichtloze droom. Je slaat je armen om me heen en ik laat de tranen komen.

Hij zweert dat niet het lichaam, maar de geeste trouwt
En die van haar hij als van 'n engel beschouwt.

Mijn verlangen naar jou beheerste mijn gedachten. Ik zou naar de brieven van Prins Rupert moeten kijken, maar kon alleen jou voor me zien. Terwijl ik met de vulpen speelde, vroeg ik me af of ik ook zo naar je zou verlangen als ik je geest niet bewonderde. Hij vormde een slimme val en verslond elk beetje informatie dat ik hem presenteerde. Ik weet dat je mij ook wilde om mijn geest. Ik voelde dat ik bloosde, dacht aan vanmorgen en vannacht. Daar was mijn brein niet aan te pas gekomen. Al verleidde je het wel met poëzie. Je kende mijn zwak voor Donne. Bij elke nieuwe voordracht waren zijn woorden anders.

Ik keek op en zag je aan de andere kant van de kamer zitten. Je glimlachte terwijl je werkte. Je ogen ontmoetten de mijne en we wendden allebei onze blik af. Ik wist wat je dacht. Ik keek op mijn horloge. Ik had genoeg tijd met de doden doorgebracht. Ik had de levenden nodig.

79

Lucy

26 december 2016

De drie belangrijkste vrouwen in Lucy's leven zaten aan de keukentafel terwijl zij buiten in de gang stond. Ze hoorde haar naam. Wilde ze echt weer het onderwerp van gesprek zijn? Ze liep de deur door en alle blikken vlogen haar kant op.

'Goeiemorgen, lieverd. Heb je lekker geslapen?' Haar moeder tuurde over de rand van haar kopje.

'Nee, jij?'

Kate schudde haar hoofd.

'Heb je hem al gesproken?' Lucy liet zich op een stoel ploffen.

'Ik heb Michael gesproken. Giles ligt in bed met een stevige kater.'

'Ai.'

'Hoe voel jij je?' Ze keek naar Lucy's buik.

'Op de misselijkheid na, prima.'

'Ga je het Ed vertellen?' Hebe stond op.

'Nee, ik wil hem er op geen enkele manier bij betrekken.' Ze slaakte een zucht. Toen zij en de dokter de enigen waren die het wisten, had alles op de een of andere manier hanteerbaar geleken. Nu Hebe het wist, bestond de kans dat nog meer mensen erachter zouden komen. 'Het is echt cruciaal dat dit onder ons blijft.'

'En… Giles? En Michael en zijn vriendin?' vroeg Hebe, die met haar vork speelde.

Sarah zuchtte. 'Laten we hopen dat ze het toeschrijven aan Hebes verbeelding.'

'Maar ik heb het niet verzonnen.' Hebe keek om zich heen en pakte een schort.

Lucy stond op en sloeg een arm om haar tante heen. 'Dat heb je ook niet, maar dat weten zij niet, en het is belangrijk dat ze er niet achter komen.'

'Oké,' zei ze, waarna ze op de keukenvloer in elkaar zakte.

Lucy legde haar op haar zij, Sarah belde een ambulance en Kate rende naar boven om Hugh te halen.

Terwijl ze in de wachtkamer van de spoedeisende hulp zaten, piepte Lucy's telefoon. Ze wilde niet kijken, maar haar oog viel op het nummer. Rory Crown. Ze was hem glad vergeten.

'Is het belangrijk?' Kate zat handenwringend op een stoel, terwijl Hugh met de artsen praatte.

'Ja, op de een of andere manier wel, geloof ik. Ik ben zo terug.'

Buiten was het koud en helder. Het was een prachtige tweede kerstdag. Perfect voor een lange wandeling en restjes, niet voor een ziekenhuis. Ze belde Rory's nummer.

'Lucy? Ik ben net geland. Hoe is het met haar?'

Lucy sloeg haar blik ten hemel en dacht hard na over wat ze tegen hem moest zeggen. Hoe zou zij zich voelen als ze hem was? Hebe had van hem gehouden.

'We zijn in Treliske Hospital. Hebe is flauwgevallen en is sindsdien niet meer bij bewustzijn geweest. Straks weten we meer.'

'Ik ben op het vliegveld. Ik huur een auto, dan kom ik zo snel mogelijk.'

'Is dat verstandig?' Ze fronste haar wenkbrauwen.

'Nee, maar ik moet haar zien.'

Lucy haalde haar vingers door haar haar en herinnerde zich weer hoe Hebe in de ambulance was afgevoerd. 'Haar toestand is stabiel. Ik app je zodra ik meer weet.'

'Ik ben er rond middernacht.'

Ze keek op haar horloge. 'Dan mag je haar toch niet zien.'

'Ik weet het.' Hij zuchtte.

Ze zocht in de heldere lucht naar antwoorden. 'Als je nou morgenochtend de eerste trein neemt. Dan heb je wat kunnen rusten en kun je de situatie beter aan.'

'Maar...'

'Moet je horen, vannacht zal er weinig veranderen. Als je hebt geslapen, kun je waarschijnlijk beter omgaan met wat er is gebeurd.'

'Dat is wel zo.'

'Laat maar weten hoe laat je trein aankomt, dan kom ik je van het station halen.'

'Oké... en dank je wel.'

Ze liep weer naar binnen in de hoop dat ze er goed aan had gedaan. Ze had geen idee wat er allemaal speelde, maar het laatste wat ze nodig hadden was een man met een jetlag op de weg.

Iedereen stond om Hugh heen.

'Lucy, daar ben je.' Hij glimlachte. 'Hebe is nog steeds bewusteloos. Ze denken dat ze een beroerte heeft gehad. Morgenochtend weten we meer.'

'Ze wordt toch wel weer wakker, hè?' Ze keek in zijn vriendelijke en serieuze gezicht.

'Ik hoop het, maar zonder meer informatie kan ik dat niet zeggen.'

Ze probeerde te slikken, maar kon het niet. De gedachte aan een wereld zonder Hebe was ondraaglijk, maar of ze er klaar voor was of niet, ze hadden het niet in de hand.

Lucy zat aan Hebes bureau. Ze haalde de sleutel van de ketting van haar tante en opende de lades. Een snelle blik erin liet zien dat alles keurig georganiseerd was.

Ze begon met de onderste la waar ze een fotoalbum vond vol foto's van Hebe als baby en klein kind. Haar moeder Frances was een beeldschone vrouw met donker haar en ogen die met de camera flirtten. Op één foto waggelde Hebe lachend op het strand. De laatste foto in het album was met Kerstmis gemaakt. Hebe zat bij haar moeder op schoot met een kerstsok in haar hand. Lucy had die sok gisterochtend gezien.

'Frances was een prachtige vrouw.' Sarah kwam de kamer binnen en ging op de leuning van de stoel zitten.

Lucy keek naar haar op. 'Jij had die sok voor Hebe neergelegd.'

Haar oma knikte. 'Ik vond hem toen ik vlak voor kerst aan het opruimen was.'

'Kon ze zich hem herinneren?'

'O, ja.' Sarah glimlachte toen ze haar hand even op het fotoalbum legde. 'Dit heb ik nooit eerder gezien.'

'Nee?'

'Hebe en ik hebben het gevonden.' Kate kwam binnen met een glas whisky.

'Waar? Wanneer?' Sarah stond op.

'Toen papa overleed.'

Sarah fronste. 'Dat heb je me nooit verteld.'

'Weet je nog dat jij het niet aankon om zijn spullen uit te zoeken en dat Hebe en ik dat toen hebben gedaan?'

Sarah knikte.

'Nou ja, toen vonden we het album en wat brieven.'

'Brieven?'

Kate knikte. 'Ik moest van Hebe zweren dat ik dat geheim zou houden, maar ik denk dat die tijd voorbij is.'

'Lieve god, wat stond erin?'

'Er was er één van Frances aan Hebe, die papa had achtergehouden, en verder brieven van Frances aan papa en andersom.' Lucy zag Sarah slikken. 'Sommige waren liefdesbrieven… helemaal tot het einde.'

'O, nee.' Sarah sloeg haar hand voor haar mond.

Kate knikte en haalde diep adem. 'Ze waren nog steeds verliefd, maar Frances wist wat haar te wachten stond. Haar moeder, oma en tante waren allemaal jong overleden.'

Sarah trok wit weg. 'Bedoel je dat Richard helemaal niet verliefd op me was?'

'Dat weet ik niet zeker.' Kate nam een slok whisky. 'Ze wilden de ziekte van Frances voor Hebe verborgen houden totdat ze ouder was en het kon begrijpen.'

'Dat kan niet kloppen. Richard wilde helemaal niet dat Hebe het wist. Hij heeft haar verteld dat haar moeder aan longontsteking was overleden.'

'En dat geloofde ze, totdat ze de brieven vond.'

'Hoe oud was ze toen ze achter de waarheid over de dood van haar moeder kwam?'

'Vierentwintig.' Kate slikte. 'Dat is het moment waarop ze besloot om nooit te trouwen of kinderen te krijgen.'

Sarah sloot haar ogen even. 'Daar heeft ze nooit iets over gezegd.' Ze keek naar Kate. 'Jij hebt ook nooit iets gezegd.'

'Ik moest haar beloven er nooit over te praten.'

Langzaam schudde Sarah haar hoofd. 'Het verklaart heel veel.'

'Vanaf dat moment ging ze regelmatig naar Cornwall. Kun je je dat nog herinneren?'

'Ja. Ze kocht een auto met geld van haar vader dat ik haar had gegeven.'

'In die tijd kocht ze het portret ook.'

'Van Thomas Grylls?'

'Ja. Ze bezwoer me dat hij de enige man zou zijn van wie ze ooit zou houden. De waarheid over haar moeders dood veranderde haar.' Kate zuchtte. 'Toen ze de middelbare leeftijd had bereikt en geen sporen van de ziekte vertoonde, hoopte ik dat ze het niet zou krijgen.'

'Ik heb een borrel nodig.' Sarah keek naar Lucy. 'Jij ook?'

Lucy glimlachte. 'Klinkt als een heerlijk idee, maar mijn maag zegt van niet.'

'Grappig dat het lichaam zo snel in actie komt om het leven vanbinnen te beschermen.'

'Dat helpt dus echt niet.' Lucy keek haar boos aan.

'Sorry.'

Haar grootmoeder gaf haar een knuffel. 'Ik laat jullie even alleen.'

Lucy keek hoe Sarah naar de salon liep, waarna ze zich tot haar moeder wendde. 'Gaat het?'

'Vreemd genoeg, ja.' Ze lachte kort. 'Het is nu in elk geval geen geheim meer.'

'En heb je papa gesproken?'

'Ja, en we hebben nog veel meer om over te praten.' Ze keek naar de whisky in haar glas. 'Maar we gáán praten. Hij weet dat ik hem niet moedwillig heb bedrogen.'

'O?'

'Nee, ik wist pas dat je niet van hem was toen jij een jaar of vier was en ik Frank weer zag. Je hebt zijn oren.'

'O.' Lucy legde een trillende hand tegen haar oor.

'En tegen die tijd was Michael al geboren en waren we een gezin. Dat zijn we nog steeds.' Ze wierp Lucy die blik toe.

'O, mama. Het spijt me dat ik je dit heb aangedaan.'

'Lieverd, je hebt me helemaal niets aangedaan. Ik heb mijn eigen pad gekozen omdat ik van je hield vanaf het eerste moment dat ik wist dat je er was.'

'Niet doen.' Lucy stond op.

'Maar je moet weten waarom je bestaat.'

'Ik besta omdat jij met Frank van bil bent geweest, die in die tijd kennelijk een spetter was.' Lucy trok haar neus op. 'Maar ik begrijp nog steeds niet waarom je hem niet hebt gekozen.'

'Ik was bang. Hij haatte alles waarmee ik was opgegroeid en waarvan ik dacht dat ik het in mijn leven wilde, terwijl Giles alles vertegenwoordigde wat ik kende.' Kate zuchtte. 'Het ziet er misschien niet zo uit, maar ik heb het juiste pad gekozen.'

'Hoe kun je dat nou zeggen? Je hebt je opleiding opgegeven.'

'Jij ook.'

Lucy slikte. 'Ik weet het. Ik was zo boos.' Ze keek haar moeder van opzij aan.

'Terecht.'

'Heb je hem ooit met Alice geconfronteerd?'

Kate schudde haar hoofd. 'Dat had geen zin. Het was voorbij en soms maken antwoorden iets niet draaglijker.'

'Hij heeft tegen mij gezegd dat het hem speet.'

Ze streelde Lucy's hand. 'Daar ben ik blij om.'

'Ik ook.'

'Hij vroeg nog naar je.'

'Echt?' Lucy wendde haar gezicht af van de intense blik van haar moeder.

'Hij houdt van je.'

Ze haalde diep adem. 'Ja.' Ze hadden veel jaren verloren, maar ze kon zich de tijd herinneren dat het nog goed was. Misschien kon het weer goed komen. 'Is er nog iets anders veranderd tussen jou en papa?'

Haar moeder keek haar bevreemd aan.

'Jarenlang was het alsof jullie gescheiden levens leidden, maar opeens, misschien vanwege het Ed-schandaal, begonnen jullie je als een stel te gedragen.'

Een treurige glimlach gleed over haar moeders gezicht. 'Ik was bang dat ik kanker had.'

'Wat?' Lucy deed een stap naar achteren. 'Dat heb je helemaal niet gezegd.'

'Het ging allemaal te snel. Een vreemde moedervlek bleek een melanoom te zijn.'

'Mama.'

'Het is goed. Ze hebben hem weggehaald en er zijn geen uitzaaiingen.'

'Maar je hebt niets gezegd.'

'Nee.' Ze schudde haar hoofd. 'Je was ergens op locatie voor een fotoshoot en tegen de tijd dat je terug was, wisten we hoe het zat.'

'Maar toch...'

'Het spijt me dat we het je niet hebben verteld, maar het deed je vader en mij beseffen hoe belangrijk we voor elkaar zijn.'

'O.' Lucy liet zich in een stoel vallen.

Haar moeder wreef over haar rug, wat herinneringen opriep aan vroeger toen ze dat deed als Lucy ergens overstuur van was. Daarna gaf ze haar een zoen op haar wang en liep weg om haar glas bij te vullen.

Lucy draaide zich naar Hebes bureau. In de prullenbak zag ze de foto van de vorige avond liggen. Waarom had Hebe hem weggegooid? Zaten er nog meer verrassingen in, en wat zou er morgen gebeuren als Rory Crown kwam?

80

Hebe

augustus 2015

De vierbaansweg strekt zich voor me uit en ik word bijna in slaap gesust. Straks verlaten we Cornwall en als we de Tamar oversteken, verdwijnt de magie uit mijn ziel. Ik draai me om en kijk naar jou. Deze zomer met jou is als tijd buiten de tijd geweest. Hadden we het eerder moeten doen? Zou ik het hebben gedaan als ik niet had geweten dat mijn dagen geteld waren?

Ik steek mijn hand uit en masseer je nek op het moment dat we het bord met DEVON passeren. Je glimlacht afwezig naar me. Je zit ergens anders met je gedachten. Niet bij mij en niet in Cornwall. Ik kijk over mijn schouder. Daar ligt mijn hart, maar het ligt ook hier bij jou.

Tranen blusten honderd, twee gedoofd door zuchten;
Na duizend meer dacht ik in ledigheid te vluchten.
Noch raakt' ik niet verdeeld, ik dacht aan u allenen;
Of duizend meer was zelfs dat uit mijn geest verdwenen.
Doch is dit geen lang leven, of ben ik in de waan
Door de dood onsterflijk te zijn; kan een geest doodgaan?

Vanmorgen werd ik naast jou wakker en ik voelde de geesten van mijn verleden bij ons liggen. De donkere was de ik die jou had binnengelaten. Ze glimlachte naar me en zei: 'Er is van je gehouden.' Maar de andere, blekere geest zei: 'Zie wat je hem hebt ontnomen. Zijn jeugd, eventuele kinderen. En het ergste van alles: je hebt hem jezelf niet helemaal gegeven. Nee, je hebt het belangrijkste deel achtergehouden.'

Ik haalde diep adem. Ze hadden allebei gelijk, en ik had het mis. Deze relatie zou nooit wat worden. Je verzadigde me lichamelijk en daagde me geestelijk uit; je was mijn wereld. Maar terwijl ik naar je keek, vroeg ik me af waar je in mijn leven paste. We spraken niet meer over boeken of liefde of filosofie. Je zei alleen nog afgezaagde, routinematige teksten. Hield je nog van me? Zo ja, waarom? Ik had me altijd afgevraagd waarom je van me hield. Of moest ik 'had gehouden' zeggen?

81

Lucy

27 december 2016

Lucy was laat. Ze parkeerde de auto bij het station en rende het gebouw binnen. Ze zag niemand, alleen een aantrekkelijke man van haar eigen leeftijd. Ze kon hem niet plaatsen. Ze pakte haar telefoon om te zien of Rory Crown misschien de trein had gemist, maar op hetzelfde moment drong tot haar door dat de man opvallend veel op het portret van Thomas Grylls leek. Sterker nog: hij zou Kits jongere broer kunnen zijn, al was hij donker en Kit blond. Misschien had Thomas zich verder verspreid dan was opgetekend.

'Hoi, Lucy?'

Ze schrok, vroeg zich af of ze hem uit het verleden kende, al zou ze dat toch zeker hebben onthouden? Hij was te aantrekkelijk om te vergeten. 'Eh, hallo.'

'Hoe is het met haar?'

Ze sperde haar ogen open. 'Rory?'

'Ja.'

'Ah.' Lucy slikte en deed haar best haar schok te verbergen. 'Ze is stabiel. Wakker, maar ze heeft nog niets gezegd.'

Hij knikte en liep met haar mee naar de auto. 'Wat is de prognose?'

Ze wierp een blik op hem toen ze instapten. 'Daar zeggen ze eerlijk gezegd niet zo veel over.'

'Oké.'

'Voordat we naar het ziekenhuis gaan, moet je weten dat ik de rest van de familie niet heb verteld dat je komt, omdat...'

'Omdat je niet genoeg weet over mij en Hebe.'

Ze knikte.

'Snap ik. Wat wil je weten?'

Ze had duizenden vragen, de eerste: hoe? Maar ze wist dat het onbeleefd en verkeerd was. 'Straks. Het ziekenhuis is vlakbij.' Ze haalde adem. 'Het kan zijn dat ze je niet herkent.'

Zijn gezicht betrok.

'Ze herkende je naam in elk geval niet.'

'Eerlijk gezegd, had ze daar altijd wat moeite mee.'

'Echt?'

'Ja.'

Ze parkeerde de auto en kocht een kaartje. Ze wist dat haar moeder en grootmoeder bij Hebe waren. Hugh liep waarschijnlijk door de gangen te ijsberen en stelde waar nodig de juiste vragen. Zij en Rory liepen in stilte naar de afdeling. Ze glimlachte naar de verpleegkundige aan de balie en zag Hugh even verderop in de gang met iemand staan praten.

Kate en Sarah keken op toen ze voetstappen hoorden.

'Hoe gaat het met haar?' vroeg Lucy, maar ze reageerden niet. Allebei staarden ze naar de man die naast haar stond.

Vanaf het moment dat ze hem had ontmoet, had Lucy zich afgevraagd hoe ze met deze situatie moest omgaan. Ze wilde het niet mooier maken dan het was. Ze hadden al genoeg op hun bord. Ze gebruikte zijn eigen woorden.

'Dit is Rory Crown, Hebes minnaar.'

Ze bleven staren. Rory leek het niet te merken. Hij ging naast het bed zitten, pakte Hebes hand en legde hem tegen zijn wang. Hebe deed haar ogen open en keek hem aan, maar gaf geen blijk van herkenning.

'Laten we ze wat tijd alleen geven,' zei Lucy. Kate en Sarah keken elkaar aan, stonden toen op en volgden haar naar de gang.

'Lieverd, hij is jong genoeg om haar zoon te zijn.' Kate keek over haar schouder naar de kamer. 'Weet je zeker dat dit serieus is?'

Lucy zag hoe Rory Hebes hand streelde en wist dat het serieus was.

'Hij lijkt precies op het portret,' zei Sarah, en ze wierp een blik op Hugh die hun kant op kwam. 'Wat weet je van hem?'

'Niet veel.' Lucy zweeg even en keek de kamer in. Rory zei iets tegen Hebe, hij streelde haar gezicht en streek haar haar glad. 'Maar kijk.'

Sarah legde haar hand tegen haar mond en Lucy wist hoe ze zich voelde.

'Ik heb de artsen gesproken.' Hugh kwam naast hen staan en keek bij Hebe naar binnen. Hij trok een wenkbrauw op.

'Dat is Hebes minnaar, Rory Crown,' vertelde Lucy hem.

Hij schudde zijn hoofd. 'De vrouwen in deze familie zijn onverbeterlijk,' zei hij met een glimlach, 'en geweldig.'

Sarah pakte zijn hand vast en gaf hem een kneepje.

'Hebe is stabiel en mag mee naar huis als wij voor haar kunnen zorgen.'

'Wat houdt dat in?'

'Op dit moment betekent het dat we in feite alles voor haar moeten doen. Vierentwintig uur per dag verpleging, daar komt het op neer.'

'Wil dat zeggen dat dit het einde is?'

Hugh knikte. 'Het kan zijn dat ze nog even bij ons terugkomt.' Hij stak zijn hand vragend op. 'Maar dat is aan de goden, en als je haar mee naar huis neemt, heb je hulp nodig. Kan ze dat betalen?'

'Ja.' Alle ogen richtten zich op Lucy. 'Ik heb de bankafschriften in haar bureau zien liggen. Ze heeft geld.'

'Dat is goed, maar het zal nog lastig zijn om daaraan te komen.'

Lucy knikte. 'Ik denk dat ik dat kan, maar dat moet ik navragen bij haar notaris.'

'Waarom denk je dat?'

'Hebe wilde dat ik een hele stapel papieren ondertekende. Ik heb er toen niet zo veel aandacht aan besteed omdat ik andere dingen aan mijn hoofd had, maar volgens mij was één ervan een volmacht.'

Rory kwam bij hen staan. 'Is er nieuws?'

Ze slikte. 'Het is niet goed, afschuwelijk zelfs.' Rory knikte en ze wenste dat ze wat minder eerlijk was geweest.

'Waar woont ze op dit moment?'

'In Helwyn House.'

'Het Helwyn House dat van Thomas Grylls is geweest?'

'Ja.'

'Dat zal ze geweldig vinden.' Hij glimlachte.

Een verpleegkundige kwam naar hen toe. 'Hebben jullie al besloten wat je gaat doen?'

'We zullen het een en ander moeten regelen, maar we willen haar thuisbrengen.' Kate keek het groepje rond en iedereen knikte instemmend. 'Is er iets van een lijst met dingen die we nodig hebben?'

'Ja, en er zijn mensen die jullie kunnen helpen. Ik zal jullie in contact met ze brengen.' Kate liep met de verpleegkundige mee en Lucy richtte zich tot de anderen.

'Laten we hopen dat de notaris deze week werkt.'

'Wij kunnen de kosten voor de korte termijn wel opvangen.' Sarah keek naar Hugh, die knikte. 'En we blijven natuurlijk om te helpen.'

'Mag ik ook blijven?' vroeg Rory.

'Ja. Ik denk dat we alle hulp kunnen gebruiken.' Lucy keek naar haar tante in bed. Het was alsof zij het niet was.

'Dank je.' Rory ging weer bij Hebe zitten en pakte haar hand vast.

Lucy wenste dat ze eerder contact met hem had kunnen krijgen.

82

Hebe

28 december 2016

Hebe deed haar ogen open en trok haar neus op. Ze kon niet goed zien, maar ze wist dat ze niet thuis was. Het rook hier vreemd en er piepte iets. Ze wilde hier niet zijn.

Er zat iemand naast het bed. Het was niet Lucy. Het was een man. Ze probeerde haar ogen scherp te stellen, maar het lukte niet. Ze deed haar ogen weer dicht en wist alleen dat ze in Helwyn House wilde zijn. Niet hier.

Er kwam nog iemand de kamer binnen.

'Hoe gaat het met haar?' De vrouw schikte het kussen wat beter onder haar hoofd.

'Ze deed haar ogen net even open, maar ze gingen ook direct weer dicht.'

De mannenstem maakte een herinnering los.

'Hebe?' De vrouw pakte haar hand en hield hem bij de pols vast. 'Hebe, ik ga even je polsslag meten.' De vrouw liep om haar heen en de man bleef naast haar zitten. 'Zo, dat is gedaan. Is het niet geweldig dat deze aardige jongeman je gezelschap houdt?'

Jongeman. Ze haalde diep adem. Jongeman, haar jongeman. Dat kon helemaal niet.

83

Lucy

28 december 2016

Lucy tuurde langs de bar van Shipwrights in de hoop Kit te zien. Ze had sinds Kerstmis niets meer van hem gehoord en dat kon ze hem ook niet kwalijk nemen. Ze had gehoopt dat de stilte hun wat ruimte zou bieden, maar waarschijnlijk was hij op de vlucht geslagen voor een familie die overduidelijk alleen maar ellende betekende. Waarom zou hij zich in vredesnaam willen binden aan een vrouw die zwanger was van het kind van een ander, wier vader niet eens haar vader was? Een verstandig mens zou die situatie mijden. Dat zou Lucy zelf ook doen als ze kon. Maar toen ze naar haar moeder, grootmoeder en Hugh keek die aan een tafeltje gingen zitten, was ze blij dat ze er waren.

Eenmaal terug uit het ziekenhuis had niemand zin om te koken en dus leek eten in de pub de oplossing. Terwijl Lucy wachtte tot Cadan iemand anders had geholpen, keek ze hoe haar moeder op haar tablet bezig was het een en ander uit te zoeken.

'Wat mag het zijn?' Cadan glimlachte.

'Een fles Cabernet Sauvignon en een kan kraanwater, alsjeblieft.'

'Met drie of vier glazen?' Hij knipoogde. 'Ik heb begrepen dat ik je mag feliciteren.'

'Wat?'

'Nou ja, het is niet echt een geheim, of wel?'

Ze opende haar mond en klapte hem weer dicht toen hij naar de tafel achter haar wees waar de krant van vandaag lag. LIEFDESBABY VOOR BEKAKTE SOCIALITE EN PARLEMENTSLID. Haar knieën begonnen te knikken. Hoe was dat mogelijk?

'Gaat het? Domme vraag.' Hij liep rond de bar, zette haar in een stoel en duwde haar hoofd tussen haar knieën. Nog voordat ze weer overeind kon komen, stond Hugh al naast haar.

'Wat is er gebeurd?' vroeg hij.

Ze wees. 'Dat kan ik er nu echt niet bij hebben.'

'O, jee.' Haar grootmoeder pakte de krant, waar nog eenzelfde exemplaar onder lag. 'Wie heeft dat gedaan? Er waren maar een paar mensen die het wisten.'

'Nou, het was hier anders groot nieuws op tweede kerstdag, toen je vader hier met Michael was.'

Lucy's hart sloeg over. 'Wie waren er nog meer?'

'O, je weet wel, het bekende kliekje.' Cadan haalde zijn schouders op.

'Alice?'

Hij knikte.

'Dat verklaart het.' Ze liet haar hoofd in haar handen zakken.

'O, lieverd.' Haar moeder sloeg haar armen om haar heen toen ze opstond.

Lucy had behoefte aan koele, frisse lucht die naar zee rook. Ze griste haar jas mee en liep naar de deur. Ze had geen idee hoe ze moest leven met de krantenkoppen die ze had achtergelaten. Het was al erg genoeg geweest toen het schandaal net was gelekt. Maar nu was het veel erger en het probleem was met geen mogelijkheid uit te wissen.

Het was een lange, donkere wandeling terug naar Hell House. Lucy had een appje gestuurd, zodat ze zich geen zorgen zouden maken. Zelf was ze wel bezorgd. De duisternis omsloot haar, en om haar telefoon te sparen en de zaklamp niet te gebruiken, liep ze struikelend langs de weg en deed ze wanhopig haar best om na te denken. Het ging om Hebe en om wat zij nodig had, niet om de crisis die ze zelf in haar eigen domheid had veroorzaakt. Nu wist het hele land dat ze zwanger was van Eds kind. Vreemd genoeg had ze in geen tijden een app of telefoontje van hem gehad, en daar was ze blij om. Maar dat zou waarschijnlijk binnenkort veranderen.

In de baai zag ze de lichtjes van de tankers. Op één stond zelfs een kerstboom. De wereld zag er vredig uit, maar dat was hij niet. Haar telefoon piepte. Ze durfde bijna niet te kijken, uit angst dat het Ed was. Maar het was Kit. Hij had de krant zeker gezien.

Gaat het?

Ze bleef staan en keek naar de heldere hemel. Boven haar strekte de enorme Melkweg zich voor haar uit. Ze was nietig, heel nietig. Ze was simpelweg een vrouw die fouten had gemaakt. Er waren er duizenden zoals zij op deze planeet. Hun fouten werden gelukkig niet breed uitgemeten op de voorpagina van de krant. Dat maakte Lucy's fouten niet erger, alleen kon iedereen erover lezen. Maar hoe erg de dingen die ze had gedaan ook waren, ze had een moeder en grootmoeder die van haar hielden. Op de een of andere manier zou ze hier wel doorheen komen.

Ze liep verder in de richting van St. Anthony. De lichtjes van de boerderij brandden en ze dacht aan Kits appje. Ze moest naar het toilet en nog dringender had ze behoefte aan een vriendelijk gezicht. Ze hoopte in elk geval dat het vriendelijk zou zijn. Ze duwde het hek open en bedacht dat hij haar misschien niet wilde zien. Haar blaas liet haar niet lang nadenken.

Zodra ze had aangeklopt, ging de deur open.

'Lucy. Ik maakte me zorgen.'

'Dank je. Mag ik van je toilet gebruikmaken?'

'Natuurlijk. Chocolademelk?'

'Lekker.' Ze rende naar het toilet en vroeg zich af hoe hij precies wist wat ze nodig had.

Toen ze terugliep naar de zitkamer zag ze *The Times* opengeslagen op tafel liggen. Hier had ze de tweede pagina gehaald, goddank niet de voorpagina.

Kit bestudeerde haar terwijl hij haar een dampende beker aanreikte. 'Hoe is het met Hebe?'

'Ze is wakker, maar praat niet.' Ze blies op haar chocolademelk. 'We weten niet wat ze kan of wil, maar we brengen haar naar huis.'

'In Helwyn House zal ze zich prettiger voelen.'

'Ja.'

'Als ik iets kan doen, moet je het maar laten weten.'

'Dank je.' Ze keek naar hem en toen naar de beker.

'Hoe voel je je?'

'Eh. Wel goed, alles bij elkaar genomen.'

'Mooi.'

Overal stonden nette stapels boeken. Ze bekeek de titels, was onder de indruk van de verscheidenheid. 'Zijn die allemaal van jou?'

Hij glimlachte. 'De meeste, maar sommige zijn van mijn vader.'

'Is het een manier om hem dicht bij je te hebben?' Ze gleed met haar hand over het dichtstbijzijnde boek.

'Ja.' Hij stond op en pakte er een. 'Het is alsof hij hier is in de potloodaantekeningen.'

Ze pakte zijn hand vast. Hij knielde naast haar neer. 'Ik vind het rot voor je.'

Ze fronste. 'Wat vind je rot?'

'Dat je weer in de kranten staat.'

Ze slikte. 'Niet ideaal.'

'Dat kon je niet gebruiken, nu niet, nooit.' Hij streelde haar wang. 'Ik moet je iets bekennen.'

Ze zette haar chocolademelk neer. 'O?'

'Vroeg of laat kom je er toch achter.'

Was hij daarom weggebleven? Ze was ervan uitgegaan dat Alice het verhaal had gelekt. Hij zat zo dichtbij dat ze de vlekjes in zijn irissen kon zien. Geel, groen, blauw.

'Ik heb met Hebe samengewerkt.'

Ze trok haar wenkbrauwen samen. Dat was geen geheim.

'Weet je nog, de boeken die we allebei zo leuk vinden?'

'Van H.J. Bowden? Over Thomas Grylls?'

'Ja, die.' Er lag een glimlach rond zijn mond.

'Wat is daarmee?'

'Je tante is H.J. Bowden.'

'Nee!' Ze schudde haar hoofd. 'Altijd als ik het over die boeken had, gaf ze erop af.'

Hij knikte. 'Een goeie techniek als je je identiteit geheim wilt houden.'

'Maar waarom? Ze zijn prachtig, het zijn bestsellers waar miljoenen mensen van genieten.'

'Maar als je docent geschiedenis bent... een serieuze academica...' Hij duwde een lok haar achter haar oor.

'Ja.' Ze keek naar zijn hand in de hare en vroeg zich af of hij hem zou wegtrekken. 'Maar wat heb jij daarmee te maken?'

Hij glimlachte. 'Ik trof haar toevallig aan op een dag dat ze heel veel moeite had met schrijven, en vanaf dat moment hebben we samengewerkt om het laatste boek af te maken.'

'Is het af?'

'Ja, op kerstavond hebben we het afgemaakt en weggestuurd.'

'Dus haar werk is gedaan.'

Hij knikte.

'Aha.' Ze keek hem aan.

'Het spijt me.'

Ze schudde haar hoofd. Het was zijn schuld niet. 'Ik ben je dankbaar. Ik weet zeker dat ze ermee zat.'

Hij stond op en trok haar in zijn armen. 'Gaat het echt wel met je?'

'Nee.' Voor één keer hoefde ze niet te liegen en zich niet groot te houden.

'Ik ben er voor je.'

'Dank je wel.'

Ze moest gapen en hij lachte.

'Kom, dan breng ik je naar huis.'

'Graag.'

Hij gaf haar een zoen op haar voorhoofd en ze was opgelucht dat hun relatie duidelijk was. Hij was haar vriend en misschien had ze dat meer nodig dan iets anders. Deels verlangde ze naar meer, maar ze wist dat dit de veiliger optie was.

84

Lucy

29 december 2016

Ze reden door Manaccan. De zon probeerde tevergeefs achter de wolken vandaan te komen. Hebe zat naast Lucy en Rory zat achterin. De stilte omvatte hen en drukte zwaar op Lucy. Ze weerstond de neiging om over van alles en nog wat te babbelen. Hoewel Hebe bij hen was, was het ook alsof ze er niet was. Ze had geen woord gezegd en zou dat misschien ook nooit meer doen. Dat beangstigde Lucy, maakte haar verdrietig en deed de vreugde dat ze haar thuisbrachten teniet. Natuurlijk wist ze ook wel dat die rottige zwangerschap haar hormonen overhoophaalde. Hoe eerder het wezen in haar was weggehaald en zij de touwtjes van haar eigen leven weer in handen had, hoe beter.

De kreek kwam in zicht en het slik glinsterde in de onwillige zon. Lucy zag een eenzame reiger naar de oever lopen toen ze het hek door reed.

'Hoe staat het huis erbij?'

Lucy trapte hard op de rem en keek naar haar tante. De artsen hadden gezegd dat de alzheimer en de beroertes Hebe langzaam van hen afnamen. Ze kon zich bewegen, maar niet goed, hoewel ze vanmorgen zelf had ontbeten. Rory had kalm geaccepteerd dat het personeel in het ziekenhuis aannam dat hij de neef was. Naar Lucy konden ze alleen maar staren, maar wie kon hun dat kwalijk nemen. Ze was vandaag alweer voorpaginanieuws vanwege een schandaal met een conservatief parlementslid dat werd vergeleken met haar situatie.

'Gaat het, Lucy?' vroeg Hebe.

'Ja, het huis staat er goed bij en het leeft meer nu mama, oma en Hugh er allemaal zijn ingetrokken.'

'En... hij?'

'Kit?' Lucy keek over haar schouder naar Rory.

'Ja, hij, Witte Tanden.'

'Het gaat goed met hem.' Ze reed verder.

'De aannemer?'

'Fred komt 3 januari pas weer.'

'Het feest van de heilige Genoveva, maagd.'

'Wat?' Lucy bedacht dat Hebe elke nieuwe notitie in haar dagboek begon met de heilige van de dag. Het leek vreemd. 'Hebe, hoe weet je dat?'

'Wat?'

Lucy wierp een blik opzij. Hebe staarde naar Hell House. Het zag er nog steeds feestelijk uit in deze rustige tijd tussen kerst en oud en nieuw. Vroeger had ze deze tijd altijd het teleurstellende midden van de vakantiesandwich gevonden, maar op dit moment was het precies wat ze nodig had. Rust.

Ze reed tot aan de loggia. 'Welkom thuis, Hebe.'

'Thuis.' Hebe glimlachte.

Rory was de auto al uit gesprongen en opende het portier. Hebe leek nog steeds dwars door hem heen te kijken. Er lag geen spoor van herkenning op haar gezicht. Het moest hartverscheurend voor hem zijn; dat was het in ieder geval voor Lucy wel.

Haar moeder stond bij het hek. Lucy hoopte maar dat het de juiste beslissing was geweest om Hebe thuis te brengen. Alles wat ze had gelezen wees erop dat het het beste was om in een vertrouwde omgeving te zijn, zolang de zorg gewaarborgd kon worden. En ze was ervan overtuigd dat ze het aankonden, zeker met Rory's hulp.

85

Hebe

29 december 2016

Hebe zat in een leunstoel bij het fornuis. Ze kon zich niet herinneren dat hij daar eerder had gestaan, maar er waren meer dingen verplaatst, de tafel was verschoven. Verder stond alles op de juiste plek en was het fijn om bij de warmte van het fornuis te zitten. Het was koud geworden.

Lucy kwam haastig binnen. Ze had roze wangen, maar haar blik was schichtig, bleef nergens op rusten. Kwam dat door de man die in huis was? Hij stond bij de gootsteen de ontbijtboel af te wassen. Hebe dacht dat het de ontbijtboel was. Ze wist het niet zeker, en toen ze uit het raam keek, was de lucht grijs en werd het er niet duidelijker op. De zon ontbrak. Haar hoofd zat vol wolken. Ze hielden alles voor haar verborgen.

De deur naar de tuin ging open en Meneer Witte Tanden kwam binnen. Hij keek eerst naar Lucy en glimlachte toen naar Hebe.

'Goeiemorgen, Hebe. Ik heb de wetenschappers gesproken die bezig zijn om de lichamen in de noordelijke slaapkamer en de geheime kamer te dateren.'

Lucy lachte. 'Werken die deze week?'

'De familie ontvluchten, noem je dat.' De man bij de gootsteen sprak. Zijn stem. Hij echode door Hebe, ze kreeg er rillingen van. De wolken weken uiteen en er kwam licht binnen, maar voordat ze het kon vastgrijpen was het weer weg.

'De tweede set botten is van een vrouw, en het DNA komt niet overeen met dat van Grylls.' Meneer Witte Tanden ging naast haar zitten. 'En gezien de vondst van het Grylls-sieraad vermoed ik dat het Lucia is.' Hij keek op. 'Nu moeten we haar DNA alleen vergelijken met dat van een Courtenay.'

Hebe hield haar hoofd schuin en probeerde zich te concentreren. Ze keek naar de man bij de gootsteen. Ze raakte haar lippen aan en wendde haar blik af. Geen lippenstift.

Meneer Witte Tanden liep naar Lucy. 'Hoe voel je je?' vroeg hij. Lucy stak haar telefoon uit en liet hem iets zien. 'Wat ga je nu doen?'

Ze schudde haar hoofd. 'Eerlijk gezegd is hij op dit moment geen prioriteit.'

De man bij de gootsteen hing de theedoek over de stang van het fornuis en keek naar Hebe. Een lome glimlach gleed over zijn gezicht. Zonlicht explodeerde in haar hoofd en alles was duidelijk. Ze zocht in haar zak en vond haar lippenstift. Met trillende hand bracht ze kleur aan en glimlachte toen terug.

Lucy hapte naar adem en keek van Hebe naar de man.

Hebe draaide zich naar Lucy. 'De baby? Hoe is het met de baby?' Ze stond wankel op. De man schoot op haar af en pakte haar bij de arm vast.

'Alles is goed.' Lucy klopte op haar buik.

'Een kind is altijd een zegen.' Hebe zette een voet voor de andere.

'O Hebe, dat ben ik niet met je eens.'

Hebe draaide haar hoofd om. 'Het leven is kort, maar het is kostbaar. Het mijne is bijna voorbij. Gooi het leven van jou en je kind niet weg.'

Lucy staarde haar aan, maar haar tante liep verder tot ze bij de deur van de eetkamer kwam, waar haar benen onder haar vandaan zakten.

86

Hebe

september 2015

De klokken van St. Mary Abbots luiden als ik de deur achter je dichtdoe. Ik leun ertegenaan en leg mijn vingers tegen mijn lippen. Ik wil die zoen en deze zomer vasthouden. Ik wil alles opschrijven, zodat ik het kan teruglezen als ik het vergeten ben.

Doch heb me lief gelijk ge mij ook haat,
Alzo deez' uitersten hun taken onvervuld laat:
Heb mij lief zodat ik zachter sterven mag;
Haat mij dan, uw liefde is te groot voor mij.

Vanmorgen was de mist in mijn hoofd verdwenen. Alles was scherp en duidelijk, maar ik wist dat het niet lang zou duren. Misschien maar een paar seconden. Ik pakte de foto van ons. Ik voelde iets in mijn hart steken. Ik wist je naam niet meer. De mist vervaagde de randen van mijn geest. Ook al kon ik me je naam niet herinneren, ik wist wel dat je van me hield. Dat gevoel hield ik vast toen de leegte dichterbij kwam. Ik hield ook van jou. Heb ik je dat ooit gezegd?

87

Lucy

30 december 2016

Lucy kon het niet langer uit de weg gaan. Hij was de vader van datgeen wat in haar groeide, dus wist ze dat ze hem de gelegenheid verschuldigd was om zijn standpunt te verwoorden. Ze had alleen geen moment verwacht dat hij dat in eigen persoon wilde doen.

Ze wilde niet in Hell House afspreken en had een plek gekozen waar niemand was. De oostenwind zwiepte over de kreek en duwde tegen het afgaande tij, waardoor witte koppen ontstonden. Gecreeerd door twee tegenwerkende krachten vormden ze een prachtig gezicht.

Ze had Ed duidelijke instructies gegeven hoe hij de grote boom kon vinden. Ze legde haar hand op de groeven in de bast en hoopte dat iets wat zo krachtig, zo uitgesproken en zo mooi was haar steun zou bieden. Misschien had ze geen steun nodig. Dat kon ze hopen, maar aan de wanhopige appjes te zien die deze week waren binnengestroomd, kon ze dat wel vergeten.

'Lucy, waarom heb je verdomme zo'n godvergeten plek uitgekozen?' pufte Ed hijgend. Waarschijnlijk had hij de auto bij St. Anthony neergezet. Niet echt een stevige wandeling, maar hij zag eruit alsof hij zojuist de Everest had beklommen.

'Zodat niemand anders hier zou zijn, dus.'

'Nou ja, dat is een feit.' Hij deed een stap naar voren en wilde haar handen vastpakken. Zij ging met haar rug tegen de boom staan, hield haar armen langszij en vroeg zich af wat ze ooit in hem had gezien. Op dit moment was hij niet meer dan een boze man met een knalrood gezicht die dacht dat ze in zijn armen zou vallen, terwijl zij alleen verlangde naar een beker chocolademelk en een goed boek.

'Wat wilde je me nou vertellen dat niet telefonisch kon?'

'Dat is een beetje hard.'

'Niet echt. Het is al maanden uit en zelfs daarvoor bestond onze relatie uit niet meer dan seks en een praatje.'

Hij keek haar aan alsof ze hem had geslagen. 'Was dat het enige wat ik voor je betekende?'

Ze hield haar hoofd schuin. 'Ja.'

Hij haalde zijn schouders op. 'Ook goed, dan doen we het op jouw manier. Sheila wil van me scheiden.'

'Dat verbaast me niets. Bekijk het eens van haar kant. Je deed het met een tien jaar jongere vrouw, dat vergeeft ze je – ze staat publiekelijk voor paal om jouw carrière te redden – om er vervolgens achter te komen dat de trut zwanger is en een paar weken na haar is uitgerekend.'

'Luce, wat is er met jou gebeurd?'

Ze dacht aan Hebe die er met Kerstmis alles uit had geflapt. 'Ik heb het filter voor mijn mond weggehaald.'

'Ik vind het heel erg voor je.'

'Welnee, dat vind je helemaal niet. Dit zogenaamde schandaal zal jou geen kwaad doen als man. Maar ik zal er nooit vanaf komen.'

'Dat is niet waar.'

'Echt wel, en dat weet je, ook al doe je je voor als feminist.'

Hij wiebelde op zijn voeten heen en weer. 'Je bent zwanger van mijn kind. Ik ben hier om je te helpen.'

'Nee.' Ze rilde bij de gedachte.

'Wat?' Hij was bleek geworden.

'Dit...' Ze wees naar haar buik. '... heeft niets met jou te maken.'

'Ik ben hier om mijn hulp aan te bieden. Met je te trouwen.'

Ze voelde een lach in zich opkomen, ze kon er niets aan doen. Het was geen vrolijke lach, maar een bittere. 'O ja? Was het de bedoeling dat jij mijn prins op het witte paard zou zijn?'

'Ja.'

Ze schudde haar hoofd. 'O, rot toch op.'

'Laat je het weghalen?' vroeg hij.

'Wat ik met mijn lichaam doe is mijn zaak, niet die van jou of iemand anders.'

Hij sloeg zijn armen over elkaar. 'Maar het is ook mijn kind.'

'Geen commentaar.'

'Als je niet met me wilt trouwen, moet je het laten weghalen.'

Ze haalde haar schouders op. Het was wel duidelijk hoe hij over het wezen in haar buik dacht. Ze draaide zich om en liet hem met open mond staan. Ze was echt niet van plan zich door hem te laten gebruiken voor zijn volgende krantenkop: PARLEMENTSLID MAAKT EERBARE KEUS, wat die keus dan ook was.

Het was oudejaar en Lucy was totaal niet in feeststemming. Hebe lag hele dagen in bed en reageerde nauwelijks ergens meer op. Hugh was erg pessimistisch, wat niet bij zijn optimistische aard leek te passen. Hij en Sarah waren naar Devon voor een afspraak die al een tijdje stond, maar ze hadden beloofd over twee dagen terug te zijn. Kate was na heel veel aanmoediging van Lucy naar huis gegaan om tijd met Giles door te brengen. Ze begon zo langzamerhand te accepteren dat hij haar vader was, aangezien hij degene was geweest die haar had grootgebracht, wát ze er ook van vond.

Haar ouders hadden tijd nodig om hun problemen op te lossen, op wat voor manier dan ook. Haar vader had meerdere keren per dag gebeld, waardoor Lucy het idee had dat ze er wel doorheen zouden komen. Als haar moeder hem kon vergeven voor Alice, kon hij haar vergeven voor het feit dat hij Franks kind had opgevoed.

Ze wreef over haar slapen. Wat was het leven verdomd ingewikkeld. Haar telefoon stond vol appjes van Ed. De kranten smulden van hem en daarmee ook van Lucy. Hoe eerder ze van dit wezen af was, hoe beter. Ze moest verder, ze moest zich richten op de dingen die belangrijk waren, zoals het helpen van Hebe.

Ze bracht een beker thee naar Rory. Hij was amper van Hebes zijde geweken. Niets was hem te veel of te afschuwelijk. In de deuropening bleef ze even staan. Hij zat naast haar tante zoals ze Kit ook wel had zien doen, en hij droeg Donne voor. Zo nu en dan zei Hebe een paar regels op en dan ging hij weer verder. Was dit liefde?

Ze voelde een vinger langs haar nek. Ze schrok niet. Het was geen geest, maar Kit. Toen ze zich omdraaide, zag ze hem in smoking voor zich staan. Ze hapte naar adem. Hij legde een vinger tegen haar lippen, pakte de beker uit haar hand en bracht hem naar Rory, die knipoogde.

Vervolgens pakte hij haar hand vast en liep met haar naar haar kamer. Hij zag er waanzinnig aantrekkelijk uit.

'Wat ben jij opgedoft. Heb je een spannend afspraakje?'

'Absoluut, en mijn date gaat nu die schitterende japon aantrekken die ze met Kerstmis ook aanhad, en ondertussen leg ik de laatste hand aan het diner. Ik zie je zo in de King's Room. Je bent toe aan wat afleiding.'

Ze had misschien niet de energie om het nieuwe jaar in te luiden, maar op deze manier kon ze in elk geval een paar uur doorbrengen met de persoon die haar het meest deed lachen. Even kon ze vergeten dat alles in haar leven mis was en zich richten op het hier en nu. Terwijl ze de jurk over haar hoofd liet glijden, nam ze zich plechtig voor om van de avond te genieten.

Ze deed wat lippenstift op en bestudeerde haar gezicht. Haar wangen waren ingevallen en er zaten donkere wallen onder haar ogen. Die glans van welzijn was verdwenen, maar misschien kwam dat door gisteren, doordat ze in de kou had staan praten met de eikel die ze ooit boeiend had gevonden. Was de seks zo goed geweest dat ze niet in de gaten had gehad met wie ze in bed lag?

Ze liet haar handen over haar heupen glijden, vermeed haar buik. Daar kon ze maar beter even niet aan denken. In plaats daarvan zou ze haar best doen zich te concentreren op de geweldige man die een diner voor haar had bereid. Ze moest hem niet laten wachten.

Met een glimlach liep ze door de kleine zitkamer. Er stonden steigers, zodat het prachtige tongewelf in januari gerepareerd kon worden. Het zou een gezellige ruimte worden als ze klaar waren. Zachtjes liep ze door de gang en bleef nog even bij Hebes kamer staan.

Rory had een tafel gedekt en een maaltijd voor hen klaargezet. Hebe keek naar Lucy in de deuropening. Er flikkerde een blijk van herkenning in haar ogen. Lucy liep de kamer binnen en nam de hand van haar tante in de hare. Rory stond op en Hebes ogen volgden hem.

'Het ziet er heerlijk uit, Rory.'

'Er gaat niets boven een rustige oudejaarsavond om dankbaar te zijn.'

'Dat is waar.' Lucy kuste Hebes hand en legde hem op tafel. Rory zou haar moeten voeren. Ze kon op het moment niet zelf eten. Goddank wist ze nog hoe ze moest kauwen.

'Je ziet er prachtig uit.' Hij glimlachte.

'Dank je. Laat maar weten als je iets nodig hebt.'

'Zal ik doen. Geniet van je avond.' Hij ging aan tafel zitten.

Toen Lucy bij de salon kwam, zag ze dat de weg naar de King's Room werd verlicht door waxinelichtjes en ze hoorde Nat King Cole. Kit schonk net water in toen ze binnenkwam. De boom, de kaarsen, de muziek, de man. Magisch. Hij had zelfs de haard aangestoken die waarschijnlijk geen vlam had gezien sinds de tijd dat er wild zwijn in geroosterd werd.

'Je ziet er prachtig uit.'

Ze lachte. Hij stak zijn hand uit, trok haar in zijn armen en ze dansten, wang tegen wang. Dit was de oudejaarsavond waar ze jaren geleden naar had verlangd, maar altijd had verruild voor feesten, dronken zoenen en een struikelende gang naar huis om het nieuwe jaar met een kater te beginnen.

Het volgende nummer was wat sneller en Kit zwierde haar behendig in het rond, tot de wereld draaide en ze zich aan hem vastklampte. 'Iets te veel van het goede?'

'Ik heb het gevoel dat ik dronken ben.'

'Je hebt dagen geleden voor het laatst gedronken, dat moet wel een heel goed glas zijn geweest.' Hij hield haar dicht tegen zich aan tot ze niet meer duizelig was.

'Dat was het ook. Het was mijn verjaardag en het was met jou.'

'O, ja.'

Ze gaapte en hij moest lachen. 'Zullen we eten voordat je in slaap valt?'

'Sorry.'

'Ik klaag niet. Je hebt het behoorlijk zwaar gehad.' Hij trok een stoel voor haar onder de tafel uit. 'Het is een eenvoudig maal, maar ik hoop dat je het lekker vindt.'

'Dank je wel, voor...' Ze wist niet wat ze moest zeggen. 'Alles' dekte de lading niet. Hij had haar niet de les gelezen, had haar niet gezegd wat ze moest doen, had geen enkele opmerking gemaakt. Hij had alleen voor haar klaargestaan. 'Dank je wel.'

'Graag gedaan. Zin in champagne?' Er stond een fles in een ijsemmer.

'Alleen wat spuitwater, alsjeblieft. Ik geloof dat er voor mij voorlopig geen champagne in zit.'

Hij trok een wenkbrauw op. 'Mis je het?'

'Als je me dat een paar maanden geleden had gevraagd, zou ik ja hebben gezegd. Een dag zonder champagne was als een dag zonder zuurstof. Ik zou hetzelfde hebben gezegd over Snapchat en Instagram, maar tot mijn grote verbazing is het bevrijdend.'

'Ik heb ook van de vrijheid genoten.'

'Je hebt je draai hier goed gevonden.' Ze speelde met de steel van haar glas.

Er gleed een glimlach over zijn gezicht. 'Ja.'

'Maar Hollywood zal zich wel weer aandienen.'

'Dat heeft het al gedaan.'

Ze keek hem aan. Ze wilde niet dat hij wegging. 'Wanneer ga je?'

'Niet. Het was niet wat ik wilde. Ik vind mijn leven hier goed, nee, geweldig.' Hij nam een slok water. 'Het was een spionagefilm,' voegde hij eraan toe, met het accent van een zekere Schotse acteur.

'Je zou de rol van je leven opgeven om hier te kunnen blijven?'

'Ja. En het helpen van Hebe heeft me herinnerd aan wat ik altijd heb willen doen. En dat is schrijven.'

'Echt waar?'

Hij knikte en keek hoe ze het bord eten opzijschoof.

'Smaakt de gerookte zalm niet?'

Ze trok haar neus op en nam een hap brood. 'Nee, maar dit is lekker.'

'Gelukkig. Moet de volgende gang een beker chocolademelk worden?'

Ze onderdrukte weer een gaap. 'Misschien wel.'

'Het begint een gewoonte te geworden.'

'Nou ja, ik moet ervan genieten voordat Hollywood je weer uit Cornwall weghaalt.'

'Alsof het dat zou kunnen.'

Ze hield haar hoofd schuin en bestudeerde hem. 'Kit, dat klinkt serieus.'

'Dat is het ook. Ik hou van acteren, maar niet van het leven eromheen.'

Voordat ze meer kon vragen, begon haar maag te protesteren en rende ze de kamer uit, op zoek naar het dichtstbijzijnde werkende toilet. Gelukkig nieuwjaar allemaal, dacht ze wrang.

88

Hebe

31 december 2016

Hebe keek van de foto naar de man die haar hielp. Ze kende hem niet, maar Lucy vertrouwde hem. Hij zorgde voor haar. Had Lucy hem ingehuurd? Was hij verpleegkundige? Maar toen hij haar in bed stopte, kuste hij haar haar. Haar huid kriebelde.

Hij ging naast haar op bed zitten, nam haar hand in de zijne, pakte het boek en begon te lezen. Zijn stem beroerde haar en ze sloot haar ogen. In de verte hoorde ze de klokken van St. Anthony. Ze luidden het nieuwe jaar in. Een nieuw begin.

89

Hebe

september 2015

Het zijn drukke weken geweest en jij helpt me eraan herinneren dat we alweer negen jaar samen zijn. Hoe kan ik dat zijn vergeten? Alles is moeilijker, maar ik ploeter verder. Je hebt me geholpen, mijn geheugen regelmatig opgefrist. We zitten met een glas bubbeltjeswijn op de bank en kijken essays na. Wat voelen we ons bij elkaar op ons gemak. Het eten staat op, maar ik weet niet meer wat ik heb klaargemaakt.

De geur uit de oven geeft aan dat het klaar is. Ik sta op, ben even kwijt wat ik moet doen en loop naar de keuken in de hoop dat ik me iets herinner.

Ik kijk in de oven en zie dat de stoofschotel over borrelt. Ik haal hem eruit en vraag me af waarom ik op een doordeweekse avond zo veel werk van het eten heb gemaakt. Je komt de keuken binnen en neemt me in je armen. Met mijn hoofd tegen je borst hoor ik je hart slaan.

'Lief van je dat je een wildschotel hebt gemaakt ter ere van onze negen jaar samen.'

Ik glimlach en weet het weer.

Wanneer ik sterf, de oorzaak ongewis,
Een arts door vrienden wordt gebeden
Hij, nieuwsgierig, mijn lichaam t' ontleden,
Vindt in mijn hart uw beeltenis.

90

Lucy

4 januari 2017

Toen Rory de keuken binnenliep, keek Lucy op van de folder die de huisarts haar had gegeven. Zijn blik viel erop.

'Veel om te verwerken?'

Ze knikte. Ervan uitgaande dat ze die laatste nacht zwanger was geworden, zoals ze dacht, dan was alles goed. De situatie werd onmogelijk als ze al langer zwanger was. Die gedachte duwde ze opzij. Ze kwam er gauw genoeg achter.

Vandaag had ze met Hebes notaris gesproken. Haar tante had in veel opzichten een vooruitziende en scherpe blik gehad. Ze had ook bevestigd wat Kit haar al had verteld: dat Hebe Courtenay, zeer gerespecteerd historica, ook H.J. Bowden was, bestsellerauteur van historische romans. Hoe had ze dat al die jaren verborgen weten te houden? Haar agent stond op haar bellijstje voor morgen.

'Thee?' vroeg Rory, toen de waterkoker afsloeg.

'Alleen heet water, alsjeblieft.'

'Heeft dat snertkind je lichaam nu al overgenomen?'

Lucy proestte.

'Sorry, dat was niet zo tactvol.'

'Nee, maar wel grappig.'

Hij gaf haar een beker en trok er een stoel bij. 'Wil je erover praten?'

Ze schudde haar hoofd. 'Als ik begin, ben ik bang dat ik geen controle meer heb over wat eruit komt.'

'En dat maakt je bang?'

Ze knikte. 'Ik dacht dat jij docent Engels was, geen psycholoog.'

'Voor lesgeven is een zekere dosis psychologie nodig.'

Ze lachte kort. 'Dat is waar. Ik heb toevallig wel een vraag voor je.'

Hij kneep zijn ogen samen. 'Ik denk dat ik weet wat je wilt weten, maar vraag maar raak.'

'Jij en Hebe. Hoe? Je zei dat jullie al tien jaar samen zijn. Dan moet jij... wat, achttien zijn geweest?'

Een lome glimlach gleed over zijn gezicht. 'Klopt, en ik heb haar verleid. Ze had geen schijn van kans. Ik was verliefd op haar vanaf het moment dat ze Donne voordroeg tijdens mijn eerste geschiedeniscollege.'

'De andere man.' Haar mondhoeken krulden omhoog.

Hij lachte. 'Ja, toen, nu en altijd.'

'Studeerde je geschiedenis?'

'Ja, maar dankzij Hebe ontdekte ik mijn passie... in meerdere opzichten.'

'Wauw.' Lucy nam een slokje heet water. Het voelde verzachtend. 'Waarom wisten wij niets van jouw bestaan?'

Hij glimlachte weer. 'Ik vind het geweldig dat je het schandaal niet ziet.'

'Ik ben wel de laatste die met haar vinger zou mogen wijzen. Al weet ik niet of mijn moeder het heeft geaccepteerd.'

'Ze verbergt het goed.' Hij blies op zijn thee. 'Hebe had haar baan kunnen kwijtraken. Dat was in eerste instantie de reden om het geheim te houden, daarna werd het meer.' Hij draaide de beker in zijn handen om. 'Het werd bijna een obsessie. Soms leek het alsof ze het gevoel had dat ze het niet verdiende dat iemand van haar hield, dat het verkeerd was.' Hij haalde zijn schouders op. 'Ik heb het nooit begrepen, maar nam wat zij bereid was van zichzelf te geven.'

'Ik denk dat ik een deel van de puzzel voor je kan invullen.'

Hij hield zijn hoofd schuin.

'Hebes moeder pleegde zelfmoord toen ze vijfendertig was en aan vroege alzheimer leed, althans, dat denken we nu.' Ze fronste haar wenkbrauwen. 'Ik denk dat Hebe zichzelf niet toestond om verliefd te zijn, uit angst voor wat haar mogelijk zou overkomen. Zolang ze het geheim kon houden, was het niet echt.' Ze klampte de beker met twee handen vast.

Rory knikte, stond op en haalde een pak koekjes uit de kast. Een zak marshmallows viel eruit. 'Van Hebe?'

Lucy knikte. 'Ik hunker meer naar geroosterd brood met Marmite.'

Hij glimlachte. 'Toen er bijna alleen nog maar marshmallows in haar keukenkastjes lagen, ging ik op onderzoek uit.'

'Wou je zeggen dat ze leefde op die dingen?'

'Niet helemaal, maar volgens mij is de waarde van de aandelen in het bedrijf de laatste jaren flink gestegen.'

'Wat ga je doen?' Ze had spijt van de woorden zodra ze over haar lippen gingen. Net als zij leek hij niet verder te willen denken dan het heden.

'Ik blijf bij haar zolang ze me nodig heeft.'

Ze knikte. 'Dank je dat je van haar houdt.'

'Het geluk is vooral het mijne geweest.'

Hij nam het pak koekjes mee en liep de achtertrap op. Lucy richtte zich weer op de afschuwelijke folder en de vraag waar ze niet langer een antwoord op had.

Terwijl Rory douchte, zat Lucy naast Hebe op bed. Er waren dagen voorbijgegaan, maar Lucy wist niet of Hebe enig besef van tijd had. Hugh had al zoiets gezegd, wat niet was wat ze wilde horen, maar ze wilde ook niet dat Hebe zo verder moest. Ze begreep niet hoe het mogelijk was dat haar tante zo snel achteruit was gegaan, maar Hugh had verteld dat het bijzonder was dat Hebe het zo lang had volgehouden. Haar hersenen vergaten hoe ze moesten leven en zouden over niet al te lange tijd niet meer weten hoe ze haar longen en haar hart moesten aansturen.

Was dat alles wat het leven was? Lucy wendde haar blik af en zag de gedichtenbundel van Donne op het nachtkastje liggen. Altijd als ze langs de kamer liep, hoorde ze Rory woorden van liefde opzeggen

– andermans woorden, maar ze klonken alsof ze rechtstreeks uit zijn hart kwamen. Als hij zijn hart uit zijn lijf kon rukken en het aan Hebe kon geven, dan zou hij het doen, dat wist ze. Maar Hebe was zonder een woord te zeggen bij hem weggelopen. Waarom? Was ze zo bang voor liefde? Of kwam het alleen doordat ze wist dat dit haar einde zou zijn?

Sarah kwam even binnen en fluisterde in Lucy's oor: 'Praat met haar, lieverd. Het gehoor is een van de laatste dingen die verdwijnen.' Ze gaf Lucy een zoen op haar hoofd en liep naar de salon.

'O, Hebe. Wat is er met ons gebeurd?' Haar stem was nauwelijks meer dan gefluister. Ze schraapte haar keel. 'Je hebt altijd voor me klaargestaan om me te helpen dingen te verwerken, en dat zou ik op dit moment goed kunnen gebruiken.' Ze pakte Hebes hand vast. 'Je hebt me nooit veroordeeld, in tegenstelling tot anderen. Dank je wel.' Ze haalde diep adem. 'Al die keren dat je me hebt gered, ook hier in Hell House. Weet je nog dat ik expres voor mijn eindexamen was gezakt en je niet tegen me tekeerging? Je vroeg me alleen wat mijn plan was.'

Hebe liet haar oogleden zakken en Lucy hield haar adem in, tot ze de borst van haar tante op en neer zag gaan. 'Ik zou willen dat je me nu goed advies kon geven. Ik bedoel, wat zou je tegen me zeggen? Wat zou je over liefde zeggen?'

Hebes ogen gingen weer open.

'Ik weet het. Het woord waar ik niet in geloof, maar weet je, ik ben verliefd aan het worden en ik vind het zo verdomd eng.' Hebes blik leek nu iets geconcentreerder. Sarah had gelijk gehad. 'Ik kan het me niet veroorloven zo kwetsbaar te zijn.'

Hebe bewoog haar vingers.

'Als je één ding kon veranderen, Hebe, wat zou het dan zijn? Zou je alles op het spel zetten voor liefde?' Ze dacht aan Kit. 'Ik bedoel, als ik liefde toelaat…' Ze keek naar haar buik. '… dan stel ik me open voor meer pijn.' Ze zuchtte.

Sarah liep weer door de gang en stak haar hoofd om een hoekje. 'Sorry dat ik stoor. Ik wilde alleen even vragen… Het is Driekoningen, halen we dan morgen de kerstversiering weg?'

'Ja, dat is prima.'

'Het feest van de Openbaring was altijd Hebes favoriete feestdag.' Sarah grijnsde. 'Ze geloofde dat er op die dag goede dingen gebeurden.'

Lucy slaakte een zucht. 'Ik kan wel wat van die magie gebruiken.'

Roy kwam de kamer binnen met een handdoek om zijn middel. Haar tante had goede smaak wat mannen betrof. 'Dank je wel, Lucy. Ik voel me een stuk opgefrist.'

'Graag gedaan.' Ze gaf Hebe een zoen op haar voorhoofd en liet haar hand los. 'Dank je wel voor het luisteren,' zei ze tegen haar, 'en voor het geval ik het zojuist niet heb gezegd, ik hou van je.' Ze keek nog één keer naar haar tante, liep toen de kamer uit en deed de deur achter zich dicht, zodat ze met z'n tweeën konden zijn.

Lucy liep langs de kerk in St. Anthony. Het begon te schemeren, maar ze wilde heel graag naar Dennis Head. Ze wist niet wat ze daar dacht te zullen vinden, maar voelde zich naar deze plek geroepen. Was dit Hebe overkomen toen ze door het donker was gelopen?

Boven op de heuvel keek ze naar de schemering. De fonkelende lichtjes van de tankers en de koele bries konden het verdriet in haar hart geen van beide verlichten. Terwijl de informatie uit de folder door haar hoofd raasde, voerden liefde en haat vanbinnen een gevecht. Was dit haar enige kans op een kind? Was het egoïstisch om het te willen? Was het egoïstisch om het niet te willen?

Als ze het hield, als ze die keus maakte, dan betekende dat het einde voor haar en Kit. Dat had hij niet met zo veel woorden gezegd, maar het feit dat hij het hele onderwerp had gemeden, zei haar meer dan genoeg. Wat moest ze doen? Als ze de artsen moest geloven was het een wonder dat ze überhaupt zwanger was geworden. Zou het ooit weer gebeuren? Als ze een wens mocht doen en alles kon laten gebeuren wat ze wilde, wat zou ze dan kiezen? Ze lachte inwendig. Stomme gedachte. Het was alsof haar vergissingen op haar gezicht stonden getatoeëerd. Zelfs als ze ze probeerde weg te halen, was ze getekend voor het leven. Ze lachte nu hardop. Haar hele volwassen leven had ze alles gedaan om maar niet op haar moeder te lijken, en hier stond ze dan, zwanger, net als Kate ooit.

Ze pakte een tak, smeet hem van de klif en vroeg zich af of ze hem hard genoeg had gegooid om de zee te bereiken of dat hij op de rotsen stuk was gevallen. Er was te weinig licht om het te zien.

Ze slenterde over de landtong naar St. Anthony. Ze zou de gemakkelijkste optie kiezen en zichzelf bevrijden. Dat was voor iedereen het beste – niet alleen voor haar, maar ook voor Kit en het vreemde wezen. Ze blies haar adem langzaam uit. De beslissing was genomen. Klaar.

De lichten in de boerderij brandden en ze zag dat Kit een boek zat te lezen. Ze aarzelde en klopte toen aan.

Hij deed open en liet haar binnen.

'Hoi.' Ze duwde haar handen in haar zakken.

'Alles goed?' Hij sloot de deur achter haar.

Ze knikte, probeerde zijn stemming in te schatten. De zitkamer was netter dan tijdens haar vorige bezoek, meer ingericht. Ze liet haar schouders zakken. Hij ging er niet vandoor.

'Maak je je zorgen over morgen?'

Ze knikte. 'Is het zo duidelijk?'

'Je ziet zo wit als een doek.'

Ze lachte. 'Zo voel ik me ook een beetje, al weet ik niet waarom ik me zorgen maak. Het is maar een scan.'

'Wil je dat ik met je meega?'

Ze slikte, bedacht hoe zijn hand op de hare voelde, en toen hoe fout het was als hij meekeek naar een scan van het kind van een andere man. 'Het is waarschijnlijk beter als ik dit alleen doe.'

Hij wendde zijn blik af. 'Ik ben er voor je.'

'Dank je.' Ze stak haar hand uit en legde haar vingers op zijn arm. Hij was gespannen. 'Ik...' Ze zweeg even. '... waardeer je steun.'

Hij knikte.

'Eerlijk gezegd twijfel ik een beetje, maar ik weet dat ik dit... wezen niet kan houden.'

Hij bleef een tijdje stil en draaide zich toen naar haar toe. 'Als je dat wil... zou ik je helpen.'

Ze knipperde met haar ogen. 'Dank je.' Ze ging wat dichter bij hem staan. 'Maar mijn gevoel zegt me dat dit niet jouw probleem is.'

Hij keek haar ernstig aan. 'Het is misschien niet mijn probleem, maar zelfs als je mijn hulp niet wilt, ga ik nergens naartoe.'

Haar adem stokte. Wat zei hij precies?

'Dank je, maar ik moet dit op mijn eigen manier doen.' Niet dat ze dat wilde, maar zij had zichzelf in deze situatie gemanoeuvreerd en zij moest het oplossen. Trouwens, ze wist nu dat ze van hem hield, en hoe eng dat ook was, ze besefte dat ze hem moest behoeden voor de ramp die zij was.

'Als je maar weet dat ik er voor je ben.'

'Dat weet ik.' Ze liet zich door hem in zijn armen nemen en leunde tegen hem aan. Luisterend naar zijn hart was ze bijna bereid te geloven dat ze samen een toekomst hadden. Maar ze had gezien wat voor ravage er was veroorzaakt uit naam der liefde.

91

Lucy

6 januari 2017

Alleen van de geur van koffie die vanuit de keuken omhoogdwarrelde, rende Lucy al naar het toilet. Althans, ze dacht dat dat het was en niet pure angst. Toen het kokhalzen was afgenomen, waste ze haar gezicht en concludeerde ze dat ze er hondsberoerd uitzag. Ze had de hele nacht liggen woelen en had voornamelijk de gezichten van Kit en Ed in een eindeloze draaikolk langs zien komen.

In haar kamer trok ze een trainingsbroek en haar zachtste hoodie aan. Ze zou vandaag maar als pyjamadag beschouwen. Toen ze naar de donkergrijze lucht keek, landde er een dikke regendruppel op het oneffen glas, die de muur van de grote zaal aan de overkant uitvergrootte. Ze voelde zich zo leeg als de zaal; het enige goede dat ze had gedaan had hier plaatsgevonden, in Hell House, bij Hebe.

Vandaag was alleen een scan om te bepalen hoelang ze al zwanger was, abortus was de volgende stap. Het kwam wel goed. Ze nam een slokje water en kreeg geen klachten van het wezen. Ongewild streelde ze met haar hand over haar buik. Deze beslissing zou zo veel gemakkelijker zijn geweest als ze eerder had beseft wat er aan de hand was.

Peta kon elk moment komen. Sarah had aangeboden om mee te gaan, maar Lucy wist dat haar grootmoeder het niet eens was met haar plan. Haar moeder ook niet, die kwam vanavond. Geen van beiden had veel gezegd, alleen de juiste woorden. Het is jouw beslissing, hadden ze haar gezegd. Dat was het ook, en misschien was dat het probleem. Nog maar een paar maanden geleden was haar moeilijkste beslissing geweest welke schoenen ze moest dragen. Wat was er veel veranderd.

Lucy had de print van de scan die ze had gekregen in haar hand geklemd. Het wezen sabbelde op zijn duim. Het was achttien weken oud en zijn vader was een parlementslid van de Labourpartij. Over een week had ze een afspraak voor een abortus. De wereld tolde om z'n as en ze hield zich vast aan een paal. Peta kwam aangereden. Lucy wendde haar blik af in de hoop dat de vrouw haar gedachten niet zou zien. Ze stapte in en deed haar gordel om.

'En, heb je een besluit genomen?' Peta deed haar richtingaanwijzer aan en reed weg.

'Ja.'

'Opgelucht?'

Ze knikte. 'Heel erg.'

Peta was verder stil en reed behoorlijk hard.

'Hebben we haast?' vroeg Lucy.

'Ik heb het gevoel dat er iets niet goed is in Helwyn House.'

'Hebe?' Haar hart sloeg over. Haar tante had liggen slapen toen ze nog even bij haar was wezen kijken voordat ze was vertrokken.

'Ja.'

'Nou, in het tempo waarin jij rijdt, zullen we het gauw genoeg weten.' Lucy pakte de handgreep vast toen ze over de smalle wegen in de richting van Gweek raasden. Als er nu iemand van de andere kant kwam, waren ze ten dode opgeschreven. Kon Peta ook door hagen heen kijken? Ze deed een schietgebedje.

Stenen spatten op toen Peta voor het huis hard op de rem trapte. Alle kerstkransen aan de zuilen waren weg, op één na die scheef hing. Peta had gelijk. Er was iets gebeurd.

Lucy schoot de auto uit en rende naar binnen, regelrecht naar de kamer van haar tante. Iedereen keek verbaasd op. Rory zat op bed naast Hebe en streelde haar haar. Haar ademhaling ging moeizaam en onregelmatig. Lucy keek naar Hugh. Hij knikte. 'Het zal niet lang meer duren.'

Ze liep naar het bed. 'Mag ik een paar minuutjes alleen zijn met haar?'

'Natuurlijk.' Rory stond op en de anderen vertrokken ook.

'O, Hebe. Ik weet niet wat de juiste beslissing is.' Ze raakte Hebes wang even aan. 'Als jij in je dagboek kon schrijven, zou je zeggen dat het het feest van de Openbaring is en dat Lucy vandaag een moeilijk besluit moet nemen. En je zou zeggen wat je voor je ontbijt had gehad. Maar vanmorgen heb je niets gegeten en gisteravond ook niet.'

Ze deed geen moeite om haar tranen in te houden. 'Dank je voor alles. Ik hou van je.' Ze gaf Hebe een zoen op haar wang en Rory kwam weer binnen.

Hij legde een hand op haar rug. 'Ze hield van je en geloofde in je.'

'Dank je.' Met de rug van haar hand veegde ze haar tranen weg. 'Ik zal jullie alleen laten.' Ze keek naar het complexe patroon van ineengestrengelde ranken van de kroonlijsten en probeerde haar tranen te stelpen.

Hij knikte. Lucy zag hoe hij op bed ging zitten en Hebe in zijn armen nam. Ze hoorde hem fluisteren: '*Kom, vrouwe, kom, mijn kracht tart alle rust…*' Ze deed de deur dicht, liet haar hoofd tegen het koele hout zakken en voelde hoe Helwyn House zich om haar heen vouwde.

92

Hebe

6 januari 2017

Hebe deed haar ogen open en keek in ogen vol tranen. Ze kon zich op niets anders richten dan de stem. Ze kende die stem. Hij.

'Rory?'

Hij knikte.

'Hou me vast.'

Hij trok haar dichter tegen zich aan en fluisterde in haar oor. Liefde. Ze sloot haar ogen en voelde hem naast zich.

93

Lucy

7 januari 2017

Lucy's hoofd bonkte alsof ze de hele avond aan de gin-tonic van haar moeder had gezeten, terwijl ze om zeven uur met een beker chocolademelk naar bed was gegaan. Iedereen in huis sliep nog. Hebe was niet lang nadat Lucy was weggegaan in Rory's armen overleden. Hugh had het daarna overgenomen en sindsdien had ze alle blikken van haar moeder en grootmoeder vermeden.

Ze verlangde ernaar om te weten wie de heilige van vandaag was. Hebe had die informatie op de een of andere manier altijd paraat gehad, maar had alledaagse details moeten opschrijven om ze niet te vergeten. Wat een wrede ziekte. En dan Rory. Hij had zo intens van haar gehouden en op het laatst had ze hem niet meer gekend en had ze hem alleen gelaten. Lucy zuchtte. Misschien was ook dat liefde. Ze wist alleen maar dat ze in de war was.

Rory kwam de keuken binnen. 'Hoi.'

'Je ziet er zo beroerd uit als ik me voel.'

'Hughs whisky.' Hij haalde zijn hand door zijn haar.

'Oeps.'

Hij keek naar de waterkoker en draaide zich toen om. 'Is er thee?'

Ze knikte, maar haar hoofd was daar niet blij mee. 'Rory, ik vind het zo erg voor je.'

Hij haalde diep adem. 'We vinden het allemaal heel erg.'

'Dat weet ik, maar je hield van haar.'

'Ik hield en ik hou van haar. Liefde verdwijnt niet zomaar.' Hij hield zijn beker in twee handen.

'Nee?'

Hij trok een stoel bij en ging zitten. 'Nee, maar het doet nu wel verdomd veel pijn.'

'Ja.' Ze draaide de beker om in haar handen. 'Hoe heb je het haar kunnen vergeven?'

'Wat?' Hij fronste zijn wenkbrauwen.

'Dat ze bij je wegging.'

'Ze heeft zo vaak geprobeerd me weg te duwen.' Hij glimlachte. 'Ze wilde me beschermen, stelde zich voor dat het leven met haar minder zou zijn dan het zou moeten zijn.' Hij schudde zijn hoofd. 'Wat ze niet besefte, was dat het leven zonder haar nooit zou zijn wat het zou moeten zijn.'

Ze dacht aan Hebes dagboek. Haar tante had heel helder opgeschreven hoe ze erover dacht. Ze was oud genoeg geweest om zijn moeder te kunnen zijn.

'Ze deed ertoe. Onze liefde deed ertoe.'

'Nogmaals, ik vind het heel erg voor je.'

'Ik niet. Ik heb tien jaar met haar gehad. En elke dag was geweldig, ook al betekende het dat we onze liefde voor de wereld verborgen hielden. Het was de enige manier waarop ik van haar mocht houden, maar dat was genoeg.'

Lucy stond op en sloeg haar armen om hem heen. 'Jullie hadden iets heel bijzonders.'

'Absoluut.' Hij veegde met de rug van zijn hand langs zijn ogen.

94

Lucy

11 januari 2017

De keukendeur ging open en een koude, vochtige windvlaag kwam binnen. Lucy draaide zich om. Haar moeder maakte haar entree, op de voet gevolgd door haar vader. Ze slikte. Een gesprek aan de telefoon was één ding, maar nu was hij hier in hoogsteigen persoon. Misschien niet wat ze nodig had aan de vooravond van haar abortus. Maar haar moeder en hij hadden het bijgelegd en Hebes uitvaart was volgende week, dus het was logisch.

Hij stond bij de tafel met zijn tas nog in zijn hand. Dit was haar moment. Ze slikte. Ze wilde helemaal niet emotioneel zijn, maar ze had er geen controle over. Ze moest overal om huilen. Net nu ze sterk moest zijn, was ze een hoopje ellende.

'Lucy.' Zijn stem sloeg over.

'Papa.' Ze knikte sniffend. 'Ik zal je je kamer laten zien.' Dat kon ze haar moeder ook laten doen, maar op de een of andere manier voelde dit goed.

In de gang haalde hij haar in en pakte haar arm vast. 'Ik vind het heel erg van Hebe.' Hij zweeg even. 'Ik weet hoeveel ze voor je betekende.'

'Dank je.' Ze draaide zich naar hem toe. 'Ik had niet het idee dat je iets om haar gaf.'

Hij snoof. 'Waarschijnlijk omdat ze zag wat een hufter ik was.'

Lucy's mondhoeken trokken. 'Waarschijnlijk.'

Hij lachte. 'Ik weet dat ik mijn excuses heb aangeboden, maar ik moet het nog een keer doen.'

'Dank je.'

'Ik ben niet de vader geweest die je nodig had en verdiende.'

Lucy haalde diep adem. 'We zijn allebei schuldig.' Ze hield haar hoofd schuin. 'Ik heb het je verdomd lastig gemaakt en het kan niet gemakkelijk zijn geweest om toe te moeten zien hoe ik mezelf kapotmaakte.'

'Nee, maar ik wist waarom je het deed.'

Toen ze de trap op liepen, wilde Lucy zijn tas overnemen. Hij had geen stok bij zich, maar liep nog altijd mank.

'Ik vind niet dat ik jou zware dingen moet laten tillen.' Hij trok de tas terug.

'Doe niet zo absurd. Ik ben sterk en gezond en trouwens, morgen is het probleem opgelost.'

Hij fronste. 'Is dat wat je echt wilt?'

Ze gaf geen antwoord. Ze had geen zin om dit gesprek uitgerekend met hem te voeren.

'Moet je horen, Lucy, ik ben een waardeloze ouder geweest – misschien wel de ergste die je je kunt voorstellen – dus ik zal je geen advies geven, maar ik zal je steunen bij welke beslissing je dan ook neemt.' Hij legde een vinger onder haar kin, zoals hij deed toen ze klein was. 'Als je maar weet dat je moeder en ik achter je staan.'

Als hij ook maar iets anders had gezegd, zou ze hem een klap hebben gegeven, maar nu stond ze met haar mond vol tanden. De emotionele achtbaan maakte weer een bocht en ze rende naar het toilet om haar gedachten op een rijtje te zetten. Mensen moesten helemaal niet aardig voor haar zijn. Ze was een trut. Dat wist ze.

Lucy las de e-mail opnieuw omdat ze het niet kon geloven. Naast een bescheiden legaat voor Michael en een fors legaat voor Rory, was zij Hebes erfgename. Hell House was van haar. Ze liep van de ene kant van de loggia naar de andere. Wat moest ze er in vredesnaam mee doen? Ze leunde tegen een zuil en genoot van het koele graniet. Deels was ze van dit huis gaan houden. Ze lachte. Dat was een verrassing. Ze keek naar de grote ramen van de King's Room. Kit. Ze kon het aan hem verkopen. Ze glimlachte. Wat zou Hebe ervan vinden als Meneer Witte Tanden Helwyn House bezat? Dan zou zij vrij zijn. Was dat niet wat ze wilde?

Fred kwam met een brede glimlach op zijn gezicht uit een van de kamers beneden. 'Goed nieuws.'

'Vertel.'

'Mark appte net. De gemeente heeft de bouwvergunning afgegeven.'

'Geweldig.'

'Ja.' Hij grijnsde. 'Je krijgt de groeten van Peta.'

'Doe haar de groeten terug. We moeten weer eens bijkletsen als het wat rustiger is.'

'Je ziet haar bij de uitvaart.'

'Dat is waar.' Ze zuchtte.

Hij sloeg een arm om haar heen. 'Het is rot, maar het was het beste voor Hebe.'

'Ik weet het.' De tranen begonnen weer te stromen en ze vervloekte die stomme hormonen; ze maakten alle emoties erger. Ze had gisteravond zelfs gejankt bij een reclame voor toiletpapier. Maar vandaag werd het allemaal opgelost.

'Bel Peta.' Hij gaf haar zijn zakdoek. 'Zij is beter in dit soort dingen.'

Lucy snoot haar neus en glimlachte waterig. De zon scheen en voor een dag in januari was het warm. Ze ging niet naar binnen, maar liep in plaats daarvan naar de kreek. Het was vloed en de twee zwanen zwommen dicht langs de oever. Ze dacht aan Hebe en Rory, en vroeg zich af of hij weer liefde zou vinden. Ze hoopte het in elk geval. Als iemand het verdiende, dan was hij het.

De zon voelde warm aan op haar rug. Ze kon de lente ruiken. Ze wist dat de narcissen in de hoger gelegen weides al bloeiden. Een reiger vloog boven de kreek en ze baalde dat ze haar camera niet bij zich had, niet eens haar telefoon. Die lag in haar tas, klaar voor haar afspraak over een paar uur. Ze hoorde hier niet te zijn, maar liep verder. De zon rees aan de hemel en vrolijkte haar op. Herinneringen aan zomervakanties, mooie zomervakanties, kwamen boven. Gebarbecuede worstjes onder een laag zand, en zoute chips. Ze lachte, pakte een steen en keilde ermee over het roerloze oppervlak van het water. Drie keer stuiteren was niet slecht. Ze keek op en bleef abrupt staan. Iets verderop liep Alice in een opgerolde spijkerbroek met haar voeten in zee.

Maar het was niet het feit dat ze met haar voeten in het ijskoude water liep waar Lucy van schrok. Het was wat ze om haar enkel droeg. Het vriendschapsbandje dat Lucy vijftien jaar geleden voor haar had gemaakt.

Alice keek op. 'Hoi.'

Lucy haalde diep adem, terwijl Alice het water van haar voeten schudde en dichterbij kwam.

'Niks te zeggen?' Ze bleef vlak voor haar staan. Haar indringende groene ogen staarden onverschrokken naar Lucy. 'Nog steeds zwanger, of heb je het al laten weghalen?'

Lucy schudde haar hoofd. Had Alice dat nou echt gezegd?

'Lastige situatie, hoor. Ik snap het best.' Alice pakte een steentje en keilde het over het water. Het stuiterde vijf keer. 'Vroeger, toen we negen of tien waren, droomde jij van een gezin en een cottage en alles wat daarbij hoorde.'

Lucy wist het weer. Met z'n tweeën, een picknick in een verlaten baai. Boterhammen met kaas en augurk.

'En toen je op je zestiende erachter kwam waarom je menstruatie zo onregelmatig was, werd je droom de grond in geboord.' Alice schudde haar hoofd. 'Wat je niet wist, omdat ik me doodschaamde, was dat ik al een abortus had gehad.' Lucy hapte naar adem en Alice gooide nog een steen. 'Ik kon echt geen kind gebruiken.' Ze liet een korte, scherpe lach horen. 'Ik was niet van plan om te eindigen zoals mijn moeder. Zestien en zwanger, zonder enige toekomst.' Ze keek op. 'Want weet je, ik wilde een toekomst zoals jij die ongetwijfeld zou gaan krijgen.'

Lucy fronste haar wenkbrauwen.

'Dat heb je aardig verkloot.' Alice pakte nog een steen en speelde ermee in haar hand. 'Jij had alles. Familie, geld, een opleiding... alles wat ik niet had.'

Lucy's ogen werden groter. Wat was er veel dat ze niet had geweten over haar vriendin.

'Je was naïef, maar je had een wild trekje. En je had de maffe, lieve tante. Laten we arme Hebe niet vergeten.' Alice gooide de steen op de grond en pakte een andere. 'Ik snakte ernaar om deel uit te maken van jouw wereld.'

Lucy slikte. Ze wist waar dit naartoe ging, maar hield haar mond.

'De avond van de dorpsregatta moesten we allebei werken, maar ik was vroeg klaar. Jij was een of andere spetter aan het versieren die met zijn ouders zat te eten.'

Lucy deed haar ogen even dicht. Ze had alle herinneringen aan die avond weggeduwd, goed en slecht... althans, dat had ze geprobeerd.

'Ik ging naar de zeilvereniging en zoop me klem. Je vader was er net zo aan toe. De rest is geschiedenis, en ik heb die avond een afschuwelijke les geleerd. Met iemand het bed in duiken is nooit een manier om te krijgen wat je wilt.'

Lucy snoof.

'Dat weet jij inmiddels ook.' Alice lachte kort. 'Ik heb je vergeven voor het feit dat je me erin luisde vanwege die vijftig pond die ik had geleend.'

Lucy deed haar mond open en weer dicht.

'In zekere zin heb je me een plezier gedaan.' Alice haalde haar schouders op. 'Ik moest uit Cornwall weg. Ik moest een nieuwe start maken. Dus, bedankt.'

Lucy keek naar de stenen aan haar voeten. Ze pakte een rode en liet haar vingers over de randen glijden. Ze had geen idee wat ze moest zeggen. Ze gooide de steen zo ver mogelijk en keek hoe hij in het water van de kreek wegzonk. 'Waarom heb je het de kranten verteld? Dat ik zwanger was.'

Alice wendde haar blik af van de rimpelingen in het water die Lucy's steen had veroorzaakt. 'Dat was ik niet. Dat was Cadan.'

'Wat?' Lucy fronste. Dat kon niet.

‘Hij heeft schulden en ze boden goed geld. Ik hoorde hem aan de telefoon toen ik tweede kerstdag bij Shipwrights een peuk stond te roken.’ Alice schraapte haar keel. ‘Het verbaast me niet dat je dacht dat ik het was, maar wees niet te hard voor hem. Niet iedereen is met een zilveren lepel in zijn mond geboren.’ Ze liep weg.

‘Wacht.’

Ze draaide zich om. ‘Wat?’

‘Waarom draag je het enkelbandje nog steeds?’

Alice keek omlaag. ‘O, ik hou nog steeds van mijn beste vriendin... alleen mislukte mijn plan om onze band aan te halen.’ Ze deed weer een paar stappen en bleef toen staan. ‘Als je het nog niet gedaan hebt, denk dan goed na en vergeet je oude droom niet. Ooit was je een lief meisje dat ernaar verlangde om moeder te worden.’ Ze liep verder over het strand en Lucy staarde haar na.

Haar moeder stond op haar te wachten in Helwyn House. Het was tijd. Lucy pakte haar tas en liep achter haar aan naar de auto. Kate keek voortdurend naar haar, maar Lucy wilde niet praten, ze wilde niet eens nadenken.

Toen ze dichter bij het ziekenhuis kwamen, werd duidelijk dat haar moeder de stilte niet aankon. Ze keek zo vaak opzij dat Lucy zich zorgen begon te maken en wilde dat ze haar blik op de weg hield.

‘Lieverd, je hoeft dit niet alleen te doen.’ Kates handen lagen strak om het stuur.

‘Jawel, ik vind van wel.’ Lucy legde een hand over die van haar moeder. ‘Maar ik ben blij dat je hier bent.’

‘O Lucy, lieverd.’ Kate snifte. ‘Ik heb zo veel fouten gemaakt, maar jij hoort daar niet bij.’

‘Dank je, mama, maar dat is niet wat ik nu wil horen.’ Ze leunde opzij en gaf haar moeder een zoen op haar wang.

‘Ik heb dit nooit voor je gewild... Ik had gehoopt dat het anders zou zijn.’

Lucy lachte. ‘Ja, spiegeltje, spiegeltje aan de wand, ik ben dus toch als mijn moeder en grootmoeder.’

'O, lieverd.' Haar moeder zette de auto stil en snoot haar neus. 'Er zijn ergere dingen in de wereld, en trouwens, oma en jij hebben het zo slecht nog niet gedaan.'

Kate glimlachte. 'Helemaal niet.'

Lucy stapte uit. 'Ik zie je over een paar uur. Ik hou van je.'

'Ik hou ook van jou. Ik ga wat shoppen in de stad en ik wacht op je.'

'Dank je.' Lucy keek hoe ze wegreed. Haar maag rommelde. Of dat van de honger kwam of van angst, wist ze niet. Wat het ook was, het zou gauw genoeg over zijn.

Ze liep het gebouw binnen en meldde zich bij de balie. Terwijl ze zat te wachten bekeek ze haar berichten.

Ik denk aan je. K

Ze sloot haar ogen en dacht aan wat Alice had gezegd, maar dit was de beste oplossing. Aan de andere kant van de wachtruimte zag ze haar spiegelbeeld in het glas voor een poster. Ze zag er heel normaal uit. Niet zwanger. Niet in tweestrijd. Gewoon doodnormaal. Ze bestond en had het ondanks alles overleefd.

Haar moeder moest hetzelfde moment hebben meegemaakt en zelfs haar grootmoeder. Lucy was niet de zestienjarige Alice. Ze had een keus, en belangrijker: ze was niet alleen. Ook was ze niet blut, integendeel zelfs. En het allerbelangrijkste… heel misschien kon ze wel een goede moeder zijn. Ze streelde het wezen en vroeg zich af wat het dacht. Zou het deze reis met haar willen aangaan?

'Lucy Trevillion?' riep een vrouw.

Lucy knipperde met haar ogen en slikte moeizaam. Koos ze het wezen en een leven dat daaraan verbonden was, of ging ze voor vrijheid? Ze stond op en keek in het glas voor de poster. Ze was hier, en het wezen hoorde er ook te zijn, ook als dat alles veranderde.

'Lucy?'

'Sorry. Ik ben van gedachten veranderd.' Ze glimlachte, draaide zich om en liep de koude januarilucht in. Op de een of andere manier zou ze er wat van maken als alleenstaande moeder. Ze wist nog niet hoe, maar voelde vanbinnen een bepaalde rust. Misschien was dat het wezen dat z'n plekje had gevonden.

95

Lucy

18 januari 2017

De riem van de camera lag om Lucy's nek. Vandaag was Hebes uitvaart en de dag was ijzig koud begonnen. Het was doodstil in huis geweest toen ze naar buiten glipte. Er lag een laagje kristallen op het gras en mist hing laag over de velden. De kreek was niet te zien, maar ze wist dat de mist zou optrekken zodra de zon aan de hemel verscheen. Ze wilde dat moment vastleggen, het moment waarop het licht doorbrak.

De zwanen zaten dicht tegen elkaar op de oever. Lucy glimlachte. Hun dons moest geweldig goed isoleren want de grond was koud en hard. Ze trok de rits van haar jas omhoog. Er was niet genoeg contrast tussen de mist en de zwanen voor een goede foto. Toen ze verder liep, kropen de beesten dichter tegen elkaar aan.

Stilte. Ze kon alleen haar eigen ademhaling en voetstappen op de weg horen. Een geschrokken kauw fladderde uit een van de dennenbomen op en vloog door de mist omhoog naar de blauwe hemel erboven. Ze glimlachte.

'Goeiemorgen.' Kit kwam aangelopen en bleef bij haar staan.

'Het is een prachtige morgen.'

'Nou.' In de verte luidden de doodsklokken van St. Anthony voorafgaand aan de uitvaart straks.

'Hoe is het met je?'

Ze haalde haar schouders op. 'Iets minder misselijk.'

'Dat is goed nieuws.'

Ze glimlachte. 'En met jou?'

'Goed.'

Ze kneep haar ogen samen. Ze had hem in geen dagen gezien. Ze had iedereen vermeden, had tijd nodig gehad om na te denken over wat ze had gedaan.

'Eigenlijk is dat een gek woord. Ik heb het altijd gebruikt om een vraag niet echt te beantwoorden.'

Hij glimlachte en haar adem stokte. 'Ik heb je gemist.'

'Ik jou ook.' Wat had het voor zin om te liegen?

Zijn mondhoek ging omhoog. 'Ik dacht dat je misschien wel zou bellen.'

'Ik heb het overwogen.'

'Mag ik vragen waarom je het niet hebt gedaan?'

Ze haalde diep adem en keek toen recht in zijn prachtige blauwe ogen. 'Omdat het voor ons allebei gemakkelijker zal zijn als onze wegen zich scheiden, wát ik ook voor je voel of denk te voelen.'

'Waarom?' De glimlach verdween van zijn gezicht.

'Omdat je een bekend persoon bent.'

'Dat is waar.'

Ze duwde een lok haar achter haar oor en bedacht hoe ze dit het beste kon zeggen. 'Ik ben een schaduw die jouw licht zou doven.' Ze wees naar haar buik. 'Mijn wezen zal altijd nieuws zijn, het arme ding.'

Hij fronste zijn wenkbrauwen.

'Moet je horen, als jij barkeeper in een pub was, elke avond biertjes tapte en nooit iets interessants deed, zouden we er misschien iets van kunnen maken.' Ze slikte. 'Maar dat ben je niet. Je bent een Hollywood-ster en ik ben de bekakte socialite die zich heeft laten bezwangeren door een parlementslid.'

Hij schoot in de lach.

'Het is niet echt grappig.'

'Nee, dat is het ook niet, maar je gezicht toen je dat zei wel.' Hij kwam een stap dichterbij, liet weinig ruimte tussen hen. Het maakte het nadenken er niet gemakkelijker op.

'Jij moet kunnen schitteren,' zei ze.

'Met jou naast me doe ik dat.' Hij liet een vinger over haar wang glijden.

'Nee, elke keer als ik naast je sta, is het hele schandaal er ook.'

'Dat verdwijnt wel.'

Ze schudde haar hoofd. 'In deze digitale tijd verdwijnt er nooit iets.'

'Dat is waar, maar dat geldt ook voor mijn liefde.'

Haar hart maakte een sprongetje. 'Ik kan je dat gewoon niet aandoen.'

'Waarom niet?'

'Omdat...' Ze haalde diep adem. 'Omdat ik van je hou.' Ze wilde een stap naar achteren doen, wat afstand creëren, maar hij volgde haar alsof ze een dans uitvoerden. 'En dan is dit er nog.' Ze streelde haar buik en vroeg zich af wanneer ze het wezen voor het eerst zou voelen. 'Ik hou de baby.'

Er verscheen een sexy lachje rond zijn mond en logisch nadenken werd bijzonder moeilijk. 'Ben je blij met je beslissing?'

Ze knikte.

'Dan ben ik dat ook.'

'Echt?'

'Ja.'

'Maar het is het kind van een andere man.'

'Het is jouw kind.'

'O.'

'Ik hou van je en van alles wat bij jou hoort.' Hij deed nog een stap dichterbij, maar raakte haar niet aan.

'Je bent gek.'

'Ja... op jou.' Hij kuste haar. 'Wil je met me trouwen?'

'Nee.' Ze lachte en hij legde zijn lippen weer zachtjes tegen de hare.

'Is er een compromis mogelijk?' fluisterde hij.

Ze trok zich iets terug. 'Ik trouw niet met je.'

'Oké.'

'Dat woord weer.'

'Inderdaad.' Hij kuste haar hals en ze rilde.

'Maar misschien kunnen we proberen dat jij een tijdje hier blijft.' Ze vlocht haar vingers achter zijn nek ineen.

'Dat zou misschien wel kunnen. Ik heb net weer een film afgewezen.'

Ze duwde hem weg. 'Niet.'

'Jawel.'

'Toch niet om mij?' Ze deed een stap naar achteren.

'Nee, omdat het een waardeloze film was.' Hij spreidde zijn armen en zij vlijde zich erin. 'Als het de juiste film is, wil ik het wel doen, maar alleen met jou in mijn leven.'

'Is dat chantage?'

'Ja.'

Ze perste haar lippen op elkaar. 'Ik weet niet of dit gaat werken.'

'Ik wel, maar je komt er alleen achter als we het proberen.'

'Dat is zo.' Ze legde haar hoofd tegen zijn borst en hoorde zijn hart kloppen. De kerkklokken luidden nog steeds.

'Ik denk dat Hebe zou willen dat we gingen trouwen.' Hij legde zijn vingers tegen het Grylls-sieraad dat ze sinds Hebes overlijden droeg.

Ze lachte. 'Mogelijk. Vraag me in de toekomst nog maar eens.'

'Zal ik doen. Wat dacht je van morgen?' Voordat ze antwoord kon geven, kuste hij haar.

96

Lucy

18 januari 2017

De uitvaart was voorbij en iedereen was weer naar huis. Lucy liep naar Hebes kamer en had het nog steeds moeilijk met de afwezigheid van haar tante. Hoe kon iemand die zo'n belangrijke rol in haar leven had gespeeld weg zijn? Haar verstand kon het accepteren, maar haar gevoel niet.

Ze ging aan Hebes bureau zitten en was op zoek naar iets, al wist ze niet wat. Wie hield ze voor de gek? Ze was op zoek naar haar tante, wat nergens op sloeg. Ze had zelfs de heilige van de dag opgezocht, niet wetende dat er heel veel waren. Maar ze vermoedde dat Hebe waarschijnlijk voor een heilige uit Cornwall zou hebben gekozen.

Een voor een pakte ze de pennen op en legde ze weer precies zo neer als Hebe ze had achtergelaten. Daarna trok ze de onderste la open en haalde het oude fotoalbum eruit. Hebe was een wolk van een baby geweest. Ze sloeg het album dicht en zag al Hebes notitieboeken en dagboeken keurig achter in de la liggen. Uit het zwarte notitieboek met daarop in zilverkleurige inkt ZOMER 2015 geschreven stak een opgevouwen vel papier. Ze trok het eruit en vouwde het open.

Mijn allerliefste,

Ik ben nooit in staat geweest te zeggen wat ik in mijn hart voelde. Ik hou van je. Ik was te bang. Ik weet dat het verkeerd was om van jou te houden, maar het gaf mijn leven vreugde. Het was fout van mij om dat niet openlijk te willen vieren. Als ik ergens spijt van heb, dan is het dat ik niet genoeg in liefde geloofde. Ik geloofde niet in ons zoals had gemoeten. Jij maakte mijn leven de moeite waard. Jij bracht me vreugde.

Ik wil dat je opnieuw liefde vindt. Dat je krijgt wat ik je nooit heb gegeven. Vergeef me alsjeblieft mijn angst. Vergeef me dat ik je niet genoeg vertrouwde. Dat ik niet genoeg vertrouwen in onze liefde had.

Als ik één ding aan mijn leven zou kunnen veranderen, zou jij dat niet zijn, maar het feit dat ik je nooit heb gezegd hoeveel ik van je hield en wat je voor me hebt betekent. Je bent mijn alles geweest.

Hebe

'O, Rory.' Lucy draaide zich om om te zien of hij in de buurt was. Had Hebe hem dit nooit verteld? Ze legde haar hand tegen haar mond. Hoe had ze zo'n liefde onuitgesproken kunnen laten? Hij moest het weten. Misschien wist hij het al. Hij had van Hebe gehouden. Dat was gebleken uit alles wat hij voor haar had gedaan.

Net toen ze opstond, verscheen hij in de deuropening.

'Gaat het, Lucy?' Hij liep naar haar toe.

Ze stak de brief uit. 'Ik heb deze net gevonden. Hij is voor jou.'

Hij fronste zijn wenkbrauwen, maar nam hem aan en vouwde hem open. Zijn gezicht werd bleek toen hij de woorden las. Hij keek naar haar op. 'Ze hoefde het niet te zeggen.' Hij slikte en hield de brief tegen zijn hart. 'Ik wist het.

Dankwoord

Ik wil al mijn lezers bedanken die me tijdens deze ongelooflijke reis hebben gevolgd. Hun plezier in de verhalen inspireert me elke dag om te blijven schrijven.

Ik woon in een fantastische en warme gemeenschap in Cornwall. Tijdens de Helford Village Regatta in 2016 doneerden mensen geld voor de RNLI en St. John's Ambulance, en ze mochten in ruil daarvoor hun naam geven aan een personage in dit boek. Ze kozen Anthony Jenkin. Anthony is zichzelf in het boek... of liever gezegd: hij is zoals ik hem zie.

Mijn dierbaarste vriendin Christine Moriarty is altijd bij me – of het nu in levenden lijve is, zoals vroeger, of in gedachten, zoals de laatste dertig jaar. Ik kan haar veel zeggen, maar vooral: dank je wel voor alles.

Dr. Nicola Ford bood inzicht in de wonderen van Godolphin House, waarop Helwyn House is gebaseerd. Door samen met haar en Amanda Jones door het huis te wandelen, kreeg ik een beeld van wat een archeoloog ziet, en wat de gemiddelde mens niet ziet.

Zoals altijd is de steun die ik krijg bij het schrijven voornamelijk afkomstig van de geweldige Bridgid Coady. Ze weet me van dingen te overtuigen, brainstormt met me en geeft me een schop onder mijn achterste als ik dat nodig heb. Zonder haar steun zou ik niets zijn. Dank aan Julia Hayward en Sarah Callejo voor hun kritische opmerkingen bij vroege versies van het boek. Vanessa Lafaye las het begin van de roman toen ik dacht dat alles verloren was, en hielp me om een weg te zien door het verhaal dat ik wilde en moest vertellen. Ik ben haar een dikke knuffel verschuldigd en ik ben haar eeuwig dankbaar. Mijn stagiaire Madelaine Inskeep is een verrukkelijk klankbord geweest als ik door de woorden het verhaal niet meer zag.

John Jackson en Sarah Swan hebben me achter de schermen aangemoedigd en ervoor gezorgd dat ik tijdens de donkere dagen van het schrijven de moed erin hield. Allebei hebben ze het proces een stuk leuker gemaakt.

Luigi en Alison Bonomi hebben me geweldig geholpen met hun steun, inzicht en humor! Allemaal hard nodig in verschillende doses.

Ik ben Harriet Bourton zeer dankbaar voor haar begrip, omdat ik dit boek schreef in een moeilijk jaar waarin de weg vooruit niet altijd duidelijk was.

Dank aan Kate MacEachern, Don Maas, Lorin Oberweger en alle schrijvers en docenten van BONI Tampa 2017 die me het laatste zetje gaven om *Een zomer vol herinneringen* af te maken. Discussies bij het ontbijt met Kate waren essentieel voor het vinden van het juiste einde van het boek en het ontbrekende enkelbandje.

Ik zou helemaal niets op papier krijgen zonder de liefde en steun van mijn familie, in het bijzonder mijn man Chris. Zijn geloof in mij heeft me door de moeilijkste momenten heen geholpen… dát en zijn talent om me aan het lachen te maken.

Opmerking van de auteur

Iedereen die wel eens naar Godolphin House van de National Trust is geweest, weet dat Helwyn House hierop is gebaseerd. Het gebouw heeft me altijd gefascineerd, al vanaf mijn eerste bezoek twintig jaar geleden. Toen ik er twee jaar geleden aan een rondleiding deelnam, voelde ik hoe verhalen mij riepen. En dat gevoel werd alleen maar sterker toen ik er overnachtte. Ik heb zo'n vermoeden dat ik het huis in meerdere verhalen als achtergrond ga gebruiken. Houd er rekening mee dat er geen geheime kamers of lijken zijn. Maar heksentekens in overvloed!

Ik verplaatste Godolphin House van het rijke mijnbouwlandschap in de omgeving van Helston naar een heuvel boven Gillan Creek. Het duurde heel lang voordat ik de juiste plek voor zo'n huis had gevonden. Ik maakte wandelingen langs de kreek, bestudeerde landkaarten en luisterde naar mensen in de pub, tot ik uiteindelijk de plek vond… ook al heb ik het landschap wat gladgestreken!

De geschiedenis in het verhaal heb ik voornamelijk afgeleid van Mary Coates prachtige *Cornwall in the Great Civil War and Interregnum 1642-1660*. The Gear Rout boeit me al sinds mijn eerste bezoek aan dit deel van Cornwall, omdat we vaak over Gear Bridge rijden en op Dennis Head wandelen. In ons eigen huis werd een kanonskogel uit de Burgeroorlog gevonden toen de vorige eigenaars in de jaren zestig van de vorige eeuw aan het verbouwen waren.

Ik heb zowel over de Burgeroorlog gesproken (zoals de meeste mensen deze periode noemen) als over de Burgeroorlogen, zoals

Hebe het als historica zou hebben genoemd. De eerste oorlog werd beslecht toen Cromwells parlementariërs in 1645 de Slag bij Naseby wonnen. Het tweede deel eindigde met de nederlaag van Karel I bij de Slag om Preston en zijn executie in 1649. Karel II stelde een leger samen en werd door Cromwell verslagen, maar besteeg de troon in 1660. Thomas Grylls is op niemand in het bijzonder gebaseerd en is zuiver en alleen aan mijn verbeelding ontsproten.

Alzheimer is op elke leeftijd een verwoestende ziekte, maar om er getuige van te zijn bij een jonger iemand is afschuwelijk. Ik voel mee met iedereen die houdt van en zorgt voor mensen die aan deze ziekte lijden. Ga voor meer informatie naar de Alzheimer's Association: https://www.alz.org/alzheimers_disease_early_onset.asp.

De gedichten en werken van John Donne spreken me al aan sinds ik ze voor het eerst tijdens mijn studie las. Maar ik zal er eerlijk bij zeggen dat de gelaagdheid van betekenissen me op mijn achttiende ontging! Door de sluier van hormonen was slechts één deel van zijn betekenis zichtbaar. Hoewel zijn gedichten die kracht nog steeds in zich hebben, ben ik nu ook in staat zijn woorden op veel andere manieren te interpreteren.